中国文学与文化研究丛书

民國诗经学

壬寅秋镇扬赵木金陵题

中国文学与文化研究丛书

民国诗经学

石强 著

四川大学出版社
SICHUAN UNIVERSITY PRESS

图书在版编目（CIP）数据

民国诗经学 / 石强著. — 成都：四川大学出版社，2023.5
（中国文学与文化研究丛书）
ISBN 978-7-5690-6140-6

Ⅰ. ①民… Ⅱ. ①石… Ⅲ. ①《诗经》－诗歌研究－中国－民国 Ⅳ. ① I207.222

中国国家版本馆 CIP 数据核字（2023）第 089168 号

书　　名：民国诗经学
　　　　　Minguo Shijingxue
著　　者：石　强
丛 书 名：中国文学与文化研究丛书

丛书策划：张宏辉　欧风偃
选题策划：徐　凯
责任编辑：徐　凯
责任校对：毛张琳
装帧设计：李　野
责任印制：王　炜

出版发行：四川大学出版社有限责任公司
　　　　　地址：成都市一环路南一段 24 号（610065）
　　　　　电话：(028) 85408311（发行部）、85400276（总编室）
　　　　　电子邮箱：scupress@vip.163.com
　　　　　网址：https://press.scu.edu.cn
印前制作：四川胜翔数码印务设计有限公司
印刷装订：四川盛图彩色印刷有限公司

成品尺寸：170mm×240mm
印　　张：24.5
插　　页：3
字　　数：410 千字

版　　次：2023 年 8 月 第 1 版
印　　次：2023 年 8 月 第 1 次印刷
定　　价：98.00 元

本社图书如有印装质量问题，请联系发行部调换

版权所有　◆　侵权必究

扫码获取数字资源

四川大学出版社
微信公众号

目 录

绪 论……………………………………………………………（1）

上编 转型与裂变：民国诗经学研究

第一章 疑古思潮与《诗经》研究转向……………………（21）
  第一节 疑古思潮与《诗序》之尊废…………………（21）
  第二节 整理国故运动与古史辨派……………………（26）
  第三节 古史辨派与"《诗经》真相"…………………（35）
  第四节 关于《野有死麕》《静女》的"大讨论"………（47）

第二章 近现代文学史著作与《诗经》研究范式转型……（56）
  第一节 文学、文学史观念演进与近现代《诗经》研究范式
    ………………………………………………………（56）
  第二节 "新文学"观念与郑振铎的《诗经》研究
    ——以《插图本中国文学史》为例……………（71）
  第三节 刘大杰《中国文学发展史》视野下的《诗经》研究
    ………………………………………………………（81）

第三章 由文言到白话
  ——民国《诗经》研究范式转变的新途径……………（86）
  第一节 国语运动与近现代中国文学转向………………（86）
  第二节 情诗视野与陈漱琴《诗经情诗今译》…………（104）
  第三节 方言视野与倪海曙《苏州话诗经》……………（113）

余论 以经学为祈向，融文于经
  ——对民国诗经学研究的反思…………………………（124）

下编　民国诗经学论著编年·初编

说　明……………………………………………………………（135）

民国时期诗经学著作编年……………………………………（138）

民国时期报刊载《诗经》研究文献编年……………………（242）

附录　近现代文学史著作涉《诗经》内容统计表…………（367）

参考文献………………………………………………………（381）

后　记…………………………………………………………（387）

绪　论

　　1912年1月1日，孙中山在南京宣誓就职，宣告了中华民国的成立。伴随着新制度的建立，中国传统的学术研究范式也为之一变。但是学术研究却不能像政治事件那样精确到具体日期，这是由学术的延续性及前瞻性决定的。况且依据程巍的意见，以日期来命名事件，本来就是西方自纪念耶稣开始的习惯。[①] 本书所使用的"民国"概念是指1912年至1949年这段时期，但是前后有关学术著作的年限又非绝对，凡是有所关联的内容概不以时间为限。

　　"民国时期是中国历史上继先秦、魏晋以来的第三个起承转合的时期，而且在学术视野、学术规模、学科流派等方面大大超过了前两个阶段。"[②] 民国不仅在时间上将中国的历史切割成了传统与现代，还在学术上将之分裂为传统与现代两层，其既承接了传统又启发了现代。章学诚在《校雠通义序》中言"辨章学术，考镜源流"，欲究中国传统学术之流变，民国时期注定无法绕开。民国时期的学术研究无论从方法上还是材料上均呈现出有别于传统的特点，其承前启后的衔接性决定了其在学术史上的地位。同时，在各种思想的激荡之下，此一时期逐渐形成了"重新评估一切"的社会风气，并对传统学术进行了重新评估与定位，诗经学亦不例外。

　　毫无疑问，民国时期的《诗经》研究对现代诗经学产生了深远的影响。众多现代《诗经》研究的方法，几乎都可在民国时期找到源头，特别是关于《诗经》的文学研究范式。但是相对于民国时期《诗经》研究的深远影响来说，现今对民国时期《诗经》研究的系统梳理明显不足。

---

　　① 按：本书所涉前辈先贤本应敬称，为行文便宜计，直述其名，谨表歉意。程巍：《谁领导了1916—1920年的中国文学革命》，载于《中国图书评论》，2010年第3期。
　　② 张岂之主编：《民国学案》，湖南教育出版社，2011年版，张宪文"序"。

当追溯民国时期《诗经》研究范式的转型与裂变时，我们不得不再次回到那个风起云涌的历史现场。

一、晚清民国的社会

清末民初在学术上是一个很难截然分开的历史时期，这一时期被学者称为中国"千年未有之奇劫剧变"。中国几千年的文化积累，在西方列强的舰炮轰鸣声中深受震荡。物质上的落后导致了信仰上的动摇。从开眼看世界的第一人、归国留学生到激进的新文化运动学者，从"师夷长技以制夷""中学为体，西学为用"到全盘西化，中西文化开启了长达百年的论争，在这一过程中，"中与西""旧与新""死与活""静与动"种种对比概念比比皆是，线索纷杂。本书旨在从众多线索中梳理对《诗经》从"经学"到"文学"研究范式的转型与裂变过程，及在此过程中出现的种种学术争论，探讨这些争论对现代诗经学的影响，反思由"经"转"文"过程中的得失，期望唤起今人对传统诗经学的重视及重新评价。

《文中子·王道篇》言"圣人述史三焉，《书》《诗》《春秋》三者同出于史"，最早彰显了经史之关系，言经自史出。[①] 王守仁《传习录》言"以事言谓之史，以道言谓之经。事即道，道即事。《春秋》亦史，五经亦史"，提出"五经皆史"。[②] 章学诚《文史通义·易教上》云"六经皆史也。古人不著书，古人未尝离事而言理，六经皆先王之政典也"，进一步提出"六经皆史也"。[③] 这是从春秋战国时期到清代我国学术的总体特点：经史并用而不废支流。当然这种总结未免过于武断，但是相对于民国时期的学术史来讲，这样的总体性评价却显得尤其重要。因为民国时期的整体学术转向便是由"六经皆史"到"六经皆文"，其总体历程为由"五经皆史"到"六经皆史"，由"六经皆史"到"六经皆史料"，最后完成由"六经皆史料"到"六经皆文"的转变。在今天的众多文学史著作中，此种趋向到处可见。

---

① 王通著，阮逸注：《文中子中说》，凤凰出版社，2017年版，第3页。
② 王守仁：《王阳明全集》，上海古籍出版社，1992年版，第10页。
③ 章学诚著，叶瑛校注：《文史通义校注》，中华书局，1985年版，第1页。

民国时期，文学的范围先被缩小，以打击所谓"经学的附会"；接着，"文学的范围"再被放大，以打击经学在内容上的空洞。① 在这一过程中，"经学"只是处于被动的局面，被片面的文学理论解读着。

如果探究"经学"在这一时期遭受不幸的直接原因，最主要的可能便是在西方的学科体系里面不存在与"经学"相对应的概念，因而在"输入学理"的大背景下，"经学"只能沦为所谓时代消亡的产物。从表面上来看，"经学"的消解主要是由于在西方的学科体系中不存在与之对应的学科，同时新兴的"文史哲"分类方式又使得其变得支离破碎。其实在更深的层面这是由中西方文化的差异导致的。面对这种差异，当时更多的人选择了忽略，转而用西方的文化视角来阐释中国的传统学术，在这一过程中，其使用的是一种"选择性真实"。这种"选择性真实"很大程度上掩盖了历史的真实。而在学术领域，这种"选择性真实"的使用必须是严谨的。当然这种方法的使用在大多数时候是无意的，但背后隐含的其实是结论意义的预设。

在西方文化的影响之下，晚清政府开始设立新式学堂及派出留学生。这一时期的学者开始将落后的现实归结为落后的文化，进而尝试借助西学来振兴民族，但是他们忽略了其所宣传的文化背后的政治因素及中西文化因子的差异。特别是五四时期活跃的一批激进派学者，他们大多数最早接受了新式学堂教育，而且有留学经历，他们从一开始便认定了西方文化、教育的天然优越性，但并未反思这种优越性的来源。② 以进化论为例，部分五四时期的学者认为这是颠扑不破的真理，因而会自觉地将其扩展到社会生活的方方面面。

民国初年，学者因国家存亡之现状、人民生活之疾苦、国力之贫弱而痛心疾首，故急于破旧立新。当时的一些学者，特别是部分留学归来者，对国家主权沦丧的现实痛心不已，但是对民族文化的存亡却不以为然，甚至视而不见。这一时期一批保守学者的批判更是激起了他们战斗的力量，他们中有的人的主张在这种论辩中越来越极端。这些主张作为一种优化理论渗透到各个学科及体系。不同的学科在消化这些主张之

---

① 按：详论见本书第一章。
② 按：晚清民初关于中西文化的探讨线索纷纭，双方各执己见，但不可否认的是当中与西、新与旧并列探讨时，中国传统文化已经被放置在进化论线索上遭受淘汰的位置。

后，不自觉地进行了自我扬弃与消解，导致的结果便是在文学、历史、哲学等领域，外来理论逐渐取得了正统地位。因而考察民国时期激进派的主张与其所受的教育，特别是与新式学堂教育影响之间的关系，对于厘清他们思想主张的来源有很大的帮助。

民国时期虽然前后只有不到四十年，但其间却发生了众多的运动，线索之纷杂，事件之繁复，难以想象。下文以白话文运动为主线，辅以东西文化论战、整理国故运动两条支线，论述经典的消解、文学概念的转化、学科门类的变化、审美方式的西化，以及被重新评定的传统文学。

（一）白话文运动

白话文运动是民国时期的重大改革，打破了中国传统的学术话语体系。白话文运动追求"言文合一"，但实际上其仅将"文"向下转变为"言"，而未将"言"向上转变为"文"。而且，正是在这种话语系统的推动之下，学术研究日渐以"普及"的名义走向了琐碎、枝节甚至庸俗。因而考察白话文运动的产生过程及其影响，也就显得尤为重要。

在民国前期，白话文运动始终与北洋政府密切相关。黎锦熙的《国语运动史纲》为我们呈现了完整的白话文运动的始末，这与胡适关于白话文运动史的叙述略有差异。如果不是北洋政府教育部召集众多相关专家，制定相关政令，自上而下地强制推行白话文，白话文运动绝对不会如胡适所描述的那样轻易、普遍地传播开来。

对于白话文运动的兴起，我们普遍熟知的是胡适所建构的体系：

>胡适、陈独秀提倡白话—《新青年》大力鼓吹白话—五四运动发生—白话战胜文言，得到广泛推广—白话文运动取得成功

对此程巍曾提出疑问，其在《胡适与"层累造成"的文学革命史》《谁领导了1916—1920年的中国文学革命》等文章中认为白话文运动并不仅仅是语言工具的变革，还是一种文化推广的过程，正是因为教育部与社会力量的密切合作，白话文运动才能迅速得到推广。[①] 而这一点是

[①] 程巍：《胡适与"层累造成"的文学革命史》，载于《中华读书报》，2011年1月12日；程巍：《谁领导了1916—1920年的中国文学革命》，载于《中国图书评论》，2010年第3期。

我们在胡适等人所构建的文学史中难以见到的。

当我们考察晚清民国的社会思潮时，可以看到一个普遍的现象，就是无论多么优秀的文化思想，如果不被当时的体制接受，那么它便会走向消亡；反之，无论多么恶劣的主张，只要其与当时的体制相结合，那么它就能得到推广。所以在评价民国时期的白话文运动时，需要反思其能够快速推广的原因，而不是从得到推广的结果来追溯其天然的先进性。

（二）东西文化论战与整理国故运动

东西文化论战很大程度上不能称为一次"论战"，或许使用"论争"一词更为恰当。因为这场论争分不出胜负，且至今仍未结束。中国从来都不排斥文化的融合，无论是汉代佛教的传入，还是明代天主教的传入，都是文化融合的例证。但是到了晚清，由于国力衰弱，这种东西文化的交流便带上了侵略、殖民色彩。

晚清，"中学为体，西学为用"改革主张的提出，促使国人开始在器物层面学习西方。虽偶有反对之声，但总体上看支持者占大多数。民国初年，这种中西比较不再局限于器物层面，而转向政治层面。当我们回头再看这一论争时，会发现当时一些被贴上保守派标签的学者所反思的问题正是今天的社会所急需解决的。

东西文化论战虽然最终没有一个具体的结果，却在思想层面清除了"输入学理"的障碍。在此思潮的影响之下，众多学者接受了西方学术的研究体系及范式，开始在中国传统学术研究门类上进行实验。这正是整理国故运动的重要思想来源之一。以胡适为代表的部分新文化运动干将慎重地选择了章太炎所使用的"国故"一词，用来指称中国的传统学术，以有别于保守派的"国粹"说。整理国故运动是在"科学的方法"及"历史进化的文学观"的指导之下进行的，而这两种理论分别来源于实验主义和进化论。伴随着整理国故运动的发展，"疑古思潮"逐渐抬头，最后发展为以顾颉刚为代表的"古史辨派"。他们在"科学"的"整理国故"的口号之下，秉承"重新评估一切"的精神，几乎颠覆了中国的传统学术，特别是在上古史方面。

二、民国诗经学研究概览

阮元云:"学术盛衰,当于百年前后论升降焉。"从当前的诗经学史研究状况来看,对民国诗经学的研究尚缺少系统介绍与深度反思,特别是对民国《诗经》研究在传统诗经学向现代诗经学转向过程中的重要导向作用上,几乎所有的著作都渲染了民国时期《诗经》研究对现代诗经学的奠基与启蒙作用,默认了民国《诗经》研究的合理性。当前的《诗经》研究过分强调"进化论"的观点,缺乏对民国《诗经》研究所抛却的传统的再反思。就具体研究论著来看,可分为以下三类:

(一) 诗经学史类研究

夏传才《诗经研究史概要》(1982)一书是改革开放以后诗经学史研究的奠基之作。该书将历代《诗经》研究划分为"先秦时期""汉学时期(汉至唐)""宋学时期(宋至明)""新汉学时期(清代)""五四及以后时期"五个时期。夏传才认为五四时期的学者综合运用了民俗学、文学、考据学的方法来探究《诗经》的内容和艺术性,并开创了《诗经》新训诂学。[①] 他指出鲁迅"是第一个用现代民主主义和爱国主义思想批判儒家诗教以及解释某些《诗》句"的,并归纳了胡适和古史辨派在发掘《诗经》真相、讨论《诗经》全为乐歌、探讨三百篇在春秋时期的应用以及资料辑佚等方面所做出的贡献,肯定了郭沫若对《诗经》今译的开创之功,指出郭沫若是"以历史唯物主义观点把《诗经》作为古史资料进行分析,并运用于历史科学领域的一代宗师",表彰了闻一多在《诗经》新训诂学、民俗学方面的贡献。[②] 但需要指出的是,该书对五四时期诗经学的评价带有浓厚的时代色彩。[③] 夏传才《二十世纪诗经学》(2005)一书中较前书更多地关注了民国时期的反《诗序》运动、古史辨派等的《诗经》研究,指出五四时期"在对旧经学批判的同时,

---

① 夏传才:《诗经研究史概要》(增订版),清华大学出版社,2007年版,序。
② 夏传才:《诗经研究史概要》(增订版),清华大学出版社,2007年版,第190页。
③ 夏传才:《诗经研究史概要》(增订版),清华大学出版社,2007年版,第175页、190页、207页。

产生了以科学和民主为旨归的现代诗经学"①。

戴维《诗经研究史》(2001)一书重在叙述中国古代《诗经》研究状况,近代《诗经》研究仅在书末有一节,主要肯定了王国维在文字训诂及方式方法上对《诗经》研究的贡献。②

洪湛侯《诗经学史》(2002)进一步梳理了历代《诗经》研究的脉络,充分肯定了五四时期关于《诗》史、歌谣问题、起兴问题等的研究,指出这一时期打破了经学附庸,确定了《诗经》的文学性质,《诗》学著作体例有了新变化。该书沿用了现代诗经学的框架,评述对象以新文化运动主将为主。③

郭万金《西学东渐下的现代〈诗〉学发轫——清季民初〈诗经〉研究初探》(2004)指出在中西文明的碰撞之下,清季民初的经学已经成为史学的附庸,在廖平、章太炎、刘师培等学者的推动下,《诗经》被揭去了"传统诗学的神圣面纱",并指出王国维是将《诗经》"直接引入现代化之路的功臣"。④

赵沛霖《现代学术文化思潮与诗经研究——二十世纪诗经研究史》(2006)一书指出19世纪末至20世纪初《诗经》研究发生了由传统至现代的转化,以经学观念和传统方法为基础的传统诗经学逐渐式微,《诗经》研究在学科、研究方法、语言、观念、著作成果形式等方面开始转向现代诗经学,具体来看有如下四个方面。第一,赵沛霖肯定了古史辨派《诗经》研究取得的成绩,认为其拓展了《诗经》的学术史研究,尤其是在挖掘学术史料、揭示《诗序》说诗方法的历史渊源以及揭示历史上对"淫诗"认识发展的思想逻辑方面,指出古史辨派对《诗经》本事、作者以及周代用诗问题作了开创性的研究。赵沛霖还指出古史辨派在对《诗经》的性质、《诗序》价值、《诗经》的多方面价值以及研究广度与深度等方面存在的问题与不足。第二,肯定了文化人类学研究方法和研究模式对《诗经》研究视野的拓展,特别是闻一多的《诗经

---

① 夏传才:《二十世纪诗经学》,学苑出版社,2005年版,第84~89页。
② 戴维:《诗经研究史》,湖南教育出版社,2001年版,第602~606页。
③ 洪湛侯:《诗经学史》,中华书局,2002年版,第623~773页。
④ 郭万金:《西学东渐下的现代〈诗〉学发轫——清季民初〈诗经〉研究初探》,山西大学硕士学位论文,2004年。

的性欲观》(1927)、《风诗类钞》(1932—1936)、《匡斋尺牍》(1934)、《高唐神女传说之分析》(1935)、《朝云考》(1948)、《诗经通义》(1937)、《姜嫄履大人迹考》(1940)、《说鱼》(1945)等文章极大地推动了《诗经》研究观念、研究视野的转变。第三，肯定了在大众化、普及观念指导下的《诗经》白话翻译研究，并将郭沫若《卷耳集》译诗之特点总结为改变诗体结构、增减章句、自由意译。第四，指出了郭沫若《中国古代社会研究》所用的唯物史观研究法在《诗经》研究中存在的问题。①

（二）民国诗经学专题研究

1. 关于古史辨派与诗经学的专题研究

此类文章讨论了古史辨派《诗经》研究在诗经学史上的地位、贡献，总结了其去经典化的研究思路及具体研究方法。部分学者还分析了古史辨派《诗经》研究存在的问题及不足。部积意在《历史与伦理——"古史辨"〈诗经〉学的理论问题》(2002)一文中指出古史辨派在研究《诗经》时预设了《诗经》是文学的立场，并将立场与方法结合，排除伦理道德，从文本出发，通过"梳理《诗经》学史"以及"提供自己的解释规则"两条路径，探究《诗经》的"真面目"。② 章原在《古史辨〈诗经〉学研究》(2004)中认为"古史辨学派《诗经》学是传统《诗经》学向现代《诗经》学过渡的重要阶段，在《诗经》学发展史上，对于打破传统《诗经》学的束缚，对于《诗经》研究从经学向文学的转变，具有重要的作用"，其具体从文学、文化学、史学、社会学、民俗学等角度，对古史辨派的《诗经》研究给予了充分的肯定，认为其为现代诗经学的滥觞。章原还从三个方面反思了古史辨派的研究。其一，古史辨派对传统诗经学的评价有失公允，特别是对《诗序》进行了猛烈的抨击。其二，破有余而立不足。在打破旧的学统以后未能及时建立新的

---

① 赵沛霖：《现代学术文化思潮与诗经研究——二十世纪诗经研究史》，学苑出版社，2006年版，第75~99页。

② 部积意：《历史与伦理——"古史辨"〈诗经〉学的理论问题》，载于《人文杂志》，2002年第1期。

学统，导致了学术研究上的荒漠，而这一点正与其"先把古史砍掉一半，然后再重建"的观点自相矛盾。其三，指出古史辨派在研究方法上过多地使用"默证法"。① 谢中元在《古史辨视野下的〈诗经〉阐释》（2006）一文中讨论了古史辨派在《诗经》研究过程中的去经典化思路及以歌谣解《诗》的民间化倾向②，他在另一篇文章《〈诗〉经典化与古史辨〈诗经〉阐释的去经典化》（2007）中从阐释学角度出发，指出《诗经》文本作为阐释学语境下的"历史流传物"，"经历了经典化与去经典化的释读变迁"，传统诗经学致力于《诗经》的经典化阐释，20世纪二三十年代兴起的古史辨派则对《诗经》进行了去经典化的颠覆性解读，赞赏古史辨派奠定了现代《诗经》阐释的范式。③

2. 关于民国文学史与《诗经》的专题研究

此类文章总结了民国时期的文学史中《诗经》研究的具体方法，分析了文学史著作与近现代《诗经》文学的经典化历程。谭梅在《民国时期中国文学史著述中的〈诗经〉研究》（2014）一文中总结了民国文学史著作中关于采诗、删诗、献诗、风雅颂等诗学基本问题的观点及《诗经》研究的文学、博物学等新视角，归纳了文学史视野下《诗经》研究中用到的比较、统计、表格等新方法，并从文学观念变化及西学东渐的影响等方面分析了文学史著述中《诗经》研究多样化的成因。④ 魏少莹在《20世纪上半期中国文学史编纂中的〈诗经〉文学经典化进程研究》（2020）一文中以五四运动与抗日战争为界，将20世纪前期的中国文学史分为三个时期，梳理了《诗经》的地位、文学性、内容分类、艺术特点在文学史著作中的变化，探讨了近现代《诗经》文学经典化的过程。⑤

---

① 章原：《古史辨〈诗经〉学研究》，复旦大学博士学位论文，2004年。
② 谢中元：《古史辨视野下的〈诗经〉阐释》，暨南大学硕士学位论文，2006年。
③ 谢中元：《〈诗〉经典化与古史辨〈诗经〉阐释的去经典化》，载于《井冈山学院学报》，2007年第2期。
④ 谭梅：《民国时期中国文学史著述中的〈诗经〉研究》，载于《毕节学院学报》，2014年第11期。
⑤ 魏少莹：《20世纪上半期中国文学史编纂中的〈诗经〉文学经典化进程研究》，辽宁大学硕士学位论文，2020年。

3. 关于白话文运动与《诗经》的专题研究

此类文章重点关注了民国时期《诗经》白话译注的思想渊源及译诗具体方法。陈文采《民初〈诗经〉研究的通俗化思考——以〈国风〉婚恋诗的新解与翻译为例》（2005）一文认为民初学者基于进化论、白话正宗的观念反对传统《诗经》解读，展开了《诗经》白话文译注，试图将"《诗经》从圣贤文化传统营救出来"，"使之成为民歌的始祖"，其强调的"歌谣精神"及就诗歌文本"求生命"的主张具有较高的时代价值。① 李丽文《江荫香〈诗经译注〉研究》（2013）一文系统介绍了《诗经译注》的成书动机及体制，梳理了民国时期《诗经》白话文译注类作品出版情况。② 朱孟庭《民初〈诗经〉白话译注的形成与发展——以疑古思潮的影响为论》（2014）一文认为疑古学者一方面主张否定《诗序》、否定孔子删诗；另一方面主张从文学角度解《诗》，阐发诗之情思，通过两者之合力解构了《诗经》的经典地位。③

4. 关于民国《诗经》赋比兴的专题研究

鲁洪生《民国时期的赋比兴研究》（2016）一文系统探讨了民国时期的赋比兴研究状况，指出这一时期的赋比兴研究带有浓厚的疑古色彩，并将其研究归纳为四个方面：第一，对赋比兴表现方法的研究，集中在起兴到底是否"取义"，顾颉刚、何定生等持否定观点，谢无量持肯定观点，钟敬文、刘大白认为两者兼有；第二，对汉儒赋比兴观念的研究，朱自清《诗言志辨》认为汉代学者所言之"兴"实源于《论语》，本意为"联想"，且与政教内容相关，为"谲谏"之法；第三，对赋比兴本义的研究，章太炎认为赋比兴为三种诗体，"赋"是"不歌而诵"之诗，"比"是辨析明确、"不被管弦"之诗，"兴"是"讽诵其治功之诗"，朱自清认为赋比兴为乐歌之名，"赋"是"合唱"，"比"是"变旧

---

① 陈文采：《民初〈诗经〉研究的通俗化思考——以〈国风〉婚恋诗的新解与翻译为例》，见《第六届诗经国际学术研讨会论文集》，学苑出版社，2005年版，第512~543页。
② 李丽文：《江荫香〈诗经译注〉研究》，见《诗经研究丛刊》（第二十四辑），学苑出版社，2013年版，第413~427页。
③ 朱孟庭：《民初〈诗经〉白话译注的形成与发展——以疑古思潮的影响为论》，见林庆彰、蒋秋华：《变动时代的经学与经学家》，万卷楼，2014年版，第253页。

调唱新辞","兴"是"合乐开始的新歌";第四,对《诗经》兴意的研究,闻一多关注了"兴"的表意功能,认为"兴"当为"廋语",以《说鱼》最具代表性。鲁洪生认为这一时期的研究"具有明显的时代特征",从研究目的来看在于扫除经学附会,从研究方法来看就诗论诗,从具体研究实践来看"创新有余,而思辨论证不足"。①

5. 专人与诗经学研究

许多学者就王国维、梁启超、胡适、闻一多、傅斯年、谢无量等人的《诗经》研究方法及成绩进行了总结,具体如下:

(1) 关于王国维的研究

郭万金《王国维与现代〈诗经〉》(2008)一文指出王国维对诗三百的文学态度和经史思路实为后来的治《诗》者之先导,并且王国维首次借鉴西方理论,以文学与美学的眼光观照《诗经》,以科学的实证态度和多重证据的治学思路完成了"六经皆史"的理性实践。②李春艳、时世平《出土文献与二重证据法——兼论出土文献与〈诗经〉研究》(2010)一文指出考古发现带来了新资料,对研究方法提出了新要求,王国维提出的二重证据法,丰富了研究手段和方法,对推动包括《诗经》在内的人文社会科学的发展起到了巨大的作用。③

(2) 关于梁启超的研究

陈国安《梁启超〈诗经〉研究述略》(2004)一文认为梁启超关于《诗经》的研究是近代诗经学研究转型时期的重要一环,肯定了其关于风雅南颂四体之界说,表彰了其用历史、文学解读《诗经》的视角,并指出梁启超的研究对于"确认《诗经》于中国文学发展史之'滥觞'地位"影响深远。④毛宣国、王璐《梁启超的〈诗经〉研究》一文认为梁启超在近代《诗经》研究领域是"开风气之先的人物",并将其贡献概括为三点:一是提倡用文学、历史等多重方法来读《诗经》,二是探讨

---

① 鲁洪生:《民国时期的赋比兴研究》,载于《文学遗产》,2016年第5期。
② 郭万金:《王国维与现代诗经》,载于《嘉兴学院学报》,2008年第5期。
③ 李春艳、时世平:《出土文献与二重证据法——兼论出土文献与〈诗经〉研究》,载于《社会科学战线》,2010年第5期。
④ 陈国安:《梁启超〈诗经〉研究述略》,载于《江苏大学学报(社会科学版)》,2004年第6卷第2期。

了《诗经》中"奔进的""回荡的""含蓄蕴藉的"三种表情方式，三是从时代、心理、审美趣味等角度总结了《诗经》对后世文学的影响。①

（3）关于胡适的研究

胡义成《胡适与〈诗经〉》（1982）一文指出胡适关于《诗经》是"歌谣总集"的观点、否定孔子删诗、推翻古代经师解释是"一系列谬说"，认为胡适的目的在于否定"《诗经》的政治性"，指出"胡适研究《诗经》的指导思想和一整套方法均是唯心的"。②夏传才《胡适和古史辨派对〈诗经〉的研究》（1982）一文总结了胡适在"歌谣总集"、编订、孔子删诗等《诗经》基本问题以及诗篇的解说、研究方法上的特点，指出"胡适是现代资产阶级《诗经》研究的开山人"，于近现代诗经学有重要影响。③孙雪霞《胡适〈诗经〉研究再评价——与夏传才先生商榷》（2001）一文一一辩驳了夏传才关于胡适的评价，肯定了胡适在近现代《诗经》研究史上的"导师式"地位，认为胡适以革命精神推翻了几千年来的传统诗经学，"赋予《诗经》崭新而生机勃勃的生命力"。④朱金发《但开风气：论胡适的诗经研究》（2005）一文指出胡适采用社会学、民俗学、历史学等新的方法研究《诗经》，"推动了现代《诗经》学的发展"。⑤白宪娟《胡适的〈诗经〉研究》（2008）一文认为胡适开创了《诗经》研究新范式，是现代诗经学的奠基人之一。⑥李长银《"新眼光"与"新方法"：胡适的〈诗经〉研究》（2018）一文指出胡适的《诗经》研究运用了文学、历史的"眼光"及科学的、"结账式"的研究方法。⑦

（4）关于闻一多的研究

夏传才《诗经研究史概要》（1982）一书指出闻一多对传统训诂学

---

① 毛宣国、王璐：《梁启超的〈诗经〉研究》，载于《云梦学刊》，2010年第31卷第4期。
② 胡义成：《胡适与〈诗经〉》，载于《江西师范学院学报（哲学社会科学版）》，1982年第1期。
③ 夏传才：《胡适和古史辨派对〈诗经〉的研究》，载于《河北大学学报》，1982年第4期。
④ 孙雪霞：《胡适〈诗经〉研究再评价——与夏传才先生商榷》，载于《汕头大学学报》，2001年第4期。
⑤ 朱金发：《但开风气：论胡适的诗经研究》，载于《贵州文史丛刊》，2005年第2期。
⑥ 白宪娟：《胡适的〈诗经〉研究》，载于《辽宁师范大学学报》，2008年第1期。
⑦ 李长银：《"新眼光"与"新方法"：胡适的〈诗经〉研究》，载于《现代中国文化与文学》，2018年第2期。

进行了重大改造，开创了"《诗经》新训诂学"。①梅琼林《闻一多：文学人类学的探索向度——以他的〈诗经〉〈楚辞〉研究为中心》（1999）一文肯定了闻一多在《诗经》《楚辞》领域的文化人类学研究，赞扬其"是中国最早以人类学方法研究古典文学并形成了成功的系统经验的现代学者之一"。②朱金发《闻一多〈诗经〉研究的审美倾向》（2009）一文认为闻一多从诗人的角度切入《诗经》研究，关注诗歌的构图美以及诗歌中的人物、意境，挖掘了《诗经》的审美特征，开辟了诗经学研究的新路径，"推动了《诗经》研究的现代化进程"。③刘毓庆《闻一多〈诗经〉研究检讨》（2012）是十余年来一篇较为全面总结闻一多《诗经》研究贡献及存在的问题的文章。该文将闻一多对现代诗经学研究方法的开创贡献总结为文化人类学、新训诂学、回归文学本位，并系统检讨了这三种研究方法存在的问题：第一，闻一多运用文化人类学方法研究《诗经》，忽略了传统文献中所保存的古代信息以及周代礼乐制度；第二，闻一多新训诂学方法往往在"言语词汇的归纳"的基础上解诗，忽略了诗歌产生的时代背景，导致诗歌主旨解释的偏差，同时对部分字词的解释有"锐意求新之嫌疑"，如将"关关"解为"状女子之笑声"，将"葛之覃"解为"葛之藤"等；第三，闻一多过度关注《诗经》的文学意义而忽视了其伦理学价值，导致现代诗经学"对《诗》学的伦理道德价值与文化思想史意义研究的缺失，以及对民族内在精神研究的薄弱"。④吕珍玉《闻一多说〈诗〉中的原始社会与生殖文化》（2014）一文指出"闻一多是继胡适、顾颉刚以来推动《诗经》从经学到文学研究的转型的重要人物之一"，其在解《诗》的过程中用文化人类学的方法探讨男女交往、婚姻、家庭、宗教信仰等问题，用弗洛伊德的学说谈论《诗》中的性欲观、生殖崇拜和隐喻性象征等。⑤廖群《通考与〈诗经〉新解——闻一多〈诗经〉研究综述》（2019）一文将闻一多《诗经》研

---

① 夏传才：《诗经研究史概要》，清华大学出版社，2007年版，第216页。
② 梅琼林：《闻一多：文学人类学的探索向度——以他的〈诗经〉〈楚辞〉研究为中心》，载于《黄冈师范学院学报》，1999年第1期。
③ 朱金发：《闻一多〈诗经〉研究的审美倾向》，载于《南阳师范学院学报》，2009年第5期。
④ 刘毓庆：《闻一多〈诗经〉研究检讨》，载于《文学评论》，2012年第6期。
⑤ 吕珍玉：《闻一多说〈诗〉中的原始社会与生殖文化》，见林庆彰、蒋秋华：《变动时代的经学与经学家》，万卷楼，2014年版，第359页。

究的最大特点概括为"打通":一是打破了诗歌篇目之间的界限,杂取诸篇解诗,互为参证;二是将《诗经》与其他关联文本结合,为解《诗》之佐证;三是突破考据学之限制,杂用民族学、人类学、文献学、考古学方法解《诗》。①

(5) 关于傅斯年的研究

陈文采《傅斯年的诗经学》(1998)一文总结了傅斯年关于《诗经》文本的阐释,归纳了其在《诗经》性质、篇目次序、风雅颂释义、国风诗旨、《诗经》产生的时代等方面的观点,以及其以《诗经》为史料对商族起源、商周关系、周初分封等问题的考索,指出傅斯年的研究方法涵盖了语言学、历史地理学、史料学、文学等方面,最后指出其诗经学研究存在支离零散、主观臆测等问题。②丁延峰《论傅斯年〈诗经〉研究的方法和贡献》(2005)一文指出傅斯年的《诗经》研究秉承"史学就是史料学"的学术观念,在具体的研究过程中往往从史学和语言学角度切入,以科学的方法考证《诗经》产生的时代、地域及用诗情况等,是近现代第一个提出"《诗》是文学"的学者。③唐明贵《论傅斯年的〈诗经〉学思想》(2011)一文指出傅斯年将"《诗经》看作是先民之民间文学作品",这对于打破经学传统、还原《诗经》真相、推动现代《诗经》研究具有开创意义。该文还指出傅斯年在《诗经》产生年代的考订上"提出了四条路径",使得风雅颂中各篇章的时代界定更加确当。④

(6) 关于谢无量的研究

胡义成《读鲁迅推荐的谢无量〈诗经研究〉札记》(1983)一文认为《诗经研究》一书的功绩在于抵制了胡适派超政治的《诗经》研究观。⑤杨雅坤《谢无量的〈诗经〉研究》(2015)一文将谢无量《诗经》研究的特点归纳为四点:第一,通过考订《诗序》作者、《诗经》性质,

---

① 廖群:《通考与〈诗经〉新解——闻一多〈诗经〉研究综述》,载于《国学学刊》,2019年第4期。
② 陈文采:《傅斯年的诗经学》,见《第三届诗经国际学术研讨会论文集》,天马图书有限公司,1998年版。
③ 丁延峰:《论傅斯年〈诗经〉研究的方法和贡献》,载于《聊城大学学报》,2005年第2期。
④ 唐明贵:《论傅斯年的〈诗经〉学思想》,载于《聊城大学学报》,2011年第3期。
⑤ 胡义成:《读鲁迅推荐的谢无量〈诗经研究〉札记》,载于《福建论坛》,1983年第1期。

消解《诗经》的经学属性,"还原《诗经》的文学本性";第二,受时代风气影响,研究过程中于古史"信中有疑";第三,重视《诗经》的史料价值,"以诗存史";第四,在著作体例及研究视野上充分运用了现代学术方法。[①]

近年来部分民国时期的稀见诗经学著作逐渐得到学者的重视,如林庆彰、蒋秋华编《变动时代的经学与经学家》(2014),陈亚《焦琳〈诗蠲〉研究》(2018),车行健《湖湘学人苏维岳的〈诗经〉撰述与〈诗〉教理想》(2020)等论著,对于著作版本的流传及解《诗》理路均有深入的剖析。

此外,赵沛霖《二十世纪〈诗经〉文学及相关学科的研究》与白宪娟《20世纪二三十年代〈诗经〉研究新方法论》等涉及对民国时期诗经学研究方法的综合探讨,总体延续了五四时期以来的评价,肯定了其对传统研究方法的突破。

(三)民国诗经学文献整理情况

改革开放以来,传统文献整理发展迅速。当前有关民国时期《诗经》文献的整理,从内容上来看,以《诗经》专著为主,从方法上来看,以影印为主。主要有以下几种:

《诗经要籍集成》(初编),夏传才主编,2003年学苑出版社出版,2015年有《诗经要籍集成》(初编修订版)、《诗经要籍集成》(二编)。据夏传才、董治安主编《诗经要籍提要》所言,本套丛书影印部分民国初年文献,并撰有提要。《诗经要籍提要》"民国著作存目提要"部分有刘承幹《毛诗单疏校勘记》、李九华《毛诗评注》、简朝亮《毛诗说习传》、廖平《四益诗说》《诗学质疑》、王树枏《尔雅说诗》、黄节《诗序非卫宏所作说》、林义光《诗经通解》等书的提要。

《历代诗经版本丛刊》,田国福编,2008年齐鲁书社出版,影印宋版《诗经》著作3种、元版2种、明版15种、清版99种、民国版25种。

《民国诗歌史著集成》,陈引驰、周兴陆主编,2015年南开大学出

[①] 杨雅坤:《谢无量的〈诗经〉研究》,河北师范大学硕士学位论文,2015年。

版社出版，影印民国诗经学论著 7 种，即谢无量《诗经研究》、胡朴安《诗经学》、朱东润《读诗四论》、蒋善国《三百篇演论》、徐澄宇《诗经学纂要》、朱自清《诗言志辨》、谢晋青《诗经之女性的研究》，书前有作者、版本及内容简介。

《民国时期经学丛书》，共 6 辑，林庆彰主编，2008 年至 2013 年文听阁图书有限公司出版，影印民国时期《诗经》研究论著 60 余种，是目前收录民国时期经学著作最为全面的丛书。

此外，还有一些民国时期的《诗经》研究文献目录类著作。如蒋见元、朱杰人编《诗经要籍解题》（1996），书末附有"历代诗经研究书目"，著录民国时期《诗经》类著作 60 余种。寇淑慧主编《二十世纪诗经研究文献目录》，著录了 20 世纪（1901—2000 年）正式出版及发表的有关《诗经》研究之专著和论文，是目前最为详备的 20 世纪诗经学文献目录，收录报刊所载 1901—1949 年《诗经》文献约 600 条。[1]

总体来看，当前关于民国诗经学的研究存在以下几个问题：

第一，缺乏对民国时期诗经学文献的系统整理。1912 年至今已有百余年，其间经历了抗日战争、解放战争及"文化大革命"，民国时期有关《诗经》研究的大量文献积压在故纸堆中，尤其是散见于报刊的《诗经》研究文章亟待系统校勘整理。

第二，缺乏对民国时期历史背景的系统梳理，导致对《诗经》研究总体方法溯源上的偏差。当前研究未能有效将白话文运动、整理国故运动、东西文化论战、新文化运动纳入其中，导致在分析现代诗经学研究方法的源头时不得其门。

第三，缺乏对现代诗经学研究范式的合理性的反思。当前对民国时期《诗经》研究的评价，很大程度上延续着新文化运动中兴起的反传统色彩，缺乏对现代诗经学诸多研究方法及研究方向的客观、系统的评价。

---

[1] 按：民国诗经学文献整理情况详见本书下编。

三、本书的总体框架

本书以 1912 年到 1949 年间出版的《诗经》研究论著及与之关系密切的文化运动、社会思潮为研究主体，编写民国诗经学著作编年（附内容简介）、近现代报刊所载《诗经》研究文献编年等内容，并从古史辨派与《诗经》定位反思、文学史著作与《诗经》研究范式及《诗经》白话翻译等角度切入民国诗经学研究，尝试厘清《诗经》从经学向文学的转变历程，分析从传统诗经学向现代诗经学过渡时期产生的重要学派及学者，反思此一时期对传统的扬弃与对当代的启迪，以期对民国时期《诗经》研究的学术定位有所帮助。

本书以民国时期的社会变革为背景，以《诗经》相关研究论著为基本内容，对民国时期《诗经》研究的总体状况进行系统性、综合性的探讨，分上、下两编，从专题研究和论著编年两方面展开。

（一）上编——转型与裂变：民国诗经学研究

本编以新文化运动为主线，辅以东西文化论战、整理国故运动两条线索，分疑古思潮与《诗经》研究转向、近现代文学史著作与《诗经》研究范式转型及《诗经》白话翻译三章，深入挖掘民国诗经学之特质。

第一章，探讨疑古思潮的兴起对《诗经》研究方向转换之影响。本书所言"疑古思潮"包括清末今文经学疑古思潮、民初实验主义、古史辨派等。本章主要探讨疑古思潮对《诗经》研究从经学到文学、从雅到俗、从淫诗到情诗、从传统到现代转向之影响，涉及反《诗序》运动、歌谣总集的历史定位、"《诗经》真相"探究等，并尝试反思疑古思潮（以古史辨派为代表）下的《诗经》研究范式对当今《诗经》研究的影响。

第二章，考察近现代文学史著作与《诗经》研究范式的转型。随着文学史一科在民国教育体系中的确立，其时兴起了一股文学史编写热潮。本章尝试探讨近现代中国文学、文学史观念演进与《诗经》书写范式之关系，并以郑振铎《插图本中国文学史》、刘大杰《中国文学发展史》为例，考察民国时期文学史著作中《诗经》实际所处的位置及所呈现的状态，梳理其中涉及《诗经》部分的研究，以帮助厘清民国时期《诗经》研究的脉络。

第三章，反思民国时期《诗经》的白话翻译研究。语体上的变化是民国时期诗经学研究异于传统诗经学的一个重要特征。从文言到白话也展示了《诗经》研究从传统到现代的转变。本章从三个层面展开论述：第一，从传统学术的衰落、白话文运动的推广及经学的式微等角度，概述民国时期《诗经》白话文翻译产生的必然性及状况；第二，以陈漱琴《诗经情诗今译》为例，分析"情诗"视野下的《诗经》翻译状况，反思白话文翻译的弊端；第三，以倪海曙《苏州话诗经》为例，探讨方言视野下的《诗经》翻译，具体分析这一时期学人对《诗经》翻译的态度，探讨《诗经》研究在"走向民间"过程中的得失。

本编的余论部分以经学为祈向，融文于经，探讨民国诗经学对现代诗经学的启示。民国时期，"文学"一词成为一种批判或者表彰的工具、武器。"文学"概念暗含了一种进化性，其外延的扩大与缩小成为人为操作的行为。同时，由于在西方文化中无法找到一个足以与中国传统经学对应的文化符号，因而经学必须进行转化。经学的名字被抛弃，而文学又无法完全承载经学的内容，最终走向完全脱离中国文化语境的地步。

（二）下编——民国诗经学论著编年·初编

本编主要以时间为线索，著录民国时期《诗经》研究文献，以期为进一步深化民国时期诗经学研究提供初步线索。

第一，编写《民国诗经学著作编年》，以时间为线索，依次著录民国时期《诗经》研究著作，包括专著、讲义、学位论文、手稿、抄本及影印、排印类诗经学文献，详细列明题名、著者、出版社、出版时间等信息，并附著者简介、版本情况、内容体例及要旨，间附学术评价。

第二，编写《民国时期报刊载〈诗经〉研究文献编年》，以时间为线索，分年著录1912年到1949年间单篇《诗经》研究文献（含部分晚清时期的文献），以民国时期报纸、期刊所载诗经学文献为主，同时收录部分专著章节、文集涉《诗经》文献，依次注明题名、著者、报刊名称、发行时间、卷期号等信息。

上编

转型与裂变：民国诗经学研究

第一章 疑古思潮与《诗经》研究转向

本章主要讨论在疑古思潮的影响下，民国时期学者关于《诗经》研究的观点、方法、范式以及其对现代诗经学研究的影响。具体内容涉及四个层面：第一，梳理历代疑古思潮与《诗序》的尊废脉络；第二，梳理民国时期整理国故运动的发展历程，以及其与古史辨派兴起之关系；第三，梳理民国时期疑古思潮影响之下学者对"《诗经》真相"的发现历程，他们从"新文学"视角出发认定《诗经》是"最古的总集"，从民间文学视角出发认定《诗经》是"乐诗总集"，胡适更是从"新文学"视角出发确立了民国时期《诗经》研究的新范式，同时对《诗序》展开批判，认为《诗序》"附会史实"，是阻碍《诗经》研究的"沉重瓦砾"，彻底否定了《诗序》之权威；第四，以《野有死麕》《静女》篇为例，总结了古史辨派学者《诗经》研究的具体实践及贡献。

第一节 疑古思潮与《诗序》之尊废

顾颉刚在《崔东壁遗书》序中分"战国与西汉的疑古""司马迁与郑玄的整齐故事""东汉的疑古""三国六朝的造伪与辨伪""唐代的辨伪""宋代的辨伪与发展""明代的造伪与辨伪""清代的辨伪"等节梳理了中国历代疑古与辨伪思潮的发展，可见疑古思想在中国历史久远。①

先秦时期的疑古辨伪思想主要体现在对历史事件记录的怀疑，于

---

① 崔述著，顾颉刚订正：《崔东壁遗书》，上海古籍出版社，1983年版，序。

《诗》则未有涉及。①《论语·子张》篇中子贡言"纣之不善，不如是之甚也。是以君子恶居下流，天下之恶皆归焉"，对商纣王之事提出疑问；《孟子·尽心下》言"尽信书，则不如无书，吾于《武成》，取二三策而已矣"，显示出孟子对史书记载之怀疑。

至秦，焚"《诗》《书》百家语"（《史记·秦始皇本纪》），《诗经》文本遭到大规模破坏，直接导致了后世疑《诗》之思潮。到了汉朝，《诗经》通过口传的方式得以流传，《汉书·艺文志》载"《诗》遭秦而全者，以其讽诵，不独在竹帛故也"。也是因此，汉初《诗》的流传已经出现分化。据文献记载，汉文帝、景帝时期已有《鲁诗》《韩诗》《齐诗》三家今文诗立于官学。后有毛公，为河间献王博士，传《毛诗》，此为古文诗，其在诗歌文本、解释方式上已经与今文诗有了较大的差异。"从学术角度来看，《毛诗》学派在诸多方面都与在汉代占据统治地位的三家诗的观点相对立，它的崛起本身就是对三家诗派所宣扬了几百年学术的质疑与否定"，形成了第一次有关《诗经》的辨伪思潮。② 最终，郑玄笺《诗》以毛诗为主，同时兼采三家，毛《传》、郑《笺》成为此后《诗经》阐释的权威范式，齐、鲁、韩三家今文诗则逐渐式微。

唐宋时期有关《诗经》之辨伪主要集中在《诗序》上。成伯瑜《毛诗指说》指出《诗序》首句当为子夏所传，其下内容为毛苌所续。韩愈《诗之序议》则谓"《诗》之《序》，明作之所以云"，非"六经之志"，明确指出《诗序》当为"汉之学者欲自显立其传，因借之子夏"。③ 两人已经从作者方面质疑《诗序》，开宋代疑《诗》之先河。至宋，传统经学研究理路为之一变，疑古风气大盛。宋代儒家学者往往以义理之学取代汉唐的著述之学，自行裁断，"直接考察作为经典的古书"。④ 据叶国良《宋人疑经改经考》统计，两宋疑经改经者达138人，范围、规模、人数、深度、广度均是空前的。⑤

---

① 路新生：《中国近三百年疑古思潮史纲》，复旦大学出版社，2014年版，序。
② 章原：《古史辨诗经学研究》，复旦大学博士学位论文，2004年版，第25页。
③ 李樗、黄櫄：《毛诗李黄集解》，《景印文渊阁四库全书》（第七一册），台湾商务印书馆，1986年版，第3页。
④ 李学勤：《谈信古、疑古、释古》，见李学勤：《走出疑古时代》，辽宁大学出版社，1997年版，第343页。
⑤ 叶国良：《宋人疑经改经考》，台湾大学出版中心，1980年版。

宋代疑《序》思潮自欧阳修《诗本义》始。虽然欧阳修并未明确反对《诗序》，但是其认定《诗序》非子夏所作，并在具体的诗歌分析中指出《诗序》的不当之处。其后宋代疑《序》、废《序》者有王安石《诗经新义》、晁说之《毛诗传》、苏辙《诗集传》、张载《诗说》、郑樵《诗辨妄》、王质《诗总闻》、朱熹《诗集传》、杨简《慈湖诗传》、王柏《诗辨说》、程大昌《诗论》、辅广《诗童子问》、邱铸《周诗集解》等。其中以范处义与郑樵、吕祖谦与朱熹两次关于《诗序》的论争最具代表性。宋代学者从怀疑传注开始，兼及经文，表面上来看是在努力复原经典，实则是要彻底颠覆汉唐以来的经学诠释体系。宋代学者在对经典文本的重新诠释中，逐渐构建了新的意识形态话语体系。① 伴随着朱熹《诗集传》被列为科举考试用书，宋人有关《诗经》之诠释成为新的范式。②

明代中后期，伴随着理学弊端的日益显现以及文学复古运动，《诗经》研究出现"复古的倾向"，尊《诗序》之主张再次回归，如吕柟《毛诗说序》、袁仁《毛诗或问》、李先芳《读诗私记》、朱谋㙔《诗故》、郝敬《毛诗原解》、何楷《诗经世本古义》等。此外，在八股文写作风气的影响之下，还出现了大量《诗经》评点类著作，如安世凤《诗经批评》、孙鑛《批评诗经》、戴君恩《读风臆评》、钟惺《批点诗经》等。这类著作往往从诗歌文本出发，关注《诗经》的字句、艺术结构，既是对唐宋以来《诗经》研究的背反，也开创了《诗经》研究的新路径。③

至清，各类学说并行，而疑古之风再次兴起。主张尊《诗序》的有钱澄之《田间诗学》、杨柱朝《诗经订伪》、李塨《诗经传注》、陈启源《毛诗稽古编》、胡承珙《毛诗后笺》、陈奂《诗毛氏传疏》、朱鹤龄《诗经通义》等。而持疑《诗序》主张的有姚际恒《诗经通论》、崔述《读风偶识》、方玉润《诗经原始》等。其中以崔述《读风偶识》于《诗序》之攻击最甚，其在书中将《诗经》纳入史学范围，主张自由研究，熟玩经文，摒除新旧汉宋之念。崔述之主张对民国时期的古史辨派影响较

---

① 刘毓庆：《中国历史上的三次疑古思潮及其意义》，载于《山西大学学报》，2013年第5期。
② 章原：《古史辨诗经学研究》，复旦大学博士学位论文，2004年，第28页。
③ 洪湛侯：《诗经学史》，中华书局，2004年版，第426页。

大，胡适因此称其为"科学的古史家"。①

晚清时局的变化推动了传统学术理路的转型，今古文之争再次兴起，龚自珍、魏源、廖平、崔适、康有为等皆有辨伪专著或专篇，康有为《新学伪经考》甚至提出了"六经皆伪"的观点，《诗序》的权威在论争潮流中逐渐旁落。②魏源在《诗古微·毛诗义例篇》中详细列举了《诗序》对《关雎》《卷耳》《葛覃》《麟之趾》《凯风》《考槃》等诗主旨解释之"失"18处，指出《诗序》多穿凿附会，歪曲诗之本义，认为《毛诗》世次、美刺、正变说尤其谬误。③

进入20世纪，伴随着图书译介和大量留学生归国，西方学术研究方法逐渐传入国内。在胡适所倡导的"科学的整理国故"的大旗下，古史辨派悄然兴起，以顾颉刚、钱玄同等人为代表，展开了对中国上古史的考辨。古史辨派以史学见长，《诗经》作为上古时期的重要存世作品，关于它的研究很大程度上只是古史辨派考索上古史的副产品。在这一过程中，古史辨派学人从《诗经》性质、历代《诗经》流传以及《诗经》历代注疏等方面展开了广泛的讨论。他们以"疑古"思想统摄学术研究，论辩《诗序》的作者，检讨《诗序》之解《诗》观点，对于以《诗序》为代表的传统"诗教"观展开了激烈的批判，并且在这个过程中提出了对《诗经》全方位的认识，核心观点便是《诗经》的去经学化。具体来看，古史辨派首先在性质上将《诗经》定位为第一部"歌谣总集"，其次在研究方法上摒弃传统的"美刺"说、"诗教"观，最后从文学的角度发掘所谓"《诗经》真相"。

在研究过程中，古史辨派学人发掘并重印了宋代以来的大量反《诗序》著作。④大约以《古史辨》讨论集第三册的出版作为时间界限，学界普遍接受了他们的观点，并且大量引入西方文学理论、社会学、民俗学等视角，从文学角度开掘《诗经》研究的当代价值。从《诗经》去经学化，到开始以文学为核心的现代诗经学，至今已经过了百余年的时

---

① 胡适：《科学的古史家崔述》，见崔述：《崔东壁遗书》，上海古籍出版社，1983年版，第953页。
② 洪湛侯：《诗经学史》，中华书局，2004年版，第586页。
③ 魏源：《诗古微》，《魏源全集》本，岳麓书社，2004年版，第157~174页。
④ 按：如顾颉刚主编辨伪丛刊所整理王柏《诗疑》、郑樵《诗辨妄》以及崔述《崔东壁遗书》等。

间。《诗经》研究沿着此路越走越远，以古史辨派为代表的一批民国学人所开创的《诗经》研究范式在细节上不断深化。反思百年《诗经》研究历程，除了不断表彰他们的开创之功，我们也需要对他们所开启的现代诗经学研究范式进行必要的反思。

　　古史辨派的兴起建立在整理国故运动的基础之上。追寻古史辨派的踪迹必须从整理国故运动开始。早在胡适《答黄觉僧君〈折衷的文学革新论〉》一文中整理国故运动便已初现端倪，此文于1918年9月15日刊载于《新青年》第五卷第三号，文中提出"外面有许多人误会我们的意思，以为我们既提倡白话文学，定然反对学者研究旧文学。于是有许多人便以为我们竟要把中国数千年的旧文学都抛弃了"①。胡适在此处为之前激进的主张做出了一些让步，一反之前"死文学"的论调，认为白话文写作与教科书为两个问题，"现在中国人是否该用白话做文学，这是一个问题。中国现在学堂里是否该用国语作教科书，这又是一个问题。如果用了国语做教科书，古文的文学应该占一个什么地位，这又是一个问题。我们研究文学的人是否该研究中国的旧文学，这另是一个问题"②。针对这几个问题，胡适提出了七项主张，要求停止文言文学创作，废除文言教材，推行国语教学，在中学分别教授古文与国语，大学设立"古文的文学"专科，将其专门化。

　　如今古文的发展除了中学教学，基本上延续了胡适的设计。但问题是缺乏了中小学阶段的古文积累，专业研究人员基础薄弱。实际情况是基本上到了大学才开始真正接触古文，更有甚者是在研究生阶段才开始接受正规的学术训练。现实的学术研究毫无疑问在整体水平上呈下降的趋势，而产生这种结果的源头即在民国时期。需要特别说明的是，由于新文化运动者思想的复杂性、多变性，本章所论述的古史辨学派关于《诗经》的讨论仅限于《古史辨》前三册内容，时间上以20世纪二三十年代为限。

---

① 胡适：《答黄觉僧君〈折衷的文学革新论〉》，载于《新青年》，1918年9月15日第五卷第三号。
② 胡适：《答黄觉僧君〈折衷的文学革新论〉》，载于《新青年》，1918年9月15日第五卷第三号。

第二节　整理国故运动与古史辨派

一、整理国故运动

章太炎在《癸卯口中漫笔》中云"国故民纪，绝于余手，是则余之罪也"，最早赋予"国故"一词现代意义，指称传统典章制度。[①] 1910 年，章太炎所著《国故论衡》将语言、文学、诸子学一并纳入"国故"。1919 年 1 月 26 日，刘师培、黄侃、陈汉章、张煊成立国故社，创办《国故》月刊，以"倡明中国固有之学术"为宗旨。整理国故运动作为传承传统文化的一部分，在经历了五四初期的全盘否定之后，逐渐开始显露它的重要意义。作为民国时期影响深远的文化运动，整理国故运动最早始于一场争论。

1919 年 5 月，毛子水在《新潮》第一卷第五号上发表《国故和科学的精神》，将"国故"定义为"中国古代的学术思想和中国民族过去的历史"，认为国故是"已死的东西"，应当提倡"国新"。[②] 傅斯年在此文《附识》中最早提出研究国故有两种手段：整理国故和追摹国故。他赞成前者，同时认为"研究国故"和"输入新知"是"一和百的比例"。[③] 作为回应，同年 5 月，张煊在《国故》第三期发表《驳〈新潮〉〈国故和科学的精神〉篇》，提出科学自国故中来。他认为从进化论的角度看，"新"是未来的称号，而"故"是求新的根据，因而在求"新"的过程中不能抛弃作为根基的"故"。[④] 国故与造新均是供后人参考的资料，两者都不是"绝对之真理"，两者的关系"譬诸造纸，将来之新文明为新纸，国故犹败布，欧化犹破纸，为造新纸故，破纸固不可弃，败布亦当所宝，败布与破纸，其能改造为新纸则一也"。对于科学之精

[①] 章太炎：《癸卯口中漫笔》，载于《国粹学报》，1905 年第一年乙巳第八号。
[②] 毛子水：《国故和科学的精神》，载于《新潮》，1919 年 5 月 1 日第一卷第五号。
[③] 傅斯年：《〈国故和科学的精神〉附识》，载于《新潮》，1919 年 5 月 1 日第一卷第五号。
[④] 张煊：《驳〈新潮〉〈国故和科学的精神〉篇》，载于《国故》，1919 年 5 月第三期。

神，其认为"所谓科学之精神即从善服义是也"。① 从善服义的精神和人性相关，而与研究科学没有关系，与其称之为科学精神，不如称之为"问学之正道"。两人的争论引起广泛的讨论，在当时皆有相当的支持者。

1919年10月，胡适加入论战。其在《新潮》第二卷第一号上发表《论国故学——答毛子水》一文，认为做学问不能一开始便存着一种明确且狭隘的功利观念，应该根据自己的性情，选择适合自己的方向，"拣定之后，当存一个'为真理而求真理'的态度。研究学术史的人更当用'为真理而求真理'的标准去批评各家的学术。学问是平等的。发明一个字的古义，与发现一颗恒星，都是一大功绩"②。胡适在此文中肯定了研究国故的重要意义，其将研究国故与当时炙手可热的科学研究相提并论，在民主与科学广泛传播的背景下，扭转了当时不少学者对国故的看法。

1919年12月，胡适在《新思潮的意义》一文中正式提出"研究问题，输入学理，整理国故，再造文明"的主张，对前期的新文化运动作了阶段性的总结，提出了新一阶段研究的总纲领，并且引用尼采的"重新估定一切价值"，为整理国故运动提供了理论基础。胡适对"新思潮"的意义进行了明确的解释："据我个人的观察，新思潮的根本意义只是一种态度。这种新态度可叫做'评判的态度'。"③ 这种主张对当时的学术研究产生了重要影响。"评判的态度"同时也是以顾颉刚为首的古史辨派的直接思想来源。"重新评估一切"观点的广泛传播，为学术特别是中国传统学术的解释提供了直接的借鉴。胡适作为当时重要的学者，开启了用民国时期的时代意见来取代历史意见的潮流。

胡适进一步指出"孔教的讨论只是要重新估定孔教的价值。文学的评论只是要重新估定旧文学的价值"④。这是在新文学运动进入相对成熟阶段之后，对前期文学主张的一次总结，即从五四开始的文学革命，

---

① 张煊：《驳〈新潮〉〈国故和科学的精神〉篇》，载于《国故》，1919年5月第三期。
② 胡适：《论国故学——答毛子水》（毛子水《〈驳新潮国故和科学的精神〉篇订误》后附），载于《新潮》，1919年10月30日第二卷第一号。
③ 胡适：《新思潮的意义》，载于《新青年》，1919年12月1日第七卷第一号。
④ 胡适：《新思潮的意义》，载于《新青年》，1919年12月1日第七卷第一号。

本质上是对过去文学的重新估定，这种估定是用当代理论或者准确地说是用从西方引进并经过消化之后的当代理论，来重新审视以往的所有学术。需要特别指出的是，我们之前忽略了对这种"重新估定一切价值"的标准的深层探讨。现实问题及各种外来主义混淆了我们的视听，使我们失去了对默认一切唯德赛（民主与科学）标准的恰当性与准确性的审视，过度相信此标准的普适性，进而忽略了对此标准自身合理性的反思。

胡适在此文中进一步从五个层面论述了研究问题与输入学理之间的关系：

①研究社会人生切要的问题最容易引起大家的注意；

②因为问题关切人生，故最容易引起反对，但反对是该欢迎的，因为反对便是兴趣的表示，况且反对的讨论不但给我们许多不要钱的广告，还可使我们得讨论的益处，使真理格外分明；

③因为问题是逼人的活问题，故容易使人觉悟，容易得人信从；

④因为从研究问题里面输入的学理，最容易消除平常人对于学理的抗拒力，最容易使人于不知不觉之中受学理的影响；

⑤因为研究问题可以不知不觉的养成一班研究的，评判的，独立思想的革新人才。①

其中第四点最引人思考，正是这种与某种具体问题纠缠的理论最能混淆视听。在这种问题里面，解决问题的急迫心理超过了对引进学理的反思，使得输入的学理只能是涉及部分问题时的个体解决方案。而这种个案式的学理输入往往并不带有真正的普适性。

文中还提出对中国旧有的学术思想亦持一种"评判的态度"，具体来看，"我们对于旧有的学术思想有三种态度。第一，反对盲从；第二，反对调和；第三，主张整理国故"②。同时界定了"整理国故"的具体意义及步骤："我们对于旧有的学术思想，积极的只有一个主张，——就是'整理国故'。整理就是从乱七八糟里面寻出一个条理脉络来；从

---

① 胡适：《新思潮的意义》，载于《新青年》，1919年12月1日第七卷第一号。
② 胡适：《新思潮的意义》，载于《新青年》，1919年12月1日第七卷第一号。

无头无脑里面寻出一个前因后果来；从胡说谬解里面寻出一个真意义来；从武断迷信里面寻出一个真价值来。"①胡适在提出此理论的同时积极地进行了实践，秉承着"重新评估一切"的观点，对中国传统文学展开了深入的挖掘。

1920年8月，胡适为汪原放点校的《水浒传》一书作序，后来序单独发表，即《水浒传考证》一文。文中运用"历史进化的文学观念"重新评价了《水浒传》："我想《水浒传》是一部奇书，在中国文学史占的地位比《左传》《史记》还要重大的多。"胡适试图重新评价中国传统的章回体小说，提出"这种种不同的时代发生种种不同的文学见解，也发生种种不同的文学作物——这便是我要贡献给大家的一个根本的文学观念"②。1921年5月，胡适《红楼梦考证》一文便用"科学的方法"精细考证了《红楼梦》著者、版本及后四十回的作者。1922年9月3日，《读书杂志》第一期刊载了胡适《王莽——一千九百年前的一个社会主义者》，秉着"重新评估一切"的标准，重新评判了王莽。1922年11月15日，胡适在《读书杂志》第三期上发表《记李觏的学说——一个不曾得君行道的王安石》，表彰了李觏的学说，认为其"是北宋的一个大思想家。他的大胆，他的见识，他的条理，在北宋的学者之中，几乎没有一个对手！"称赞李觏是"江西学派的一个极其重要的代表，是王安石的先导，是两宋哲学的一个开山大师"③。1923年3月6日，胡适为刘文典《淮南鸿烈集解》作序，指出"吾友刘叔雅教授新著《淮南鸿烈集解》，乃吾所谓总账式之国故整理也"④。胡适在理论建设及具体研究中一直在推广这种"科学的整理国故"的方法。

1923年1月10日，郑振铎在《小说月报》第十四卷第一号上发表《新文学之建设与国故之新研究》，呼应胡适提出的"整理国故"的口号——"我主张在新文学运动的热潮里，应有整理国故的一种举动"⑤，

---

① 胡适：《新思潮的意义》，载于《新青年》，1919年12月1日第七卷第一号。
② 胡适著，欧阳哲生编：《胡适文集》(2)，北京大学出版社，1998年版，第409页。
③ 胡适：《记李觏的学说——一个不曾得君行道的王安石》，载于《努力周报·读书杂志》，1922年11月5日第三期。
④ 胡适著，欧阳哲生编：《胡适文集》(3)，北京大学出版社，1998年版，第143页。
⑤ 郑振铎：《新文学之建设与国故之新研究》，载于《小说月报》，1923年1月10日第十四卷第一号。

建议将"整理国故"纳入新文学建设。郑振铎作为文学研究会的重要代表人物，其所提出的意见在当时具有广泛的代表性，他特别强调区分新旧文艺观，"但我们更打翻了这种旧的文艺观念。一方面固然要把什么是文学，什么是诗，以及其他等等的文学原理介绍进来，一方面却更要指出旧的文学的真面目与弊病之所在，把他们所崇信的信条，都一个个打翻了"①。对于《诗经》的研究，郑振铎提出"必须根本的把《毛诗序》打倒，或把汉儒传经的性质剖白出来，使他们失了根据地，他们的主张才会动摇，他们的旧观念才会破除"②。其指出了整理国故的目的在于重新阐释经典，破除传统观念中的文学认识，发掘所谓被埋没的"伟大作品"，并举马丁·路德宗教改革之意，认为整理国故便是此意，即以传统攻击传统。文中已经提出了"擒贼先擒王"，而以五经为代表的传统经典，自然而然地就成了他们要擒拿的"王"。③《诗经》特殊的文本性质使其成为新文学运动及整理国故运动中的一大热点。而对《诗经》文本的阐释也完美演绎了新文学运动干将们的理想，《诗经》由"五经"之一顺利地被解释为"第一部歌谣总集"，进而以《国风》为中心，分析研究其篇目中那"自然而然"的爱情。而在这个过程中，《毛诗序》无疑成为重点打击的对象，"牵强附会"的帽子始终戴在它的头上。在《诗经》研究由经学转向文学的过程中，虽有宋代以来的学术积淀，但是五四时期的所谓新文学运动，对文学的重新界定，以及整理国故运动，在这一转向过程中无疑起了决定性作用。

顾颉刚也发表了其对整理国故的看法。1923 年 1 月 10 日，他在《小说月报》第十四卷第一号发表《我们对于国故应取的态度》一文，指出：

> 我们应立在家派之外，用平等的眼光去整理各家派或向来不入

---

① 郑振铎：《新文学之建设与国故之新研究》，载于《小说月报》，1923 年 1 月 10 日第十四卷第一号。

② 郑振铎：《新文学之建设与国故之新研究》，载于《小说月报》，1923 年 1 月 10 日第十四卷第一号。

③ 郑振铎《新文学之建设与国故之新研究》："正如马丁·路德之宗教改革，旧教中人借托《圣经》以愚蒙世人，路德便抉《圣经》的真义，以攻击他们。路德之成功，即在于此。我们现在的整理国故，也是这种意见。'擒贼先擒王'，我们把他们的中心论点打破了，他们的旧观念自然会冰消瓦解了。"

家派的思想学术。我们也有一个态度，就是"看出它们原有的地位，还给它们原有的价值"。我们没有"善"与"不善"的分别，也没有"从"与"弃"的需要。我们现在应该走的路，自有现时代指示我们，无须向国故中讨诲。所以要整理国故之故，完全是为了要满足历史上的兴趣，或是研究学问的人要把它当做一种职业；并不是向古人学本领，请古人来收徒弟。①

此段论述较为鲜明地指出了时人对整理国故的态度，即为我所用，为现代所用，反对以古人为师。其中"看出它们原有的地位，还给它们原有的价值"已经暗含了对古代学术的重新评价与定位，而采用的衡量标准便是五四时期产生的一种复杂的评价体系，其杂糅了泛化的现代西方文学理论，加入了经日本消化之后形成的现代思想。

自民国以来，国人对国故的态度已经由于新文化运动的鼓动而嗤之以鼻，使得传统文化的传承遭受了第一次重击。继而兴起的整理国故运动虽在名义上是保存国故、整理国故以为今用、科学地整理国故等，但在具体实践层面又包含了时人对五四激烈主张的反思，以及对引进西学的进一步深化。他们主张以科学的方法整理国故，实际上却较多地采用西方的方法来重新审视国故。加之杜威实验主义的广泛传播，致使对国故的整理出现了两个倾向：一个是对经典的重新阐释，一个是对新材料的发掘与使用。而后者又结合了新的出土文献。

重新阐释经典最重要的一步是对古书真伪的判定，由此出现了以顾颉刚为代表的古史辨派。他们最开始的目的是先打破上古史，然后再以他们所认为的科学的方法重建。结果他们只完成了前一步，后一步至今未能完成。特别是他们提出的"层累地造成的中国古史"说，对后来的文学、史学及哲学均影响巨大。结合来看，整理国故运动很大程度上是对古书作了重新定位，颠覆了传统的学术体系。古史辨派学者从其内部特别是以西化的方法对古书真伪的论断，以及对其写作年代的考订与探索，最终使得整理国故运动演变成一场从内部进行的"摧毁国故"运动。虽然当时的学者主观上存着对五四反传统的反思，以及对保守派意见的吸取，但客观上他们所谓的"科学"的方法并不严谨，最终导致无

---

① 顾颉刚：《我们对于国故应取的态度》，载于《小说月报》，1923 年 1 月 10 日第十四卷第一号。

书可信，无书可读，只剩下一批他们重新发掘而在当时并不为人所重视的典籍。

以上所论并非唐突前人，胡适《整理国故与"打鬼"——给浩徐先生信》一文便可作为佐证。① 此信于1927年3月19日发表在《现代评论》第五卷第一一九期上。胡适认为"输入新知识与新思想固是紧要，而'打鬼'更是紧要"，"我披肝沥胆地奉告人们：只为了我十分相信'烂纸堆'里有无数无数的老鬼，能吃人，能迷人，害人的厉害胜过柏思德发现的种种病菌。只为了我自己相信，虽然不能杀菌，却颇能'捉妖''打鬼'"。② 整理国故根本不是胡适在新文化运动中的退却，相反，胡适将新文化运动的理论与方法引入中国传统，对传统进行了深层的改造与阐释。虽然名义上是整理国故，实际上这种"整理"几乎是颠覆式的，而最终也是为新文化运动梳理了一条历史发展脉络，使得新文化运动不再是凭空产生的，而是有迹可循的。

二、疑古思潮与古史辨派

中国学术怀疑精神的源头最早可以追溯到先秦时期，《孟子》有言"尽信书，则不如无书"。汉代有今文经、古文经之争，两派互相辩诘，构成了最早的怀疑论调。至宋代疑古风潮大盛，于五经皆有猜测怀疑。到清代朴学兴盛，怀疑转变为对古籍版本、字词训诂的考证。但是纵观中国学术，历来的怀疑皆是为了"求信"。从来没有哪一个时代像民国时期那样，将"疑古"视为一种必然合理的派别。从国家发展的角度来看，由于清末国力衰弱，整个社会普遍缺乏对民族文化的自信，从而使得学人在西学东渐的背景之下开始颠覆学统。从具体的思想源头来看，民国时期"疑古"思潮的兴起与胡适所接受的杜威的实验主义不无关系，其"大胆假设，小心求证"的方法几乎成了"疑古派"的主要学术方法。胡适在《介绍我自己的思想》一文中坦言自己思想的来源："我的思想受两个人的影响最大：一个是赫胥黎，一个是杜威先生。赫胥黎

---

① 胡适著，欧阳哲生编：《胡适文集》（4），北京大学出版社，1998年版，第115页。
② 胡适著，欧阳哲生编：《胡适文集》（4），北京大学出版社，1998年版，第117页。

教我怎样怀疑，教我不信任一切没有充分证据的东西。杜威先生教我怎样思想，教我处处顾到当前的问题，教我把一切学说理想都看作待证的假设，教我处处顾到思想的结果。"① 由此可见民国时期的"疑古思潮"并不完全是对传统怀疑精神的继承与发展。

1922年9月3日，《读书杂志》第一期刊载了胡适的《读楚辞》。胡适在文中发出疑问"屈原这个人究竟有没有"，他认为《史记》记载不实，且指出"传说的屈原，若真有其人，必不会生在秦汉以前"，"传说的屈原是根据于一种'儒教化'的《楚辞》解释的"。② 作为一种个人的假设，胡适从文意的梳理中提出了对屈原的怀疑。学术争论的关键在于证据，但这种推测毫无证据，只能作为学术上的假说，不能当作结论。胡适进一步提出了"箭垛式"的概念，认为屈原是多人的复合体，"是一种'箭垛式'的人物"，他认为屈原同黄帝、周公一样，为虚构的人物。③ 胡适进一步解释说："古代有许多东西是一班无名的小百姓发明的，但后人感而图报，或是为便利起见，往往把许多发明都记到一两个有名的人物的功德簿上去。最古的，都说是黄帝发明的。中古的，都说是周公发明的。"④

胡适提出的"箭垛式"概念，其实已经是顾颉刚"层累地造成的中国古史"说的理论先导。胡适认为屈原最初是一个文学的"箭垛"，即由《楚辞》中一部分的作者发展到《楚辞》的唯一作者。同时屈原也是一个伦理的"箭垛"，是经过汉朝学者加工而成的体现君臣大义的忠臣代表。但是，胡适所有怀疑屈原的观点均未有确切的证据，一直停留在一种假设之上，这就是所谓的历史的进化论的研究方法与杜威实验主义的结合。除了早期的理论原型，胡适还通过表彰人物的形式来强化疑古理论，1923年，胡适在《科学的古史家崔述》一文中极力推崇崔述的"疑古"精神。

---

① 按：由此可见民国时期的"疑古思潮"并不完全是传统怀疑精神的对接，其学术方法与实验主义更为接近。当然实验主义本身并不存在不妥之处，但是当把其引入中国，且用来评判中国特有之学术传统则不妥当。胡适著，欧阳哲生编：《胡适文集》（5），北京大学出版社，1998年版，第507～508页。
② 胡适：《读楚辞》，载于《努力周报·读书杂志》，1922年9月3日第一期。
③ 胡适：《读楚辞》，载于《努力周报·读书杂志》，1922年9月3日第一期。
④ 胡适：《读楚辞》，载于《努力周报·读书杂志》，1922年9月3日第一期。

与胡适不同，钱玄同直接切入对先秦典籍的怀疑。1923年2月9日，钱玄同在《论诗说及群经辨伪书》（与顾颉刚书）中提到他对传统经学的不满，他以为"推倒'群经'比疑辨'诸子'尤为重要"，"我以为不把'六经'与'孔丘'分家，则'孔教'总不容易打倒的……不把'经'中有许多伪史这个意思说明，则周代——及其以前——底历史永远还是讲不好的"。① 钱玄同将经学视为历史研究的重要障碍，认为只有剥离孔子与六经的关系，打倒群经才能讲好历史。这种观点为之后古史辨派考证上古史提供了早期的线索。1923年5月，顾颉刚在《读书杂志》第九期发表《与钱玄同先生论古史书》，正式提出了"层累地造成的中国古史"②说，具体提出了三层意思：第一，"可以说明时代愈后，传说的古史愈长"；第二，"可以说明时代愈后，传说中的中心人物愈放愈大"；第三，"我们在这上，即不能知道某一件事的真确的状况，但可以知道某一件事在传说中的最早的状况"③。后来"层累地造成的中国古史"说作为古史辨派的核心理论风靡当时整个学术界，其目的本来是建立可信的上古史，但其日后的发展完全偏离了初衷，破坏有余而建设不足。钱玄同《答顾颉刚先生书》认为顾颉刚提出的"层累地造成的中国古史"论"精当绝伦"。④ 钱玄同认为孔子并未制作"六经"，"五经"是各不相干的书，并指出"五经"成书源自《论语》，"六经"成书"当在战国之末"。该文对"六经"形成经过的论述只有不到三百字，流传了两千多年的经典便被一举推倒，其中的武断之处是显而易见的。我们不否认有些史实存在"层累地"形成的可能性，但是我们也无法否认历史并不能真正地被分毫不差地还原。正如钱穆在《国史大纲》中提出的"层累遗失说"一样，历史在建构的过程中保存了一部分，同时也遗失了很多。辨伪的工作必须建立在丰富的证据之上，因为一部经典的确立可能需要一千年，但是经典的消解可能只需数年甚至数月。古史辨派的影响或许为我们提供了一个有益的思考，虽然其代价几乎是毁灭了整个中国的上古史。

---

① 顾颉刚编：《古史辨》（第一册），朴社，1926年版，第52页。
② 顾颉刚编：《古史辨》（第一册），朴社，1926年版，第59～60页。
③ 顾颉刚编：《古史辨》（第一册），朴社，1926年版，第60页。
④ 顾颉刚编：《古史辨》（第一册），朴社，1926年版，第67页。

1924年2月，胡适在《古史讨论的读后感》一文中对顾颉刚、钱玄同、刘掞藜等人关于古史的讨论作了梳理。对于顾颉刚"层累地造成的中国古史"说，胡适称其为"剥皮主义"，并且将这个见解追溯到崔述的《考信录》，同时自言"颇有偏袒顾先生的嫌疑，我也不用讳饰了"，文中针对刘掞藜提出的"因为这种翻案的议论，这种怀疑的精神，很有影响于我国的人心和史界，心有所欲言，不敢不告也"①，亦有回应。胡适后来在《胡适文选》自序中总结了此篇文章，认为此文中讨论了两个基本的方法："一个是用历史演变的眼光来追求传说的演变，一个是用严格的考据方法来评判史料。"②

　　在胡适等人的大力支持下，古史辨派迅速发展，并以《古史辨》论文集的形式得到广泛传播。古史辨派通过大量的文献考证，在大胆假设的前提之下，遍考五经，进而打倒经学。经学的传统地位在疑古派的文献考证之中逐渐消解。经学是儒家的经典，儒家又是传统的主体，因而要推进反传统运动就必须打倒经学的权威。而从辨伪层面入手，证明经学文本之伪，是打倒经学权威的一条捷径。推翻了经学，"孔教"存在的合理性自然而然地就被打倒了。当然在开始的时候是为了配合新文化运动，反对袁世凯等人的复辟及其爪牙孔教会，但是此后的发展逐渐脱离了这一背景，而转向一种单纯的反传统理论。在这种理论的大肆扩展下，西学亦凶猛地涌入中国。在学理层面上，经学的辨伪必然以存真为目的，但实际情况是辨伪运动发展成为一种盲目的怀疑主义，在少数文献资料的支撑下，加之"默证法"的过度使用，配合广泛的社会影响力，最终导致了上古时期无书可信、无书可读的境地。

第三节　古史辨派与"《诗经》真相"

　　从整理国故到疑古思潮兴起，由于《诗经》的特殊性质，使其在历次运动当中皆处于被批判、否定的境地。首先，从思想层面看，《诗经》

---
① 顾颉刚编：《古史辨》（第一册），朴社，1926年版，第189~198页。
② 胡适著，欧阳哲生编：《胡适文集》（5），北京大学出版社，1998年版，第516页。

作为六经之一，是儒家的重要文献，集中代表了儒家思想，特别是以《毛诗序》为代表的诗教观、美刺说。而这些观点恰恰与民主、科学的主张对立，是民国时期新文化运动、文学革命等主要的反对目标。其次，从文学发展的角度来看，在上古文献中，《诗经》的文学意味最浓，特别是其诗歌的体裁形式。从白话文运动到整理国故运动，再到疑古思潮，《诗经》皆被当作文学研究或者整理国故的重要对象。一方面只要对《诗经》进行重新定位，去除其经学的外衣，就能达到反封建、反礼教的目的；另一方面，通过还原《诗经》文本，厘清《诗经》的真相，就能为白话文提供最早的源头线索，为疑古思潮提供最早的可信文本，为现代文学特别是诗歌提供可资参考的最早范式。特别是当这些运动的参与者在诸多方面多有重合之后，对《诗经》的现代解读便轰轰烈烈地开展起来。

一、"歌谣集"的提出及意义

为了提倡新的文学，早在1918年《建设的文学革命论》一文中，胡适就全面否定了两千年的文言创作，并且断言："自从《三百篇》到于今，中国的文学凡是有一些价值有一些儿生命的，都是白话的，或是近于白话的。其余的都是没有生气的古董，都是博物院中的陈列品！"[①] 胡适将《诗经》视为活语言"白话"创作的代表，并将其与《木兰辞》《孔雀东南飞》共同定为白话作品。从胡适所并举的南北朝民歌来看，可知他较早开始将《诗经》视为白话创作的歌谣，这也预示了《诗经》歌谣阐释时代的到来。

（一）"新文学"视角下"最古的总集"

顾颉刚在与友人钱玄同的书信中明确指出了部分《诗经》作品的歌谣性质。1922年2月，顾颉刚在《论诗经歌词转变书》（与钱玄同书）中提到自己打算写一篇《歌谣的转变》，提到其对几首《诗经》诗歌的认识，认为《唐风·杕杜》和《唐风·有杕之杜》是一首"乞人之歌"，

---

① 胡适：《建设的文学革命论》，载于《新青年》，1918年4月15日第四卷第四号。

《邶风·谷风》和《小雅·谷风》同是一首"弃妇之歌",《小雅·白驹》和《周颂·有客》同是一首"留客之歌"。这里需要特别指出的是,顾颉刚认为《诗经》风、雅、颂中皆有歌谣,且存在部分共题歌谣。①

钱玄同在《论诗经真相书》(与顾颉刚书)中回应了顾颉刚的主张,他认为对《诗经》的研究应从三个方着手:

> 《诗经》只是一部最古的"总集",与《文选》《花间集》《太平乐府》等书性质全同……
>
> 研究《诗经》,只应该从文章上去体会出某诗是讲的什么……
> 将毛学究、郑呆子底文理不通处举出几条,"昭示来兹"。②

钱玄同明确提出"《诗经》只是一部最古的'总集'",主张从文学角度对《诗经》进行研究,强调应当将《诗经》从经学之中剥离出来,与普通的文学作品放在一起。需要注意的是钱玄同此时使用的"文章"一词还是传统的概念,这一点从他所举的例子中便可看出。这一时期对传统诗经学研究的批判所使用的方法还停留在钱玄同所谓的自我矛盾的挖掘中。此时西学中的"文学"概念还未深入经学文本内部,特别是《诗经》的研究中。钱玄同对《诗经》的研究如其所言,"没有什么研究",因而打算从宏观的角度对传统诗经学的研究进行一次总体研究方向上的批判。③钱玄同对顾颉刚的"乞人之歌"的提议十分赞赏,使用了更加通俗的"花子底口吻"来形容。此篇文章在《诗经》早期的文学化、歌谣化研究转变中具有标志性意义。

(二)民间文学视角下的"乐诗总集"

《诗经》"歌谣说""总集说"等文学层面的阐释迎合了新文化运动以来兴起的民间文学视角。在文学领域彰显民间特色,一方面是在政治

---

① 按:"歌谣"说首见于朱熹《诗集传》,《诗集传序》云:"吾闻之,凡诗之所谓风者,多出于里巷歌谣之作。所谓男女相与咏歌,各言其情者也。"朱熹指出《诗经·国风》多为民间咏歌之作。民国时期所提出的"歌谣"与此相去甚远。朱熹认为《国风》虽为里巷之作,但是《二南》"亲被文王之化以成德,而人皆有以得其性情之正,故其发于言者,乐而不过于淫,哀而不及于伤",强调了文王之化的重要性。民国时期的学者指出了歌谣的本质,而忽略了《诗》所含之风教。顾颉刚编:《古史辨》(第一册),朴社,1926年版,第45~46页。

② 顾颉刚编:《古史辨》(第一册),朴社,1926年版,第46~47页。

③ 顾颉刚编:《古史辨》(第一册),朴社,1926年版,第46页。

层面上对传统贵族文学的反叛；另一方面，这种民间文学视角暗含了文学的进化观念。这些《诗经》研究上的"主义"多是观念上的存在，缺乏对文献的梳理，因而顾颉刚开始寻找学理上的支撑。1923年3月，顾颉刚撰写了《〈诗经〉在春秋战国间的地位》一文，主张"我们既知道它是一部文学书，就应该用文学的眼光去批评它，用文学书的惯例去注释它，这才是正办"①。顾颉刚认为历来《诗经》研究者特别是儒家学者遮蔽了《诗经》的真相，"并且屡屡碰到危险的厄运"，流传到现在，必须还《诗经》的"幸运"，让真相大白于天下。因而文章尝试回到春秋战国的历史现场，细致梳理了传说时代、周人的用诗、孔子对诗乐的态度、战国时期的诗乐、孟子说诗等。

第一，顾颉刚认为《诗经》所录为乐歌，指出《诗经》是入乐诗的一部总集，提出徒歌与乐歌之别。他认为《诗经》中的乐歌是"人随口唱出来的；乐工听到了，替它们个个的制了谱，使得变成'乐歌'，可以复奏，才会传到各处去，成为风行一时的诗歌"②。第二，论《诗经》作者不可考。顾颉刚认为《诗经》与众多乐歌一样作者多不可考，"《诗经》是一部古代极流行的诗歌，当然逃不了这个公例。所以我们对于《诗经》的作者和本事，决不能要求知道得清楚，因为这些事已经没有法子可以知道清楚了"③。第三，顾颉刚总结了周人对诗的态度：平民的诗为歌唱，宣泄内心情感；贵族作诗为各方面应用。他进一步提出《诗经》的四种用法：典礼、讽谏、赋诗、言语。他认为周人"对于诗的态度，只是一个为自己享用的态度；要怎么用就怎么用。但他们无论如何把诗篇乱用，却不预备在诗上推考古人的历史，又不希望推考作诗的人的事实"④。正因为周人没有附会，因而并没有损害"《诗经》的真相"。第四，批判孟子"以意解诗"，顾颉刚认为孟子开启了"乱断诗"及之后的附会传统，指出孟子"因为认定《诗经》是歌咏王道的书，所以又说：'王者之迹熄而《诗》亡；《诗》亡然后《春秋》作。'（《孟

---

① 顾颉刚编：《古史辨》（第三册），朴社，1931年版，第309页。按：原题《〈诗经〉的厄运与幸运》，刊于《小说月报》第十四卷第三期至第五期（1923年3月—5月），后收入《古史辨》第三册，改题为《〈诗经〉在春秋战国间的地位》。
② 顾颉刚编：《古史辨》（第三册），朴社，1931年版，第314页。
③ 顾颉刚编：《古史辨》（第三册），朴社，1931年版，第314页。
④ 顾颉刚编：《古史辨》（第三册），朴社，1931年版，第322页、345页。

子·离娄下篇》)"，"这种话到后来便成了诗学的根本大义"。① 顾颉刚认为"以意逆志"在《诗经》阐释上非常危险，"以意逆志"使得诗歌的本旨相对确定，摈弃了诗歌解释及使用的多义性。

顾颉刚在《〈诗经〉在春秋战国间的地位》一文中用大量篇幅梳理了先秦时期《诗经》产生、流传的线索，其根本目的在于否定从孟子开始以《毛诗序》《毛诗传笺》为代表的传统解诗方法，从根本上否定了两千年的《诗经》研究，进而转向现在仍难以确证的《诗经》歌谣研究。此后顾颉刚更深入地阐述了其对《诗经》歌谣的意见，他在《从诗经中整理出歌谣的意见》一文中指出风、雅、颂在总体上是按照歌谣与非歌谣的区别进行的分类，但在部分诗篇上有所不同。他认为《诗经》中的歌谣均是经过音乐处理的，并非歌谣的本相，如要从《诗经》中指实某一首是原始歌谣，"不妨从意义上着眼加以推测"。②

（三）从经学到文学——胡适对《诗经》的评价③

经过众多学者对《诗经》文本性质的讨论，以及在整体上从文学的角度解读《诗经》，《诗经》作为"歌谣集"的意见逐渐得到了广泛认同。胡适结合前期的理论探讨，完成了《谈谈诗经》一文，从《诗经》性质、来源、解释方法等方面为现代诗经学奠定了根基。1925年9月，胡适在武昌大学作了题为《谈谈诗经》的演讲，1931年经胡适修改后，被收入《古史辨》第三册。④ 胡适在文中开篇便提出"《诗经》在中国文学上的位置，谁也知道，它是世界最古的有价值的文学的一部，这是全世界公认的"⑤，并对《诗经》的几个基本概念进行了介绍，基本上反映了胡适对《诗经》定位的态度。第一，在对待《诗经》的性质上，胡适认为必须去除其作为儒家经典的意义，必须明确"《诗经》不是一部经典"⑥，只有打破这个传统观念，《诗经》的研究才能继续。胡适认为《诗经》确实是一部古代歌谣的总集，其在本质上只是先秦社会的材

---

① 顾颉刚编：《古史辨》（第三册），朴社，1931年版，第360页。
② 顾颉刚编：《古史辨》（第三册），朴社，1931年版，第592页。
③ 按：此处所论胡适关于《诗经》的评价以其参与"疑古学派"的讨论为限。
④ 顾颉刚编：《古史辨》（第三册），朴社，1931年版，第576~587页。
⑤ 顾颉刚编：《古史辨》（第三册），朴社，1931年版，第576页。
⑥ 顾颉刚编：《古史辨》（第三册），朴社，1931年版，第577页。

料，在这个基础上可以继续拓展政治史、文化史的研究。第二，胡适认为"孔子并没有删《诗》，'诗三百篇'本是一个成语"①，否定了"删诗说"，一方面是为了便于从民间文学的角度进行文学阐释；另一方面，必须将《诗经》与孔子的关系打断，才能彻底消除其经学解读的影响。第三，胡适认为"《诗经》不是一个时代辑成的"，而是长期结集的结果。②与第二点主张相联系，将《诗经》视为长期、多人共同完成，避免了传统研究当中特别是古文经学所主张的《诗经》在圣人编辑之后所暗含的"微言大义"。胡适还认为《国风》是各地散传的歌谣，然后由古人收集而成。这就将《诗经》的成书从王官之学中的国家行为变成了纯粹的歌谣搜集的个人行为。第四，否定汉人附会《诗经》，批判《诗序》。胡适认为《诗经》的经典意义是在汉朝形成的，因为"那班道学先生"认为《诗经》里面描写的那些男女恋爱之事有伤风雅，然后便对那些出自民间"自然的有生命"的活文学进行了"种种附会的解释"。

此外，胡适提出了对《诗经》进行现代研究的两条道路，这也成为现代诗经学的重要纲领，此后百年的《诗经》研究再没能超出这一框架。这两条道路是：

（第一）训诂　用小心的精密的科学的方法，来做一种新的训诂工夫，对于《诗经》的文字和文法上都重新下注解。

（第二）解题　大胆地推翻二千年来积下来的附会的见解；完全用社会学的，历史的，文学的眼光从新给每一首诗下个解释。③

在训诂方面，胡适主张运用"科学的方法"进行注解，包括文字、文法两个层面。在题解方面，胡适主张全面否定以《诗序》为代表的传统经解，吸收人类社会学、历史学以及民间文学的元素，重新解释诗旨。其将《诗经》完全视为文学文本，训诂上的主张否定了前人在注疏上的努力，题解上的主张否定了经学家的解释，将两点主张合在一起，便导致了《诗经》白文本的广泛传播。从此，《诗经》的流传产生了两种方式：一种是无注无题解，仅保留文本；另一种是含有个人题解及注

---

① 顾颉刚编：《古史辨》（第三册），朴社，1931年版，第578页。
② 顾颉刚编：《古史辨》（第三册），朴社，1931年版，第578页。
③ 顾颉刚编：《古史辨》（第三册），朴社，1931年版，第580页。

释，虽兼及前人注疏，但在本质上打破了原有的体系。从今天程俊英的《诗经注析》及高亨的《诗经今注》中，我们均能看到胡适主张的影子，也是从此之后，《诗经》再没能产生新的权威版本。①

二、《诗序》批判思潮

《诗经》在民国时期的重新定位是从两个方面进行的：一方面是从正面肯定了《诗经》的文学性，挖掘了其"被蒙蔽的真相"，提出了其"歌谣"的文学属性；另一方面，从反面大量批判传统学说，寻找《诗经》真相被蒙蔽的原因，打倒一切附会学说，其中以对《诗序》的批判最具代表性。

历代以来对《诗序》的争论一直存在，主要集中在大小序划分、《诗序》作者以及宋代开启存废《诗序》三个问题上。其中以朱熹为代表的废《序》一派与以马端临为代表的存《序》派尤为典型，两派之间的隔空争论一直从宋代延续到清末。徐英在《诗经学纂要》一书中具体记述了关于《诗序》存废的争论及流变。② 成伯瑜最早提出《诗序》首句为子夏所作，其下出自毛公，之后苏辙便将《小序》全部废去说诗。南宋之后，以郑樵、王质为代表，废《序》主张更加激进，连《大序》一并废除。朱熹继承了他们的学说之后，将《诗序》中的美刺之说去除，后来干脆直接将《诗序》全部废除。主张存《序》的有程大昌、范处义等人，马端临在《经籍考》中批判废《序》之说，亦主张存《序》。特别需要注意的是，历来关于《诗序》存废的争论皆存在一个从未改变的现实，那就是无论《诗序》存废与否，古人皆不会因此而不读《诗经》，或者说看低《诗经》。然而自民国以后，对《诗序》存废的争论直接影响了人们对《诗经》本身价值的评判，特别是在废《序》争论中将《诗序》视为卫道士美化封建社会之论。从经学到文学，《诗经》由儒家经典转变为"歌谣总集"。关于《诗序》存废的争论，徐英认为："《诗序》传授，既有渊源，去《序》言诗，何异乡壁。千载之后，非《序》

---

① 按：此为最可叹者，纵观20世纪《诗经》之研究，训诂、解题之作不可谓不多，然可与毛《传》、郑《笺》、朱《集传》并肩者未见矣。
② 徐英：《诗经学纂要》，中华书局，1936年版，第20页。

莫知诗之所指。若一旦遽废前说,逞臆盲索,胡可通耶。"① 其说确为灼见。

（一）"附会史实"——顾颉刚的《诗序》评价

随着新文化运动的开展,《诗序》的存废问题再次被提出。此时关于《诗序》的存废问题已经不仅仅是学术的探讨,由于新文化运动学者的广泛参与,其本身暗含了新文化、新文学、新史学的众多思潮,这也促使其转变为一场影响深远的文化变革。

1922年3月,顾颉刚在致胡适《论诗序附会史事的方法书》中提到《诗序》多附会,而这种附会掩盖了"《诗经》真相"。② 其在文中提到:"我们若拿《二南》与《郑风》调过了,《唐风》与《齐风》调过了,也未始不可就当时事实解释得它伏伏贴贴。我常想我们要打破他们的附会,须得拿附会的法子传示给别人看。"③ 顾颉刚在此文中模拟《诗序》的方法在唐诗之下加序:

> 海上（海上生明月）,"杨妃思禄山也,禄山辞归范阳,杨妃念之而作是诗也"。④

顾颉刚使用类比的手法攻击《诗序》。虽然在之后的《诗经在春秋战国间的地位》一文中,他批判了孟子"以意逆志""以意解诗"的错误做法,但是在分析《诗序》所谓的"附会"时,他使用的竟然是自己所批判的"以意解诗"法。在这篇文章中顾颉刚预设了《诗经》为民间歌谣总集的性质,并且假设在汉代以前《诗经》皆是以歌谣的形式流传,而这种假设恰恰又被其用来当作批判的证据,最后将这种假设作为结论,这种假设便成为论证的唯一证据。其论"倘使果有这种的书流传下来,请问我们疾恶的感情应当兴奋到怎样程度？然而《诗序》至今有人信为孔子所作,乃至诗人自作的呢！若说我这假唐诗序是诗人自作或朱熹所作,这班人能信吗？若不信,不是五十步笑百步吗？"⑤ 但实际

---

① 徐英:《诗经学纂要》,中华书局,1936年版,序言。
② 顾颉刚编:《古史辨》（第三册）,朴社,1931年版,第404页。
③ 顾颉刚编:《古史辨》（第三册）,朴社,1931年版,第404页。
④ 顾颉刚编:《古史辨》（第三册）,朴社,1931年版,第405页。
⑤ 顾颉刚编:《古史辨》（第三册）,朴社,1931年版,第405页。

情况是根本不存在任何证据表明唐代诗歌也普遍带有诗序。顾颉刚在这里使用的便是一种选择性的真实，两种情形根本不能相提并论。我们强调《诗序》存在的意义，有一个重要的根本便是学术之传承，且无法找到绝对性的否定证据。我们不能用自己虚拟的假设来判断事实，更不能将这种假设直接坐定为事实。

正是在这种思想的驱动下，顾颉刚延续了此线索的寻找过程。1923年1月，顾颉刚在《小说月报》十四卷一至三号发表了《读诗随笔》，后收入《古史辨》第三册。文中以《论语》《孟子》引诗作为参考，指出今本《诗经》的结集一定在孔子之后、孟子之前。[①] 顾颉刚在使用文献进行考证时经常持一种"双重标准"，对于依靠的文献往往是信任的，而在不用之后又有所怀疑。以《论语》为例，在《诗经在春秋战国间的地位》一文中，顾颉刚认为《论语》是战国初期的作品，"除了《诗经》本身以外，凡要取来证成《诗经》的差不多没有一部书籍完全可靠"[②]。其在前文中先论述《论语》之中有许多篇目不可靠，然而此文又以今本《论语》一书为据，来断定《诗经》的成书年代。此种方法实在是对待古书的"双重标准"，这一点是在古史辨派过度使用"默证法"之外的另一种值得反思的学术方法。另外，顾颉刚在《读诗随笔》中指出《诗序》是汉代特殊氛围之下的产物，"汉人因为要把三百五篇当做谏书，所以只好把《诗经》说成刺诗"，"他们总以为既有此语，必不徒然，一定有个大道理在"。[③] 其将《诗序》的产生视为汉代人"想当然"的产物，实际上这只是一种臆测，本身就是对汉代人思想的"想当然"罢了。此说本应毫无学理上的说服力，但是当时的学界辨伪疑古已然成风，加之新文化运动的影响，使得当时只要批判传统，便站在了所谓"民主"与"科学"的队列之中。很大程度上反传统的学术思维使得这种毫无证据的假设坐定为事实，更加助长了当时过度疑古的风潮。

---

① 顾颉刚编：《古史辨》（第三册），朴社，1931年版，第372页。
② 顾颉刚编：《古史辨》（第三册），朴社，1931年版，第311页。
③ 顾颉刚编：《古史辨》（第三册），朴社，1931年版，第372页。

（二）"沉重"的"瓦砾"——郑振铎的《诗序》评价[①]

如果说前期文章只是零星的批判，1923年1月郑振铎在《小说月报》十四卷一号发表的《读毛诗序》一文，则对《诗序》发起了全面的攻讦。

第一，郑振铎提出了"《诗经》是中国古代诗歌的总集"的总体评价。[②] 将《诗经》总体上置于文学评价的范畴之内，然后在此基础上提出对《诗序》的批判，并且延续了顾颉刚、胡适等人的意见，指出"《诗经》也同别的中国的重要的书籍一样，久已为重重叠叠的注疏的瓦砾把它的真相掩盖住了"[③]。

第二，郑振铎认为"《毛诗序》算是一堆最沉重，最难扫除，而又必须最先扫除的瓦砾"[④]，将《诗序》视为《诗经》文学研究上最大的拦路虎，认为《诗序》对中国传统文学产生了极坏的影响，特别是《诗序》解诗中树立的众多中国文学的"成语""代用字"，如以"小星"代称"妾"、以"柏舟"指称"节妇"等。[⑤] 同时批判了《诗序》提出的"美刺说"。"美刺说"为后人所模仿，特别是到唐代中期的新乐府运动，诗人自题的"美刺"为后人造假提供了便利。郑振铎认为正是因为《诗序》的影响，后人"便不知不觉的带上了蓝眼镜，把一切文艺作品的颜色也都看成蓝色的了"[⑥]。

第三，郑振铎指出"《毛诗序》最大的坏处，就在于他的附会诗意，穿凿不通"。他认为《诗序》"几乎百分之九十以上是附会的，是与诗意相违背的"[⑦]，但是他又未能提供可资参考的证据，使得这种批判很大程度上沦为理论、观念差异导致的主观否定。在文中郑振铎这样分析道："大概做《诗序》的人，误认《诗经》是一部谏书，误认《诗经》里许多诗都是对帝王而发的，所以他所解说的诗意，不是美某王，便是

[①] 按：此处所论郑振铎关于《诗经》的评价，仅限于其参与"疑古学派"讨论的时期。
[②] 顾颉刚编：《古史辨》（第三册），朴社，1931年版，第382页。
[③] 顾颉刚编：《古史辨》（第三册），朴社，1931年版，第383页。
[④] 顾颉刚编：《古史辨》（第三册），朴社，1931年版，第385页。
[⑤] 顾颉刚编：《古史辨》（第三册），朴社，1931年版，第386~387页。
[⑥] 顾颉刚编：《古史辨》（第三册），朴社，1931年版，第386页。
[⑦] 顾颉刚编：《古史辨》（第三册），朴社，1931年版，第388页。

刺某公！又误认诗歌是贵族的专有品，所以他便把许多诗都归到某夫人或某公，某大夫所做的。又误认一国的风俗美恶，与王公的举动极有关系，所以他又把许多诗都解说是受某王之化，是受某公之化。"① 其分析《诗序》产生的原因时也使用了"大概""误认"这样模糊不清、毫无确证的评判性词语。

第四，借助具体的文本分析，郑振铎指出《诗序》解诗自身存在矛盾之处。对于意思、词句接近的诗，"在《周南》里是美，在《郑风》里却会变成是刺"②。对于同样写男子思慕恋人的诗，解释上却截然不同，《关雎》是"后妃之德"，《月出》"刺好色"，《泽陂》则是"刺时"。郑振铎在分析时抛弃了所有的注疏及题解，只是就诗歌文本而言。《诗经》本身的创作背景我们不得而知，现存的只有《诗序》的记载，除此之外我们只能凭空猜想。再加上诗歌本身语言的蕴藉性、表意的含蓄性以及诗歌解读本身的多义性，使得类似的单纯文本分析到底能不能发掘所谓的《诗经》真相，亦成为一个谜团。但是有一点值得注意，即在《诗序》之外，我们确实不能找到一种确信的、系统的、合理的解释。

第五，郑振铎还批判了两类支持《诗序》的观点。其一，"所谓诗意深邃不易知"，其二，"《诗序》由来已久，所说必有据"。③ 郑振铎认为古人所作之诗，"词旨俱极明白"，绝对不会无故为艰深之文，并且指出唐以前的诗歌发展体现了这种传统。在这层意思的否定之中，郑振铎站在《诗经》为汉人经典化的大前提之下，将《诗经》的产生及结集视作单纯的文学行为。这种观点忽视了在先秦时期特别是春秋以前，教育是由贵族阶级掌握的，即所谓"学在王官"，私人办学及著述是孔子之后的事情。而且郑振铎对《诗经》"诗意"的否定本质上是对《诗经》经学意义的批判。

在批判《诗序》解诗的同时，古史辨派学者开始对《诗序》的作者

---

① 顾颉刚编：《古史辨》（第三册），朴社，1931年版，第389页。
② 顾颉刚编：《古史辨》（第三册），朴社，1931年版，第390页。
③ 顾颉刚编：《古史辨》（第三册），朴社，1931年版，第396~397页。

提出质疑。关于《诗序》的作者历来众说纷纭[①]，兹列表如下（见表1-1）：

表 1-1

《诗序》作者	持此观点者
《大序》为子夏作，《小序》为子夏、毛公合作	沈重述郑玄《诗谱》
子夏所作	王肃《孔子家语·七十二弟子》注
卫宏所作	范晔《后汉书·儒林传》、顾颉刚《毛诗序之背景与旨趣》、鲁迅《汉文学史纲要》、金功亮《诗经学ABC》、蒋伯潜《十三经概论》
子夏所创，毛公、卫宏加以增饰	魏徵等《隋书·经籍志》
汉之学者所作	韩愈《诗之序议》、郭绍虞《中国文学批评史》
《大序》与《小序》首句为子夏作，其下为毛公申足	成伯瑜《毛诗指说》
毛氏门人所作，卫宏集录	苏辙《诗集传》
诗人自作	王安石《诗经新义》
村野妄人作	郑樵《诗辨妄》
毛公门人所作	曹粹中《放斋诗说》
山东学究作	朱熹《朱子语类》
国史、孔子作	程颢《二程遗书》
《小序》子夏作，《大序》卫宏作	程大昌《诗论》
《大序》卫宏作，《小序》汉人作	姚际恒《古今伪书考》
《诗序》不知何人所作	皮锡瑞《经学通论》、朱东润《中国文学批评史大纲》
《大序》与《小序》首句刘歆作，其余卫宏作	康有为《新学伪经考》
卫宏或其他后汉人所作	郑振铎《读毛诗序》
子夏、卫宏合作	徐澄宇《诗经学纂要》（其义为子夏以来相授之义，其文则卫宏之所纂也）

---

① 按：据胡朴安《诗经学》、金功亮《诗经学ABC》、徐澄宇《诗经学纂要》、赵沛霖《诗经研究反思》等书归纳。

续表1-1

《诗序》作者	持此观点者
《大序》作者不清，《小序》为大小毛公所作	朱自清《经典常识》
毛亨以前经师与《毛诗》学者合作	陈允吉《诗序作者考辨》
孟子所作说	王大韶《诗序的作者——孟子》、刘毓庆《诗序与孟子》（孟子与《毛诗序》有传授关系）、王承略《论诗序的主体部分可能始撰于孟子学派》

顾颉刚力主卫宏作《序》说。1930年2月16日，《国立中山大学语言历史学研究所周刊》刊载了顾颉刚《毛诗序之背景与旨趣》一文，后收入《古史辨》第三册。① 文章认为"《诗序》者，东汉初卫宏所作，明著于《后汉书》"，并指出《诗序》中所涉及史事皆自《左传》及《史记》而来，非相反，且评价"汉代人最无历史常识，最敢以己意改变历史，而其受后世之信仰乃独深，凡今所传之古史无不杂有汉人成分者"。② 这里对《毛诗序》各种附会作者的观点进行了严厉的批判，但实际上除了《后汉书》记载《诗序》为卫宏所作，其他指责并无实据，多为推测。再看卫宏一事，值得深思，此事因记载过于简略，于其师传系统未知。同时考虑到秦汉时期此类书籍的成书及署名特点，我们有理由相信，卫宏是最终修改《诗序》并将其定稿为现在流传本之人，但是对于最初传《诗序》之人，此正为学术史之阙疑。

第四节　关于《野有死麕》《静女》的"大讨论"

古史辨派在探讨《诗经》去经学化的过程中涉及了大量具体诗篇的解释，如对诗篇主旨的阐释、字词释义，甚至对若干诗篇进行了白话翻译。其从文学维度进行的全新阐释融入了民国时期包括民间文学在内的新文学主张，且融入了文化人类学、民俗学以及新史学元素。古史辨派

---

① 顾颉刚编：《古史辨》（第三册），朴社，1931年版，第402~403页。
② 顾颉刚编：《古史辨》（第三册），朴社，1931年版，第403页。

学者的尝试很大程度上奠定了新时期《诗经》研究的基础理论，并为现代诗经学的研究提供了全新的范式。其中关于具体诗篇的探讨主要集中在《古史辨》第三册之中，讨论最多的为《召南·野有死麕》《邶风·静女》两篇。

一、《召南·野有死麕》篇释义

1925年5月17日，顾颉刚在《歌谣周刊》第九十一号上发表了《野有死麕》（吴歌甲集写歌杂记之三）一文。此文在探讨《诗经》中部分诗篇和性质为歌谣时指出，"《诗经》中有一部分是歌谣，这是自古以来就知道的。但因为从前的读书人太没有歌谣的常识，所以不能懂得它的意义"，并举《召南·野有死麕》篇为例。① 其后胡适、钱玄同、俞平伯等人相继发表文章，阐述对《野有死麕》的释义，其中涉及了诗歌主旨、字词释义以及诗歌的泛文化阐释。相关讨论文章篇目列表如下（见表1—2）：

表 1—2

编号②	篇目	作者	刊物	时间	期卷
一四七	《野有死麕》（吴歌甲集写歌杂记之三）	顾颉刚	《歌谣周刊》	1925年5月17日	第九十一号
一四八	《论野有死麕书》	胡适	《歌谣周刊》	1925年6月7日	第九十四号
一四九	《跋适之先生书》	顾颉刚	《歌谣周刊》	1925年6月7日	第九十四号
一五〇	《关于野有死麕之卒章》（附豈明先生与平伯书）	俞平伯	《语丝》	1925年6月15日	第三十一期
一五一	《跋平伯先生书》（吴歌甲集写歌杂记之十一）	顾颉刚			
一五二	《关于野有死麕之卒章》	钱玄同	《语丝》	1925年6月29日	第三十三期
一五三	《跋玄同先生书》（吴歌甲集写歌杂记之十一）	顾颉刚			

首先，从《召南·野有死麕》篇的主旨来看，在整篇诗歌的解读

---

① 顾颉刚编：《古史辨》（第三册），朴社，1931年版，第440页。
② 按：表中一四七至一五三为《古史辨》（第三册）收录时的编号。

上，顾颉刚认为这"是一首情歌"，并对诗歌文意进行了疏通。① 他认为第一章写"吉士"诱惑怀春女子；第二章写女子容貌及性格；第三章写女子"为要得到性的满足，对于异性说出的恳挚的叮嘱"。② 顾颉刚分别引卫宏、郑玄、朱熹论此诗主旨之说，言"可怜一班经学家的心给圣人之道迷蒙住了"，指出前人的解释存在诸多矛盾之处，从"怀春之女"到"贞女"，从"吉士"到"强暴男子"，从"情投意合"到"无礼劫胁"，三层解释从诗歌本文中并不能得出，这也显示了这些解释本身的附会之处。顾颉刚则将之视为反抗礼教，敢于追求自由恋爱的典型。③

其次，从字词释义方面来看，顾颉刚在梳理第三章时指出"帨"即女子所佩之"巾"，"脱脱"为"缓慢"之义，"感"为"动摇"之义，"尨"即"狗"。1925 年 5 月 25 日，胡适在《论野有死麕书》中对"帨"的解释提出异议，认为"帨"并非"佩巾"之义，且并不佩戴在身上。其据《礼记·内则》所载"女子设帨于门右"，指出这里的"帨"当指"门帘"，且佩巾并不能发出太大的声音。④ 后顾颉刚在《跋适之先生书》中修改了自己的解释，并引民歌"长手巾，挂门房。短手巾，揩茶盆，揩个茶盆亮晶晶"以补正。⑤ 俞平伯认为将"帨"释为门帘是"想象"的结果，"帨"当为女子常佩之物，且"帨"的释义与声音并无关系。⑥ 俞解当是。段玉裁《说文解字注》："《毛传》曰：帨，佩巾也。乡饮酒礼，乡射礼，燕礼，大射仪，公食大夫礼，有司彻皆言帨手。注：帨，拭也。"⑦ 所谓"帨手"即拭手，不可能是用门帘擦手，从这里亦可以看出"帨"即"佩巾"。帨手之义当是从以帨擦手引申而来，并且古籍中未见先秦时期有使用"门帘"的记载，与民歌自然不同。胡适的解释是在将诗旨定为情诗之后，讲男子至女子住所幽会，然后有

---

① 顾颉刚编：《古史辨》（第三册），朴社，1931 年版，第 440 页。
② 顾颉刚编：《古史辨》（第三册），朴社，1931 年版，第 440 页。
③ 按：顾颉刚关于此诗主旨之解释为当今学界普遍接受，但是从文学的功能及长远的社会教化伦理发展来看，此类解释无疑将诗歌阐释引向就下之趋势。
④ 顾颉刚编：《古史辨》（第三册），朴社，1931 年版，第 442~443 页。
⑤ 顾颉刚编：《古史辨》（第三册），朴社，1931 年版，第 443~444 页。
⑥ 顾颉刚编：《古史辨》（第三册），朴社，1931 年版，第 445 页。
⑦ 许慎撰，段玉裁注：《说文解字注》，上海古籍出版社，1981 年版，第 357 页。

"门帘"之说，此亦为将假设坐实为结论，然后又以此解诗之证。

最后，从泛文化角度来看，引入了人类学、社会学及民间歌谣的视角。胡适指出《野有死麕》篇"最有社会学上的意味"，他认为男子在求偶时献野兽是当时的一种风俗，女子接受与否即表明其态度[①]，诗中所叙"用白茅包着的死鹿"正是男子的贽礼。周作人在《与平伯书》中认为胡适关于社会学的解释没能脱离郑玄解诗的老路，"照旧说，贞女希望男子以礼来求婚，这才说得通；若作私情讲似乎可笑"[②]。其实在这里周作人并未能理解胡适的深意，胡适引入人类学、社会学，其实强调的是原始社会类似部落时代的男女之爱。当然这种意图是更加附会的解释。但是随着人类学、社会学的广泛传播，类似图腾、史诗等概念在《诗经》的阐释之中屡见不鲜。胡适在这里提出的意见便是其中的源头之一。

二、《邶风·静女》篇讨论

《邶风·静女》篇的讨论始于1926年2月顾颉刚发表在《现代评论》第三卷第六十三期上的《瞎子断扁的一例——静女》一文。[③] 顾颉刚受崔述《考信录提要》影响，撰写此文的目的在于通过梳理卫宏、郑玄、孔颖达等人对《静女》篇的解释，破除对诗旨解释的蒙蔽，揭示诗歌的真正主旨。因其在文中涉及对诗旨的界定、白话翻译、文意梳理以及字词解释等，引起了张履珍、谢祖琼、刘大白、刘复、魏建功、杜子劲等对诗篇的争论，来往书信及相关文章多至十数篇，在当时引发了激烈的争论，从而形成了蔚为壮观的《静女》问题大讨论。相关文章列表如下（见表1-3）：

---

① 顾颉刚编：《古史辨》（第三册），朴社，1931年版，第442页。
② 顾颉刚编：《古史辨》（第三册），朴社，1931年版，第446页。
③ 顾颉刚编：《古史辨》（第三册），朴社，1931年版，第510~518页。

表 1-3

编号①	篇目	作者	刊物	时间	期卷
一五八	《瞎子断匾的一例——静女》	顾颉刚	《现代评论》	1926年2月20日	第三卷第六十三期
一五九	《谁俟于城隅?》	张履珍	《学艺》	1926年4月1日	第一期
一六〇	《静女的讨论》	谢祖琼	《学艺》	1926年7月	第三期
一六一	《关于瞎子断匾的一例——静女的异议》	刘大白	《语丝》	1926年4月12日	第七十四期
一六二	《答书》	顾颉刚	《语丝》	1926年4月12日	第七十四期
一六三	《再谈静女》	刘大白	《黎明》	1926年5月2日	第二十五号
一六四	《读邶风静女的讨论》	郭全和	《语丝》	1926年6月7日	第八十二期
一六五	《邶风静女的讨论》	魏建功	《语丝》	1926年6月14日	第八十三期
一六六	《瞎嚼蛆的说诗》	刘复	《世界日报》	1926年8月2日	第二卷第二号
一六七	《邶风静女篇"荑"的讨论》	董作宾	《现代评论》	1926年7月24日	第八十五期
一六八	《三谈静女》	刘大白	《黎明》	1926年7月18日	第三十六期
一六九	《四谈静女》	刘大白	《白屋说诗》	1929年4月29日	
一七〇	《诗经静女讨论的起沨与剥洗》	杜子劲	《天河杂志》	1931年6月20日	第十一期
	《一篇诗邶风静女的总账》	叶德禄	《辅仁大学广东同学会半年刊》	1934年6月	第二期
	《瞎子断匾》	陈子展	《社会月报》	1934年7月15日	第一卷第二期

关于《静女》诗歌的题旨,顾颉刚认为"很明白的是一首情诗"②,用白话文翻译整首诗歌,并语带讥讽地批判了《毛诗故训传》《诗序》及郑《笺》、朱熹《诗集传》之解释,"实在二千多年中经学家太可怜了","汉朝的经师不知道为什么会得这样的异想天开……讲得巧呵,讲得妙呵,一首儿女的情诗竟讲到宫廷的仪式,古人的法度上去了"。刘复在《瞎嚼喷蛆的说诗》一文中则持不同的见解,其在情诗的基础上进一步提出这是一首"追忆的诗",认为是男子"想到了他那位密司曾经

---

① 按:表中一五八至一七〇为《古史辨》(第三册)收录时的编号。
② 顾颉刚编:《古史辨》(第三册),朴社,1931年版,第511页。

在城墙角里等过他",可是此刻却见不到爱人,因而追忆两人之前的美好恋情。① 顾、刘两人的解释皆抛弃了《诗序》的观点,从纯文本出发,在字句中追寻诗歌的主旨。关于《静女》的争论还提到了诗中在城墙下等待的到底为男子还是女子,郭沫若在《卷耳集》中持男子说,而顾颉刚在译文中则认为是女子。这些争论的核心在于对诗歌字词的具体解释的不同,个别字义的差别使得众人在诗旨及诗歌内容的理解上出现了偏差。这十数篇文章集中对与诗歌内容密切相关的"彤管""荑""爱"三个词进行了释义,具体如下:

（一）释"彤管"

顾颉刚认为"彤管"为古人日常使用的东西。"彤"即"丹漆",弓箭上常用,并非贵重的颜色。"管"即"管子"。"彤管"即"丹漆的管子"。刘大白《关于〈瞎子断扁的一例——静女〉的异议》一文认为将"彤管"与"荑"释为两物不妥,两者实为一物,并指出顾颉刚将"彤"释为"丹漆"还是没有脱离注疏的影响。他认为"彤"即红色,"彤管"即"红色的管子","彤管"与"荑"皆属于"茅",因而"彤管"实际上是"红色的茅苗儿"。② 郭全和《读邶风静女的讨论》一文赞同刘大白将"彤"释为红色,但认为"管"应当作"菅",引郭璞注"菅"为"茅属",与茅相似而表面有光泽,"彤管"是红色的菅,并且从情理上展开分析,因为是有光泽而好看的东西,所以送给情人。③

魏建功从情感角度分析,认为把"管"释为"菅"完全没有必要,对"管"的解释必须注意音乐且与爱情生活相关,其将"管"释为"笙箫管笛"之"管"。④ 在"彤"字的翻译上他赞同顾颉刚的解释,但从字形来看其应当有"斑彩"之义或者"彩画"之实、"彩画"之事。⑤ 董作宾《邶风静女篇"荑"的讨论》一文认为此说不妥,其将"彤管"解为"红堂堂的乐器的管子",指出"彤管"在文意上与"荑"并没有

---

① 顾颉刚编:《古史辨》(第三册),朴社,1931年版,第540页。
② 顾颉刚编:《古史辨》(第三册),朴社,1931年版,第523页。
③ 顾颉刚编:《古史辨》(第三册),朴社,1931年版,第528页。
④ 顾颉刚编:《古史辨》(第三册),朴社,1931年版,第534页。
⑤ 顾颉刚编:《古史辨》(第三册),朴社,1931年版,第534~536页。

承接性。①

总的来看，关于"彤管"的释义虽然有"丹漆管子""红色的茅草""红堂堂的乐器管子"等说法，但解释的繁杂性不亚于传统的注疏，在梳理文意的基础上，对"彤管"的解释在总体上走向了另一个极端。

（二）释"荑"

顾颉刚认为"荑"是野草，柔软且可爱。刘大白对顾颉刚的释义不以为然，其从《毛传》之说，认为"荑"为"茅之始生者"，即茅草的幼苗。郭全和认为刘大白的释义属狭义的解释，从广义的解释来看，"凡草木之始生者，皆曰荑"，认为"荑"为草的一种，"中有米而细小"。② 董作宾认为"荑"与"彤管"实为一物，其从幼时的回忆谈起，认为"荑"即"茅牙"，是"茅牙中的穰儿"，且能食。"荑"加上"外面的嫩红色的叶托"，自然就是"彤管"。③ 这里对"荑"的解释在《毛传》的基础上进行了多方面的扩展。诸位学者的意见在最后并未能达成一致，反而倾向于毫无根据的臆测。这些烦琐的主观评判，在诗旨的解释上并未发挥大的作用，反而浪费了大量的精力。由于名物的变迁，在两千多年以后找不到对应的植物本属正常，"茅之始生者"的解释其实已经为理解整篇诗歌主旨提供了必要的基础。

（三）释"爱"

顾颉刚、魏建功、谢祖琼、张履珍等人皆认为"爱"即亲爱、爱恋之义。顾颉刚将"爱而不见"译为"我爱她，但看不见她"④，谢祖琼译为"我爱她，但她还没有来"⑤，魏建功译为"我爱心肝见不着"⑥，皆将"爱"当作动词，译为男子对情人的爱慕。刘大白认为顾颉刚等人的解释受到《毛诗故训传》及《毛诗传笺》的束缚，为望文生义之解，其引《说文解字》，认为"爱"同"僾"，为"仿佛"之义。"爱而不见"

---

① 顾颉刚编：《古史辨》（第三册），朴社，1931年版，第550页。
② 顾颉刚编：《古史辨》（第三册），朴社，1931年版，第528页。
③ 顾颉刚编：《古史辨》（第三册），朴社，1931年版，第543~544页。
④ 顾颉刚编：《古史辨》（第三册），朴社，1931年版，第512页。
⑤ 顾颉刚编：《古史辨》（第三册），朴社，1931年版，第522页。
⑥ 顾颉刚编：《古史辨》（第三册），朴社，1931年版，第533页。

当译作"仿佛不见"。杜子劲认为《诗经》中"爱"作"亲爱"之义者甚少,"爱"当从《尔雅·释言》之说,为"隐蔽"之义,且引段玉裁、马瑞辰等人的解释,认为"爱"字的古义即"隐"之义,他还从音韵角度作了进一步的分析,认为与"爱"同音者多含有隐蔽的意思。在"爱"字的释义上当以杜子劲之说为当,将"爱"释为"隐蔽",与整个诗歌产生时代的语言使用习惯更加契合。

顾颉刚在《瞎子断匾的一例——静女》一文中说:

> 我熬不住有一句话正告读者们:我们现在抨击汉代的经学,并不是要自命不凡,标新立异,也不是为时势所趋,"疑经蔑古,即成通人";实因我们有眼睛而他们没有眼睛,我们有理性而他们没有理性,所以他们可以盲目盲心的随意乱断,而我们不能如此。但是,我们是宅心平恕的,我们不愿意尽量地责斥他们,我们深知道他们所处的时代是"通经致用"的时代,是"以三百篇当谏书"的时代,所以他们的说诗的宗旨总要委曲婉转地说到君主的身上,所以有了"彤管"就是女史,有了"静女"就是贤妃,有了"城隅"就是自防,有了"牧蓍"就是祭祀。他们说经的大目的,只是给君主们以警诫劝导。我们现在骂他们穿凿附会,他们九原有知,亦当首肯;然而这原是他们的苦心呵!但是我们虽可原谅汉代的经师,却不能原谅汉代以后的经师。汉代以后,时势变了,学问不专为君主致用了,这个附会的桎梏是可以自己除去了。拨清前人的曲解,回复经书的真面目,乃是当然应有的事情。

《静女》《野有死麕》是顾颉刚解《诗》的典型篇目,其虽然强调"不是要自命不凡,标新立异",要"回复经书的真面目",但是从其批判经师解《诗》之法及解《静女》《野有死麕》篇之主旨来看,似乎与其初衷不尽相合。①

近代疑古思潮已盛行近百年,无论在宏观的《诗经》研究范式上,还是在微观的诗篇解读上,无疑都对当代诗经学产生了深远的影响。百年之后,需要我们打破门户之见,在经学与文学的双重视野下,重新审

---

① 顾颉刚编:《古史辨》(第三册),朴社,1931年版,第517~518页。

视近代以来的《诗经》研究。

当我们反思近代疑古思潮之下的诗经学研究时，也不能忽视他们的开创之功。新时期以来，不少学者对近代疑古思潮之下的《诗经》研究取得的成绩给予了充分的肯定。夏传才在《诗经研究概要》中将古史辨派对《诗经》研究的成绩归纳为四点：第一，讨论了《诗经》"真相"，提出《诗经》是"古代诗歌总集"；第二，论证了《诗经》全为乐歌及其编排体例；第三，厘清了《诗经》在春秋时期的应用状况；第四，辑录了不少《诗经》研究资料。① 赵沛霖《现代学术文化思潮与诗经研究——二十世纪诗经研究史》将古史辨派《诗经》研究取得的成就归纳为两点：第一，拓展了《诗经》学术史研究，尤其是在挖掘学术史料、揭示《诗序》说诗方法的历史渊源、揭示历史上对"淫诗"认识发展的思想逻辑等方面；第二，对《诗经》本事、作者以及周代用诗问题作了开创性的研究。② 章原《古史辨诗经学研究》将古史辨派的贡献归纳为三点：第一，批判与继承了传统诗经学，表彰了《诗经》研究史上具有疑古思想的学者；第二，传递了疑古精神；第三，充分运用了社会学、历史学、音乐、比较研究、语言学等《诗经》研究新方法。③

---

① 夏传才：《诗经研究史概要》（增注本），清华大学出版社，2007年版，第186页。
② 赵沛霖：《现代学术文化思潮与诗经研究——二十世纪诗经研究史》，学苑出版社，2006年版，第75页。
③ 章原：《古史辨诗经学研究》，复旦大学博士学位论文，2004年，第143页。

第二章　近现代文学史著作与《诗经》研究范式转型

随着文学史一科在教育体系中的确立，民国时期兴起了一股文学史编写热潮。近现代文学史著作无论是规模、写作方式，还是学术影响力，都是独一无二的。本章尝试梳理近现代文学、文学史观念演进与《诗经》研究范式之转变，并以郑振铎《插图本中国文学史》、刘大杰《中国文学发展史》为例，探讨民国时期文学史著作中《诗经》实际所处的位置及所呈现的状态，梳理其中涉及《诗经》部分的研究成果，以帮助厘清民国时期《诗经》研究的脉络。

第一节　文学、文学史观念演进与近现代《诗经》研究范式

一、泛文学与纯文学——近现代文学观念之变革

在中国传统文献中，"文"的出现要远远早于"文学"。我们在甲骨文中已经能够找到早期的"文"，如徐中书《甲骨文字典》"像正立之人形，胸部有刻画之纹饰，故以文身之纹为文"，《易·系辞下》"物相杂，故曰文"，《说文》"文，错画也，象交文"，《说文》段玉裁注"像两文交互也"，从这些解释来看，早期的"文"本义为交错，引申为文饰、文采等。①

---

① 徐中舒编：《甲骨文字典》，四川辞书出版社，1989年版，第996页。

据传世文献，"文学"一词首见于《论语·先进》，其言"文学子游子夏"，此处"文学"与"德行""言语""政事"并列，为孔门四科之一。邢昺认为这里的"文学"当为"文章博学"，杨伯峻认为当为"古代文献"，此为"文学"之本义，文章博学，熟悉古代文献。①《荀子·大略》言"子贡子路……彼文学，服礼义，为天下士"，亦当延续此义。此其一。其二，泛指儒家学说。《韩非子·六反》："学道立方，离法之民也，而世尊之曰文学之士。"《史记·李斯列传》："臣请诸有文学《诗》《书》百家语者，蠲除去之。"其三，泛指文章经籍。《吕氏春秋·荡兵》："今世之以偃兵疾说者，终身用兵而不自知悖，故说虽强，谈虽辨，文学虽博，犹不见听。"其四，指学校，习儒之所。北魏郦道元《水经注·江水一》："南岸道东，有文学。始文翁为蜀守，立讲堂作石室于南城……后州夺郡，学移夷星桥南岸道东。"其五，指文才、才学。《北史·魏收传》："收从叔季景有文学，历官著名，并在收前。"宋王谠《唐语林·补遗三》："德裕虽丞相子，文学过人。"其六，特指有关狱讼的文书、文件。《史记·蒙恬列传》："恬尝书狱典文学。"司马贞索隐："谓恬尝学狱法，遂作狱官文学。"②

以上为中国传统文献所涉"文""文学"之义。不难看出，在传统学术中，"文学"并未单独成为一门学科，而是杂糅在传统的经史子集体系之中。"文""文章""文学"并未截然分立，古人秉持的是一种"大文学""泛文学"的观念。

1840年的鸦片战争对中国社会政治、经济形态造成了严重的冲击，有识之士开始反思中国落后的缘由，其中不少人不约而同地将晚清中国社会落后的现实归结为对"文学"的过于重视。

郑观应在《盛世危言》中指出"格致学""制造学"当为"西学"之本，而"语言文学"则其末也③；王韬《漫游随录》亦指出英国富强正因其重视"实学"——地理、天文、化学等，而于"诗赋词章"之学并不崇尚④；严复在《原强》《救亡决论》中对比了中西之强弱，指出

---

① 杨伯峻译注：《论语译注》，中华书局，1980年版，第110页。
② 汉语大词典编纂处编：《汉语大词典》，上海辞书出版社，2007年版。
③ 郑观应：《盛世危言》，上海古籍出版社，2008年版，第98页。
④ 王韬：《漫游随录》，岳麓书社，1985年版，第155页。

西方之强在其"先物理而后文词,重达用而薄藻饰",而中国之弱正在其"最尚词章"①;康有为在《上清帝第四书》中亦指出当时社会上"士知诗文而不通中外"的弊端。② 由于郑观应、王韬、严复、康有为等人在当时的士人之间有着广泛的社会影响力,这些观念逐渐演化成一种"文学误国"的论调。③ 但这种论调并未持续太久,随着戊戌变法的失败,康有为、梁启超逃亡法国、日本,这种"文学误国"论调一转而为"文学救国"。④

伴随着西方的坚船利炮,西化的文学观念亦逐渐传入中国,中国的本土文学观念开始呈现出从泛文学到纯文学的演变趋势,紧接着戊戌变法的失败促使梁启超等人开始思考中国社会变革的出路。梁启超东渡日本后,与康有为等创办《清议报》,其宗旨为"主持清议,开发民智"。1900年2月至3月,《清议报》刊载了梁启超的《夏威夷游记》,其中谈到诗歌之改革,"今日不作诗则已,若作诗,必为诗界之哥伦布、玛赛郎然后可",这里以哥伦布比诗歌之创作,无疑表明了"诗界革命"之意。同时,梁启超还谈及新诗创作的具体方法,即需要具备"三长"——"新意境""新语句""以古人之风格入之"。⑤ 梁启超所言诗歌创作理念无疑为五四新文学运动时期的诗歌改革提供了早期的理论基础。梁启超还倡导"文界革命""小说界革命",尤其是后者,为小说在文学史中地位的提升做出了重要贡献。1902年11月梁启超在《新小说》第一号发表《论小说与群治的关系》,文章开明宗义提出"欲新一国之民,不可不先新一国之小说",认为小说为"文学之最上乘",并强调了小说与宗教、政治、风俗、学艺、人心之关系,成为清末民初小说理论方面的纲领性文章,一定程度上启发了五四时期的文学革命运动。⑥

---

① 严复著,周振甫选注:《严复选集》,人民文学出版社,2004年版,第14~36页。
② 康有为撰,姜义华等编:《康有为全集》(第二集),中国人民大学出版社,2007年版,第83页。
③ 周秀萍:《从"文学误国"到"文学救国"——晚清启蒙文学思潮被忽略的一环》,载于《湘潭大学学报(哲学社会科学版)》,1999年第1期。
④ 陈平原:《20世纪中国小说史·第一卷》,北京大学出版社,1989年版。
⑤ 梁启超:《夏威夷游记》,载于《清议报》,1900年2—3月。
⑥ 梁启超:《论小说与群治的关系》,载于《新小说》,1902年11月第一号。

1904年王国维在《教育世界》发表《〈红楼梦〉评论》一文，第一次将西方文艺理论方法应用于评论中国传统文学名著，为近代文学之研究提供了一种全新的范式。1905年王国维发表《论哲学家与美术家之天职》一文，指出"戏曲、小说之纯文学亦往往以惩劝为旨，其有纯粹美术上之目的者，世非惟不知贵，且加贬焉"。这里第一次使用了"纯文学"一词，并强调其"有纯粹美术上之目的"，惜未展开。① 后王国维在《文学小言》中再次言及"纯文学"，认为"《三国演义》无纯文学之资格，然其叙关壮缪之释曹操，则非大文学家不办"。② 在这篇文章中王国维虽然没有细谈其于"纯文学"认定之具体标准，但是我们可以从其对"文学"的界定中窥见一二。王国维认为文学是"游戏的事业也"，并指出了文学中的"二原质"，即"景"与"情"，"景"以"描写自然及人生之事实为主"，"情""则吾人对此种事实之精神的态度也"，并以《诗经》中的《邶风·燕燕》《邶风·凯风》《小雅·采薇》为例，强调"诗人体物之妙，侔于造化，然皆出于离人孽子征夫之口，故知感情真者，其观物亦真"，正是因为诗人感情之真切，然后方有写景、观物之真切。由此可见，王国维所言之"纯文学"，当与"情"有着密切关联。这种主"情"的"纯文学"观念，在五四新文化运动时期得到发扬光大。

　　文学救国思潮为民国时期的文学变革提供了早期思想基础。从晚清涉及"文学"的主张来看，近代文学的变革很早便与政治运动紧密结合在一起，这也为五四新文化运动中政治与文学之关系提供了早期范式。

　　随着新文化运动的展开，《新青年》成为新文学思潮的主要阵地，陆续刊载了胡适《寄陈独秀》（1916）、胡适《文学改良刍议》（1917）、陈独秀《文学革命论》（1917）、钱玄同《寄陈独秀》（1917）、胡适《历史的文学观念论》（1917）、胡适《论小说及白话韵文》（1918）、傅斯年《文言合一草议》（1918）、胡适《建设的文学革命论》（1918）、胡适《新文学之讨论》（1918）、胡适《文学进化观念与戏剧改良》（1918）、

---

① 王国维：《论哲学家与美术家之天职》，载于《教育世界》，1905年（光绪三十一年四月上旬）第九十九号。按：南帆认为"纯文学一语可能最早见于王国维《静安文集》"，此从。南帆：《南帆文集》（9），福建教育出版社，2018年版，第143页。

② 王国维：《文学小言》，载于《教育世界》，1906年12月第一三九号。

周作人《人的文学》（1918）等文章，"新文学"观念逐渐深入人心。五四学人高举"文学革命"的大旗，极力倡导白话文的写作，从而在创作层面开始了全新文学样式的尝试。从鲁迅的《狂人日记》到胡适的《尝试集》，再到新戏曲的创作，全新的文学观念从理论到实践都得到了广泛接受。整理国故运动与古史辨派的疑古思潮开启了将纯文学观念输入传统学术研究的潮流。胡适明确标举"研究问题，输入学理，整理国故，再造文明"①，将民国时期的文学概念引入对中国传统作家作品的评价，成为当时文学史写作最重要的指导理论。

当然，聚焦到五四前后有关"文学"的具体概念时，我们发现很难为"文学"找到一个具体的、明晰的界定，而且五四学人有关"文学"的观念与实践皆有自己的独到理解，但总体来看，纯文学观念已经为大家所广泛接受。1919年12月罗家伦在《新潮》发表《什么是文学——文学界说》一文，首先指出阮元"必沉思瀚藻始名之为文"之文学定义"太窄"，章太炎"文学者，以有文字著于竹帛故谓之文"之文学定义"太宽"，接着列举了胡思德、海蓝、卜鲁克、雅白、文乃德、高考尔、安乐、赫胥黎、商德尔、波斯纳、黑德森、安麦生、巴斯康、韩德等西方学者关于"文学"的定义，最终得出了自己的结论，指出"文学"是"人生的表现和批评，从最好的思想里写下来，有想象、有情感、有体裁，有合于艺术的组织，集此众长，能使人类普遍心理，都觉得他是极明了极有趣的东西"②。

1920年10月14日，胡适在《什么是文学（答钱玄同）》一文中指出语言文字都是人类达意表情的工具，"达意达的好，表情表的妙，便是文学"，并具体指出了"文学"的三个"要件"，即"明白清楚""有力能动人""美"。③ 从胡适的界定来看，其有关文学的界说明显属于"纯文学"范畴。在此文末尾，胡适指出"我不承认什么'纯文'与'杂文'，无论什么文（纯文与杂文、韵文与非韵文）都可分作'文学的'与'非文学的'两项"。胡适在这种"文学"观念的指导之下完成了《国语文学史》（1927）一书，成为中国文学史著作的一种典范。

---

① 胡适著，欧阳哲生编：《胡适文集》（2），北京大学出版社，1998年版，第551页。
② 罗家伦：《什么是文学——文学界说》，载于《新潮》，1919年第一卷第二号。
③ 胡适著，欧阳哲生编：《胡适文集》（2），北京大学出版社，1998年版，第149页。

1921年新文学研究会发行了刘贞晦、沈雁冰的《中国文学变迁史》，将其列为"新文学丛书之一"。该书秉持了新的观念，指出"文学最初的起源是表示一个人的思想的"，并谈到了浪漫主义、现实主义等。① 凌独见《新著国语文学史》（1923）在"文学的定义"部分指出"文学就是人们情感、想象、思想、人格的表现"，认为诗词、戏曲、散文、小说当为文学研究之重点。② 谭正璧《中国文学史大纲》（1925）一书直接秉承了胡适《什么是文学》一文的观点。③ 刘麟生《中国文学史》（1932）认为文学史当以纯文学为研究中心，而"纯文学"具有"有美感""重情绪"之特点。④ 林之棠《新著中国文学史》（1934）认为"用文字表现真实之心情而有音乐性，普遍性，永久性，美丽性，足以感动人者，谓之文学"⑤。

　　这一时期甚至还产生了直接以"纯文学"命名的文学史著作，如金受申《中国纯文学史》（1933）、刘经庵《中国纯文学史》（1935）等。金受申在其书《序》中指出该书的一个重要特点便是"讲纯文学"，"凡是卫道的文学，替天行道的文字，都不来采入"。⑥ 刘经庵在其书《编者例言》中指出"本编所注重的是中国的纯文学，除诗歌、词、曲及小说外，其他概付阙如"，全书便是以诗歌、词、曲、小说为主要框架编写的。

　　文学观念是决定文学史范式的重要因素。百年之后，反观民国时期新文学观念之下的文学史著作，仍存在不少问题。董乃斌在《中国文学史学史》（第二卷）中指出近代以来中国文学史家们文学观的演变经历了一个曲折的"正反合"过程，从泛文学到纯文学，"在某些方面缩小了中国文学的范围"。⑦ 同时，用现代文学概念来规范中国传统文学，一定程度上丧失了中国古代文学的民族性，导致了"阐释体系的西方

---

① 刘贞晦、沈雁冰：《中国文学变迁史》，新文化书社，1921年版，"近代文学体系的研究"。
② 凌独见：《新著国语文学史》，商务印书馆，1923年版，"文学的定义"。
③ 谭正璧：《中国文学史大纲》，光明书局，1925年版，自序。
④ 刘麟生：《中国文学史》，世界书局，1932年版，叙言。
⑤ 林之棠：《新著中国文学史》，北平华威书局，1934年版，第12页。
⑥ 金受申：《中国纯文学史》，文化学社，1933年版，序。
⑦ 董乃斌、陈伯海、刘扬忠主编：《中国文学史学史》（第二卷），河北人民出版社，2003年版，第8页。

化"，严重影响了对中国古代文学内容以及发展规律的正确认识。①

二、文学史著作的发展与近现代《诗经》研究范式

撰写文学史著作的第一要务便是厘清文学的概念。上文谈到了晚清民国以来学界对文学观念的认知经历了由泛文学到纯文学的转变历程，接下来将论述随着文学观念的变化，中国文学史著作体例的引进及发展历程，梳理近现代学人是如何重新发现《诗经》价值、确立《诗经》现代研究范式的。

（一）文学史写作范式与晚清民国《诗经》

谢无量在《中国大文学史》第五章中将中国"古来关于文学史之著述"归纳为七例：流别、宗派、法律、纪事、杂评、叙传、总集。② 陈伯海在《中国文学史学史》（第一卷）中将古代文学史编纂的常见形式归纳为时序体、类别体、流派体、品评体、传记体、纪事体、选录体、叙目体八类。③ 当然，我们在细究传统文学史的著述形式时不难发现，其与晚清民国以来的文学史著作体例有着很大的差异。近现代文学史著作虽携带了传统文学史著述的基因，但其直接源头实为西方文学史著作。中国本土文学史著作是伴随着晚清民国教育制度的改革而产生的，在中国传统文学研究当中，并未能产生现代意义上的文学史，一个根本原因便是在中国传统教育中，特别是"官学"即国家学术层面，一直将经学视为考核标准。而三代时期的王官之学又以"六经"为核心，其内容涵盖了现代学科中的文、史、哲三科。现代意义上的纯文学概念是在吸收了外国理论之后于民国时期产生的。鲁迅在《中国小说史略》中明确指出"中国之小说自来无史，有之，则先见于外国人所作之中国文学史中"④。董乃斌亦指出《中国文学史》的写作是从"仿效欧美"开

---

① 赵敏俐：《五四前后文学观念的变化对古代文学研究的影响》，见梅新林、潘德宝：《中国文学古今演变研究读本》，上海人民出版社，2016年版，第146~147页。
② 谢无量：《中国大文学史》，中华书局，1918年版，第42页。
③ 董乃斌、陈伯海、刘扬忠主编：《中国文学史学史》（第一卷），河北人民出版社，2003年版，第8页。
④ 鲁迅：《中国小说史略》，东方出版社，1996年版，序言。

始的。

近世国别文学史编纂的源头应当追溯到19世纪的欧洲。这一时期历史学与社会学蓬勃发展,"文学史书写成为想象的民族共同体的一种图解形式",以此来追溯不同民族在不同时代的精神文化及其联系性发展。在此热潮之下产生了蒂拉博契的《意大利文学史》、本笃会僧侣编写的《法国文学史》、沃顿的《英国诗史》、柏林顿的《中世文学史》、科波斯坦的《德意志文学史纲要》、盖尔维努斯的《德意志人的诗的国民文学史》、尼扎尔的《法兰西文学史》、德·桑克蒂斯的《意大利文学史》、朱迪齐的《意大利纯文学史》等。[1]

正是在此潮流的影响之下,1880年俄国学者王西里编写了世界首部中国文学史专论——《中国文学史纲要》,该书为科尔什组织编撰的《世界文学史》丛书的一种,共十四章。[2] 从文学观念上来看,该书秉持的是中国传统儒家的"文学"观点。特别需要注意的是该书第四章用了大量篇幅来讨论《诗经》,王西里认为《诗经》是"中国精神发展的基础"。该书还论及《诗经》文本生成、孔子与《诗经》的编纂关系等,且指出孔子只是《诗经》的"抄录者""编订者",谈不上"伟大的贡献"。此外,王西里认为《国风》是"各诸侯国传唱和编写出来的歌曲",《小雅》《大雅》"似乎是在宫廷举行大小仪式(宴会或为来客和使节送行)时所奏之乐",而《颂》则为"宗庙祭祀歌词,用以祈福和感恩"。王西里还集中讨论了《国风》中的"民歌"问题,并将之归纳为婚歌(婚礼诗歌)、女子情歌、男子情歌、戏谑嘲讽之歌、阿那克里翁之歌、哀怨惆怅之歌、官事官吏之歌、谋取生计之歌等类,并指出这些诗歌显示了中国本土的创作才能,"这些民歌的意义还在于,题材相同的歌曲在各诸侯国中呈现出不同的形态"[3]。作为第一本中国文学史专论,《中国文学史纲要》奠定了中国文学史的早期书写范式,尤其是关于《诗经·国风》"民歌"的论述,一定程度上与中国近现代歌谣运动有着精神相通之意味。惜此书国内译介较晚,民国时期学者未能亲见。

1882年日本学者末松谦澄完成《支那古文学略史》,这是日本第一

---

[1] 陈广宏:《中国文学史之成立》,上海古籍出版社,2016年版,第7~13页。
[2] 王西里:《中国文学史纲要》,阎国栋译,中央编译出版社,2016年版。
[3] 王西里:《中国文学史纲要》,阎国栋译,中央编译出版社,2016年版,第51页。

本中国文学史著作。此书亦秉承中国儒学观念,以儒学作为中国文学的基础,内容上以经学、诸子学为主。① 值得一提的是该书在"三部经书:《诗经》《春秋》《论语》"一章谈到《诗经》中的《唐风·绸缪》《唐风·葛生》《魏风·陟岵》《王风·黍离》《卫风·竹竿》等诗,并从"人情"的角度作了分析,认为五首诗分别表现了乡下少男少女之情、寡妇独居之情、思乡之情、感时伤世之情、女子远嫁思亲等。在此影响之下,日本产生了大量中国文学史著作,这些著作将《诗经》放在儒家视野之下,统一在五经范畴之中。如古城贞吉的《支那文学史》(1897)将《诗经》放在"诸子时代以前的文学"一节,与上古诗歌、《尚书》并列;笹川临风的《历朝文学史》(1898)将《诗经》放在"第一期春秋以前文学"一节,与《书》《易》并列。伴随着中日交流的日益增多,这些著作对中国早期的文学史写作范式产生了直接影响。

进入20世纪,中国文学史著作日渐增多。据统计,20世纪前期共出版中国文学史著作400余种,其中1880—1899年有20余种,1900—1919年有30余种,1920—1929年有80余种,1930—1936年有170余种,1937—1949年有110余种。② 可以看出,近现代文学史著作的数量变化与中国文学变革、近现代教育发展之趋势是基本一致的。

陈伯海在《中国文学史学史》(第一卷)中将20世纪初期到20年代中期归结为中国文学史编纂的草创时期,这一时期的文学史"所述内容包括群经、诸子、史传、诗文以及文字、音韵、训诂、文章作法等"③。刘跃进认为20世纪初叶,中国的古代文学研究受传统观念影响较深,这一时期的文学史著作在编写体例上往往处于"模仿"阶段,"或模仿域外,或模仿古代"④。

1904年,林传甲完成《中国文学史》一书。此书为京师大学堂讲义。据编者自述,此书仅三月而就,全书十六篇,二百八十八章,采用纪事本末体。从内容来看,此书一方面继承了中国传统文学观念,基本

---

① 赵苗:《日本第一部中国文学史》,载于《文史知识》,2010年第6期。
② 付祥喜:《20世纪前期中国文学史写作编年研究》,北京师范大学出版社,2013年版,第35页。
③ 董乃斌、陈伯海、刘扬忠主编:《中国文学史学史》(第一卷),河北人民出版社,2003年版,第20页。
④ 刘跃进:《简明中国文学史读本》,中国社会科学出版社,2019年版,序。

依据《奏定大学堂章程》(1904),按照文字、音韵、训诂、治化、修辞、群经、传记等设置全书框架;另一方面,此书自言仿照了日本笹川种郎《中国文学史》。此书谈及《诗经》者有三处,分别为:第二篇"古今音韵之变迁"论述群经音韵;第三篇"古今名义训诂之变迁"简述了《诗经》列国风诗名义训诂的变迁;第七篇"群经文体",分三小节论述了"诗序之体""三百篇兼备后世古体近体""淫诗辩证",并指出"后世名作如林,莫不胚胎风雅",肯定了《诗经》对后世诗歌文体的影响。① 再如黄人的《中国文学史》(1904),言"六经实为史之精华,故文学莫胜于六经",于第五编"文学全盛上期"六经下论"《诗》之文学",将《诗》与其余四经并列,言及"风雅之名,常为一切文艺之代表"。② 张之纯《中国文学史》(1915)言"经传为文学之,一切文章体例本于经传者居多"。③ 曾毅《中国文学史》(1915)在"三代文学"一节中指出《诗经》是以黄河为中心的北方文学的代表,其所涉之地皆"当时教泽之所被",并且认为《诗序》所言发乎情止乎礼,"实为贯穿三百篇之真相"。④

总体来看,清末民初的文学史著作依然将《诗经》置于传统经学视野之下,延续传统经学观念,尊崇《诗序》,提倡诗教。虽然部分肯定了《诗经》的文学意义,但很大程度上是出于传统的"宗经"观念。

从 20 世纪 20 年代中叶至 40 年代末,中国文学史著作进入成长期。在新文化运动的推动之下,新型的文学观念和进化观已然深入人心,成为文学史研究的主导范式。这一时期,中国文学史的叙述方式逐渐一致,形成一种"模式"。⑤ 文学史著作中有关《诗经》的文学定位、内容分类、艺术分析、典范诗篇分析等书写范式也随之固定下来。

此一时期中国文学史的代表作有刘贞晦、沈雁冰的《中国文学变迁史》(1921),凌独见的《新著国语文学史》(1923),刘毓盘的《中国文

---

① 林传甲:《中国文学史》,武林谋新室,1910 年版,第 85 页。
② 黄人:《中国文学史》,苏州大学出版社,2015 年版,第 109 页。
③ 张之纯:《中国文学史》,商务印书馆,1915 年版,"编辑大意"。
④ 曾毅:《中国文学史》,泰东图书局,1915 年版,第 28 页。
⑤ 董乃斌、陈伯海、刘扬忠主编:《中国文学史学史》(一)(二),河北人民出版社,2003 年版,第 22 页、71 页。

学史略》(1924),郑振铎的《文学大纲》(1927),胡适的《国语文学史》(1927)[后改为《白话文学史》(1928)],谭正璧的《中国文学进化史》(1929),胡小石的《中国文学史讲稿》(上编)(1930),冯沅君、陆侃如的《中国史诗》(1931)及《中国文学史简编》(1932),郑宾于的《中国文学流变史》(上册)(1930),胡云翼的《新著中国文学史》(1932),胡行之的《中国文学史讲话》(1932),郑振铎的《插图本中国文学史》(1932),刘大杰的《中国文学发展史(上卷)》(1941),林庚的《中国文学史》(1947)等。

这一时期的学者开始重新发掘《诗经》的文学价值,用新的眼光看待《诗经》,主张发现《诗经》中的"人性美""真情美"。梁启超在《要籍解题及其读法》(1925)中主张研究《诗经》的学者应该将其当作文学作品读,"专从其抒写情感处注意而赏玩之,则《诗》之真价值乃见也"[1]。胡适在《谈谈诗经》(1925)中明确指出"《诗经》在中国文学上的位置,谁也知道,它是世界最古的有价值的文学的一部,这是全世界公认的",主张用"新的眼光,好的方法,多的材料,去大胆地细心地研究"。俞平伯《读诗札记》(1932)则主张就诗论诗,侧重于诗文考辨与鉴赏。闻一多《诗经通义》《诗经新义》则主张"带读者到《诗经》的时代","用诗的眼光读《诗经》",注重对民俗文化的考证。这些五四前后广泛传播的观念,在这一时期的文学史著作中皆有不同程度的体现。

谭正璧的《中国文学进化史》(1929)将进化观引入文学史,指出文学本质上是求"美"的,是"人生的反映","必须具有美的情感",而"风谣是原始的文学",主张打破传统《诗经》研究的"灰色见解",并参照郑振铎的《文学大纲》将《诗经》分为"诗人的创作""民间歌谣""贵族乐歌"三类。[2] 胡小石在《中国文学史》(1930)中认为"文学是由于生活之环境上受了刺激,而起情感的反应,借艺术化的语言而为具体的表现",具有"移情""移象"两种作用,指出文学与地域关系密切,《诗经》是周代北派文学之代表作品。[3] 他还在书中讨论了《诗

---

[1] 梁启超:《要籍解题及其读法》,清华周刊丛书社,1930年版,第155页。
[2] 谭正璧:《中国文学进化史》,光明书局,1929年版,第9页、27页。
[3] 胡小石:《中国文学史》,人文社股份有限公司,1930年版,第20~25页。

经》产生的地域,《诗经》发生的时代,《诗经》句、调、字的修辞,以及《诗经》之古代批评,一定程度上为近现代文学史中的《诗经》研究奠定了书写范式。

1931年,冯沅君、陆侃如出版了《中国史诗》一书。该书是中国诗歌史早期典范之作。① 二人在书中提出了许多值得探讨的问题:第一,认为《诗经》当有南、风、雅、颂四体;第二,指出邶、鄘、卫当合而为一;第三,引王国维观点,认为鄘风即鲁风;第四,否定删诗、采诗说,从献诗说;第五,认为《商颂》为宋国之诗;第六,将《生民》《公刘》《绵》《皇矣》《大明》《出车》《采芑》《江汉》《六月》《常武》十篇认定为"周的史诗"。② 二人的许多观点直接延续到1932年出版的《中国文学史简编》③ 中,特别是关于《诗经》"史诗"的论述,成为一种叙述范式。

胡云翼在《新著中国文学史》(1932)一书中认为"只有诗歌、辞赋、词曲、小说及一部美的散文和游记等,才是纯粹的文学",并在此观念之下展开文学史论述。④ 胡云翼指出《诗经》是"我们现在可以夸耀于世界文学之林的最古的文学",并且认为《国风》是《诗经》中最为精彩、最有价值的一部分,特别是其中大胆书写热烈恋情的抒情诗歌,并选录了《野有死麕》《静女》《狡童》《褰裳》《子衿》《溱洧》《卷耳》《蒹葭》等诗篇。该书在《诗经》选文范式上影响深远,所选诗篇成为现今文学史著作及作品选中出现频率最多的篇目。

随着文学史著作的大量产生,文学史概念及文学史选材标准逐渐形成了相对确定的范式。而在文学史的编写之中,《诗经》作为上古时期的重要文献,成为中国文学史家绕不开的要点。这一方面是由于胡适等人所倡导的白话文运动及新文学运动,打破了传统《诗经》研究的经学教化传统,发掘了《诗经》作为中国最古的歌谣集的"真相",使得《诗经》成为先秦时期与民国时期文学概念最契合的文本;另一方面又因为大量的文学史著作秉持了"历史的进化观",开始追溯中国文学的

---

① 冯沅君、陆侃如:《中国史诗》,大江书铺,1931年版。
② 夏传才主编:《诗经学大辞典》,河北教育出版社,2014年版,第553页。
③ 冯沅君、陆侃如:《中国文学史简编》,开明书店,1932年版,第11页。
④ 胡云翼:《新著中国文学史》,北新书局,1932年版,自序。

源头。在这一过程中,《诗经》被视为中国早期最为成熟的诗歌总集文本,被纳入中国诗歌发展史脉络。

最值得注意的便是此一时期文学史著作中对文学概念的内涵及外延界定的变化,以及《诗经》在此类著作中实际上所处的位置。民国时期的各类文学史著作毫无例外地把《诗经》视作中国文学的开端,这不是偶然的现象。这些著作用大量篇幅反复论述《诗经》在早期中国文学中的重要作用,有许多原因值得探讨:其一,国外文论的影响;其二,《诗经》在中国传统文学中的权威地位;其三,《诗经》朗朗上口,其中的《国风》被胡适视为中国最早的白话文学;其四,在疑古思潮的影响下,《诗经》是先秦时期唯一可信的史料。

(二)教育制度改革与文学史书写范式

近现代文学史书写范式与教育制度改革密切相关。清末民初,西式教育模式逐渐被引入国内。阎国栋指出:"纵观世界上主要国家第一部文学史的问世过程,其目的不外乎有两个,一是满足大学的文学教学之需要,另一则是为了向本国民众推广文学知识。"[①]"文学"学科的设立最早可以追溯到成立于1898年的京师大学堂。此时的"文学"一科是一种类似"文科"的界定。《钦定京师大学堂章程》(1902)规定,"文学"一科下设置经学、史学、理学、诸子学、掌故学、辞章学、外国语言文字学七科内容。《奏定大学堂章程》(1904)规定设独立的"经学门","文学门"之下设置文学研究法、说文学、音韵学、历代文章流别等十六门科目。[②]"历代文章流别"一科部分言及"日本有《中国文学史》,可仿其意自行编纂讲授"。伴随着现代学科的建立,中国本土文学史教科书开始出现。林传甲《中国文学史》(1904)为京师大学堂国文讲义,黄人《中国文学史》(1904)为讲解东吴大学相关课程编写,窦警凡《历朝文学史》(1906)为早期南阳师范课本。

教育层面的改革进一步为文学史的创作提供了空间。辛亥革命之后,国民政府教育部颁布了教育法规,陆续推行。1913年施行"壬子

[①] 王西里:《中国文学史纲要》,阎国栋译,中央编译出版社,2016年版,译者序。
[②] 璩鑫圭、唐良言主编:《学制演变·中国近代教育史料汇编》,上海教育出版社,2007年版,第365页。

癸丑学制",其中《大学规程令》(部令第一号)第一章"通则"下第二条将大学文科划分为哲学、文学、历史学、地理学四门,第二章"学科及科目"下第七条"大学文科之科目"将文学门细分为国文学类、梵文学类、英文学类、法文学类、德文学类、俄文学类、意大利文学类、言语学类等,要求前七类均需开设"中国文学史"科目。① 按照教育部《中学校课程标准令》的规定,国文一科,于第三学年授"文法要略",第四学年授"中国文学史"。关于当时教授文学史的情况,从《北京大学日刊》1918年第126期刊登的《文科国文学门文学教授案》一文中可见一斑。② 文科国文学门设有文学史及文学两科,其目的本截然不同,故在教授方法上需有所区别,其不同与当注重之点如下:

> 习文学史在使学者知各代文学之变迁及其派别;习文学则使学者研寻作文之妙用,有以窥见作者之用心,俾增进其文学之技术。教授文学史所注重者在述明文章各体之起原及各家之派别,至其变迁递演因于时地、才性、政教、风俗诸端者尤当推迹周尽,使源委明了。教授文学所注重者则在各体技术之研究,只须就各代文学家著作中取其技能最高,足以代表一时,或虽不足代表一时而有一二特长者,选择研究之。③

所以,文学史一科的教授目标在于让学生知悉各代文学变迁及其流派,注重讲授各类文章起源及派别,对于其时代背景必须交代明了。而文学一科的目的在于让学生体会文章之妙,研习为文之技巧,注重讲授各朝有代表性的文人作品及其技法。文学史一科在中学、大学教育中的普遍引入掀起了文学史教科书编写热潮。

民国时期的文学史著作大多与教学密切相关,甚至一部分文学史本身就是在讲义的基础上编写而成的。王梦曾《中国文学史》(1914)为"中学校用共和国教科书",其在"编辑大意"中言:"本书恪遵部定中学章程编纂,以供中学校学生之用。"④ 张之纯《中国文学史》(1915)

---

① 《教育部公布大学规程令》,载于《教育杂志》,1913年第一期。
② 佚名:《文科国文学门文学教授案》,载于《北京大学日刊》,1918年第一百二十六期。
③ 佚名:《文科国文学门文学教授案》,载于《北京大学日刊》,1918年第一百二十六期。
④ 王梦曾:《中国文学史》,商务印书馆,1914年版,"编辑大意"。

为"师范学校新教科书",其在"编辑大意"中言:"本书遵照部定师范学校课程编纂,以供师范学校学生之用……本科师范生修业第三、第四年国文科兼授中国文学史,本书分上下两册,卷上供第三年用,卷下供第四年用。"① 凌独见《新著国语文学史》(1923)为浙江省教育会"国语传习所""国语文学史"教材。② 刘毓盘《中国文学史略》(1924)为浙江第一师范学校教材。林庚《中国文学史》(1941)为其在厦门大学讲授课程时之讲稿。其中值得注意的是冯沅君、陆侃如编写的《中国文学史简编》(1932)一书。该书是冯、陆二人在中法大学、中国公学、安徽大学、师范大学、北京大学等处讲授中国文学史课程的讲义,书前的"序例"道:

> 因为是讲义稿,所以本书同一般著述略有不同:一,为讲授便利计,各讲分量须相等,故同一题材有分为两讲或三讲的。二,为节省篇幅计,全书举例仅书某文某诗的标题而不引其原文。三,为初学者明了计,对各问题只说个较可靠的结论,而不去详加考证。(讲授时可另加说明)

从"序例"中能够看到这一时期的文学史著作在选材、篇幅及观点上皆考虑了教学、讲授的具体情况。这就使得文学史著作因课时、篇幅等原因呈现出平面的书写模式,对当今的文学史著作影响颇深。

教育制度的变革使得传统经学的话语权逐渐衰落,转而将这种知识传播的权力分化到具体的学科门类之中。伴随着新文化运动的展开,中国文学史著作继承了传统经学的权力,成为传播《诗经》知识的重要载体,也成为近现代学校教育制度下学生学习《诗经》的重要媒介。

---

① 张之纯:《中国文学史》,商务印书馆,1915年版,"编辑大意"。
② 凌独见:《新著国语文学史》,商务印书馆,1923年版。

第二节 "新文学"观念与郑振铎的《诗经》研究
——以《插图本中国文学史》为例

郑振铎《插图本中国文学史》完成于 1932 年，由北平朴社出版部出版发行，全书共 70 余万字，分为古代文学、中世文学、近代文学三卷。[①] 作者在"自序"中指出写作此书的目的在于"指示读者以中国文学的整个发展的过程和整个的真实面目"[②]。他认为民国初年出现的大量中国文学史著作由于文学观念的差异在选材及论述要点上存在重大的缺陷，这些文学史著作很大程度上皆是"肢体残缺""患着贫血症"的。[③] 郑振铎说"写作这部《中国文学史》，并没有多大的野心。既不曾将它鼓吹成为什么的东西，也并不是什么'一家之言'"，但是由于此书叙述视角独特、选材精当，使其成为早期中国文学史的代表作。《插图本中国文学史》在本质上体现了郑振铎对文学的总体观点，这种"文学"观念涵盖了旧文学与新文学，甚至外国文学的内涵。这种文学观点的形成过程也是民国时期众多学者所经历过的。

一、郑振铎的文学观

1921 年 1 月，郑振铎、瞿世英、沈雁冰、蒋百里、郭绍虞、许地山等人发起成立了文学研究会，在《文学研究会简章》中提出了文学研究会的宗旨，"本会以研究介绍世界文学，整理中国旧文学，创造新文学为宗旨"[④]，强调了沟通世界文学、传统文学来创造新文学的愿望。而创造新文学的一个重要根本便是对"文学"一词的全新界定，这种界定必然是有别于旧文学的。

同期沈雁冰发表《文学和人的关系及中国古来对于文学者身份的误

[①] 郑振铎：《插图本中国文学史》，朴社，1932 年版。
[②] 郑振铎：《插图本中国文学史》，朴社，1932 年版，自序。
[③] 郑振铎：《插图本中国文学史》，朴社，1932 年版，自序。
[④] 《文学研究会简章》，载于《小说月报》，1921 年 1 月 10 日第十二卷第一号。

认》一文，指出传统文学观念中存在两个极端：一方面文学者、赋诗之臣，"常被帝王视为粉饰太平的奢侈品"，而且在旧文人眼中文学皆是"有为而作"，"是替古哲圣贤宣传大道"，"是替圣君贤相歌功颂德"，过分强调了文学的政治教化作用，偏离了"文学"的本质①；另一方面，将文学视为"消遣品"，"得志的时候固然要借文学来说得意话，失意的时候也要借文学来发牢骚"。② 沈雁冰认为旧文学中的这两类极端观念忽视了文学作为个人情感抒发层面的意义，批判了古人对文学者身份认识的错误，认为古代的文人皆为帝王贵阀服务，又或者写一人之得失，非国民的文学。同时批判了古人为文时好替圣人立言的"错误"，指出中国文学"帝王贵阀"的时代已经过去，我们现在应该建立"民众"的文学，"文学的目的是综合的表现人生"。③

同年，郑振铎在《文学的使命》一文中将文学的使命概括为四个层次："（一）个人的思想与情绪的表现；（二）对于时代的环境的情感的流露；（三）人性的解释；（四）飘逸的情绪，与高尚的理想的表现。"④ 这里的"使命"可以用"人的文学"来具体概括，这些观点在总体上体现了民国时期学者对于重建中国文学的期望。同时这四个层次在《插图本中国文学史》中皆得到了体现。在完成了文学使命的探讨之后，郑振铎进一步提出了"新文学观"。

---

① 按：沈雁冰指出"文学者久矣失却独立的资格，被人认作附属品装饰物了。文学之士在此等空气底下，除掉少数有骨气的人不肯'为王门筝人'，其余的大多数，居然自己辱没，自认是粉饰太平装点门面的附属品"。文中批判了古人对文学者身份认识的错误，指出古代的文人皆为帝王贵阀服务，又或者写一人之得失，其所写非国民之文学。同时批判了古人为文时好替圣人立言的"错误"。至此，我们不难看出一点问题，如果文学不能替圣人立言，不能写个人之得失，那么所谓的"人的文学"，到底该表现什么呢？这使得我们不得不思考古代文学到底应该处在什么位置，古代文学的系统真的需要用西方文学系统来重建吗？古代文学与现代文学是相继关系还是从属关系？抑或是平等的对衡关系？我们有没有必要在现代文学体系按照西方系统建立起来以后，又以现代文学的要求解释古代文学史系统？古代文学要不要、能不能建立起一套独立于西方文学（特别是西方文学理论术语体系）的现代文学的体系？古代文学研究不应该沦为现代文学沦陷之后的又一场西化狂飙。沈雁冰：《文学和人的关系及中国古来对于文学者身份的误认》，载于《小说月报》，1921年1月10日第十二卷第一号。

② 沈雁冰：《文学和人的关系及中国古来对于文学者身份的误认》，载于《小说月报》，1921年1月10日第十二卷第一号。

③ 按：沈雁冰认为中国古来之文学者"只晓得有古哲圣贤的遗训，不晓得有人类的共同情感；只晓得有主观，不晓得有客观，所以他们的文学是和人类隔绝的，是和时代隔绝的，不知有人类，不知有时代"。沈雁冰：《文学和人的关系及中国古来对于文学者身份的误认》，载于《小说月报》，1921年1月10日第十二卷第一号。

④ 郑振铎（西谛）：《文学的使命》，载于《文学旬刊》（《时事新报》），1921年6月30日第五期。

1922年5月，郑振铎在《文学旬刊》第三十七期上发表《新文学观的建设》一文，提出了全新的文学观念："文学是人类感情之倾泄于文字上的。他是人生的反映，是自然而发生的。他的使命，他的伟大的价值，就在于通人类的感情之邮。"① 需要指出的是，郑振铎反对"所以言情而专言情之作"，如礼拜六派之类，但同时又认为载道何尝不是一种"情志"。郑振铎在"情"的界定上实际是取西方文学传统中的范畴，并且将这种范畴作为文学所应当承载的唯一主体。归根结底，郑振铎所提倡的文学在于对个人情感的表达，但这种情感又必须从两类中国固有的情感类型——游戏的心态与载道内容——中剥离出来。至此，我们可以看到"文学"两字虽未变，但是其所指称之含义已经完全西方化。从这里来看，郑振铎表面上是在为"文学"正名，其实暗含了文学思想的彻底转变以及文学评价标准的转换。

　　另一点需要指出的是"文以载道"和"游戏"的文学并不是中国独有的。中国文人所处的整体环境决定了其生命体验必然是与国家、民族之命运密切联系在一起的，这是中国有别于西方的一大特点。从整个文化层面来看，中国文人历来重视的正是这种对国家民族的精神体验，而非个人的私己体验。所以从根本上说，反对"文以载道"及"游戏"的心态，就是从很大程度上否定了五千年以来整个中华民族士人的传统文学样式，而最终只能转向对民间歌谣的搜寻。正是有了此种背景，对《诗经》"本来面目"的研究便被提上日程。

　　1927年6月发表的《研究中国文学的新途径》② 一文是郑振铎《插图本中国文学史》的直接思想来源。此篇文章刊于《小说月报》第十七卷号外《中国文学研究》上册。文章开头便批判了中国传统文学中的"品味""讨论""评点"等方法，将其归为"鉴赏"，而非文学研究。

　　郑振铎指出："原来鉴赏与研究之间，有一个绝深绝崭的鸿沟隔着。鉴赏是随意的评论与谈话，心底的赞叹与直觉的评论，研究却非有一种

---

① 郑振铎（西谛）：《新文学观的建设》，载于《文学旬刊》（《时事新报》），1922年5月11日第三十七期。

② 郑振铎：《研究中国文学的新途径》，载于《小说月报》，1927年6月第十七卷号外《中国文学研究》（上册）。

原原本本的仔仔细细的考察与观照不可。"① 文学应当是人的自然情感的产物，文学研究者应该秉持理性去探寻作者的情绪来源及表达。郑振铎认为鉴赏性的评论与谈话多来自心底的赞叹与直觉的评论，本质上缺失了对作品、作家本身的细致考察与观照，并进一步提出"研究的新途径"：归纳的考察和进化的观念。② 郑振铎认为归纳方法的使用使得对文学的研究也具有了科学的方法，以此我们方能客观、真实地再现文学的发展；进化观的流传打破了中国信古的传统，去除了"以古非今"的流行观点。这些都构成了郑振铎总的文学观念及研究方法。在前期的文学观念逐步完善之后，郑振铎终于推出了《插图本中国文学史》。

二、新文学视野下的《诗经》研究

《插图本中国文学史》将中国文学史分为古代、中世、近代三期。郑振铎认为古代文学部分包括西晋以前的中国文学作品，其中《诗经》为最早的结集作品，并归纳了此时期文学的特点：第一，完全本土的文学时代；第二，是诗歌和散文的时代。③ 郑振铎认为《诗经》是中国文学在"原始时代"逐渐成熟时期（殷商到春秋）最为伟大的著作。④ 从辨伪的角度来看，《诗经》为远古时代最为可信的作品。在具体性质的定位上，郑振铎提出"《诗经》是最早的一部诗歌总集"⑤，认为远古时代诗虽不止三百，但孔子删诗之说恐未然，在本质上否定了《诗序》，认为秦汉人对《诗经》的解释使其遭受了莫大的厄运，虽然《诗经》在地位上被抬高了，但其真实的价值却因为汉人的附会而被蒙蔽。郑振铎

---

① 郑振铎：《研究中国文学的新途径》，载于《小说月报》，1927年6月第十七卷号外《中国文学研究》（上册）。

② 郑振铎指出："自归纳的考察方法创立之后，'无征不信'便成了一个信条。他们怀疑，他们虚心的去考察，直等到有了种种的证据，充分的足以证明某一个东西的真相是如此时，他们才肯宣言道，某件东西的真相是如此如此。……在中国，进化论更可帮助我们廓清了许多传统的谬误见解，这些谬误见解之最大的一个，便是说：古是最好的，凡近代的东西总是不如古代的。……文学与别的东西也是一样，自有他的进化的曲线，有时而高，有时而低，不过在大体上看来，总是向高处趋走。"郑振铎：《研究中国文学的新途径》，载于《小说月报》，1927年6月第十七卷号外《中国文学研究》（上册）。

③ 郑振铎：《插图本中国文学史》，朴社，1932年版，第19～20页。

④ 郑振铎：《插图本中国文学史》，朴社，1932年版，第20页。

⑤ 郑振铎：《插图本中国文学史》，朴社，1932年版，第50页。

依据文学发展的民间视角,将"《诗经》与《楚辞》"作为一章,放在中国文学源头的位置。具体来看,郑振铎从以下几个方面阐述了其对《诗经》的观点。

(一)《诗经》分类探讨

郑振铎注重分析《诗经》的文学性,从文学角度出发,抛弃了《诗序》对诗篇的解释,专注于从文本中发觉诗歌所表现的内容。在这一过程中,其引入了现代分类方法,直接取代了传统的风、雅、颂三分法。

1. 否定风、雅、颂三分说

郑振铎认为,在《诗经》研究中,风、雅、颂最能引人迷误。《诗序》最早提出了风、雅、颂三分法,认为"风"即"以一国之事,系一人之本","雅"即"正也","言王政之所由废兴也","颂者,美盛德之形容,以其成功告于神明者也"。

首先,从风、雅、颂内容上的差异来看。孔颖达《毛诗正义》认为风、雅、颂乃"诗篇之异体"。① 朱熹《诗集传》在此基础之上提出"风"为"里巷歌谣之作","雅""颂"为"朝廷郊庙乐歌之词"。② 郑振铎认为最早的风、雅、颂解释已经不可确考,孔颖达、朱熹等人强为之说,谬误大矣。其认为从具体的诗歌内容来看,风、雅所涵盖的诗歌多有相类。如《小雅·白华》与《卫风·伯兮》的内容都是"怀念离人",两者并无太大差异,因而风、雅并不是完全对立的。《大雅》中的部分祭祀乐歌与颂的内容亦有重合。因而综合来看,风、雅、颂并不是内容上的分类。

其次,从风、雅、颂与音乐之关系来看。郑樵在《通志·乐略》中指出"乐以诗为本,诗以声为用",强调诗乐本身是结合在一起的,指出十五国风是以"风土之音"的差异而分列的;大小雅是朝廷音乐的区别;三《颂》是祭祀音乐的差异。③ 后梁启超在《诗经题解》中根据此

---

① 毛亨传,郑玄笺,孔颖达疏:《毛诗正义》,台北艺文印书馆影阮校《十三经注疏》(清嘉庆刊本),2013年版,第16页。
② 朱熹集传:《诗集传》,中华书局,2011年版,《诗集传序》。
③ 郑樵撰,王树民点校:《通志二十略》,中华书局,1995年版,第883~888页。

说提出了四体分法,认为风为"民谣",大小雅皆为"乐府歌词",颂类似于具有诗、乐、舞三者结合性质的情景演出。①郑振铎认为在古代音乐已经失传的情况下,牵强地将自己对音乐的理解附会其中,并无益处。至于所谓二南与风、雅、颂并列之说,从二南现存的诗歌来看,《柏舟》《卷耳》等诗篇明显不具有乐歌的性质,就更谈不上以音乐为由将其单独列出了。

2.《诗经》内容三分法

郑振铎认为从现存的文献来讲,最为可靠的便是依据诗歌的具体内容对《诗经》进行分类,具体可分为三大类。②

第一类为"诗人的创作"。这部分包括《诗序》中记载的具体作者。郑振铎认为《诗序》所记载者多有误说,其中最可靠的为诗篇之中明确提到作者的部分。《诗序》记载了周公、召穆公、凡伯、卫武公、芮伯、黎侯、共姜、公刘、秦康公、仍叔、尹吉甫、史克等30余名诗人。郑振铎从梳理文本出发,指出《诗序》记载有误,他认为如果根据《诗序》的记载,周公则是"《诗经》中的第一个大诗人"。③此外,《诗序》认为《七月》《鸱鸮》两篇为周公所作,但郑振铎认为从内容上来看,《七月》全诗充满了对不劳而获之人的怨恨,甚至诅咒,整体上是一首"农歌"。总之,郑振铎认为《诗经》中可信的具体诗人只有尹吉甫、凡伯、孟子、家父等人。

第二类为"民间歌谣"。郑振铎认为这一部分诗歌多采自民间,作者不可考。此类之下有以《将仲子》为代表的恋歌、以《桃夭》为代表的结婚歌、以《螽斯》为代表的悼歌及颂贺歌、以《七月》《大田》为代表的农歌。他认为这类歌谣因为产生时间、时代背景、社会环境的差异,整体上显示出截然不同的"情调"。西周时期的作品以《大雅》中的《文王》《绵》及《小雅》中的《六月》《出车》等为代表,呈现出一种"歌颂赞美"的整体倾向,多为叙事诗。这些诗歌"追述先王功德",

---

① 梁启超:《要籍解题及其读法》,清华周刊丛书社,1930年版,第152页。
② 郑振铎:《插图本中国文学史》,朴社,1932年版,第56页。
③ 郑振铎:《插图本中国文学史》,朴社,1932年版,第68页。

"歌颂当代勋臣的丰功伟绩",此外还有部分为祭祀家庙时使用的祭歌。① 郑振铎认为后期的代表有《柏舟》《伐檀》,由于社会离乱、周室衰微及频繁的战争,使得诗歌表现出"一种感伤、愤懑、急迫"。他们多感叹离乱,"怨愤当局的贪墨",表现时人生活的痛苦艰辛。

第三类为"贵族乐歌"。郑振铎认为此类诗歌为贵族朝廷所作,多为宴饮、祭祀乐歌,有以《文王》为代表的"宗庙乐歌",以《云汉》《访落》为代表的"颂神乐歌或祷歌",以《鹿鸣》《伐木》为代表的"宴会歌",以《车攻》为代表的"田猎歌",还有以《常武》为代表的"战事歌"。他指出在这些"贵族乐歌"中尤以描写贵族宴饮的"宴会歌"最具特色,部分诗歌表现出一种"清隽"的特征,且结构相似、句法相类,可能是由一种主题演变而来,如《小雅·伐木》一篇便生动形象地描写了一场宴会的情景。

(二)《诗经》作者探讨

郑振铎在书中集中探讨了《诗经》作者的情况。其从文本出发,结合文意梳理,对前人的附会之说提出了尖锐的批判。通过这些批判,还原了《诗经》作为诗歌总集的真实面目。

郑振铎在序文中提到"文学乃是人类最崇高的最不朽的情思的产品"②。而文学史的主要目的"便在于将这个人类最崇高的创造物文学在某一个环境、时代、人种之下的一切变异与进展表示出来;并表示出:人类的最崇高的精神与情绪的表现,原是无古今中外的隔膜的"③。因而郑振铎特别注重对诗歌作者的辨析,通过还原真实的《诗经》,从而将《诗经》文本与读者之间所掺杂的前人附会的内容祛除。

1. 论《七月》《鸱鸮》非周公所作

《诗序》将《豳风·七月》《豳风·鸱鸮》视为周公所作,其中提到:"《七月》,陈王业也。周公遭变故,陈后稷先公风化之所由,致王

---

① 郑振铎:《插图本中国文学史》,朴社,1932年版,第65~66页。
② 郑振铎:《插图本中国文学史》,朴社,1932年版,第7页。
③ 郑振铎:《插图本中国文学史》,朴社,1932年版,第7页。

业之艰难也。"① 认为《七月》为周公遭受变故所作,诗中陈述了先人风化,以表达王业的艰难。郑玄《笺》进一步指出:"周公遭变者,管、蔡流言,辟居东都",指出周公因为遭受管叔、蔡叔的诽谤故有此诗。② 郑振铎认为此解不妥,他认为《七月》一诗从所记述的内容来看,一方面与农业生产密切相关,在性质上实为一首农事歌;另一方面,诗中强烈控诉生活之困苦,不知如何熬过一年,表现出对艰难现实的悲愤之情,而这些情感的宣泄明显说明诗人当为一位衣不蔽体的农夫,因而《七月》一诗绝不可能为周公所作。

2. 论《荡》《常武》非召穆公所作

《诗序》中认为《大雅·荡》《大雅·常武》为召穆公所作。"《荡》,召穆公伤周室大坏也。厉王无道,天下荡荡,无纲纪文章,故作是诗也。"③《诗序》指出召穆公因周室衰微,厉王昏庸,导致天下纲纪混乱,因而作此诗。郑振铎认为《诗序》所说不当,从内容上来看,《荡》表现的是士大夫对国家的担忧与伤心,恳切严肃地模仿了文王的口气,是叙述文王告商的故事诗,可能为史官所作。同时指出此诗也可能是一首歌咏文王事迹的史诗。《诗序》认为《常武》为"召穆公美宣王"所作。郑振铎认为此诗与召穆公无关,实为一首叙述"宣王征伐徐夷"的战争叙事诗。

3. 论《宾之初筵》非卫武公所作

《诗序》认为《宾之初筵》为"卫武公刺时"所作。然郑振铎认为此诗并无刺时之意,反而根据诗歌所铺叙的内容指出其只是一首歌咏宴饮之诗。此诗在结构上层次明确,条理清晰,在《诗经》宴饮诗中为难得之佳作。诗人从叙写宾客入席及主客列坐,到笙鼓演奏,再到宾之初筵、宾客皆醉,最后以"匪言勿言,匪由勿语"为结语以示"净谏"之

---

① 毛亨传,郑玄笺,孔颖达疏:《毛诗正义》,台北艺文印书馆影阮校《十三经注疏》(清嘉庆刊本),2013年版,第279页。
② 毛亨传,郑玄笺,孔颖达疏:《毛诗正义》,台北艺文印书馆影阮校《十三经注疏》(清嘉庆刊本),2013年版,第279页。
③ 毛亨传,郑玄笺,孔颖达疏:《毛诗正义》,台北艺文印书馆影阮校《十三经注疏》(清嘉庆刊本),2013年版,第641页。

意，完整地展现了先秦时期的一场宴饮盛会，生动异常。

4. 论《终风》《日月》《绿衣》非庄姜所作

庄姜，据《左传》所载，为卫庄公夫人。《诗序》认为《邶风·日月》一篇为"卫庄姜伤己也"，是庄姜哀叹自伤所作。① 朱熹在《诗集传》中进一步提出"庄姜不见答于庄公，故呼日月而诉之"，是庄姜向日月倾诉内心的诗歌。② 郑振铎认为庄姜之事为前人附会之说，《日月》应"是怀人之诗"，从诗中所写来看，实际是以日月起兴来表现自己被抛弃的痛苦。郑振铎还指出《绿衣》实际为恋情诗，摹写了男子怀念已失的情人，《终风》则"为一首怀人的诗"。③

（三）恋情诗的深切涵咏

郑振铎认为民间文学是促进中国文学发展的重要源动力。民间文学随着时代的发展不断演进，最能切合民间生活。民间文学的形式也是变动的，不是一成不变或永久固定的。此外，由于民众生活的地域性，民间文学也"随了地域的不同而各有不同的式样与风格"④。所以民间文学最能体现生活在不同地域的不同人群的情感，同时这种情感还带有地域性的特点。因而在对《诗经》的研究当中，郑振铎非常重视其中的民间歌谣，并将之概括为四种类型。其中又因为"恋歌"最能体现青年男女的活力，故用大量篇幅对其作了介绍。

郑振铎认为《诗经》当中最有价值的部分便是敷写男女爱情的恋歌，它们是"最晶莹的圆珠圭璧"⑤。这些民间歌谣与众多贵族乐歌及诗人忧时之作放在一起，犹如"客室里挂了一盏亮晶晶的明灯，又若蛛网上缀了许多露珠"⑥。郑振铎对恋歌的具体分析如下：

首先，从整体的风格特征来看，郑振铎认为这些恋歌表现了周代青

---

① 毛亨传，郑玄笺，孔颖达疏：《毛诗正义》，台北艺文印书馆影阮校《十三经注疏》（清嘉庆刊本），2013年版，第78页。
② 朱熹集注：《诗集传》，中华书局，2011年版，第24页。
③ 郑振铎：《插图本中国文学史》，朴社，1932年版，第64页。
④ 郑振铎：《插图本中国文学史》，朴社，1932年版，第17页。
⑤ 郑振铎：《插图本中国文学史》，朴社，1932年版，第68页。
⑥ 郑振铎：《插图本中国文学史》，朴社，1932年版，第69页。

年男女真挚而恳切的情感，语言婉曲深入而又"娇美可喜"。如《山有扶苏》描写女子等待情人的娇嗔，《十亩之间》描写了女子与相爱的男子在田亩之间的欢乐和甜蜜，《女曰鸡鸣》描写了男女清晨之时的恋恋不舍。

其次，郑振铎指出了《卫风》《郑风》《陈风》《齐风》中恋歌的地域特色，并在诗歌分析中充分发挥了想象和联想，文学解读意味浓厚。郑卫之声历来被视为"靡靡之音"，朱熹斥之为"淫诗"，深为封建卫道士所痛心疾首。但从实际情况来看，《卫风》中的恋爱歌在数量上并未能与《郑风》并肩。从具体特点来看，《郑风》中的恋歌在形式上表现出一种"倩巧"之美，抒情上倾向于"婉秀"，但有时又呈现出一种女子特有的"媚态"。郑振铎认为《郑风》在写女子对爱情的态度时具有一种特殊的风尚，一方面写女子思念爱人而羞于开口，另一方面又"怨恨男子不去追求她"，别有一种小女儿心态。其中最典型的要属《褰裳》中所描写的"子不思我，岂无他人，狂童之狂也且"一句，读之便觉小女儿之娇嗔。《陈风》则具有一种"幽隽可爱"的风格，以《月出》较为突出，其诗"大似在朦胧的黄昏光中，听凡霞令的独奏，又如在月色皎白的夏夜，听长笛的曼奏"[①]。齐国濒临大海，加之浓重的商业色彩与多方士的地方特点，使《齐风》在思想上多"玄妙空虚"，而对爱情并未十分看重。

三、小结

郑振铎在"新文学"视野下完成了对《诗经》的叙述，再现了文学家眼中的《诗经》真相，并实践了自己的文学主张。但是从客观角度来看，这种研究文学的方法过分注重与传统的差异，存在为否定而否定的嫌疑。郑振铎虽批评了传统文学鉴赏，强调其与"真正"的文学研究的区别，但是仔细看来，所谓的文学研究，如果缺少文学鉴赏是绝对不可行的。从《插图本中国文学史》对《诗经》中众多诗歌的主旨及风格特点的分析来看，其依然是一种文学鉴赏，不过这种鉴赏使用了白话而

[①] 郑振铎：《插图本中国文学史》，朴社，1932年版，第70页。

已。至于归纳方法的使用，使得对总体性理论的需求日增，因而对文学的研究转变成理论的对应。由于理论的缺乏，国人不得不借鉴国外理论，而理论的代差又使其每每落后。理论的泛化使得文学研究过度强调宏观把握而缺乏细节体认，特别是在古代文学领域，小说在成为文学概念的主体之后，这种方法的应用更加广泛。小说几乎取代了其他文学形式，言及中国传统名著，大众能脱口而出的皆是《三国演义》《西游记》《水浒传》《红楼梦》等书。这既可以称为文学现代化，也可以毫不避讳地称为文学审美的全盘西化。我们也注意到，所谓"文学研究"的"归纳的方法"，其实强调的是研究者对作品的对象意识，强调以作品为研究客体，两者之间以材料证据相联系，这也是与传统研究不同的地方。总的来说，郑振铎所主张的文学研究似乎缺乏一种"了解之同情"，使得文学研究变成了一种方法实验，而非古今之交流。

第三节　刘大杰《中国文学发展史》视野下的《诗经》研究

　　刘大杰《中国文学发展史》（上卷）最早由中华书局于 1941 年印行，下卷完成于 1943 年，但是因为战争，迟至 1949 年才得以出版。中华人民共和国成立之后又有 1957 年古典文学出版社版及 1963 年中华书局版。

　　刘大杰在《中国文学发展史》的自序之中提到本书受法国人朗宋《论文学史的方法》一文影响颇大，认为"文学便是人类的灵魂，文学发展史便是人类情感与思想发展的历史"，强调社会物质生活与精神文化之间的进化联系。[①] 刘大杰批判了近现代中国文学史著作存在的一种"通病"："文学史者最容易流于武断的印象的主观态度，随着自己的好恶，对于某种作品某流派作家，时常发生不应有的偏袒或谴责。"[②] 因为这种弊病导致了文学客观发展历史的书写变成了个人文学评论。但是

---

① 刘大杰：《中国文学发展史》（上卷），中华书局，1941 年版，第 1 页。
② 刘大杰：《中国文学发展史》（上卷），中华书局，1941 年版，第 1 页。

刘大杰在《中国文学发展史》的实际书写过程中，其亦掺杂了大量的个人主观评断。《中国文学发展史》于1940年完成，1941年印行，此时新文学运动、整理国故运动等均接近完成，白话文已经成为主流的学术语言，新文学的概念已经深入人心，因而刘大杰在书中论述《诗经》部分时引入了进化观、唯物史观、社会学乃至宗教的观点，强调物质生活、社会政治与思想文化之间的多向互动。

一、注重社会背景的具体分析

刘大杰认为殷商中叶，农业社会已经初具雏形。社会发展到西周时期，农业成为重要的社会生产活动。他指出《诗经》是殷商巫术文学之后、周代成熟农业社会诗歌的主要组成部分，《大雅》之中的众多英雄史诗以传说叙事的方式展现了周代祖先在农业领域的开创之功。周人尊后稷为农神，其发明了农业，之后在公刘、古公亶父等人的发展下，周代农业获得了全面发展。刘大杰认为农业的成熟带动了社会组织及思想文化的进步。具体来看，当时的社会在政治上以贵族为主体，在家庭方面则是父权至上，同时开始产生了贵族地主阶级与农奴阶级；在宗教上，周代的宗教思想不同于殷商时期的巫术，其中开始融入天神教、祖先教及伦理政治的观念。周代通过嫡长子继承制度、同姓不婚制度以及宗庙制度，构建了伦理政治的完整体系。以此为背景，刘大杰运用唯物史观及历史进化观来推演《诗经》中诗歌的产生与社会政治的关系。

首先，刘大杰认为颂，特别是《周颂》，是武、成、康、昭盛世的产物，但是在形式上体现了早期遗留的上古巫术的特点，并引阮元之说，认为"颂"即"样子"，颂在形式上表现为一种诗、乐、舞的结合，与今天具有舞台表演性质的戏曲相类，其在作用上依然表现出宗教之用。[①] 另外，此时期国力强盛，社会和谐安乐，因而在《噫嘻》《丰年》之中显示了贵族与农民的和谐关系；《良耜》《臣工》等篇则描写了农夫的耕作及生活的欢乐。随着农业经济的发展，政权日益巩固，此一时期在思想上逐渐形成了"敬天尊祖"的宗教观念，这种观念混合了天帝、

---

① 刘大杰：《中国文学发展史》（上卷），中华书局，1941年版，第20页。

祖先、家长等因素，最终确立了国家在政治上的宗法观念。

其次，刘大杰认为雅中部分诗歌的创作是关注人事的必然产物。他认为文学的发展由巫术到宗教，再到关注人事，是一种自然的进化趋势。随着社会的发展，以《诗经》为代表的周代文学必然要转向对人事的关注，当然此时的主体为贵族阶级。① 此一时期统治者的地位日益提高，前期的宗教已经沦为统治者的教化工具，并且伴随着物产的日益丰富，在社会思想及文学发展上逐渐出现了享乐娱人的倾向，因而产生了雅诗，其中最为突出的当属宴饮诗歌。刘大杰认为朱熹在《诗集传》中对"雅"的解释最为可靠，认为"雅"即"燕飨朝会"之乐，其中以《小雅》中的《鹿鸣》《湛露》为代表，这些诗歌反复铺叙了宴会及田猎的细节。

再次，刘大杰认为"变风""变雅"的产生集中体现了统治阶级的剥削日益加重，这类诗歌开始表现"民意心声"。② 人民生活的困苦、战争的频繁导致之前"敬天尊祖"宗教观念的动摇。贵族的享乐之风加剧了人民的痛苦，激发了人民对天道、祖先不公的质疑。"产业发达与社会进化"加剧了贵族地主对农民的剥削。除了物质上的贡租，最重要的便是力租，"力租是包括兵役与劳动"。繁重的劳役使人民的生活更加艰难，频繁的战争打破了人民生活的稳定，兵役的加剧使得人民怨声载道。在这种极端压榨之下，农民的生活日益困苦，逐渐产生了对统治阶级的怨恨。③ 其中最具代表性的诗歌便为《七月》，刘大杰认为此诗虽表面上平静地叙述朴实的农民生活，但是从其使用的语句，如"无衣无褐"，耕田、打猎所获皆需向"公子"进奉等，可以看出其实际表现了贵族剥削之下农民的困苦生活。部分诗篇还表现了战事导致的农业荒废、家破人亡等惨状。

最后，刘大杰认为《国风》《大雅》《小雅》的部分诗篇体现了对社会发展、人性解放所带来的男女恋情的集中歌咏。刘大杰引罗威《我们是文明吗》一书中的理论，认为口头的男女恋情诗虽然在巫术文学及宗教文学之前已经产生，但是由于当时并不具备保存的条件，因而《诗

---

① 刘大杰：《中国文学发展史》（上卷），中华书局，1941年版，第23页。
② 刘大杰：《中国文学发展史》（上卷），中华书局，1941年版，第28页。
③ 刘大杰：《中国文学发展史》（上卷），中华书局，1941年版，第28～29页。

经》中所保留的部分情诗，实际上是在宗教诗歌之后产生的。在口头首倡男女恋情题材之后，他认为随着物质生活的丰富、人与人交往的频繁以及语言的发展，此时期的男女恋情诗在情感表达及语言上都呈现出一种极高的艺术天分，已经显示了个人主义的特征。这部分诗歌是《诗经》中最为精彩的部分，代表作有《卷耳》《野有死麕》《鸡鸣》等，这些诗歌"完全是个人自由的创作，与热烈情感的表现。在那些作品里，跳动着活跃的生命，充满了血肉和种种喜怒哀乐的情绪"[1]。

二、《诗经》分类探讨

刘大杰依据社会学的观点，从具体内容上对《诗经》作了重新分类，具体分为宗教诗（包括雅中的祭祀诗）、宴会诗、田猎诗、民族英雄史诗、以变风变雅为代表的社会诗，以及以二南、《国风》为代表的抒情诗。刘大杰认为这些不同种类的诗歌存在一种前后演进的顺序。他的分类方式为后来的《诗经》研究者所继承，在今天的文学史教材之中依然可以看到这种倾向。特别是刘大杰重点分析的民族英雄史诗和抒情诗这两类，几乎奠定了后来文学史著作中《诗经》分类的基础，具体如下：

其一，确定了《生民》《公刘》《绵》《皇矣》《大明》等诗篇为民族英雄史诗的性质。刘大杰认为这些诗篇产生的背景是伦理化政治制度确定的必然结果。随着帝王权力的加强和宗庙制度的确定，人们开始追溯民族兴起的重要代表人物。这些诗篇的记录是基于两个目的：一是将这些人作为帝王的楷模；二是铭记祖先的功德。这些诗歌从整体上来看超越了宗教诗歌的散漫而带有一种历史叙述的特点。刘大杰认为《生民》是追述后稷功德的史诗，记录了后稷不同寻常的出生及成长经历和其发明农业的事迹，强调了其对周民族发展的重要奠基作用。[2]《公刘》一篇则记录了公刘在后稷的基础上进行的开疆扩土的工作，针对其迁徙的特点，刘大杰认为公刘的时代具有游牧民族的特点。[3]《绵》则是对古

---

[1] 刘大杰：《中国文学发展史》（上卷），中华书局，1941年版，第35页。
[2] 刘大杰：《中国文学发展史》（上卷），中华书局，1941年版，第26页。
[3] 刘大杰：《中国文学发展史》（上卷），中华书局，1941年版，第27页。

公亶父的歌颂，赞扬了其定都岐山、筑建宫室、打败夷族的功德，全诗脉络清晰、韵律协调、结构谨严，是《诗经》中成就最高的一首叙事诗。①

其二，刘大杰认为《诗经》中最精彩的部分是其中的抒情诗。他对《诗经》中男女恋歌的评价集中体现了新文学运动时期学者对民间文学的观点。其对周代伦理政治的评价较为集中地体现了对《诗序》所开创的诗教观的批判。刘大杰在民间文学的基础上进一步提出了社会学中"口头文学"的概念，将《诗经》中男女情爱的吟咏提高到了无以复加的地步。他认为《诗序》对《狡童》《子衿》等篇的评价多为附会，且十分浅显，这些男女恋歌实际上表现了思妇的怀人、吉士的求爱、"春宵苦短的哀叹"以及美人的相思之苦，从文本分析来看，诗篇语言优美，音韵调和，恰当地表现了青年男女的美好情感。

三、小结

从整体上来看，刘大杰的《中国文学发展史》一书承接了民国前期关于《诗经》研究所提出的"歌谣集""文学总集"等观点，同时在研究方法的运用上更加广泛。其中最重要的一点便在于他用"唯物史观"来探讨《诗经》成书的社会历史背景，同时结合社会学，引入了"宗教诗歌"的观点，发展了"民族史诗"的概念。刘大杰毫不讳言其所接受的西方理论，且书中从总体诗歌评价到具体的诗篇分析皆呈现了这种影响。此书借进化论的观点依次演绎《诗经》中的诗歌的产生年代，在叙述的过程中一方面不断否定以《诗序》为代表的传统诗学观，另一方面又不断借鉴《诗序》《诗谱》等关于诗歌产生年代的记载。在论述上也延续了顾颉刚、钱玄同等古史辨派学人所使用的一种"选择性真实"。《中国文学发展史》所涉及的《诗经》的历史背景、诗篇的分类方法等多为当代《诗经》研究者所接受，成为一种文学史叙述典范。

---

① 刘大杰：《中国文学发展史》（上卷），中华书局，1941年版，第27页。

第三章　由文言到白话
——民国《诗经》研究范式转变的新途径

语体上的变化是民国诗经学异于传统诗经学的一个重要特征。从文言到白话也展示了《诗经》研究范式从传统到现代的转变。本章分三层论述：第一，从传统学术的衰落、白话文运动的推广及经学的式微等角度，概述民国《诗经》白话文翻译产生的必然性及发展状况；第二，以陈漱琴《诗经情诗今译》为例，分析"情诗"视野下的《诗经》翻译现状，并反思白话译《诗》的弊端；第三，以倪海曙《苏州话诗经》为例，探讨方言视野下的《诗经》翻译，具体分析这一时期学人对《诗经》翻译的态度，探讨《诗经》研究在"走向民间"过程中的得失。

第一节　国语运动与近现代中国文学转向

语言作为一种工具，充斥在我们生活的方方面面。法国思想家吉尔·德拉诺瓦在《民族与民族主义》一书中指出："语言是最稳定的要素之一，也是可以建构民族意识形态最实在的根基之一。"[①] 回顾中国近代社会，从文言文到白话文，无疑是语言工具及书面表达体系的最大转变。张宪文认为这种变革实际上确立了一种"新的话语模式"，以胡适、陈独秀等为代表的五四学者"从工具理性出发，以白话文这一新形式来灌注新文化运动的精神内容；以革新的语言工具——白话文来建立'活的文学'；以革新文学内容——文学革命来建立'人的文学'"，其深

---

① 吉尔·德拉诺瓦：《民族与民族主义》，郑文彬译，生活·读书·新知三联书店，2005年版，第196页。

层次上"涉及包括思维在内的整个话语模式的变革,它在强有力地动摇着传统的文化—心理结构。作为新文化运动的全新工具和武器,白话文极大地推进了启蒙文化运动,不仅扫荡了陈旧的话语模式,确立了新的话语模式,而且为新的学术范式的确立提出了前提和保证"。① 当我们回顾民国时期的白话文运动时,不得不追溯至晚清。晚清的白话文运动很大程度上奠定了五四时期白话文运动的基础。

19世纪50年代开始,伴随着西方传教士在我国的宗教活动,早期的欧化白话译注著作开始出现。考虑到中国国民的受教育情况,为了便于传教,西方传教士分别在1857年、1872年两次翻译了《圣经》,在翻译语言上逐渐由"高深文言"到"浅近文言",再到"官话土白"(这里讲的"土白"即"古白话")。1853年,传教士宾威廉(Wiliam C. Bums)用文言翻译了班扬(John Bunyan)的《天路历程》一书,1865年改用白话重译,该译本使用的白话已经显示出与中国本土"古白话"的差异,今天看来已然是典范的欧化白话文。② 周作人在《圣书与中国文学》(1921)中亦曾言及传教士《圣经》白话翻译之影响,"我记得从前总有人反对新文学,说这些文章并不能算新,因为都是从《马太福音》出来的,当时觉得他的话很是可笑,现在想起来反要佩服他的先觉,《马太福音》的确是中国最早的欧化的文学的国语"③。周作人的评论从另一个侧面显示了晚清白话译注对新文学的影响。

受西方影响,晚清报刊业逐渐兴起。据胡全章《清末民初白话报刊研究》统计,这一时期以白话刊行的报刊有270余种,从时间来看跨越了19世纪末、20世纪初。④ 早期的白话报有《演义白话报》《蒙学报》等。梁启超曾在《蒙学报、演义白话报合叙》中指出办报之目的在于教化"小学""愚民",稍晚的白话报有《河南白话官报》(1908)、《如皋白话报》(1910)等。⑤ 从地域来看,晚清白话报刊几乎覆盖了全国各

---

① 张岂之主编:《民国学案》,湖南教育出版社,2011年版,张宪文序。
② 袁进:《重新审视欧化白话文的起源——试论近代西方传教士对中国文学的影响》,载于《文学评论》,2007年第1期。
③ 周作人:《圣书与中国文学》,载于《小说月报》,1921年1月10日第二十卷第一号。
④ 胡全章:《清末民初白话报刊研究》,中国社会科学出版社,2011年版。
⑤ 梁启超:《蒙学报、演义白话报合叙》,载于《时务报》,1897年(光绪二十三年十月十一日)第四十四期。

地，湖州、直隶、宁波、江苏、山西、福建、安徽、武昌、杭州、四川、河南等地均有白话报刊行，甚至在当时较为偏远的西藏、丽江都办有《西藏白话报》（1907）、《丽江白话报》（1907）。晚清白话报刊兴盛，发行数量众多，传播范围极其广泛，培养了普通群众的白话文阅读习惯，为五四时期白话文运动的顺利开展奠定了前期基础。

此外，晚清学者已经开始主张言文一致，黄遵宪提出"我手写我口"（《杂感》），认为"文字者，语言之所从出也"①，梁启超在《论幼学》中亦主张教育幼童应以歌谣、俗语等为主。② 当然晚清有关白话论述最为系统者要属裘廷梁《论白话为维新之本》，该文发表于《苏报》（1897），文中指出"文字之始，白话而已矣"，且认定《诗经》《春秋》《论语》《孝经》等书皆是"杂用方言"而成，明确提出了"崇白话而废文言"的主张，将白话的益处归纳为"省日力""除骄气""免枉读""保圣教""便幼学""炼心力""少丢才""便贫民"。③ 裘廷梁所论实为五四时期白话文运动之先声。

一、被掩没的《国语运动史纲》

黎锦熙《国语运动史纲》④一书是我们追寻民国时期《诗经》白话翻译过程的重要资料，书中详细记载了国语运动的始末，并对国语运动进行了分期："切音"运动时期、"简字"运动时期、"注音字母"与"新文学"联合运动时期、"国语罗马字"与"注音符号"推进时期。

作者通过第三期中的三个重要机构所推行的主要运动和取得的成就来体现国语运动的发展面貌。三个重要机构及职能分别是：

教育部读音统一会（审定国音，注音字母之产生和传习）（1912年至1916年）；中华民国国语研究会（新文学运动，学校国

---

① 黄遵宪：《日本国志》，上海古籍出版社，2001年版，第5页。
② 梁启超：《论幼学》，见《梁启超全集》，北京出版社，1999年版，第36页。
③ 裘廷梁：《论白话为维新之本》，见《中国历代文论选》第4册，上海古籍出版社，1980年版，第168~172页。
④ 按：黎锦熙《国语运动史纲》，1934年12月由商务印书馆刊行，1935年1月再版，2011年有商务印书馆整理本。

文课程改革运动，儿童文学运动，汉字革命运动）（1916年至1921年）；教育部国语统一筹备会（公布注音字母、《国语字典》，改学校国文科为国语科，审定中小学国语教科书及参考书，开办国语讲习所）（1919年至1923年）。①

从黎锦熙所记录的国语运动的线索来看（见表3—1），五四学人后来在文章中屡屡提到的对白话文运动做出贡献的胡适、陈独秀等"一班人"背后，其实是三个重要的全国性机构，即教育部读音统一会、中华民国国语研究会、教育部国语统一筹备会。正是在这三个机构的统一领导推动下，才真正实现了从上而下的全国性的国语普及运动，具体措施则有新文学运动、学校国文课程改革运动、学校国语科改革等。我们从书中所记录的大事件中亦可感受到国语运动或者说白话文运动在推进过程中的种种艰难。对一个国家来说，语言工具及书面表达体系的变革实非一二人所能实现。

表3—1　国语运动的线索

时间	机构	相关人员	相关事项
1913年2月15日	读音统一会	各省代表到会四十四人	1913年2月15日，读音统一会正式开会，各省代表到会44人，审定6500余字的国音，通过《国音推行方法》，提请教育部将初等小学的"国文"一科改作"国语"
1916年	中华民国国语研究会		希望凭借最高教育行政机关权力，解决在教育上最紧迫、最普遍的根本问题，即文字问题，主张彻底改革文字，"言文一致"和"国语统一"
1918年11月	教育部		教育部令第七五号正式公布注音字母
1919年4月21日	国语统一筹备会	黎锦熙、胡适等	国语统一筹备会正式成立
1919年	国语统一筹备会	胡适、刘复等	胡适等提出《国语统一进行方法》，主张在小学推行国语读本，高等小学杂用文言
1920年	教育部		教育部令，国民学校一、二年级的古文从1920年秋季起，改用国语

---

① 黎锦熙：《国语运动史纲》，商务印书馆，2011年版，第49页。

续表3-1

时间	机构	相关人员	相关事项
1920年2月	教育部		教育部2月训令第五三号，公布《请颁行新式标点符号议案（修正案）》，提议人：马裕藻、周作人、朱希祖、刘复、钱玄同、胡适
1921年	教育部		教育部公布《校改国音字典》，由商务印书馆出版
1925年12月3日	无锡联合大会		苏浙皖三省各师范小学，本年在无锡开联合大会；12月3日，是开会的第一天，特在无锡第三师范操场，举行焚毁初级小学文言文教科书的仪式

注：根据黎锦熙《国语运动史纲》相关内容整理而来。

表3—1罗列了黎锦熙在《国语运动史纲》中所记载的国语运动重大事件。从中可以看到胡适等人的积极参与，但是却无法据此得出陈独秀、胡适等人在《新青年》等刊物上所叙述的他们是如何一步步引领中国国语运动并且轻易地走向成功的。1925年12月3日，发生在苏浙皖三省各师范小学联合大会上的焚烧小学文言文教科书事件，在这个过程中具有标志性意义。历史上或许只有发生在秦朝的焚书事件可与此事相提并论。而正是这样的事件，让我们有足够的理由相信，只有在国家的主导之下，才能够强有力地推动白话变革。从中可以看到政府特别是北洋军阀政府教育部发挥的重要作用。同时由于黎锦熙曾担任众多职务，我们也有理由相信，这是民国时期国语运动的一份官方记录。但是这份记录在当时并未被重视，或许因为该书强调的是对整个国语运动的记录，并没有突出个人在其中发挥的作用。黎锦熙把国语运动当作一项有组织的国家运动，强调的是政府、教育部在其中的总体性作用。此外，《国语运动史纲》从语言发展的角度叙述民初的国语运动，与五四学者所秉持的白话与文学的视角不同。五四学者将白话文运动纳入文学革命的范畴，并且赋予了白话进化论层面的意义，使白话具有了天然的先进属性。正是沿着这样的逻辑，五四学者关于白话文运动史的叙述也具有了一种进步意义，更何况当时的北洋政府已然臭名昭著。

二、胡适等人的白话文运动与《诗经》译注

将文学革命与白话文运动紧密结合，是五四时期白话文得以推广的重要原因，其发展线索如下。

（一）文学革命与白话文运动的兴起

1916年10月1日，胡适《寄陈独秀》一文刊登在《新青年》第二卷第二号，针对文学革命提出了自己的建议。[①] 胡适认为文学革命须从八事着手，并将语言改革视为文学革命的重要组成部分。1917年1月，胡适《文学改良刍议》一文发表在《新青年》第二卷第五号，又登载在1917年3月《留美学生季报》春季第一号，文学改良之路正式开启。[②] 此文接续前作，具体介绍了"文学改良八事"，"不摹仿古人条下"，提出了文学的进化观。[③] 继王国维之后，胡适亦强调"文学者，随时代而变迁者也。一时代有一时代之文学：周、秦有周、秦之文学，汉、魏有汉、魏之文学，唐、宋、元、明有唐、宋、元、明之文学。此非吾一人之私言，乃文明进化之公理也"[④]。并且标举"左氏、史公之文奇矣，然施耐庵之《水浒传》视《左传》《史记》何多让焉？"[⑤] 胡适认为文学须"不摹仿古人"，今日之中国，"当造今日之文学，不必摹仿唐、宋，亦不必摹仿周、秦也"。其还明确提出"吾每谓今日之文学，其足与世界'第一流'文学比较而无愧色者，独有白话小说（我佛山人，南亭亭长，洪都百炼生，三人而已）一项。此无他故，以此种小说皆不事摹仿古人（三人皆得力于《儒林外史》《水浒》《石头记》。然非摹仿之作也）"[⑥]。胡适也批评了时人对小说的忽视，"今人犹有鄙夷白话小说为文学小道者，不知施耐庵、曹雪芹、吴趼人皆文学正宗，而骈文、律诗

[①] 胡适：《寄陈独秀》，载于《新青年》，1916年10月1日第二卷第二号。
[②] 胡适：《文学改良刍议》，载于《新青年》，1917年1月1日第二卷第五号。
[③] 胡适：《文学改良刍议》，载于《新青年》，1917年1月1日第二卷第五号。
[④] 胡适：《文学改良刍议》，载于《新青年》，1917年1月1日第二卷第五号。
[⑤] 胡适：《文学改良刍议》，载于《新青年》，1917年1月1日第二卷第五号。
[⑥] 胡适：《文学改良刍议》，载于《新青年》，1917年1月1日第二卷第五号。

乃真小道耳。吾知必有闻此言而却走者矣"①。

《文学改良刍议》梳理了自佛经译文至唐宋人白话诗词、宋人讲学语录及《三国演义》《水浒传》《西游记》等白话小说发展之线索，同时认为：

> 以今世眼光观之，则中国文学当以元代为最盛；可传世不朽之作，当以元代为最多；此可无疑也。当是时，中国之文学最近言文合一，白话几成文学的语言矣。使此趋势不受阻遏，则中国几有一"活文学出现"。②

胡适指出明代的八股取士以及七子复古阻碍了中国"千年难遇言文合一之机会"，在此基础上提出了"白话正宗"的口号。

1917年2月1日，陈独秀在《新青年》上发表《文学革命论》一文，全力支持胡适的观点，进一步高举"文学革命"大旗，提出了"革命军三大主义"："曰推倒雕琢的阿谀的贵族文学，建设平易的抒情的国民文学；曰推倒陈腐的铺张的古典文学，建设新鲜的立诚的写实文学；曰推倒迂晦的艰涩的山林文学，建设明了的通俗的社会文学。"③ 这标志着文学革命的正式开始。此文梳理了从春秋战国到清末民初的文学流变，认为"贵族文学，藻饰依他，失独立自尊之气象也；古典文学，铺张堆砌，失抒情写实之旨也；山林文学，深晦艰涩，自以为名山著述，于其群之大多数无所裨益也"④。同时也批判了这三种文学造成的极坏影响。作为文学革命的宣言，该文从一开始便将文学与政治紧密结合在一起，致使文学无法取得所谓的真正的独立。从梁启超倡导"小说界革命"，到陈独秀主张"文学革命"，可以看到政治因素正逐渐渗入近现代文学观念。这一时期，传统文学中"文以载道"的观念遭到唾弃，取而代之的是西方文化语境中所谓的"思想"。表面上看，两者的差异只是概念和用词上的，但从深层来看，却是文化基因之不同。这里面显而易见的便是新文化运动的倡导者对待西方文化的媚外心理。对于这种心

---

① 胡适：《文学改良刍议》，载于《新青年》，1917年1月1日第二卷第五号。
② 胡适：《文学改良刍议》，载于《新青年》，1917年1月1日第二卷第五号。
③ 陈独秀：《文学革命论》，载于《新青年》，1917年2月1日第二卷第六号。
④ 陈独秀：《文学革命论》，载于《新青年》，1917年2月1日第二卷第六号。

理，钱基博在《现代中国文学史》序言中亦曾经展开过批判。① 媚外心理在当时披上了进步思想与革命主张的外衣，同时与先进、进化等的关系错综复杂，这种心理借助当时的进步刊物《新青年》得到了广泛传播。林纾曾发表《论古文之不当废》一文，商榷这种激进的主张，结果遭到五四学者的激烈批评。1917 年 5 月 1 日，胡适《寄陈独秀》一文刊布在《新青年》第三卷第三号上，批评了林纾《论古文之不当废》文法不通，并言其所选《尝试集》已成。此文之后附录陈独秀的《答书》，认为"改良中国文学，当以白话为文学正宗之说，其是非甚明，必不容反对者有讨论之余地，必以吾辈所主张者为绝对之是，而不容他人之匡正也"②，显示了陈独秀对推行以白话为主的"新文学"的决心。在今天看来，他们在当时不容匡正的主张已然失之偏颇。

（二）白话文创作及批评

在倡导白话文理论之外，胡适也开始了白话文创作。1918 年 1 月，胡适《尝试集》出版。钱玄同在《尝试集序》中提到："我们现在做白话文章，宁可失之于俗，不要失之于文。"③ 这里反映出在新文学开始的道路上，已经存在矫枉过正的倾向，以至于后来越走越偏，再也没有回到正常的轨道。钱玄同将《诗经》定为白话文学作品，认定其属韵文，然后以此为立足点，只要证明《诗经》为白话、言文合一的作品，那么将《诗经》同五经并列时，"经"的意义自然会在多重虚幻属性的界定下消失。④ 以此为代表的"经学"其意义自然不复存在。"新文学"学者最后站在进化的最高点上，向青年揭示了《诗经》的所谓"真

---

① 按：钱基博认为，"如斯之类，今之所谓美谈；它无谬巧，不过轻其家丘，震惊欧化，降服焉耳。不知川谷异制。民生异俗，文学之作，根于民性；欧亚别俗，宁可强同？李戴张冠，世俗知笑；国文准欧，视此何异。必以欧衡，以诸削足；履则适矣，足削为病。兹之为弊，谥曰鹜外"。钱基博：《现代中国文学史》，华中师范大学出版社，2011 年版，第 5~7 页。

② 陈独秀：《答胡适之先生书》，载于《新青年》，1917 年 5 月 1 日第三卷第三号。

③ 钱玄同：《尝试集序》，载于《新青年》，1918 年 2 月 15 日第四卷第二号。

④ 按：钱玄同将《诗经》《楚辞》、新乐府、宋词、元曲等皆认定为白话韵文，"以前用白话做韵文的，却也不少：《诗经》《楚辞》，固不消说。就是两汉以后，文章虽然被那些民贼文妖弄坏；但是明白的人，究竟也有，所以白话韵文，也曾兴盛过来；像那汉魏的乐府歌谣，白居易的新乐府，宋人的词，元明人的曲，都是白话的韵文——陶潜的诗，虽不是白话，却很合于语言之自然——还有那宋明人的诗，也有用白话做的。可见用白话做韵文，是极平常的事"。钱玄同：《尝试集序》，载于《新青年》，1918 年 2 月 15 日第四卷第二号。

相"——"第一部诗歌总集"。同时《诗经》的性质定位也完成了从"经学"到"文学"的转变,当然这背后其实暗含了文化层面上文学对经学的取代。①

在前期表彰白话文作品及《尝试集》的基础上,1918年1月15日,胡适《论小说及白话韵文》(答钱玄同书)②一文正式对"白话"一词作了详细的解释:

> (一)白话的"白",是戏台上"说白"的白,是俗语"土白"的白。故白话即是俗话。
>
> (二)白话的"白",是"清白"的白,是"明白"的白。白话但须要"明白如话",不妨夹几个文言的字眼。
>
> (三)白话的"白",是"黑白"的白。白话便是干干净净没有堆砌涂饰的话,也不妨夹入几个明白易晓的文言字眼。

这里对白话的解释说明了白话必须通俗易懂,同时为了表达的需要可以保留部分文言。其实胡适的定义或者解释存在矛盾,既然白话是必须提倡的,而文言是必须反对的,那么两者的结合是不是不恰当的呢?因而从此处的解释亦可以看出,当时虽极力提倡白话,但在实际操作层面却并不能真正舍弃文言。胡适关于白话的解释在当时引起了强烈的反响。傅斯年《文言合一草议》一文提出了与"废文词而用白话"不同的观点,认为应该"文言合一",兼取文白之长处,融为一体。③其实从后来的实际运作来看,文言合一很大程度上占了主体,特别是在当时大批学人的学术著作中,文白已经被自觉地按照不同的用途场合分而用之。④

在倡导了白话与表彰了传统白话文学之后,1918年4月15日,胡

---

① 按:从此青年的人生理想从圣人君子转向了文学家,整个社会的道德理想、文化传承放在了"文学"身上。百年以后的今天,文学在各种因素影响下,转向支离破碎,原来经学所承担内容的日渐缺失,使得文学发展存在的问题已经日益凸显。

② 胡适:《论小说及白话韵文》(答钱玄同书),载于《新青年》,1918年1月15日第四卷第一号。

③ 傅斯年:《文言合一草议》,载于《新青年》,1918年2月15日第四卷第二号。

④ 按:其实只有这种文白并用的方法才能真正体悟中国传统著作之精神,可惜这种传统并未延续下来。若干年以后,我们失去了(很大程度上)表述高深思想的工具,将深刻的思考转向以复杂的语法结构、层叠的词语进行着无力的表述。有的语言形式无论多么简洁总能表现精深的思考,而有的语言形式无论多么精心雕琢,也无法掩盖其浅薄。

适在《建设的文学革命论》一文中提出了建设"国语的文学,文学的国语",进一步将国语与文学结合。① 一方面这种结合便于推广白话,另一方面明白晓畅的白话也便于传播当时越来越多的变革主张。胡适全面否定了传统的文言创作,指出"这二千年的文人所做的文学都是死的,都是用已经死了的语言文字做的。死文字决不能产出活文学。所以中国这二千年只有些死文学,只有些没有价值的死文学"②。胡适将《木兰辞》《孔雀东南飞》《石壕吏》《兵车行》定为白话作品,并且断言:"自从《三百篇》到于今,中国的文学凡是有一些价值有一些儿生命的,都是白话的,或是近于白话的。其余的都是没有生气的古董,都是博物院中的陈列品!"③ 他还将《水浒传》《西游记》《儒林外史》《红楼梦》视为用"活文字"创作的"活文学"。其将某些古代作品定为白话,很大程度上是从民国时期特有的思想、政治进步的角度进行的。正是从这时开始,在中国文学的评价中,白话作品成为一种天然的具有进步意义的作品,也正是从这时开始,文学的民间视角引起了人们的关注。

1918年5月15日,《新青年》自第四卷第五号开始完全使用白话作文章。鉴于当时《新青年》的广泛影响力,这一标志性事件理应被记入中国白话文运动史。部分学者曾就过分批判文言文提出异见。1918年8月15日,《新青年》刊发了朱经农《新文学问题之讨论》一文。朱经农在此封写给胡适的信中提到了自己对提倡新文学及对白话、文言的一些意见,针对文字革命的四种主张提出了自己的见解:

(第一种)是"改良文言"并不"废止文言";(第二种)"废止文言"而"改良白话",(第三种)"保存白话",而以罗马文拼音代汉字,(第四种)是把"文言""白话"一概废了,采用罗马文字作为国语(这是钟文鳌先生的主张)。④

朱经农认为第三、第四种主张绝不可行,而第一、第二种主张集中在文言的存废问题上,其认为"对于'文言''白话',应该并采兼收而

---

① 胡适:《建设的文学革命论》,载于《新青年》,1918年4月15日第四卷第四号。
② 胡适:《建设的文学革命论》,载于《新青年》,1918年4月15日第四卷第四号。
③ 胡适:《建设的文学革命论》,载于《新青年》,1918年4月15日第四卷第四号。
④ 朱经农:《新文学问题之讨论》,载于《新青年》,1918年8月15日第五卷第二号。

不偏废",同时对于当时流行的文言、白话与死文字、活文字,死文学与活文学之说进行了相当客观的评判,并提出了评价文学的不同标准,即不能以文言与白话来断定文学的死与活。胡适所说文字之死活与文学之死活,暗含了一种进化的标准,即赋予白话一种先天的进步性,将其视为语言进化层面上的最终结果,而文言则是"物竞天择,适者生存"中的"不适者",必定被淘汰。当然,值得注意的是,界定这种"不适"的恰恰是提出这个问题的人。出于一种人为制造的进化上的前后关系,文言与白话最终被放在了进化的链条上,不得不被迫选择其一。反观朱经农的论述,其已经超越了胡适等人简单机械的一元评价,回归到对作品本身的评价,而不是单纯评价文言、白话本身。民国时期的文言与白话论争,本应该有机会走向一种平等、理性的作品评价,但实际上这种主张被淹没在五四学者的批判声浪之中。

胡适在答信中再次重申了自己对"文学的国语"的界定:"我所主张的'文学的国语',即是中国今日比较的最普通的白话。这种国语的语法文法,全用白话的语法文法。但随时随地不妨采用文言里两音以上的字。"① 其回复最后将白话定义在最高的位置,而文言从此之后只能沦为白话的附庸,偶尔附在白话之后。谁也无法否认在此次新文学运动之后的百年时间里,文言创作果如胡适所期望的那样,几乎没有产生新的有价值的作品。我们现在只能悲悯地哀叹"文言"真的已死,而这种死去的文言,并非所谓进化论意义上的淘汰。②

朱经农还主张"其重要之点,即'文学的国语'并非'白话',亦非'文言',须吸收文字之精华,弃却白话的糟粕,另成一种'雅俗共赏'的'活文学'"③。这种主张在现在看来是极为确当的,但在那个激进主义泛滥的时代,任何类似的兼收主张都会被视为妥协或者叛变。

在强调白话文学的进步意义之外,胡适继续寻找白话文学必然取代传统文学的学理证据。1918年10月15日,胡适在《文学进化观念与

---

① 胡适:《新文学问题之讨论》,载于《新青年》,1918年8月15日第五卷第二号。
② 按:文言创作的大规模消失是中国五千年以来最大的文化事件之一,也是近现代以来针对传统文化所作的最极端的改革之一。可以想见,再过去百年,可能后人对唐宋文言的认识就如今人观《尚书》一样佶屈聱牙。而这种情况的应对之策恐怕除了恢复对文言写作能力的训练,还需在高校相关专业加强古文素养的培养,强化阅读古书的能力。
③ 朱经农:《新文学问题之讨论》,载于《新青年》,1918年8月15日第五卷第二号。

戏剧改良》一文中提出了"文学进化观念的意义"①。在文学史上使用"历史的进化观念",这个观念的提出默认了只有发展到最近年代的文学才是真正先进的文学,将文学的发展视为一种线性运动,而五四时期所提倡的"新文学"则在这条进化线的顶端。"直到他与别种文学相接触,有了比较,无形之中受了影响,或是有意的吸收人的长处,方才再继续有进步。"②而这种进步在民国前期的体现便是"德先生"与"赛先生"。1918年12月15日,周作人在《人的文学》一文中系统阐释了胡适所表彰的白话文学必然正宗的地位,其在文中提到:

> 人的文学,当以人的道德为本……譬如两性的爱,我们对于这事,有两个主张:一是男女两本位的平等,二是恋爱的结婚。世间著作,有发挥这意思的,便是绝好的人的文学。③

周作人所论之"文学"排除了旧道德的内容,对于爱情文学,他标榜的两类——男女的平等,因恋爱而结婚——正与当时青年所推崇的个人自由与家庭解放契合。周作人此文虽特意强调"平民文学"绝不是"通俗文学",但对这两者的论述却不无矛盾之处。如果平民文学记载的是普通青年男女,那么它又与通俗文学如何区别?如果它强调向上的趋向,那么与所谓旧文学又有哪些区别?总之,朱经农的警示未能真正引起五四学人的注意,因为大家早已为"新文学"所鼓动,形式上的风靡完全盖过了应当提倡的内容上的承继,最终也就直接导致了近现代文学发展走上了平民文学、民间文学的道路。

---

① 按:胡适将文学进化观念的意义归纳为四层:第一层,"总论文学的进化。文学乃是人类生活状态的一种记载,人类生活随时代变迁,故文学也随时代变迁,故一代有一代的文学";第二层,"每一类文学不是三年两载就可以发达完备的,须是从极低微的起原,慢慢的,渐渐的,进化到完全发达的地位";第三层,"一种文学的进化,每经过一个时代,往往带着前一个时代留下的许多无用的纪念品,这种纪念品在早先的幼稚时代本来是很有用的,后来渐渐的可以用不着他们了,但是因为人类守旧的惰性,故仍旧保存这些过去时代的纪念品";第四层,"一种文学有时进化到一个地位,便停住不进步了,直到他与别种文学相接触,有了比较,无形之中受了影响,或是有意的吸收人的长处,方才再继续有进步"。胡适:《文学进化观念与戏剧改良》,载于《新青年》,1918年10月15日第五卷第四号。
② 胡适:《文学进化观念与戏剧改良》,载于《新青年》,1918年10月15日第五卷第四号。
③ 周作人:《人的文学》,载于《新青年》,1918年12月15日第五卷第六号。

（三）"白话正宗"及《诗经》翻译著作的发展

白话文在五四学人的倡导之下逐渐为大众所接受。同时由于白话文学的民间属性，随着白话文的推广，民间文学亦逐渐为众多文人所接受。特别是随着白话小说、散文、诗歌的大量产生，人们在语言、思想及审美趣味上逐渐向民间文学靠拢。在胡适的《尝试集》《白话文学史》及众多争论文章的影响之下，《诗经》亦被洗脱了"经学"属性，被定义为中国最早的"歌谣总集"。《诗经》研究逐渐脱离了传统的"诗教"观，而转向对《诗经》文学属性的挖掘。这一时期还大量翻译、整理了古代关于《诗经》的文学性点评著作，并广泛流传。随着这股就下潮流的涌动，《诗经》白话译注著作开始产生。

现存最早的《诗经》白话注本为1908年江阴县礼延学堂发行的《诗经白话注》。据吴德铎《最早的诗经白话注本》一文记载："《诗经白话注》，江阴钱荣国著。木刻有光纸印。上下单边，小黑口，双鱼尾，半页十行，行二十四字。全书共四卷，卷一《国风》（上下），卷二《小雅》，卷三《大雅》，卷四《颂》。每卷后均有钱荣国的'附记'。光绪三十四年（1908年），江阴礼延高等小学堂印行。"[①] 注者在自序（光绪三十四年五月）中言编写此书有两个目的：第一，"启发童蒙"，此书本为小学堂所用，所以在注解《诗经》时"以显浅明白为主。务使经义虽古奥，无师可自通，故用白话"；第二，"保存国粹"，"近时新学盛行，大率导童蒙以简易，如国文教科书等，人多喜读，然习惯简易，如诸经之古奥难明，必至弃而不读矣！是编用白话注，使人开卷了然，亦导以简易之术也"。[②] 该书解诗大体上遵依朱熹《诗集传》，间采《小序》、《毛传》、郑《笺》、孔《疏》及诸家经解，少有异说。从全书体例来看，先述诗篇原文，用白话逐章注解疑难词，并梳理章义，诗末讲解诗歌主旨，卷末有"附记"总述本卷诗旨。从中可以较为清楚地看到此时的白话翻译面向的是开蒙童子，并且钱荣国的白话翻译并未离经而言，从其

[①] 吴德铎：《最早的诗经白话注本》，见《中华文史论丛》第八辑，上海古籍出版社，1978年版，第112页。

[②] 钱荣国注解：《诗经白话注》（江阴礼延学堂本），见林庆彰等主编：《晚清四部丛刊》（第一编第十八册），文听阁图书有限公司，2010年版，序。

选的风雅颂来看，并无特别的偏重。

民国时期，《诗经》白话译注著作大量涌现。目前所能见到的民国时期《诗经》白话译注著作主要有：

《诗经白话注解》，不著撰人，民国七年（1918）上海江东茂记书局印行。今有《民国时期经学丛书》（第五辑，三十册）影印本。正文共六卷，字词白话注解、章义白话总结。

《卷耳集》，郭沫若译，泰东图书局民国十二年（1923）八月发行。该书系创造社辛夷小丛书第二种。作者在序（民国十一年八月十四日）中言此书选译诗篇"限于男女间相爱恋的情歌"，在对待传统解释上，"除略供参考之外，我是纯依我一人的直观，直接在各诗中去追求他的生命"，在译诗方法上受泰戈尔影响，翻译较为自由。正文译《国风》四十篇（仅书译文）。

《分类诗经》（言文对照白话注解），许啸天译，民国十五年（1926）八月上海群学社发行。书前有编者的长序（中华民国十五年九月十五日），自述本书方法"（一）排去经解；（二）就诗的本旨去分类；（三）注解字意"。正文前附有唐圭璋《三百篇修词之研究》、徐家齐《三百篇用韵之研究》、顾颉刚《论诗经所录全为乐歌》、崔述《读风偶识》等文。正文打乱《毛诗》篇次，按照"家庭""宫廷""政治""军事""风俗""杂类"六类重新编排。正文部分先述诗题，诗题下用白话点明诗歌主旨，次录诗歌原文，每章之下注明用赋比兴情况，次逐章用白话散句翻译诗歌原文，再次有"注"，释疑难词，末附"音注"，注字之音。

《新注诗经白话解》，洪子良编纂，钟际华校正，民国十五年（1926）中原书局发行。该书正文部分共八卷，以章为单位依次用白话注解诗篇，先附用赋比兴情况，次注疑难词之读音，再有"注"，释疑难词义，最后有"义"，释本章诗旨。另，正文部分于风、雅、颂之名及十五国风之名均有白话解说。

《关雎集》（言文对照《诗经》白话注解），纵白踪译，经纬百科丛书之一，民国二十年（1931）九月上海经纬书局发行，民国二十五年（1936）六月再版。书前有译者跋（一九三六年四月四日）、序诗（一九三一年九月十二日）。该书于每诗题下先出译文，次录诗歌原文，文后有"注"，注解疑难字词，次有"注音"，注解字音，最后有"解"，注解诗歌主旨。

《诗经童话》（甲编），喻守真编，民国二十一年（1932）六月中华书局发行。书前有作者序说。本书依据《诗集传》《左传》《史记》编写有关《诗经》故事，主要面向儿童，选诗皆在篇名之下附小标题注明故事，编选篇目如下：《甘棠——纪念物》《柏舟——忧国》《燕燕——送行》《二子乘舟——兄弟同死的悲剧》《载驰——救祖国》《定之方中——恢复祖国》《伯兮——从军送别》《黍离——国都的今昔》《葛藟——孤儿的呼声》《女曰鸡鸣——早起》《陟岵——思亲》《十亩之间——到田间去》《伐檀——劳动然后得食》《硕鼠——乐土在那里》《蟋蟀——享乐》《山有枢——及时行乐》。

《诗经童话》（乙编），喻守真编，民国二十一年（1932）六月中华书局发行。编写体例承继甲编，编选篇目如下：《黄鸟——殉葬的恶风俗》《无衣——同仇敌忾》《渭阳——送舅》《鸱鸮——周公东征》《东山——慰劳将士》《棠棣——兄弟的爱》《斯干——古代重男轻女的恶俗》《无羊——畜牧事业》《蓼莪——孝》《生民——后稷降生》。

《诗经情诗今译》，陈漱琴编，民国二十一年（1932）七月初版，上海女子书店发行，同年十二月再版，琴画室丛书之一。书前有顾颉刚序（二一，五，十四）、汪静之序（一九三二，六，二二）、储皖峰序（二一，四，二十）、陆侃如序、译者自序（二一，五，十五），选录储皖峰、顾颉刚、魏建功、刘大白、谢寒、陈漱琴、汪静之、钟敬文、储寄青、吴景澄译诗32首，皆为《诗经·国风》写男女爱情之诗，篇末附"漱琴按"说明诗旨，间有疑难词注解，另有附录一篇。

《三十六鸳鸯——国风的恋诗》，吕曼云女士选撰，民国二十二年（1933）三月黎明书局印行，黎明小丛书本。书前有应功九序（民国二十一年夏）、吕曼云自序（民国二十一年夏）。应功九称赞译者在"用物""造语"方面多有"新发现"，且指出此书译笔"轻盈流利，与原文吻合，犹其不是时下英文式或日本式的中国语体所能及的境界"。正文选译《国风》诗篇36篇，于诗歌原文后附"注""译""解"。"注"主要注解字音、词义，"译"以白话散句逐句翻译诗文，"解"则疏解诗旨及章义。

《国语注解诗经》，江荫香注，民国二十三年（1934）广益书局发行。书前有凡例、自序（中华民国二十三年一月），用白话注解《诗经》，于每诗之下有"题义"（解说诗旨）、"注音"（用同音字、反切注字之音）、"白话注"（注解疑难字词之义）、"白话解"（用白话文散句翻译诗文）。此外，本书于十五国风、大小雅、三颂卷首皆有注解，基本为朱熹《诗集传》白话译文，诗歌文本有赋比兴标注，亦系录自《诗集传》。

《诗经语译》（卷上），陈子展译，民国二十三年（1934）二月太平洋书店发行。书前有作者序，言此书之作受到郭沫若《卷耳集》、陈漱琴《诗经情诗今译》之影响，正文部分依《毛诗》次序翻译《国风》诗篇，译文与诗歌文本逐句对应，诗之下以白话说明诗旨。

《野有死麇》，张小青译，民国二十六年（1937）六月上海杂志公司印行。该书以白话选译《诗经·国风》40余篇，并录诗歌原文。

《诗经白话解》，何澄平编述，桂林新生书局印行，民国三十六年（1947）七月初版，同年十一月二版，正文共八卷，每诗后附"白话讲解"，疏解字词、诗旨。

《诗经白话注解》（言文对照），李裕光注释，民国三十七年（1948）一月长沙缤缤书局印行。书前录朱熹《诗经传序》，正文录诗歌原文，解诗从朱熹《诗集传》，随文注音、注赋比兴；次有"注解"，用白话注解字词；诗末有"语体"，以白话译诗。

《苏州话诗经》，倪海曙译注，1949年4月方言出版社发行。书前有郭绍虞序，书后有作者后记，用苏州话选译《诗经·国风》诗歌60首。

综上，早期白话译注代表作当属郭沫若的《卷耳集》，对《诗经》的情诗翻译最具代表性的当属陈漱琴的《诗经情诗今译》，在翻译语言上最能翻新出奇的当属倪海曙的《苏州话诗经》。

1923年郭沫若在上海泰东书局出版了《卷耳集》（译国风四十首）。郭沫若当时的诗人身份直接影响了其对《诗经》的翻译。汪静之在陈漱琴编《诗经情诗今译》序中提到，他最初是受胡适翻译张籍《节妇吟》的影响，尝试翻译《诗经》，其间为郭沫若、郁达夫等人所见，后郭沫若乃有《卷耳集》。① 郭沫若在《卷耳集》序言中提到："我这个小小的跃试，在老师硕儒看来，或许会说我是'离经畔道'，但是，我想，不怕就是孔子复生，他定也要说出'启予者沫若也'。"②

《卷耳集》所选40首诗歌"限于男女间相爱恋的情歌"，郭沫若抛弃了古代传统的解释，"纯依我一人的直观"，从翻译方法来看，他并不是逐字逐句直译，而是在《诗经》文本的基础上进行的再创作。在他的眼中，《诗经》是被蒙蔽了真相的歌谣总集。这种总体的评价观点迎合了五四之后一大批尝试用西方文学观点解释中国文学的留学回国青年或者仰慕留学回国青年的人。在这一时期，评价一部中国传统的文学作品，只要强调它的文学性及反抗性，那么这本著作，即使其作者在古代并不为学界主流，它跟它的作者也一并会受到20世纪人们的礼遇。崔述的《读风偶识》正是这样的例子。

1923年12月6日，梁绳炜在《晨报副刊》发表了《评郭著〈卷耳集〉》一文。首先，梁绳炜认为郭沫若的《诗经》翻译尝试"成功也十分渺小"，并断言古代文学作品今译走不通：

> 郭沫若的《卷耳集》，出世已几个月了。这是近来用语体文译古代文学的第一部成书。虽然他的态度不一定可法，他的成功也十分渺小，但因他这种尝试，可使我们知道译古代文学，那条路是走不通的，因以决定后人应取的态度，这似乎很值得注意，值得批评了。③

其次，从总体方法来看，梁绳炜认为郭沫若对诗歌的翻译有失"真实"：

> 译文第一个条件便是真实。真实虽不定字栉句比的译，但决不能任译者大段的删节，随便的义译。……他须对于古诗作者负真实之责任。若不然，那便不是译文了。其次译古诗一首，自必先拿住一首的意义。……一概不过问不研究古注的如何，只凭一个人以"主观的""大胆的"随便解释，一方面不足以服人……一方面也足

---

① 陈漱琴编：《诗经情诗今译》，女子书店，1935年版，汪静之序。
② 郭沫若译：《卷耳集》，人民文学出版社，1981年版，第2页。
③ 梁绳炜：《评郭著〈卷耳集〉》，载于《晨报副刊》，1923年12月6日第三〇九号。

以诬古。①

再次，以具体诗篇为例，梁绳炜指出郭译诗歌存在"不信""不达""情趣风格全非"的问题。②

1924年1月，郭沫若在《创造周报》上发表了《古书今译的问题》一文，指出"整理中国的古书，如考证真伪，作有系统的研究，加新式标点，作群书索引，都是必要的事"，认为一些古书还可译成白话，阐述古书今译的必要与可能。③

1924年2月27日、28日，梁绳炜又在《晨报副刊》发表《评〈卷耳集〉的尾声》一文表达异议。④

梁绳炜的文章从方法、具体诗篇译注等方面指出了郭沫若《卷耳集》存在的问题，今天看来总体是比较客观的。

虽然郭沫若的《卷耳集》在当时引起了部分人的争论，但是这些争论并没能阻挡这股白话翻译潮流。⑤ 郭沫若将《诗经》特别是《国风》中的作品视为抒发强烈情感的文学作品，借助白话翻译方法，在语言工具使用普及的层面进一步将《诗经》的文学性蕴含其中，借助流行的现代诗写作模式，使人们在潜移默化之中接受了《诗经》必然是文学作品的观念，并且批判地看待两千多年以来试图"蒙蔽"《诗经》真相的注疏家、经学家。

---

① 梁绳炜：《评郭著〈卷耳集〉》，载于《晨报副刊》，1923年12月6日第三〇九号。
② 梁绳炜：《评郭著〈卷耳集〉》（续），载于《晨报副刊》，1923年12月7日第三一〇号。
③ 郭沫若：《古书今译的问题》，载于《创造周报》，1924年1月20日第三十七期。
④ 梁绳炜：《评〈卷耳集〉的尾声》，载于《晨报副刊》，1924年2月27日、28日，第四〇号、四一号。
⑤ 按：此外还有洪为法《读卷耳集》（1923）、小民《十页〈卷耳集〉的赞词》（1923）、曹聚仁《读卷耳二则：训诂杂考——读〈卷耳集〉》及《读卷耳二则：论卷耳诗旨——与平伯先生书》《读卷耳（三）——答沫若先生》（1923）、慧剑《读〈卷耳集〉》（1926）、梦韶《读郭沫若的卷耳集以后》（1928）等文就《卷耳集》展开讨论。小民《十页〈卷耳集〉的赞词》一文甚至以戏谑之口吻对《卷耳集》译诗之法予以批评，称此书为"天才"之作，文末言"刚刚读到第十页，便觉得一阵恶心。如呕吐起来污了天书，这是又要犯天条的，所以赶紧不敢读。这种妙文顶好让蠹鱼读去，读后可以成'脉望'，而我服之可以成仙。本来想做批评的，后来一想，批评不就是天才的赞词吗，故题作赞词。"《十页〈卷耳集〉的赞词》，载于《文学》，1923年10月22日第九十三期

第二节　情诗视野与陈漱琴《诗经情诗今译》

一、《诗经情诗今译》其书

目前所见民国时期《诗经》译注文献中，对《诗经》情诗的翻译最具代表性的当属陈漱琴的《诗经情诗今译》。该书选录译诗32首，附录一篇，皆为《诗经》《国风》写男女爱情之诗。① 共录储皖峰、顾颉刚、魏建功、刘大白、谢寒、陈漱琴、汪静之、钟敬文、储寄青、吴景澄十人译诗，附录魏建功译诗《伐檀》一首。书中特别引人瞩目的便是顾颉刚、汪静之、储皖峰、陆侃如的序言。四人的序文及作者自序，所标时间皆为民国二十一年（1932），故推测此书可能成书于1932年，于1935年出版（另有一说1932年女子书店出版琴画室丛书第一集本，惜原书未见，今国家图书馆、上海图书馆仅见1935年上海女子书店版，共76页，收入女子文库，为文艺指导丛书之一）。

陈漱琴与储皖峰为夫妻。储皖峰毕业于清华国学研究院，师从王国维等人，曾任教于浙江大学、辅仁大学等，在北京大学国学研究所就职期间与游国恩、陆侃如、姚名达等人均有交往，共同发起述学社，创办《国学月报》，主张"运用西洋方法，整理中国学问"。储皖峰在1932年与陈漱琴结婚，因而《诗经情诗今译》一书很大程度上是二人的结婚纪念。陆侃如在序言中亦说："此书的出版却另有一种意义，即是他（储皖峰）恋爱的成功的纪念。"②

陈漱琴编译的《诗经情诗今译》一书受到胡适《诗经新解》及郭沫若《卷耳集》的影响，她还进一步收集了《国风》中的言情之作，这一方面与其个人的经历相关；另一方面，从顾颉刚的序言中，也可以看到他们对《诗经》特别是其中的男女恋情诗的强烈推崇，这种推崇背后蕴

---

① 陈漱琴编：《诗经情诗今译》，女子书店，1935年版。
② 陈漱琴编：《诗经情诗今译》，女子书店，1935年版，陆侃如序。

含了对传统《诗经》学的强烈反叛，最明显的是他们选取的《诗经》文本融入了五四之后的现代激进思想。

顾颉刚在序中指出"人类有了语言，就有了两性的吸引。有了音乐，又进展为各体的情诗。我们可以说，一切的诗歌的出发点是性爱"[①]，认为男女之间的爱情是诗歌的重要源泉，指出《诗经》收录众多的情诗皆是"忠实于情感的产品"。[②] 顾颉刚历数中国自秦汉以来的诗集，从元稹、和凝、孙原湘，再到陈文述等人的诗集，皆将表现性情的诗歌排除在外，因而这些诗集皆是"有格律而没有性情的"，指出传统的《诗经》研究淹没了《诗经》的真性情，到了民国时期，必须打破常规，发掘其中的真感情，并言："中华民族的文化，苦于礼法的成分太重而情诗的成分太少，似乎中庸而实是无非无刺的乡愿，似乎和平而实是麻木不仁的病夫。"[③] 因而必须借助情感来打破中庸，而男女之情又是人世间感人至深的情感，是打破家族制度壁垒的第一义。

汪静之在序中提到其受胡适所译张籍《节妇吟》影响，于1922年开始着手翻译14首《国风》诗，1928年修改后略有所成，时郭沫若、郁达夫至其寓所，见其所译之诗，大受启发，其后始成《卷耳集》。[④] 汪静之在序中大论中国女性之恋爱观，即其所谓之拜金主义，实有失公允。《诗经》中虽然有部分诗篇可以看出女子炙热的情感，但是我们无法据此推断全部女子即如此。汪静之论汉唐明清女子多爱才子，皆因其贪图富贵、慕名利禄之说，更是荒唐至极，亦不值一驳。

储皖峰的序强调了《诗经》作为歌谣总集的定位，并且从民国时期引进的西方文学分类的角度，将《诗经》分成两大类：抒情诗与叙事诗。前者《国风》《小雅》多是，后者《大雅》、三《颂》较多。储皖峰认为只有抒情诗最能表现"东方民族的情感特色"，"中国的诗歌，只有情诗是最伟大的作品，只有情诗能够真正的感动人，只有情诗具有充实的生命！"[⑤]

---

① 陈潄琴编：《诗经情诗今译》，女子书店，1935年版，顾颉刚序。
② 陈潄琴编：《诗经情诗今译》，女子书店，1935年版，顾颉刚序。
③ 陈潄琴编：《诗经情诗今译》，女子书店，1935年版，顾颉刚序。
④ 按：行文之中，汪静之对于自己未能成为白话翻译《诗经》第一人，颇有可惜之叹。见陈潄琴编：《诗经情诗今译》，女子书店，1935年版，汪静之序。
⑤ 陈潄琴编：《诗经情诗今译》，女子书店，1935年版，储皖峰序。

二、翻译体例

《诗经情诗今译》一书随文翻译，文末有小注。小注后皆有陈漱琴按，昌明篇旨，次引毛、齐、鲁、韩四家诗说及时人注疏，多引刘大白、胡适、冯沅君、陆侃如等人释义，于疑难字词及句义皆有疏通。此书译注受胡适1925年《谈谈诗经》讲演影响颇深。陈漱琴在自序中言翻译体例如下：

  甲、排列法。是把《诗经》原文和译文上下对照，读过《诗经》的人固然用不着回想，就是没有读过的人，比较更容易明了。

  乙、按语。这就是胡先生所谓"解题"。在每首诗的后面我都加上按语，说明这诗为什么作的。我不敢说我的按语都不错，可是这种方法，也许能给"读书不求甚解"的人开一个路径。

  丙、注解。这就是胡先生所谓"训诂"。译诗的字句有疑难处，我都给她加上注解。关于名物释义间或采取《毛诗郑笺》。其余大半根据胡适之先生的《诗经新解》，刘大白先生的《白屋说诗》，冯沅君、陆侃如先生的《中国诗史》等书并参酌自己的一点意见。[①]

具体来看《诗经情诗今译》的体例。

（一）文末按语，以题篇旨

《诗经情诗今译》一书共收译诗33首，除去同题共28首，译者在文末皆有"漱琴按"，用以表明本诗题旨。对于诗歌主旨，译者多就文本出发，摒除了历来《诗经》研究的众多争议，直究文本，然后得出对诗歌主旨的定论。具体见表3－2：

表3－2

	篇名	译者	题解	来源
1	《关雎》	储皖峰	漱琴按：是一个男子片恋的恋歌	周南
2	《葛覃》	储皖峰	漱琴按：是叙妇人回家看父母的诗	周南

[①] 陈漱琴编：《诗经情诗今译》，女子书店，1935年版，自序。

续表3-2

	篇名	译者	题解	来源
3	《击鼓》	储皖峰	漱琴按：是征夫久戍不归，怀念情人的诗	邶风
4	《静女》	顾颉刚 魏建功 刘大白 谢寒	漱琴按：是男子想念情人的诗	邶风
5	《柏舟》	储皖峰	漱琴按：是写一个女子恋爱不遂发出来的怨声	邶风
6	《蝃蝀》	储皖峰	漱琴按：是一个女子失恋的诗	鄘风
7	《伯兮》	谢寒	漱琴按：是说一个女子牵记着远别的情人的诗	卫风
8	《有狐》	陈漱琴	漱琴按：是男子出门打猎时，想到他的妻子或情人的诗	卫风
9	《采葛》	陈漱琴	漱琴按：是一个男子思念他的情人的诗	王风
10	《大车》	汪静之	漱琴按：是写一个女子的单思	王风
11	《丘中有麻》	钟敬文	漱琴按：是怀人的诗	王风
12	《将仲子》	谢寒	漱琴按：是女子劝告她的爱人一段真情话	郑风
13	《叔于田》	钟敬文	漱琴按：是女子想念情人的诗	郑风
14	《遵大路》	汪静之	漱琴按：是女子和她的情人话别，希望他不要弃绝她	郑风
		刘大白	刘大白：送别的诗，是一个女子送情人的话别诗	
15	《山有扶苏》	陈漱琴	漱琴按：是女子和她的情人有约不遇的诗	郑风
16	《萚兮》	储寄青	漱琴按：是写女子同男子在一块儿唱歌	郑风
17	《狡童》	陈漱琴	漱琴按：是写一个女子单恋的诗	郑风
18	《褰裳》	汪静之 陈漱琴	漱琴按：是写一个女子和她的情人开玩笑的诗	郑风
19	《出其东门》	钟敬文	漱琴按：是写男子情有独钟的意思	郑风
20	《野有蔓草》	钟敬文	漱琴按：是叙述野合，男子心满意足的情诗	郑风
21	《鸡鸣》	陈漱琴	漱琴按：是男女私奔幽会的诗	齐风
22	《东方之日》	陈漱琴	漱琴按：是男女私会的情诗	齐风
23	《东方未明》	陈漱琴	漱琴按：是男女私奔的情诗	齐风
24	《甫田》	钟敬文	漱琴按：是写女子单思的诗	齐风

107

续表 3—2

	篇名	译者	题解	来源
25	《十亩之间》	吴景澄	漱琴按：是写男子眷恋采桑女的诗	魏风
26	《葛生》	储皖峰	漱琴按：是悼亡诗	唐风
27	《泽陂》	汪静之	漱琴按：是说一个男子的单思	陈风
28	《伐檀》	魏建功	漱琴按：是为劳动者抱不平，骂那一般养尊处优不劳而食的"大人先生"们	魏风

从题解来看，《诗经情诗今译》在界定诗篇主旨时有以下特点：

第一，与书名呼应，对于所选诗篇主旨的界定，以男女之情为主。有从男子角度出发，多模拟男子口吻，写男子单恋的情歌，如《关雎》；有写男子思念情人的诗歌，如《静女》《采葛》。同时也选了具有特定情景的诗歌，如《击鼓》是男子出征在外，久戍不归，思念情人的诗；《有狐》是男子外出打猎时想到妻子或情人的诗；《野有蔓草》是叙述野合，摹写男子心满意足的诗；《葛生》是妻子亡故，男子所作的悼亡诗。有些诗篇则从女子的角度出发，写当时女子对爱情的渴望、对情感的忠贞，以及感情受挫之后的悔恨与怨恨，特别是写出了敢爱敢恨的女子人物群像。如《柏舟》写女子恋爱不遂发出的怨声，《蟏蛸》摹写女子失恋的状态，《大车》《甫田》则写女子的单相思。

第二，《诗经情诗今译》所选诗篇有许多是男女私奔幽会的主题。这些诗篇为后世礼法所不容，而在民国时期则是自由解放的象征。如认为《鸡鸣》是以对话的形式写男女私奔幽会，对《东方之日》《东方未明》两诗，则是从民国时期特有的历史背景出发，将两诗的主旨定为男女幽会私奔。

(二) 随文翻译，文译对照

为保证读者阅读通畅，特别是那些对《诗经》文本不熟的读者，《诗经情诗今译》一书特地将文本与译文并列，采取文本与译文一一对应的形式。因书中选编的译文并非一人所译，故在译文风格上不尽相同。具体来看有以下四个方面：

第一，在涉及景物环境描写特别是《诗经》中的比兴诗句时，译者多发挥联想，增加若干形容修饰，以构成完整的环境叙述。如《关雎》，首句"关关雎鸠，在河之洲"，储皖峰译为"一只只的水鸟集在环水的沙汀，关关地发出唱和的歌声"①。译者调整了诗句原本的顺序，加强了对主体水鸟的修饰，将诗句中仅仅提到的鸟鸣之声用拟人化的口吻进行叙述，避免了直译带来的滞涩之感，也使得译文在整体上具有一种流动的气势。

第二，译文使用了大量的语气词、叹词、拟声词。语气词使翻译之后的诗句带有明显的民间歌谣特征。"哟""呢""了""么""呀""呵""吗""吧"等语气词在译文中大量出现。如《将仲子》第一章的译文："亲爱的哥儿呀！你别走进我的里呀！别折我所种的杞吧！那里是爱惜它呢？"②译文连续使用多个语气词，很大程度上脱离了原诗中整齐句式的限制，借用长短错落的散化句式，具有民国早期现代诗的意味。针对《诗经》文本中的大量拟声词，译者在翻译的时候进行了白话处理，如将《大车》中的"槛槛"译为"干干"，"哼哼"译为"吞吞"。

第三，译文还特别注意韵律。既有隔句用韵，亦有句句用韵。如魏建功翻译的《静女》一篇："幽静人儿呵漂亮，等着我在城墙角，我爱心肝见不着，抓耳挠腮没主张！幽静人儿呵柔婉，她送我一枝红管，红管红的红堂堂，我爱心肝多好看！"③译文既有隔两句押韵，亦有两句连韵。

第四，译文还突出了抒情主人公的鲜明形象。译者将四言诗歌译为散化句式，从而使得诗句的主语得到补充，在句式完整之后，诗歌创作者的形象随之呈现。译者借人称代词"我""你""他""她"等呈现这类抒情人物。如汪静之译《大车》："干干响的是你坐的车，你衣服上的绣花好像青芦叶。我难道不想思你吗？只因怕你，不敢爱你呀！你坐在车上吞吞地去，你衣服上的绣花好像赤玉。我心中的爱情已经红如火，只怕你的不爱我。"④译文中的"你""我"依次呈现，读者能够感受到一个对心爱的男子怀有强烈的情感唯恐遭到拒绝而惶恐不已的奇女子形象。

---

① 陈溆琴编：《诗经情诗今译》，女子书店，1935年版，第1页。
② 陈溆琴编：《诗经情诗今译》，女子书店，1935年版，第38页。
③ 陈溆琴编：《诗经情诗今译》，女子书店，1935年版，第19页。
④ 陈溆琴编：《诗经情诗今译》，女子书店，1935年版，第34页。

（三）篇末注释，疏解文意

《诗经情诗今译》一书在翻译诗文之外，篇末还附有大量的注释，所引者有《毛诗故训传》、三家诗、郑玄《笺》、王应麟《诗考》、丰坊伪造《申培诗说》、方玉润《诗经原始》、程大昌《诗论》、薛士龙《韩诗章句》、胡适《诗经新解》、刘大白《白屋说诗》及陆侃如、冯沅君《中国诗史》等，引论较为丰富。其注释中的一大特点便是多取今人注释，从文学角度切入，论诗主情，主要体现在两个方面：

一方面，注重疏通文意。译者不仅在题旨中标明诗歌主旨，还在注释中对文意进行了疏通。如论《关雎》篇诗歌主旨，否定《毛诗序》诗教之说，而取胡适《诗经新解》及刘大白《白屋说诗》之说，认为《关雎》为"男子思慕女子，用音乐来引诱她，挑动她"①，并具体分析了胡适的主张，认为"那位单相思的诗人，在'寤寐求之''辗转反侧'的时候，预先准备着'琴瑟友之''钟鼓乐之'的乐器，将来合这位意中人'窈窕淑女'，要过这样的快乐生活，并非已经结合了，而实行这种生活。"② 陈漱琴否定了将《关雎》视为"结婚歌"的说法，认为应将这个过程往后推，这些乐器皆是单相思的男子想象出来的。再如《击鼓》一篇，陈漱琴注明题旨"是征夫久戍不归，怀念情人的诗"，其后对全诗作了疏通："第一章述从军的情形。第二第三两章是写久不得放归，客中紊乱的情况。第四第五是他回家想从前和她所订的成约，发出不能实现的感叹。"③ 文意的疏通有力地配合了整体诗歌的译文及题旨。

另一方面，历引众说，疏通字词意义的流变。在字词意义的解释上译者较为重视当代学者的注解，虽然也涉及历代名家解释，但大都采用今人之说。如《击鼓》篇中关于"爰"字的解释。④ 译者首先提到郑《笺》中的两种解释：一是作"曰"讲，"爰有寒泉"（《凯风》）、"爰得我所"（《硕鼠》）两诗中均是此意；二是作"于"讲，"爰居爰处，爰丧其马"（《击鼓》）一诗中即为此意。但是译者认为此种解释不妥，指出

---

① 陈漱琴编：《诗经情诗今译》，女子书店，1935年版，第3页。
② 陈漱琴编：《诗经情诗今译》，女子书店，1935年版，第4页。
③ 陈漱琴编：《诗经情诗今译》，女子书店，1935年版，第11页。
④ 陈漱琴编：《诗经情诗今译》，女子书店，1935年版，第14页。

郑玄把"爰"字解释为介词"于",然后其下再接一字,此种训解甚为不当。译者认为"爰有寒泉"(《凯风》)中的"爰"当为语音助词,即《集韵》所谓的"引词",没有实际意义。再如《击鼓》篇中的"信"字。译者否定了《毛传》《毛诗正义》中将"信"训作"极"的说法,认为《毛诗正义》为附会之说,其根据《集韵》认为"信"与"申"为古今字,此处的"信"当作"申"解,"是指从前所订的约言,如今既然不能生还,当年的成约也就无法重申实践了"[①]。

三、白话译文及评价

《诗经情诗今译》一书有几个重要的特点,这也是选择本书作为民国时期《诗经》白话文翻译代表作的原因。首先,从译者来看,书中选录了十位学者的译文,其中储皖峰、顾颉刚、魏建功、刘大白、汪静之、钟敬文等人在当时都是新文化运动的重要参与者,顾颉刚、魏建功还是古史辨派的重要代表。他们极力主张打倒《诗序》,将《诗经》视为"歌谣总集"、文学典范,强调《诗经》的文学性,反对关于《诗经》的传统诗教观。他们的主张及实践很大程度上代表了民国时期新文化运动参与者对《诗经》的态度。其次,该书选译内容为《诗经·国风》中的作品。按照译者的主张,其所选择的皆为反映男女爱情的诗歌。译者放弃了传统诗经学的解释而自题诗旨。这种研究方法在民国时期,特别是五四之后非常具有代表性,一方面彰显了学者所谓"敢于突破""敢于疑古"的精神;另一方面,这些主张在当时有着广泛的市场。最后,该书在翻译诗歌过程中的问题也最具代表性。该书在翻译诗歌时重在表现《诗经》的文学性,甚至借鉴了民间歌谣的表现方式,只是对比诗歌原文时,译文却显得苍白无力。

特别需要指出的是,陈漱琴在自序中指出了郭沫若《卷耳集》存在的三个问题:

(一)语句间的增减。如《女曰鸡鸣》《鸡鸣》《东方之日》之类。虽然他自序说过不是纯粹逐字句的直译。

[①] 陈漱琴编:《诗经情诗今译》,女子书店,1935年版,第16页。

(二)把些摇曳生姿的"兴"改译成质直的,索然寡味的"赋"诗,如《野有死麕》之类。因此,我的译法是尊重直译的,除非万不得已时,采取一点意译。

(三)韵律本是诗歌的要素,自诗体解放以后,韵律的形式完全打破了,在我译诗的句尾,大半还保留一点自然的音节。①

这三个问题首先是不尊重原诗,时有增减,其次是改变了诗歌本身的属性,赋、比、兴在翻译之后发生了变化,最后在韵律方面亦多有不当之处。但实际上,这三个问题是白话文翻译所面临的必然挑战,也是今天白话文翻译始终无法取代原文本的重要原因。陈漱琴虽然提出了郭沫若译诗存在的问题,但是她自己在诗歌翻译过程中却未能真正避免这些问题。

首先,在语言使用上体现为主语的填补及大量语气词、叹词的使用。译者在译文中加入了大量主语,其本意是为了完善抒情主体,将《诗经》的抒情主人公凸显出来,但在实际效果上,这种引入主语或者抒情主体以第一视角进行的人物情感宣泄,使得对《诗经》的翻译类似个人的心理旁白,且这些内容是译者所加,很大程度上已经不是《诗经》本身固有的内容。可以说这种翻译一定程度上是有心无力的,虽然译者在注释、译文中屡屡寻找支撑其观点的依据,但是仍不能掩饰其在这方面的失误。翻译已经超出了著作本身,陷入译者自己联想的无限创作之中。毫不夸张地说,这种翻译最多只能算是以读后感的形式用白话呈现诗意而已,虽然尽量补充了诗歌的叙述主体,但是不当地掺入了个人情感甚至联想,同时又为了不破坏诗意的完整性,选择性地舍弃了大量原有的内容,这都使得《诗经》原有的特征及意蕴消失不见。在经过白话文的过滤之后,《诗经》的多义性丢失,却倾向于呈现主旨阐释上的唯一性,或者确指性。换句话说,经过白话翻译的《诗经》,变成了译者用散化句式写成的读诗心得。

其次,在思想上,译者用男女之情涵盖了选诗的思想,使得诗歌的所有解释都直接指向男女情感,本质上是用民国时期的文学观念来衡量《诗经》,认为只有男女之情的内容才能与这些诗歌对接,也才最具有震

---

① 陈漱琴编:《诗经情诗今译》,女子书店,1935年,自序,第4页。

撼人心的力量。两者的结合其实体现了五四之后兴起的整理国故精神，表面上是整理传统典籍，深层次上却是用现代标尺寻找传统依据，为民国时期的众多主张寻找合理的依据而已。译者在题旨的分析上吸取了《诗序》的意见而略去了具体事件，过分修饰，已经看不出《诗经》语言凝练的特征与反复伸张的意味。同时文化人类学的引入又使得诗歌的整体翻译带有民歌化或者歌谣化的倾向，甚至将《诗经》的隐约风旨呈现为低俗的男女之事。

再次，从文学性来说，白话文翻译打破了固有的语言形式之美，使得四字错落的韵律感、节奏感消失，《诗经》赋、比、兴手法亦无法完全呈现。总的来看，白话文翻译无法完美呈现诗歌所特有的含蓄、蕴藉之美，低估了一般读者的水平，或者说过多地估计了阅读者的范围。他们虽然强调白话翻译是为推广的需要，但实际上作为五经之一，《诗经》的流传范围本来已经很广，早在民国以前，很多人的开蒙读物便是《诗经》。因而所谓的推广的需要，很大程度上只是当时学者的一己之见，在实际操作层面意义有限。①

最后，从《诗经》的作用来看，当《诗经》的经学身份被打破，而文学意义被引进之后，它的现实意义便是对男女爱情的颂扬与对自由的追求，有鼓吹人们追求个人欲望之嫌。虽然这些主张有特定的时代背景，但实际情况是：从传统社会的保守到民国时期的突然开放，其直接后果之一更是世风日下。一个有远见的文明从来不会忽略社会道德的重要性，而《诗经》在中国传统社会中的重要作用之一正是道德教化。

第三节　方言视野与倪海曙《苏州话诗经》

目前所见民国时期《诗经》译注文献中，在翻译语言上最能翻新出奇的当属倪海曙《苏州话诗经》。该书于1949年4月由方言出版社（上海）出版发行，共印2000册，封面题签郭绍虞。书中前有郭绍虞序，

---

① 按：如果只看翻译之后的《诗经》文本，我们甚至认不出它是翻译自哪一首。这是白话《诗经》翻译普遍存在的一个问题。

后有作者后记。① 作者历时三年，用苏州话翻译《诗经·国风》60 首，结成此书。《苏州话诗经》作为第一部用方言翻译《诗经》的著作，其出现是方言文学理论不断发展的结果。

《诗经》研究从白话注释，到白话翻译，再到方言翻译，在具体轨迹上呈现了民国时期《诗经》文学研究的整体趋向。《苏州话诗经》是在白话文运动风潮过后，又一次对《诗经》的极端翻译。此书完全抛弃了《诗经》文本，采取一种以翻译为改写、创作的极端书写形式。其出现使我们真正意识到保存本文的重要性，也使我们看到有些即使是被多数人认可的偏颇的文学主张，如果任由其发展，一样会产生恶果。

郭绍虞为《苏州话诗经》所作的序言可以看作提倡方言文学的理论先导。郭绍虞认为："中国以往的文学，一向只有两条路线：一是真，一是雅。崇古的偏于雅，革新的偏于真，庙堂文学偏于雅，通俗文学偏于真；重在发挥文字语的特点者偏于雅，重在发挥声音语的特点者偏于真。"② 其将中国文学归结为真与雅，一定层面上将两者对立起来。郭绍虞认为从中国文学发展的道路来看，"雅出于真"而"真胜于雅"，传统的雅文学皆出自俗文学，如五言古诗出自汉代的俗文学，七言古诗出自汉代的民歌童谣；词亦起源于民间俗文学。在梳理文学发展的过程中，郭绍虞强调了俗文学的重要地位，并认为从历史来看众多文体皆出于"活生生的口语的创造"，没有哪种文体能放弃口语的运用而活泼有力，"所以在此原则之下，能运用口语的当然为活文学，而能运用方言的，当然更能成为活泼有生气的文学"③。从中国古代文学的发展路线来说："我们可以说，始终是'雅'的成份盛于'真'的成份。方言文学始终没有被人重视过，始终没有占到文学史上重要的一页。"④ 因此必须提倡方言文学，提高其在文学史上的地位。倪海曙亦强调创作方言文学的必要性，主要有两点：一是在当时教育普及不广的情况下，"文盲遍野"，因而传统的"看"的文学不能满足他们的需要，必须借助方言文学易传诵的特点创作能够被广大民众"听"的文学；二是白话文

---

① 倪海曙译：《苏州话诗经》，方言出版社，1949 年版，第 9 页。
② 倪海曙译：《苏州话诗经》，方言出版社，1949 年版，第 9 页。
③ 倪海曙译：《苏州话诗经》，方言出版社，1949 年版，第 12 页。
④ 倪海曙译：《苏州话诗经》，方言出版社，1949 年版，第 12 页。

是"一种极无血色的普通话","其在新文艺上的发展,过去一直是无条件的夹用文言字眼和机械的搬用欧洲语法,来增强他的表现力"[①],缺乏对活语言即方言的吸收。

郭绍虞对民间文学或者说方言文学的论述,与其文学研究会元老的身份密切相关。在推广白话成为学界的共识之后,随着使用人群的扩大,白话亦逐渐失去了使用初期相对于文言的通俗易懂的特点。在吸收了西化语法及长句之后,白话在表意层面日趋复杂。因而支持通俗文学的人认为应该引入民间文学、方言文学的因素,避免白话逐渐走向文言发展的老路。但在实际操作层面,随着白话使用者的个体差异及偏好,在个人语言风格上,因缺失了可以表达多义的文言词,而转向了对复杂句式的追求和对个人意象化语言的发掘,导致白话的发展实际上背离了倡导白话之初的理念。

《苏州话诗经》受到胡适等人所倡导的对《诗经》进行重新定位的影响,译者将《诗经》视为古代的歌谣,并在胡适等人的理论基础上更进了一步。据译者后记,其翻译的主要目的是"实验方言写作",因而突破了古籍训诂的限制,翻译较为自由,甚至将自己的想象和民国时的社会状况融入其中,"有些地方与其说是翻译,不如说是改作"[②]。

一、译文体例

倪海曙《苏州话诗经》选译《诗经·国风》60首,篇名、诗文皆用苏州话翻译,句式相对整齐,杂用六言、七言、八言,甚至十一言,韵律相对和谐,文末均附有《诗经》原文。其书体例如下:

(一) 独具特色的篇名翻译

《苏州话诗经》一书在篇名翻译上独具特色,其将《诗经》的篇名全部用苏州话进行了翻译。这在《诗经》注疏及白话翻译的历史上实属第一次。篇名的翻译并不是逐字逐句的训诂解释,而是在综览全诗的基

---

① 倪海曙译:《苏州话诗经》,方言出版社,1949年版,第12页。
② 倪海曙译:《苏州话诗经》,方言出版社,1949年版,第180页。

础上,对诗歌主旨进行概括之后的重命名。具体译名见表3-3:

表3-3

序号	译名	译文用字	原题	章数	来源
1	阿姐身体一扭	六言	《关雎》	三章	周南
2	阿姐去采卷耳	六言	《卷耳》	四章	周南
3	等得我	七言	《草虫》	三章	召南
4	千棵百棵甘棠	六言	《甘棠》	三章	召南
5	轰隆隆格雷响	六言	《殷其雷》	三章	召南
6	树浪梅子七只	六言	《摽有梅》	三章	召南
7	江边有条小浜	六言	《江有汜》	三章	召南
8	覅让阿汪叫嚣	六言	《野有死麕》	三章	召南
9	坐仔一只小船	六言	《柏舟》	五章	邶风
10	绿衣裳	七言	《绿衣》	四章	邶风
11	天浪太阳月亮	六言	《日月》	四章	邶风
12	飓风早夜弗停	六言	《终风》	四章	邶风
13	鼓声好比雷响	六言	《击鼓》	五章	邶风
14	暖暖热热格南风	十一言	《凯风》	四章	邶风
15	俚变仔心哉	五言、六言、十四言	《式微》	二章	邶风
16	山坡浪向大麻	六言	《旄丘》	四章	邶风
17	跳舞	六言	《简兮》	四章	邶风
18	情形实头紧张	六言	《北风》	三章	邶风
19	阿姐生得文静	六言	《静女》	三章	邶风
20	房子油漆全新	六言	《新台》	三章	邶风
21	娘呀再覅实梗	六言	《柏舟》	二章	鄘风
22	说是去采蒙菜	六言	《桑中》	三章	鄘风
23	老鼠还有一张皮	七言	《相鼠》	三章	鄘风
24	陆里是来买丝	六言	《氓》	六章	卫风
25	俚是实梗好法	八言、九言、十言	《伯兮》	四章	卫风
26	弗好说啥是还报	七言	《木瓜》	三章	卫风
27	啥人害得我实梗	四言、七言、八言	《黍离》	三章	王风

续表3-3

序号	译名	译文用字	原题	章数	来源
28	阿毛笃爷	三言、五言、六言、八言、十言	《君子于役》	二章	王风
29	阿姐呒不来信	六言	《扬之水》	三章	王风
30	兔子东躲西藏	六言	《兔爰》	三章	王风
31	弗看见	七言、八言、九言	《采葛》	三章	王风
32	阿好谢谢倷呀冤家	八言	《将仲子》	三章	郑风
33	俚一出去打猎	六言	《叔于田》	三章	郑风
34	重逢	十言	《遵大路》	二章	郑风
35	带仔阿姐同车	六言	《有女同车》	二章	郑风
36	寻开心	五言、六言	《山有扶苏》	二章	郑风
37	十三点	四言、五言、七言	《狡童》	二章	郑风
38	自说自话	二言、四言、五言、六言、七言	《褰裳》	二章	郑风
39	倷还勒浪等啥	六言、七言、八言、九言	《丰》	四章	郑风
40	埋怨	七言	《子衿》	三章	郑风
41	辟谬	六言	《扬之水》	二章	郑风
42	走出苏州阊门	六言	《出其东门》	二章	郑风
43	野外碧绿草原	六言	《野有蔓草》	二章	郑风
44	送俚一朵芍药	六言	《溱洧》	二章	郑风
45	东方出个太阳	六言	《东方之日》	二章	齐风
46	大田	九言	《甫田》	三章	齐风
47	张家阿哥	七言	《卢令》	三章	齐风
48	伤心人	六言	《园有桃》	二章	魏风
49	上山望望看嘿	六言	《陟岵》	三章	魏风
50	吃白食	八言	《伐檀》	三章	魏风
51	格是啥个一夜	六言	《绸缪》	三章	唐风
52	我格朋友却利	六言	《有杕之杜》	二章	唐风
53	日日夜夜	六言	《葛生》	三章	唐风
54	那享那享	四言、七言	《晨风》	三章	秦风

续表 3-3

序号	译名	译文用字	原题	章数	来源
55	陆搭是我爱人	六言	《蒹葭》	三章	秦风
56	辰光约定初更	六言	《东门之杨》	二章	陈风
57	有介一位阿姐	六言	《泽陂》	三章	陈风
58	一年辛苦	七言	《七月》	八章	豳风
59	老鹰	六言	《鸱鸮》	三章	豳风
60	我到东山打仗	六言	《东山》	四章	豳风

总体来看，篇名的翻译在用语字数上无特别限制，二言、三言、四言、六言、七言、八言均有；在用词上动词词组、名词词组亦无特别要求，多根据不同情况进行翻译；在命名时，作者还特别注意从诗人的角度命名。具体来看，可以将其对篇名的翻译归为以下几种：

第一类，相对尊重原题，并未改变原诗意义，只是用苏州的常用词汇进行替换。如《召南·江有汜》译为"江遍有条小浜"，《邶风·绿衣》译为"绿衣裳"，《邶风·日月》译为"天浪太阳月亮"，《邶风·凯风》译为"暖暖热热格南风"。①

第二类，完全抛弃与原有诗题的关系，根据译诗的内容重新命名。这类翻译是译者在解读诗歌内容的基础上对全诗内容的一种概括。如《关雎》一篇，译者结合对"窈窕淑女"的翻译把本篇题名定为"阿姐身体一扭"，将苏州地方对恋爱男女形象的认知注入其中，并未过多关注原诗的字句，只是从民间视角，将其所认知的男子思慕的女子形象，用通俗、口语化、动作化的语言呈现出来。再如《召南·草虫》译为"等得我"，原诗以诗歌之中的起兴之物为题，一定层面上有兴中用比之意，而译诗将"未见君子，忧心忡忡"一句译为"约好仔晨光弗到，等得我阿要心焦"，取"等得我"为题，与原诗用意不同。译者认为全诗铺叙了一个久等情人的女子的形象，"等"为此诗主题，正因为所等之人未来，因而有草虫的描写，有女子的嗟叹，其正是从这个层面改变了原先诗歌的题名。

第三类，将译诗的首句定为题名，保持与原诗一定程度的衔接，这

---

① 倪海曙译：《苏州话诗经》，方言出版社，1949年版，第38页。

118

种命名方式占译诗的绝大部分。如《卷耳》译为"阿姐去采卷耳",将原诗"采采卷耳"句的翻译定为诗题,加入了之前省略的主语,使得诗句总体上构成相对完整的叙述。而具有苏州特色的"阿姐"一词的加入,使得诗歌在抒情主体上更加明确。此外,定首句为诗题也确保了翻译内容的确定性。

(二)句式整齐,韵律和谐

倪海曙在后记中提到《苏州话诗经》是一次方言文学创作的"尝试",从中可以明显看到其受到胡适《尝试集》的影响,因而在译诗过程中,十分注意句式的整齐划一。全书以五言、六言、七言为主,间用八言、九言。

下面来看《关雎》的译文:

  河里有块绿洲,水鸭勒札朋友,阿姐身体一扭,阿哥跟勒后头。
  河里长短水草,顺水左右漂浮,为仔格位阿姐,日夜叹气摇头,实在呒法接近,困勒床浪发愁,一夜赛过一年,眼泪好比屋漏。
  河里长短水草,总算用手采到,心里格位阿姐,咪哩吗啦上轿。
  河里长短水草,总算用手采到,今朝伲讨阿姐,三班吹打洋号。[①]

译文使用整齐的六言句式,一气呵成。借助阿哥、阿姐等虚构人物的引入,使得诗歌在叙述上自然形成一种完整的脉络,再现了男子思慕恋人的情形,较为准确地表现了其叹息、忧愁与对日后生活的想象。译文也十分注意韵律,"阿哥跟勒后头"与"眼泪好比屋漏"、"咪哩吗啦上轿"与"三班吹打洋号"前后两章各自押韵。

(三)方言词汇的大量使用

该书的主旨在于用苏州话翻译《诗经》,因而译者在译文中从方言

[①] 倪海曙译:《苏州话诗经》,方言出版社,1949年版,第1页。

的角度审视《诗经》，大量使用苏州话中的特有词汇，使翻译之后的《诗经》具有苏州民间诗歌的特征，呈现出自由吟唱、叹息的整体风格。

首先，大量使用"阿哥""阿姐""俚""我"等主语词汇。"阿哥""阿姐"一般用来指称青年男女，这与译诗多选《国风》中的诗歌有很大关系。从诗题中亦可以看到，如"阿姐身体一扭""阿姐去采卷耳""阿姐生得文静""阿姐呒不来信""有介一位阿姐""带仔阿姐同车""张家阿哥"等，直接将诗歌创作者的形象表现在译文当中，使得译诗整体上具有民间歌谣的性质。此外，"俚""我"等人称代词的出现强化了译诗的情感色彩，如"俚是实梗好法""俚一出去打猎""俚变仔心哉"等强烈地表现了女子对情人的怨恨、谴责。

其次，借用大量苏州地方特色词汇。"倷""仔""格""咾""弗""实梗""实头""得来""那亨""阿囥""面皮"等方言词汇的使用，使翻译之后的诗歌呈现出浓重的苏州地方色彩。如《邶风·式微》的译文：

俚变仔心哉，俚变仔心哉，为啥还弗离开？倘然弗为仔俚，我用弗着半夜三更冒仔露水出来！

俚变仔心哉，俚变仔心哉，为啥还弗离开？倘然弗为仔俚，我用弗着三更半夜踏仔泥浆出来！①

译文中使用的"俚""仔""弗"等方言词汇能让人自然而然地联想到抒情主体的形象——一位多情的女子在数落曾经背叛自己的情郎，流着泪，披着衣服，让人不禁心生怜惜，而情郎面对她的责问又不敢应答。这种激发想象的能力、还原特定背景的能力是民间诗歌所特有的。这类传统可以从《孔雀东南飞》《木兰辞》《西洲曲》等作品中看到。此外，《凯风》一篇的翻译"暖暖热热熟格南风阵阵吹来"较为精当，"格"等方言词语的穿插运用使诗文的文气转折错落，复沓章法的还原使母亲的怨愤之情表达得更加深刻。

---

① 倪海曙译：《苏州话诗经》，方言出版社，1949年版，第41页。

二、译文及其评价

从国语运动到白话的普及，再到对方言文学的鼓动，清晰地展示了民国以来《诗经》研究在语言上的就下趋势。倪海曙《苏州话诗经》显示出在方言文学理论潮流之下的尝试，但是这种尝试似乎未能取得预期的效果。我们不否定方言文学的发展，但是必须坚决批判借着发展方言文学的幌子篡改经典。郭绍虞在序文中提到了雅、俗、真之间的关系。虽然在传统文学中存在着为追求典雅而脱离现实的情况，但《诗经》中这种情况似乎并不存在，也更不需要在现代再给其附上更多的误读。《诗经》是高雅的，也是真实的。我们并不能为了追求所谓的真而抛弃雅，更不能走向就俗的道路。虽然译者在后记中就译诗方法作了说明，但是译诗绝不能脱离原诗。意义的表达其实与文言、白话、方言没有太大的关系，而是与表达意义的人的"母语"（姑且称之为"母语"）密切相关。为了保持《诗经》的原貌，其流传必然要以文言为主，白话翻译只能作为一种辅助与参考。

回到《苏州话诗经》，抛却总体情况不论，单单是雅俗之别，读之立现。对诗歌这种语句简洁的体裁，在翻译的时候本身便存在多种变化及个人理解的偏差。总体来看该书存在以下几个方面的问题：

第一，《苏州话诗经》延续了白话翻译的传统，直接忽略了历史场景、人物。在翻译的过程中预设场景、人物及事件情节，使得全诗的解释笼罩在此基调之下。方言翻译使诗歌失去了原有的多向理解的可能，造成《诗经》解释的单一化。例如《周南·卷耳》的翻译是在白话基础上的另一次解读，或称二次解读，虽然章节的翻译与原诗对应，但翻译时直接预设了男女主人公，且主语的补充又完全预设了场景，导致诗歌失去了解读的多种可能性。又如《野有死麕》的题目取自译文的最后一句，预设男女交欢场景，完全不得诗旨，俗并不等于低下、败坏，如此译诗，实演绎也，类说书人之口吻，毫无益处。《式微》亦是如此，将翻译扩大、泛化，使得诗歌涵咏的成分严重缺失。再如《王风·兔爰》虚构了原诗的叙事成分。译诗的第一要义就是必须符合原诗的场景，特别是对委婉含蓄的抒情诗的翻译。但是在该书的翻译中，译者很大程度上将这类抒情诗直接改译为叙事诗。

　　第二，不得比兴。比兴作为独具特色的中国诗学批评理论术语，历来为研究者所重视。但是在方言的翻译过程中，比兴手法完全丧失。如《邶风·柏舟》一篇，译诗将"泛彼柏舟，亦泛其流"译作"坐仔一只小船，勒浪湖里打转"，预设了场景，不得比兴要旨，根本没有将诗人独坐一叶扁舟的无奈与孤独表现出来。历史上虽然有以方言入诗者，但是只取其向上之态势，而非就下也。再如《邶风·日月》中的"日居月诸，照临下土"被译作"天浪太阳月亮，年年才是一样"，首两句以日月起兴之意在译诗中完全失去了作用，成为标示时间的物象，译文颇类似民间歌谣，然与诗文相去甚远，情感的表达直白单一，与原诗中隐约复杂的情感高下立判。《邶风·北风》首句译文亦非常不当，失比兴之旨，不能烘托出当时的整体氛围，特别是当时的自然环境。

　　第三，在翻译过程中，译者"增字解经"，丢失原意，出现了众多常识性的错误。部分是因为字数的限制，但更多的是译者根本没有考虑翻译的准确性，在译诗的过程中不断加入随时蹦出的联想，使得诗歌的翻译走向个人的创作。如将《邶风·简兮》中的"简兮简兮，方将万舞"译为"身体左右摆动，好像一条蜈蚣"，原诗中根本没出现蜈蚣，这明显是译者的过度发挥。另外，将"龠"释为"喇叭"，将"翟"释为"鸡毛"等错误随处可见。同时译文粗疏，实无美感，与原文相比，对美人的衬托不够。

　　第四，译文对部分词语的解释显得非常乏力。对《邶风·静女》的翻译，译者将"姝"与"娈"译为"文静""好看"，一方面在用词上过于口语化；另一方面，与原诗相比，"文静"与"好看"在重章叠句与复沓章法的表现上相形见绌。《鄘风·硕鼠》重章叠句处细微差别未能译出，此章人不如鼠，其可恶之处亦未能译出。

　　第五，以时事入译文，引入现代元素。郭绍虞在序中认为这正反映了方言文学的便利之处。方言文学表现现实本身不存在任何异议，但是在译文中，特别是在先秦典籍的翻译中加入现代元素是值得警惕的。如《卫风·伯兮》的译诗，译者在译文中引入"内战""法西斯""理发师""罢工"等现代元素，很大程度上篡改了《诗经》的原意。再如《卫风·木瓜》，此译文最大的败笔即为三种器具的翻译，将"琼琚""琼瑶""琼玖"释为"金手表""金链条""金戒指"，十分粗俗，毫无美感可言，以金代玉，使得原来纯粹、温婉的情感变得粗俗不堪。

余论　以经学为祈向，融文于经

——对民国诗经学研究的反思

岳凯华在《五四激进主义的缘起与中国新文学的发生》一文中指出了民国初年文学运动的主要特点："占主流地位的五四激进主义，立足于西方文化尺度构筑中国文化的现代化理念，以过于急切的焦虑心理在现代性平台上对诸多复杂的文化问题进行价值判断。"[①] 这些标尺同样出现在民国时期的《诗经》研究当中。当时以西方文化视角所构筑的尺度至今仍未得到纠正。如果不能从根源上反思这种现象，那么现实问题必然得不到解决。今天的学术影响力为什么会日渐衰微，其中一个重要的原因便是理论与现实的脱节。所以今天我们一方面要对现实进行反思，另一方面又必须深究问题的根源。在传统学术研究中，《诗经》已有文学视角之研究，但是民国时期开启的文学研究范式中的"文学"概念是西化的。厘清这个思路，便可让《诗经》研究摆脱民国时期设定的限制，重新审视在当时的历史背景下对传统研究方法的过度批判。

一、经学与文学

清末以来，从"师夷长技"到"中学为体，西学为用"，一大批知识分子在探讨强国之路的同时逐渐开始接受西方的政治、文化、历史观念，进化论的观点开始深入人心。特别是留学生回国以后，将民国以前的中国历史直接比作欧洲中世纪教会统治下的黑暗时期，他们自然而然地便成了中国"文艺复兴"时期的精神领袖。儒家不可避免地成了他们

[①] 岳凯华：《五四激进主义的缘起与中国新文学的发生》，华中师范大学博士学位论文，2004年，第1页。

攻击的首要目标，而作为经典的《诗经》更是成了第一个被攻击的目标。

经学的没落与科举制度的废除及现代西方学堂制度的引进有一定的联系，也与现代西方学科分类体系的推行密不可分。但根本原因在于，面对西方文化的迅猛传播，中国传统文化失去了接力传播的继承人，作为传统学术代表的经学也开始走向没落。即便《诗经》还带着一个"经"字，亦未能幸免。[①]

《诗经》与其他四经不同，五四时人挖掘并放大了其文学意义，使得其摇身一变，成为"第一部诗歌总集"，从此《诗经》研究转向文学视角。以郑振铎、胡适等为代表的五四学者批判了传统的文学鉴赏，并且把"进化的观念"和"归纳的考察"纳入中国文学研究视野。《诗经》从此不再是传统意义上的经典，而成为中国文学进化史上"前期"重要的"歌谣总集"，其中的"情诗"亦成了五四时期人们解放自我的精神祈向。与此并行的是"反《诗序》"思潮的兴起，《诗序》成为阻碍《诗经》文学意义传播的重要障碍，无论是就《诗序》本身的批判，还是翻刻古人之书进行的辩驳，我们都能看到当时的人们对《诗序》的"痛恨"。在进行了一系列的破坏之后，号称被蒙蔽了几千年的《诗经》终于以真面目示人。

民国时期胡适等人提出的文学概念暗含了一种进化论，其外延的扩大与缩小成为一种人为操作的结果。此一时期，文学无法呈现自己的历史真实面貌，"文学"一词也成为一种批判或表彰的工具。五四新文化运动前后所使用的"文学"一词，被赋予了先进性和进化层次上的现代性。同时，由于在西方学科体系中无法找到一种足以与中国传统经学对应的学科，因而经学必须进行转化。这种转化虽然没有具体的明确的理论，但是新文化运动干将们的主张在不知不觉中将东西文化进行了同义置换。在西方教育模式的推广之下，经学逐渐消解在文、史、哲的学科分类之中。经学的名字被抛弃了，而文学又无法完全承载经学的内容，最终走向了一个完全脱离中国文化语境的境地。

---

① 按：从学者的著作来看，五经到了民国时期纷纷被改换了名称：《易经》改为《周易》，《书经》改为《尚书》，《春秋经》改为《春秋》，《礼经》改为《三礼》。唯独《诗经》还带着一个"经"字，从这些称呼上的变化，我们可以看出，五经到了民国时期，其作为经学的意义正在逐渐消解。

《诗经》的经学意义被消解以后，《诗经》研究转向细枝末节，支离破碎，造成了一系列的不良影响：《诗经》训诂学自此以后鲜有突破；《诗经》的文学阐释沦为西方文论的试验田；《诗经》文化人类学研究泛滥，将《诗经》研究引向下坡；《诗经》史料学的研究因为缺乏训诂学的功底亦罕有突破；白话翻译方面更是在将《诗经》由雅引向俗的方向上越走越远。

五四以来的学者把经学的范围缩小，把文学的范围扩大，将经学中有益于今日之内容划到文学之中，而将其弊端放大。一方面把《诗序》作为经学的重要阐释著作进行批判；另一方面又对《诗序》中提到的"诗，志之所之也"的说法推崇备至。这种自相矛盾的做法在近现代诗经学研究中普遍存在。

民国时期的《诗经》研究著作回避了民国以前《诗经》研究中以经学阐释为主的事实，而选择经学阐释中的现代文学意义。这一时期的学者尝试梳理《诗经》文学阐释的历史脉络，并在这个过程中批判了传统《诗经》研究者妄附经意、史实的做法。当我们客观地审视民国时期的《诗经》研究著作时，毫无疑问，也只是站在当代对《诗经》传统研究的又一次妄解罢了。我们只选择了我们希望看到的历史，并将之放大。我们心中早已确定了《诗经》存在文学阐释传统的观念，只不过是以这种假设为前提搜集材料，最终将这种假设坐定为事实。

二、关于诗经学研究方向的思考

其一，民国时期诗经学著作的借鉴意义。民国时期出现了大量以"诗经学"命名的著作，这类著作以诗经学本身为研究对象，如胡朴安《诗经学》（商务印书馆，1928年版）、金公亮《诗经学ABC》（上海世界书局，1929年版）、徐澄宇《诗经学纂要》（中华书局，1936年版），其中胡朴安的《诗经学》产生了较大的反响。在整理国故的大背景下，诗经学采用一种相对宏观的视角，试图通过细节比对与综合叙述来梳理《诗经》学术史，全面把握《诗经》研究所涉及的各个学术要点。这种尝试本应是后来的诗经学研究的榜样，然而此后的《诗经》研究却转向了两个极端层面：一方面是极端重视宏观的文化思想阐释；另一方面是深入细枝末节，忽略了对《诗经》整体思想的审视。诗经学系列著作实际上提供了研究《诗经》的基础方法，即每一位《诗经》研究者首先必须在《诗经》的各种层面表述自己的观点，然后在此基础上继续《诗经》的研究。历来对《诗经》的争论与研究有一个从未改变的事实，那就是人们依然抱着一种崇敬、敬畏的心态阅读《诗经》。

其二，出土文献对《诗经》研究的推动。上博简、清华简、安大简的发现，使我们有机会验证之前学界关于《诗经》的若干结论。如对民国以来众多学者致力于探究的"《诗经》真相"，从清华简中可以看到《毛诗序》的存在并不是那么荒谬，其在解释《诗经》上有很多合理的地方，特别是在解释诗旨时。如清华简《耆夜》篇中所涉及的《蟋蟀》一诗：

> 蟋蟀在席，岁矞员落。今夫君子，不喜不乐。日月其迈，从朝及夕。毋已大康，则终以作。康乐而毋荒，是惟良士之惧。（清华简本《蟋蟀》）①

> 蟋蟀在堂，岁聿其莫。今我不乐，日月其除。无已大康，职思其居。好乐无荒，良士瞿瞿。（《十三经注疏》本《诗经·蟋蟀》）②

这两首诗在内容及主旨上有很大的相似性，从中可以窥见先秦诗歌在传承过程中的演变线索，"采诗说"至少是可信的。此外，还可以看出两首诗的变化痕迹：在形式上趋向于整齐的四言句式；在内容上，诗歌的第三、四、五、六句进行了融合。但在诗歌思想及意义的表达上，两首诗并未有特别的差异。

2015 年安徽大学入藏一批战国竹简，其中《诗经·国风》内容于 2019 年出版，涉及《周南》（十篇）、《召南》（十四篇）、《秦》（十篇）、《侯》（六篇）、《鄘》（七篇）、《魏》（十篇），为目前所见最早的《诗经》抄本，有助于我们进一步了解战国时期《诗经》的流传情况。③

其三，民国诗经学文献的系统清理。20 世纪五六十年代关于民国

---

① 李学勤主编：《清华大学藏战国竹简》（壹），中西书局，2010 年版，第 10 页。
② 毛亨传，郑玄笺，孔颖达疏：《毛诗正义》，台北艺文印书馆影印阮元校《十三经注疏》（清嘉庆刊本），2013 年版，第 216~217 页。
③ 黄德宽、徐在国主编：《安徽大学藏战国竹简》（壹），中西书局，2019 年版。

时期《诗经》研究的评价受到阶级论、唯物史观的影响，带有明显的时代色彩。改革开放之后，西方汉学研究范式再次涌进国内，学界对民国诗经学的评价总体上还是延续了五四时期的反传统色彩。这一点可以在不同的诗经学类著作中找到相关线索，如夏传才在《诗经研究史概要》中的民国部分谈到的是鲁迅、胡适、郭沫若、闻一多，洪湛侯在《诗经学史》中谈到的是顾颉刚、魏建功、张寿林、胡适、闻一多、张西堂、蒋善国等，赵沛霖在《现代学术文化思潮与诗经研究——二十世纪诗经研究史》中谈到的是古史辨派、文化人类学等。可以看出，当代学者对民国时期《诗经》研究的侧重点相对一致，主要集中在五四新文化学者那里，研究方向上关注的依然是民国时期《诗经》研究的新方法、新范式。

但是仔细梳理民国时期诗经学著作及报刊文章，可以发现在转型与裂变之外，民国时期依然有不少学者继承了传统诗经学之研究范式。如马其昶《诗毛氏学》、林义光《诗经通解》、吴闿生《诗义会通》、黄节《诗旨纂辞》、徐绍桢《学寿堂诗说》、马振理《诗经本事》、赵善诒《韩诗外传补正》、易顺豫《共和诗史发微》、唐文治《诗经大义》、张寿镛《诗史初稿》、刘咸炘《诵诗审记》、陈柱《守玄阁诗学》、柳承元《毛诗翼叙》等，这些学者的研究从另一个侧面展示了民国诗经学。但近代以来，战乱频仍，文献散落，部分著作并不容易看到。虽然有林庆彰主编的《民国时期经学丛书》，但此丛书在台湾地区出版，大陆馆藏有限，且此丛书主要收录专著，未收报刊论文。这就需要从两个方面来推进：第一，精选民国时期稀见《诗经》研究文献，或影印，或整理；第二，系统收集、整理近现代报刊中有关《诗经》的文献，报刊资料相较于专著更为分散，收集不易，好在随着《中国近代期刊资源全库（1833—1949）》《中国近代报纸资源全库（1850—1951）》《大成故纸堆古旧文献全文数据库》《中国历史文献总库·民国图书数据库》等数据库的完善，使得这项工作的推进具有了可行性。

只有在系统梳理民国时期诗经学文献的基础上，才能更加全面地评价民国时期的学者关于《诗经》研究的观点、方法之得失。在此基础上，我们要打破门户之见，平衡激进与保守，在经学、文学的双重视野之下，重新审视近现代以来的《诗经》研究，更加全面地把握民国诗经学在诗经学史中的定位。

其四,《诗经》经典意义的回归。杜亚泉在《迷乱之现代人心》一文中指出:

> 吾人得其一时一家之学说,信以为是,弃其向以为是者而从之,继更得其一家一时之学说,信以为是,复弃其适所以为是者而从之。卒之,固有之是既破弃无遗,而输入之是则又恍焉惚焉而无所守。于是吾人之精神界中种种庞杂之思想,互相反拨,互相抵销,而无复有一物之存在。如斯现状,可谓之精神之破产。①

杜亚泉此论是针对民国初年西方新思想、新文化涌入中国造成"国是丧失""精神破产"而发,但是回顾近现代以来的《诗经》研究,此论亦可适用。民国时期的学者在各类思潮的影响之下,打倒了《诗序》,将文学观念、文化人类学、进化论等方法广泛运用于《诗经》研究,最终消解了《诗经》的经学权威性,发现了《诗经》作为"歌谣集"的"真相"。伴随着这一"真相"的发现,《诗经》的"诗教"功能、伦理教化功能也被消除。到 20 世纪 90 年代之所以出现了"人文精神大讨论",一定程度上正是因为 20 世纪前期反传统思潮造成的国人精神之缺失。②赵沛霖指出,"大陆学者有必要深刻反思对于《诗经》学传统的认识和态度","在科学技术高度发展和人文教育、人文精神缺失成为世界性的普遍问题的今天,《诗经》所体现的美好道德和人文精神越来越显示出其永恒的价值"。③

回到《诗经》研究上来看,我们今天应该尝试摆脱民国时期学者为《诗经》研究设定的限制,重新审视传统诗经学著述及研究范式的价值与意义,重新思考传统诗经学中伦理教化的现代意义,以一种"了解之同情"的态度来对待传统诗经学。幸运的是目前已有不少学者用力于此。在传统诗经学文献、目录方面,夏传才主编的《诗经要籍集成》、林庆彰主编的《经学研究论著目录》《晚清四部丛刊》《民国时期经学丛

---

① 杜亚泉:《迷乱之现代人心》,载于《东方杂志》,1918 年第十五卷第四号。
② 按:关于"人文精神大讨论"的发生原因较为复杂,本处所论仅从近代文化发展角度着眼。
③ 赵沛霖:《现代学术文化思潮与诗经研究——二十世纪诗经研究史》,学苑出版社,2006 年版,402~403 页。

书》，收录了大量诗经学论著，为研究者提供了极大的便利。孔祥军整理本《毛诗传笺》则对毛《传》、郑《笺》进行了系统的汇校整理。在传统注疏方法的继承方面，鲁洪生主编的《诗经集校集注集评》（十五卷）集校、注、评于一体，汇集历代注疏，征引书目370余种，可以说集历代《诗经》注疏之大成；刘毓庆主编的《诗义稽考》（十册）汇集了历代笔记杂著中有关《诗经》的文献，征引书目200余种。

三、结语

民国时期的《诗经》研究，一开始便有学者抱着一种现代的进化论的观念审视这部作为"史料"的《诗经》。《诗经》研究成为一种方法的实验，同时亦被视为辨伪材料的来源。这一时期的学者们进行的所谓"经学研究"，进一步导致了经学的衰亡。他们将经学视为一种旧的、迷信的、烦琐的、落后的学说，认为其存在一种必然为现代学术所取代的趋势。

纵观古今，没有哪一种以纯粹批判为目的的学术能真正长远地发展。在所谓找到"《诗经》真相"的驱动下，《诗经》存在的意义被肢解，直接导致了其学术地位的下降，让人认为这本书不值得一读。

我们并不是反对争论，我们只是反对以争论取代学术研究的真正意义。我们坚信对《诗经》年代、作者的考订从来都不应该影响其存在的意义。但是事实却不尽如人意，在对《诗经》的研究中，不难看到这种细碎研究占了主流，而对经义的阐发却甚为稀见。此外，自民国以来的争论在当时几乎全部变成了定论，这一点体现在各种文学史教科书中，这种定论让人产生了先入为主的观念，必然会对日后的研究造成影响。

所以今天谈继承传统，首先必然要思考人们为什么抛弃传统，很大程度上正是这种学术论争的不严谨直接影响了人们对传统的热忱与希望。民国以来盛行一种青年人接受太多传统文化教育就等于落后的思想，现在我们急需做的便是重新探讨这种思想中不严谨的地方。疑古思潮如幽灵一般，笼罩了20世纪以来的诗经学乃至传统文化研究，我们应当尽快"走出疑古时代"①，重估古代文明，以信古为文化的基础，同时也允许各种确定的释古成分，这样对于传统文化，或许我们的陌生感会少一些。

---

① 按：借用李学勤语。李学勤：《走出疑古时代》，辽宁大学出版社，1994年版。

下编

民国诗经学论著编年·初编

说　明

　　《民国诗经学论著编年·初编》按照文献形式共分为两部分：《民国时期诗经学著作编年》（300余条）、《民国时期报刊载〈诗经〉研究文献编年》（2000余条）。本编年主要以时间为线索，著录民国时期《诗经》研究文献，以期为进一步深化对民国时期诗经学的研究提供初步线索，各编凡例见后。因民国时期诗经学论著众多，馆藏零散，且碍于目前国内图书管理制度，部分文献查阅难度较大。加之笔者资质愚钝，学力有限，必定遗漏不少，只能待今后补充，故先编为初编，以就正于方家。

　　《民国诗经学论著编年·初编》在编写过程中主要参考了以下文献及数据库：

　　北京师范学院中文系编《中国古典文学研究论文索引1905—1979》（1981），该书收录报刊所载1901—1949年《诗经》文献400余条。

　　上海图书馆编《中国丛书综录》（1982），该书共收录丛书2700余种。

　　唐沅等编《中国现代文学期刊目录汇编》（1988），该书选录我国现代文学史上有影响的期刊276种，并附有期刊详细目录。

　　北京图书馆编《民国时期总书目》（1992），该书收录民国《诗经》研究专著50余种。

　　林庆彰主编《经学研究论著目录1912—1987》（1994），该书著录了大量《诗经》研究专著和论文。

　　寇淑慧编《二十世纪诗经研究文献目录》（2001），该书著录了20世纪（1901—2000年）中国内地和香港地区正式出版及发表的有关《诗经》研究之专著和论文，是目前最为详备的20世纪诗经学文献目录，共收录报刊所载1901—1949年《诗经》文献500余条。

林庆彰主编，台湾文听阁出版社出版的《民国时期经学丛书》（2008—2014）第一辑至第六辑，收录《诗经》类书目70余种。

国家图书馆典藏阅读部编《民国时期发行书目汇编》（2010），该书影印20世纪20年代到40年代编著的发行书目20余种，包括《全国出版物总目录》（开明书店）、《生活全国总书目》（生活书店）等。

刘修业等编《〈国学论文索引〉全编》（2011），包括《国学论文索引》（1929）、《国学论文索引续编》（1931）、《国学论文索引三编》（1933）、《国学论文索引四编》（1936）、《国学论文索引五编》（1955）等，该索引在"群经"类下有"《诗》"条，收录1905—1937年发表的《诗经》学论文。

殷梦霞、李强选编《民国文献资料丛编·近代学报汇刊》（2012），该书全文影印各学科学报、研究团体学报、地域性学报、学校学报90余种，包括《四川学报》《九经朴学报》《船山学报》《清华学报》《金陵学报》《国立北平大学学报》《文澜学报》《暨南学报》《中山学报》《中国学报》《真知学报》等。

武秀成主编《民国时期国学期刊汇编》（2019），该书搜集、影印民国时期以"国学"为主要研究内容的期刊，共收录期刊30余种，包括《国立北京大学国学季刊》《北京大学研究所国学门周刊》《国学月报》《国学月刊》《国学论丛》《国学论衡》《国学报》《国故》《国文学会特刊》《国专月刊》《制言》《论学》《文哲月刊》等。

桑兵、关晓红主编《近代国学文献汇编》第三辑（2020）、第四辑（2021），全文影印标名国学的期刊、国学机构出版其他名目的期刊40余种，包括《国粹丛编》《国学萃编》《文献》《国光》《国学丛编》《文史》《国学界》《卫星》《齐大国学季刊》《尚友书塾季报》《国学专刊》《归纳》《安雅》《责善半月刊》等。

《民国时期文献数据库》，国家图书馆制作，收录大量民国时期的期刊、报纸、图书全文。

《全国报刊索引》，由上海图书馆制作，是目前收录近代报刊所载《诗经》文献最丰富的全文数据库。其子库《中国近代期刊资源全库（1833—1949）》由《晚清期刊全文数据库》及《民国时期期刊全文数据库》组成，收录了1833年至1949年出版的20000余种近现代期刊。

《中国近代报纸资源全库（1850—1951）》，收录了1850年至1951年间的700余份中英文报纸。

　　另外，北京尚品大成数据技术有限公司制作的《大成故纸堆古旧文献全文数据库》、国家图书馆出版有限公司制作的《中国历史文献总库——民国图书数据库》亦收录了大量近现代报刊全文。

民国时期诗经学著作编年

凡　例

其一，本编以时间为线索，分年著录 1912—1949 年间诗经学著作。所收书目原则上以民国为限，同时考虑到学术研究的延续性，著录部分晚清文献，间附民国时期排印、影印的历代诗经学文献。

其二，本编所收书目，从著作形式上看，包括专著、讲义、学位论文、手稿、抄本及影印、排印类诗经学文献。其中民国时期的学位论文碍于国内图书管理制度，仅著录燕京大学、国立东北大学、国立武汉大学《诗经》类学位论文。

其三，本编条头依次注明题名、著者、版本、时间等信息。出版时间不详者，则以成书时间为准，确不可考者，则阙疑，附卷末待考，并于正文中略加辨正。

其四，本编正文部分包括著者简介、版本情况、内容体例及要旨，间附学术评价。民国时期排印、影印的历代诗经学文献则仅述条目。

其五，本编旨在以时间为线索初步梳理民国时期诗经学著作之概况，重在介绍，故于著作内容、体例，为存其真，则多依原书序跋、目录。

其六，本编共收文献 300 余条。

1911 年及以前

《膏兰室札记》，章太炎，苏州章氏藏未刊稿本，1891—1893 年

章太炎（1869—1936），名炳麟，字枚叔，浙江余杭人。

《膏兰室札记》作于光绪十七年（1891）至十九年（1893），系章太炎的读书札记，苏州章氏藏未刊稿本，今有上海人民出版社 1982 年整

理本。涉《诗》类札记条目如下：

　　五　　　式月斯生（《小雅·节南山》）

　　一二　　弁彼鸒斯，归飞提提（《小雅·小弁》）

　　一一八　后予极焉（《小雅·菀柳》）

　　一五五　无酒酤我（《小雅·伐木》）

　　二〇〇　惩，艾也（《周颂·小毖·笺》）

　　二一八　周行（《周南·卷耳》《小雅·鹿鸣》《小雅·大东》）

　　二二四　骏厖（《商颂·长发》）

　　二三九　谓之尹吉（《小雅·都人士》）

　　二四四　抑若扬兮（《齐风·猗嗟》）

　　二七四　三家诗互相是非

　　二七五　如彼栖苴（《大雅·召旻》）

　　二七七　狸首

　　二七八　言语

　　二七九　狼跋（《豳风·狼跋》）

　　二八四　驺虞（《召南·驺虞》）

　　二八五　仲氏任只（《邶风·燕燕》）

　　二八七　齐诗商颂

　　二八八　删诗申义

　　二九二　霣劫（《邶风·终风》）

　　三〇二　不寁故也，不寁好也（《郑风·遵大路》）

　　三〇三　于我归处（《曹风·蜉蝣》）

　　三〇七　艳妻煽方处（《小雅·十月之交》）

　　三七六　兴迷乱于政（《大雅·抑》）

　　三七七　学有缉熙于光明（《周颂·敬之》）

　　三八一　盖云归哉（《小雅·黍苗》）

　　三九三　论古诗字同音同而义异及用其篇题而取义异者

　　四六一　孔子撰诗书（《论衡·须颂篇》）

　　四六三　庆既令居（《大雅·韩奕》）

　　另，《诂经札记》收章太炎诂经精舍《诗》类课艺两篇：《邶风燕燕篇鲁诗说》《束矢解》，作于光绪十六年（1890）至十九年（1893）。

《毛郑诗校议》，罗振玉，晨风阁丛书本，1908—1911 年

罗振玉（1866—1940），字叔蕴，又字叔言，号雪堂，又号贞松老人，浙江上虞人。

《毛郑诗校议》，一卷，晨风阁丛书第一集，清光绪三十四年（1908）至宣统三年（1911）国学粹编社排印本。卷前有光绪十六年庚寅（1890）著者序，自述本书著述之由及体例，曰："毛郑《诗》世鲜善本，玉所习乃木渎周氏本。盖据唐《正义》本而校以宋以后诸本者，于《正义》以前本无所考校，段氏玉裁所订《训诂传》据古籍所引，详为雠正。其书善矣，而于郑氏《笺》阙然。玉不揣梼昧，取《史记》《汉书》《文选》《初学记·注》及倭刻原本《玉篇》《玉烛宝典》、唐释慧琳《一切经音义》诸书所征引，以校今本，于今本之脱误多所是正。考《传》《笺》之例，随文加释，不以已见于彼便略于此。……玉校此书，始于庚寅春，徂秋乃毕。通得二百十许则，多前人所未及议者。"

《毛诗草木鸟兽虫鱼疏新校正》，（吴）陆玑撰，罗振玉校，晨风阁丛书本，1908—1911 年

二卷，晨风阁丛书第一集。该书重校陆玑《毛诗草木鸟兽虫鱼疏》，匡正丁晏《毛诗陆疏校正》之误。卷前有光绪丙戌夏（1886）著者叙，自述本书著述之由及体例，曰："玉爱以咎暇，不揣荒劣，纠诸经疏，及诸类书凡所征引，为比量异同，刊补讹佚。……其有显然讹误而古籍无征引者，谨阙所疑，不敢凭臆擅改，以诒金根之讥。此《疏》旧本百三十三题。丁氏据《齐民要术》引增'投我以木瓜'一题，据《经典释文》引补'浸彼苞蓍''駉駉牡马''野有死麋'三题。玉又据倭刻隋《玉烛宝典》注引补'手如柔荑''四月秀葽'二题，据宋严粲《诗缉》引补'隰有榆'一题，据《通志》引补'燕燕于飞'一题，据《韵会举要》引补'鹑之奔奔'一题。旧本又误析'山有栲'为'山有栲''蔽芾其樗'二题，误合'爰有树檀''隰有六驳'为一题。今均为改正，统得百四十有二题。校既毕，颜之曰《新校正》。用宋林亿校《素问》例，且别于丁本也。"

《诗经四家异文考补》，江瀚，晨风阁丛书本，1909 年

江瀚（1857—1935），字叔海，号石翁，室名慎所立斋，福建长汀人。曾任京师图书馆馆长、故宫博物院维持会会长、京师大学堂文科学长等。

《诗经四家异文考补》，一卷，清宣统元年（1909）番禺沈宗畸据稿本刊刻，晨风阁丛书本。另，收入《长汀江先生著书》，民国十三年（1924）山西太原铅印本。据《续修四库全书总目提要（稿本）》（齐鲁书社，1996年），该书盖为补陈乔枞《诗经四家异文考》而作，凡一百八十六条，于条下附按语，以证其正俗同异及通假传讹之所由然，其于范家相、段玉裁之误，亦为之纠正，是又不徒为陈乔枞拾遗已也。

《学诗堂经解》，李宗棠，铅印本，1911年

李宗棠（1870—1923），字伯荫，一字隐伯，安徽颍上人。

《学诗堂经解》，宣统三年（1911）铅印本。另有《李宗堂文集》整理本（黄山书社，2017年版）。《学诗堂经解》共二十卷，卷前有矛谦叙（宣统二年冬），述此书之旨曰："由《关雎》至《殷武》，条举件繁，皆治诗之旧说而断以己意。参诸经说，酌诸小学，旁及诸史杂家者言，以自成一家之说。"《续修四库全书总目（稿本）》称此书"一篇之中往往自相矛盾"。

1912 年

《古学汇刊》，邓实等辑，上海国粹学报社本，1912年

民国元年（1912）上海国粹学报社排印本，收录《诗》类书目如下：

《毛诗九谷考》，一卷，（清）陈奂撰

《陈东塾先生读诗日录》，一卷，（清）陈澧撰

1913 年

《榕园丛书》，（清）张丙炎辑，（清）张允颎重辑，真州张氏重修本，1913年

清同治中真州张氏广东刊，民国二年（1913）重修本，收录《诗》类书目如下：

《诗谱》，一卷，（汉）郑玄撰，（清）李光廷辑

《契斋毛诗经筵讲义》，四卷，（宋）袁燮撰

《诗绎》，二卷，（清）廖翔撰

1914 年

《云南丛书》，赵藩，陈荣昌辑，1914 年

甲寅年刊（1914），云南图书馆藏板，收《诗》类书目如下：

《诵诗小识》，三卷，（清）赵容撰

《诗经原始》十八卷，卷首二卷，（清）方玉润撰

《齐风说》，一卷，李坤撰，云南丛书经部之八，原书无目。另有新文丰《丛书集成续编》本、《民国时期经学丛书》（第六辑）。李坤（1866—1916），字厚安，号雪园，云南昆明人。从全书体例来看，当为其读诗札记。正文部分《毛诗》次序次第解《齐风》（缺《载驱》《猗嗟》），无诗原文，先述诗题，于下引郑《笺》、朱熹《诗集传》、魏源《诗古微》诸说解说诗歌主旨，次则仅述所解诗句，征引诸说解释字词及章义。于《敝笱》篇后附《右右毛而左郑者三家》《右右毛而左李者一家》《右右毛而左孔者五家》。

《槐轩全集》，（清）刘沅撰，民国间刊本

收录《诗》类书目如下：

《诗经恒解》，六卷，民国三年（1914）刊

1915 年

《诗三家义集疏》，王先谦，王氏虚受堂刻本，1915 年

王先谦（1842—1917），字益吾，晚号葵园，湖南长沙人。

《诗三家义集疏》，初名《三家诗义通绎》，民国四年（1915）王氏虚受堂刊刻，卷首一卷，正文二十八卷。今有 1987 年中华书局吴格点校整理本。吴格"点校说明"述评此书曰："《集疏》遍采历来研治三家诗学已有之成果，合邶风、鄘风、卫风为一卷，以还三家诗二十八卷之旧观。经文之下，先将采自秦汉以下各类典籍中有关三家诗之佚文遗说，条分缕析，以次胪陈。疏文首列《毛传》、郑《笺》，又征引自宋至清数十家《诗经》学者之论说，兼综并蓄，精密排比，并参以己意，详为疏解，用力精深，创获颇夥。"

1916 年

《易书诗礼四经正字考》，（清）钟麐撰，吴兴刘氏嘉业堂刊本，1916 年

钟麐，字璘图，原名宝田，长兴人，咸丰十一年（1861）顺天府贡生，官内阁中书。

《易书诗礼四经正字考》，丙辰年（1916）吴兴刘氏嘉业堂刊吴兴丛书本，共二册，四卷，其中《毛诗》一卷，卷末附刘承干跋。钟麐以群经之字多从隶变，因据《说文》本字以正其误，撰《十三经正自考》，取《尔雅》《释文》诸书疏证之，原书散佚，今存《易经》《尚书》《毛诗》《周礼》四卷。

《翠琅玕馆丛书》，黄任恒重编本，1916 年

民国五年（1916）据刘晚容藏修堂丛书刊版重编本，收录《诗》类书目如下：

《诗氏族考》，六卷，（清）李超孙撰

《乐诗考略》，王国维，上海仓圣明智大学排印本，1916 年

丙辰年（1916）上海仓圣明智大学据稿本排印，《学术丛编》（又名《广仓学窘丛书甲类》）本。《乐诗考略》共一卷，卷末有王国维附识，论著作之由曰："与沈乙庵方伯谈古乐诗，谓古乐家次第与诗家不同，因申论之如此。"目次如下：

《释乐次》（附天子诸侯大夫士用乐表）、《周大武乐章考》、《说勺舞象舞》、《说周颂》、《说商颂上》、《说商颂下》、《汉以后所传周乐》

另，以上文章后收入《观堂集林》（密韵楼，1923 年），《汉以后所传周乐》改题为《汉以后所传周乐考》。

《诗说标新》，狄郁，石印本，1916 年

狄郁，字文子，又名杏南，江苏溧阳人。

《诗说标新》，民国五年（1916）信阳文渊石印馆刊，共一册二卷，有国家图书馆藏本。《续修四库全书总目提要（稿本）》述此书曰："郁自定界说：'以古人绝未道及，或虽道及而义理未竟；或谬解相沿，决非作时情事及作诗人本旨；或旧说似无可疵，而不适于今日社会教育之用者，不得不易以新义'云云。所说止于《国风》，而开篇之《关雎》

《葛覃》《卷耳》《樛木》《螽斯》等篇从阙，《桃夭》以下亦多不全。所说支离浅俗，不能成理。如谓'凡诗必有名，后人选订汉唐以来诗，未有不署题于诗之前者，独于古诗三百篇仅系名于诗后，殊乖伦序'。不知古题本无题，《汉诗十九首》犹然。三百篇之系名于诗后，不过为引诗者之便耳。唐人乃以无题为题，误矣！郁之意，岂欲如举场中之试律必有题乃有诗耶？其识如此，而全书可知矣！"

《毛诗古音谐读》，杨恭桓，活字印本，1916 年

杨恭桓，字穆吾，广东梅县人。

《毛诗古音谐读》民国五年（1916）活字印本，共五卷。另有民国十七年（1918）铅印本，两册共五卷（附录一卷），有国家图书馆藏本。

《续修四库全书总目提要（稿本）》著录此书，曰："是书有自序及例言，大旨以诗三百篇，无韵者惟周颂多见，余则字顺音谐，无句不韵。陈季立谓之古音，顾亭林则谓为本音。其实自后世言之，则曰古音。自当时言之，则曰本音，初无二致。故古音能全诗皆同，即周秦以上之音，亦莫不同。《说文》凡一字得某声者，其引伸之字音正相类。顾亭林不明字母，因多牵强云云。书中于谐韵之字识以符号，凡双声叠字之类，各注于本字下。而于鱼、虞等韵及鱼、虞上去韵，人易误读作支、齐者，更正甚多。又以《说文》引经异字，必有所本。其同音假借之字，不经指点，读者未免生惑，并一一标于上方。卷末又附《反切详论》，以明反切之用。虽未为精博，而于童蒙诵习，则甚便也。"

1917 年

《监本诗经》，（宋）朱熹集注，上海共和书局本，1917 年

民国六年（1917）春月上海共和书局石印本，共八卷。

《鸣沙石室古籍丛残》，罗振玉辑，上虞罗氏景印本，1917 年

民国六年（1917）上虞罗氏景印本，罗振玉辑，卷末有罗振玉附识，述景印敦煌本《毛诗故训传》残卷五种概况。收录《诗》类书目如下：

《唐写本毛诗传笺》，存《召南·麟趾》至《陈风·宛丘》，《魏风》以上无注，《唐风》以下有之

《唐写本毛诗传笺》，存国风《柏舟》至《匏有苦叶》

《六朝写本毛诗传笺卷九》，存《鹿鸣》以下

《六朝写本毛诗传笺卷九》，存《出车》以下

《六朝写本毛诗传笺卷九》，存《小雅·六月》至《吉日》

《龙溪精舍丛书》，郑国勋辑，潮阳郑氏刊本，1917 年

民国六年（1917）潮阳郑氏刊本，收录《诗》类书目如下：

《韩诗外传》，十卷，补遗一卷，（汉）韩婴撰，（清）赵怀玉辑补

《读诗经》（四卷），（清）赵良澍撰，《泾川丛书》本，据清道光赵氏本景印，1917 年

1918 年

《诗说》，廖平，《六译馆丛书》本，1918 年

廖平（1851—1932），初名登廷，字旭陔，后改名平，字季平，号四益，继改四译，晚年更号五译、六译。

《诗说》，民国七年（1918）四川成都存古书局印，《六译馆丛书》本。另有民国十年（1921）存古书局汇印本、《廖平全集》（上海古籍出版社，2015 年）整理本，题曰《四益诗说》。书前有著者叙（甲寅秋），正文汇集其《诗》学著作四部：《诗纬新解》（推度灾一、泛历枢二、含神雾三、遗补）、《诗纬搜遗》（春秋纬文耀钩、说题辞、钩命诀、运斗枢、孝经纬援神契、礼纬斗威仪、乐纬动声仪、乐纬稽耀嘉）、《诗学质疑》（释风）、《孔子闲居》，后附《大学引诗为天皇引书为人帝考》。

《诗纬新解》，廖平撰，黄镕补证，曾刊于《国学荟编》1914 年第十、十二期。《续修四库全书总目提要（稿本）》论之曰："廖氏于诗多从齐说，以齐诗之多祖纬候也，因取今所存《诗纬》三篇，详为以解。盖所以示程途行远自迩，升高自卑，一定之程度也。书中于四始、五际、六情之义，以及篇什配用之理，皆据秦汉以来旧籍，推阐其意。黄氏更衍其说，而为之补证，征引渊博，诠释精详。虽纬书荒诞，《隋志》已谓其相传为世人造之，然其说为齐诗所本，详而论之，亦足以见一家之学也。"

《诗纬搜遗》乃就《春秋》《孝经》《礼》《乐》各纬，摘其关于《诗》者。《续修四库全书总目提要（稿本）》论之曰："纬候之书本出附会，廖氏衍其义，荒诞之处，在所不免，然详其所论，则尚称近正，亦

可自成一家之学矣。"

《诗学质疑》《孔子闲居》《大学引诗为天皇引书为人帝考》，曾刊于《国学荟编》1915 年第三期，杂志目录题曰《四益诗说》。《诗学质疑》以"风"字为例，所以破《诗》无义例之说。《续修四库全书总目提要（稿本）》论之曰："十五国风次序，朱子已谓其恐未必有意，顾炎武《日知录》更谓三百篇次序必不可信，且今本已失古之次，廖氏乃必据今本，以推其义例，亦何由辨其是非黑白哉。"《孔子闲居》，廖平于此书附识曰："《礼记》篇目有相对成文之例。《坊记》为人禽之分，《表记》为士大夫之行。《孔子燕居》为人学，《孔子闲居》为天学，互文相起，各有浅深不同。"

另，《廖平全集》尚收录廖平论《诗》文章，兹附于此，目次如下：

《群经凡例·今文诗古义疏证凡例》

《群经大义补题·诗经》

《不以文害辞》

《"诗云雨我公田遂及我私惟助为有公田由此观之虽周亦助也"义》

《论诗序》（曾刊于《四川国学杂志》1913 年第七号）

《序论诗序》（曾刊于《四川国学杂志》1913 年第九号）

《山海经为诗经旧传考》（曾刊于《四川国学杂志》1913 年第七号）

《孔子天学上达说》

《齐诗六情说》（曾刊于《四川国学杂志》1912 年第四号）

《诗经国风五帝分运考》（曾刊于《四川国学杂志》1913 年第七号）

《诗经白话注解》，不著撰人，上海江东茂记书局本，1918 年

民国七年（1918）上海江东茂记书局印行。今有《民国时期经学丛书》（第五辑，三十册）影印本。字词白话注解、章义白话总结。卷之一周南、召南，后有附记；卷之二邶风、鄘风、卫风、王风；卷之三郑风、魏风、唐风、秦风、陈风、桧风、曹风、豳风，后有附记；卷之四、卷之五小雅；卷之六、卷之七大雅；卷之八周颂、鲁颂、商颂。

《诗毛氏学》，马其昶，上海聚珍仿宋印书局本，1918 年

马其昶（1855—1930），字通伯，晚号抱润翁，安徽桐城人，曾任京师大学堂教习。

《诗毛氏学》，上元戊午（1918）仲冬之月，桐城张氏藏版，桐城张石卿、叶玉麟、钱塘丁仁同校，上海聚珍仿宋印书局发行。封面有徐世昌题签，书前有姚永概序（丙辰五月），言"伯通……于诗笃信《小徐》而主《毛传》"；陈汉章序（丁巳年夏日），言"马伯通先生……《毛诗学》三十卷，博观约取，实事求是，合于毛氏传意者辑述职，其不合者靳置之，无汉宋门户，并无今古文门户"；自序（丙辰孟秋），言"予治《诗》一以《毛传》为宗，三家之训，可互通者，亦兼载之，多存周秦旧说"。正文部分三十卷，先述诗之原文，低一字附《毛传》，于《毛传》中用双行小字引诸说释字词及诗旨。

《监本诗经》，（宋）朱熹集注，天宝书局本，1918年

民国戊午（1918）清和上海天宝书局石印本，共四册八卷。

《嘉业堂丛书》，刘承干辑，吴兴刘氏序刊本，1918年

民国七年（1918）吴兴刘氏序刊本，收录《诗》类书目如下：

《毛诗正义》，四十卷（原缺卷一至卷七），附校勘记三卷，（唐）孔颖达等撰，校勘记刘承干撰

1919年

《读诗识名证义》，金式陶，铅印本，1919年

金式陶，原名谷春，字蓉溪，江苏盐城人。

《读诗识名证义》，民国八年（1919）己未夏五月铅印本，另有《民国时期经学丛书》（第五辑第三十一册）影印本。共八卷，分上下两编，卷前有金式陶自叙（孟冬朔日），次附凡例，述本书体例曰："一，是编以识名取义，搜辑鸟兽虫鱼草木菜谷之名，都为八卷，凡不列诗篇者，不在此例；一，凡诗所有鸟兽等名，必备引章句，援说本义，以明古人作诗各有兴观群怨之指；一，类次凡鸟属四十三，兽属六十六，虫属三十，鱼属十九，草属六十一，木属五十六，菜属二十七，谷属二十五，分上下两编；一，是编兼综汉宋诸家学义，以许书、《尔雅》为折衷，旁辑《广雅》《埤雅》《博雅》《玉篇》《韵会》《字林》《集韵》《方言》《本草》《禽经》《异物志》《博物志》《洞冥记》《正字通》《古今注》《五行传》《酉阳杂俎》诸书，略加参按，俾阅者一览周知。"正文目次如下：

上编：鸟名一、兽名二、虫名三、鱼名四

下编：草名五、木名六、菜名七、谷名八

《诗经异文补释》，张慎仪，成都张氏刊本，1919 年

张慎仪（1846—1921），字淑威，号芋圃，四川成都人。

《诗经异文补释》，成都张氏刊本，菱园丛书本。共十六卷，封面有赵熙题签，卷前有自序、附记、宋育仁书后（丙辰冬），卷末有廖平序（己未二月）、著者跋尾（乙卯春）。张慎仪自述本书体例曰："一，是书初名《诗考异》，后读李富孙《诗经异文释》，体例与吾书相似，因重编次，易以今名。一，每条所标经文，悉以阮刻注疏本为准，余与阮本异者采次于下。一，征引群籍异文，李书有者仍之，误者正之，阙者补之，按语则一主简括，不尚博辩，不袭李按。一，异文所引之书，如《艺文类聚》《太平御览》之类，卷帙繁者，均注卷数，取便复检，余不琐赘。一，经文有经历朝人避讳省改之字，间亦释之。"

《续修四库全书总目提要（稿本）》评此书曰："篇中真能正误补阙者，殊不多见。按语虽主简括，往往有李（富孙）释已引其朔，而更引其后以为证者，殆不免屋上架屋之讥。……大抵蜀人为学，性喜好高骛远，如慎仪之朴实说《经》，顾可多得乎哉。"

程克雅认为此书总结清代石经与四家诗文研究，对勘诸书征引异文借假外，又注意到古今字、错讹字、俗字、同源词与通同字等，重视语文诠解基础，与乾嘉学者倡论以小学通经学的观点和方法具有相承的意义。（《张慎仪〈诗经异文补释〉：据石经释〈诗〉研究》，上海书店出版社，2019 年）

《观古堂汇刻书》，叶德辉辑，重编本，1919 年

民国八年（1919）重编印本，收录《诗》类书目如下：

《三家诗补遗》，三卷，（清）阮元撰，光绪二十四年（1898）刊

1920 年

《学海类编》，（清）曹溶辑，（清）陶越增删，上海涵芬楼影印本，1920 年

民国九年（1920）上海涵芬楼据清晁氏本影印，收《诗》类书目如下：

《诗经协韵考异》，一卷，（宋）辅广撰

《诗论》，一卷，（宋）程大昌撰

《毛诗或问》，二卷，（明）袁仁撰

《诗问略》，一卷，（明）陈子龙撰

《借月山房汇钞》，（清）张海鹏辑，上海博古斋影印本，1920 年

民国九年（1920）上海博古斋据清张氏刊本影印，收录《诗》类书目如下：

《诗说》，三卷，（清）惠周惕撰，嘉庆十二年（1807）刊

《诗说》，一卷，（清）陶正靖撰

《广雅书局丛书》，（清）广雅书局辑，重印本，1920 年

民国九年（1920）番禺徐绍启汇编重印本，收录《诗》类书目如下：

《诗集传附释》，一卷，（清）丁宴撰，光绪二十年（1894）刊

《毛诗传笺通释》，三十二卷，（清）马瑞辰撰，光绪十四年（1888）刊

《毛诗后笺》，三十卷，（清）胡承珙撰，陈奂补，光绪十六年（1890）刊

《毛诗天文考》，一卷，（清）洪亮吉撰，光绪十七年（1891）刊

1921 年

《诵诗随笔》，袁金铠，奉天太古山房排印本，1921 年

袁金铠（1870—1946），字洁珊，一字兆佣，晚号佣庐，辽阳人。

《诵诗随笔》，民国十年（1921）奉天太古山房排印本，封面有贡士元署签，共一卷。民国二十二年（1933）增订本，封面有佩珩题签，书前有世荣序（民国十年辛酉孟秋）、金毓绂《诵诗随笔识语》（民国九年十一月）、金毓绂《重订诵诗随笔识语》。次有袁金铠绪论（壬申嘉平月二日），曰："自从删后更无诗，学诗而不于三百篇求之，昧其本矣。展卷重读，即以三代后诗中境地，比照求之。"书末有高毓衡跋（辛酉八月）。

增订本共二册四卷，先录诗歌原文，低一格附读诗随笔，涵泳诗旨、诗技。金毓绂论此书之旨曰："窃见先生论《诗》之旨，不主《诗序》，不泥成说，惟涵泳推绎，以意逆志，期略见大意，衷乎性情之正

而止。"

另，该书 1921 年本内容曾刊于《时言报》《盛京时报》，具体如下：《诵诗随笔序》（共和十二年二月），朱悟园，《时言报》，1923 年 4 月 2 日、3 日；《诵诗随笔》（读周南、读召南），袁金铠，《盛京时报》，1927 年 8 月 5 日；读邶风、读鄘风，1927 年 8 月 6 日；读卫风、读王风，1927 年 8 月 7 日；读郑风，1927 年 8 月 9 日；读齐风，8 月 10 日；读魏风、读唐风，8 月 11 日；读秦风，8 月 12 日；读陈风，8 月 14 日；读桧风，8 月 16 日；读曹风，8 月 17 日；读豳风，8 月 18 日；读小雅鹿鸣之什，8 月 19 日；读白华之什、读彤弓之什，8 月 21 日；读祈父之什，8 月 23 日；读小旻之什，8 月 25 日；读北山之什，8 月 26 日；读桑扈之什，8 月 27 日；读都人士之什，8 月 28 日；读大雅文王之什，8 月 29 日；读生民之什，8 月 30 日；读周颂清庙之什，8 月 31 日；读鲁颂、读商颂，9 月 1 日；《诵诗随笔序》（民国十年辛酉孟秋），世荣，1927 年 9 月 6 日；《诵诗随笔书后》（民国九年十一月），金毓绂，1927 年 9 月 7 日、8 日；《诵诗随笔书后》（辛酉八月），高毓衡，1927 年 9 月 13 日。

《墨海金壶》，（清）张海鹏辑，上海博古斋影印本，1921 年

民国十年（1921）上海博古斋据清张氏刊本影印，收录《诗》类书目如下：

《吕氏家塾读诗记》，三十二卷，（宋）吕祖谦撰

《续吕氏家塾读诗记》，三卷，（宋）戴溪撰

《诗纬》（《诗含神雾》一卷、《诗推度灾》、《诗汎历枢》一卷）

《诗韵举例》，一卷，（清）江永撰，戴震参定

《知不足斋丛书》，（清）鲍廷博辑，（清）鲍志祖续辑，上海古书流通处影印本，1921 年

民国十年（1921）上海古书流通处据清鲍氏刊本影印，收录《诗》类书目如下：

《诗传注疏》，三卷，（宋）谢枋得撰

《京都帝国大学文学部影印唐钞本》，日本京都帝国大学文学部影印本，1921—1942 年

日本大正十年（1921）至昭和十七年（1942）京都帝国大学文学部

影印，收录《诗》类书目如下：

《毛诗诂训传》，残一卷，存卷十，（汉）毛亨传，（汉）郑玄笺

《毛诗正义》，残一卷，存卷十一，（唐）孔颖达等撰

《毛诗二南残卷》，一卷，（汉）毛亨传，（汉）郑玄笺

《毛朱诗说》（一卷），（清）阎若璩撰，如皋冒氏《楚州丛书》刊本，1921年

1922年

《守玄阁诗学》，陈柱，油印本，1922年

陈柱（1890—1944），字柱尊，号守玄，室名守玄阁、十万卷楼、变风变雅楼等，广西北流人，师从唐文治，曾任职于大夏大学、暨南大学、无锡国学专修学校、上海交通大学等。

《守玄阁诗学》，民国十一年（1922）油印本。陈起予《三书堂丛书提要》（《中国学术讨论集》，群众图书公司，1928年）著录陈柱《三书堂诗学》一书，从提要来看，其与《守玄阁诗学》当为一书。今有《民国时期经学丛书》（第六辑，二十、二一、二二、二三册）影印本。

该书前有唐文治《守玄阁诗学叙》（壬戌秋八月），曾刊于《国学专刊》（1926年第1卷第3期），言此书"采辑之富，至一百八十余家，卷帙之繁，至一百数十卷"。次有编者《守玄阁诗学叙例》（民国十一年八月）。正文部分依次注解诗歌，先述诗之原文，于每章下标注诗之异文，诗后依次附"经子集说""毛诗古序""三家遗说""朱子集说""学诗耦记""训诂略录""音韵略说""文学评语""诸家考异"等，文献极其丰富，间有按语。书的正文部分仅至《秦风·权舆》，疑亦有缺失。

据《守玄阁诗学叙例》，此书之末附有《诗明》（民国八年四月）八篇四册，"一曰明指用，二曰明删述，三曰明诗体，四曰明诗序，五曰明诵读，六曰明诗乐，七曰明音韵，八曰附杂录"，《诗明》今本《守玄阁诗学》未见。据陈起予《三书堂丛书提要》言《诗明》以《三书堂诗学》《诗经正葩》"两书之不详者，具于此八篇……皆先列古今学者之说而后以己意发挥之"。

另，据《叙例》所言，书末另附《诗经文选》四册，"复选古今学者文，凡关于《诗经》微言大义以及考证词章义理"文章，今本《守玄

阁诗学》亦未见。

此外，陈柱的《诗》学著作另有《诗经正葩》《国风述学》《说诗文丛》诸书。

《诗经正葩》，原书未见。陈柱《诗经正葩自序》（民国七年五月）曾刊于《学术世界》（1935年6月，第一卷第一期），陈起予《三书堂丛书提要》（群众图书公司，1928年）著录此书，称此书"广集经子之说，收罗诸大家之评点，与《三书堂诗学》不同"，并述其凡例："（一）是书采取《尚书》《周礼》《仪礼》《礼记》《大戴礼》《孝经》《论语》《管子》《墨子》《晏子春秋》《国语》《左传》《孟子》《荀子》《庄子》《国策》《吕氏春秋》《韩非子》之说，共十七家；（二）是书评点，先生本用红笔，所采诸家之评语，皆书明姓名，关于音韵者用△或◎或×以别之，符号变改即音韵变改，其用韵多者以平横区分之，其余诸家，邓巢阁本用绿笔，徐退山本用蓝笔，刘海峰本用黄笔；（三）以各序共为一篇置全篇之末，其目则移于各篇之首；（四）毛郑所传之诗序及三家遗说之言及作诗之由者，则列于序之上方，以备参考；（五）于古音古韵特为标出；（六）《尔雅》《说文》及各书所引《诗经》异文，有关小学者，特为列出；（七）录取周秦诸书所引诗文不见于今者为逸诗，附录于卷末。"

《国风述学》，原书未见，陈柱《说诗文丛》（暨南大学，1930年）收录《国风述学序》（民国十六年中秋日）一文，借此可略窥其书之旨："余讨究《诗经》，至此第四次矣。其讨究之法，亦大约四变。第一次盖专重本文，而欲佐以经子古说，与夫诸本文字异同，及古今批评家言，以通其大义也，曾著《诗经正葩》（民国七年五月）。……第二次则欲明其源流，论其得失，于是乎有《诗明》（民国八年四月）之作。……第三次则以第一次所整理，而益张大其范围，名《守玄阁诗学》（民国十一年八月）。……今承大夏大学及中国公学大学部之委，为诸生讲授《国风》，爰以旧日所获，重加论定，名曰《国风述学》，分为上下两篇。上篇名曰《国风选释》，其凡例如下：（一）诗参，即前书之经子集说，以其虽断章取义，而诗之古义可以参见，故曰诗参。（二）诗序，即毛诗古序。（三）诗遗，即三家诗遗说，比《诗学》稍有节省，省称之曰诗遗。（四）诗诂，即《诗学》之训诂略录，比前稍有删改。（五）诗韵，比《诗学》略有删改。（六）诗恉，将《诗学》之学诗偶记，重加整理，削繁就简，务明大旨。（七）诗法，凡批评诗之作法及其美恶者属之。此外各家文字异同，亦录于本文之下，以备参考。要之，与《诗学》异者唯详略耳。下篇名曰《国风通论》，范围则比《诗明》为小，议论则比《诗明》加详，如是而已。至于古人之说，虽采之颇多，而驳正之者亦不少。采之多非矜博于人，欲以见古说之大略也，驳之众非立异于古，欲以求诗学之真也。"

《津逮秘书》，（明）毛晋辑，上海博古斋影印本，1922 年

民国十一年（1922）上海博古斋据明汲古阁本影印，第一集收《诗》类书目如下：

《诗序辨说》，一卷，（宋）朱熹撰

《诗传孔氏传》，一卷，（周）端木赐撰

《诗说》，一卷，（汉）申培撰

《诗外传》，十卷，（汉）韩婴撰

《毛诗草木鸟兽虫鱼疏广要》，四卷，（明）毛晋撰

《诗考》，一卷，（宋）王应麟撰

《诗地理考》，六卷，（宋）王应麟撰

《拜经楼丛书》，（清）吴骞辑，上海博古斋影印本，1922 年

民国十一年（1922）上海博古斋据清吴氏刊本增辑影印，收录《诗》类书目如下：

《诗谱补亡后订》，一卷，（清）吴骞撰，乾隆五十年（1786）刊

《许氏诗谱钞》，一卷，（元）许衡撰，（清）吴骞辑

《蜀石经毛诗考异》，二卷，（清）吴骞撰，据道光二年（1822）本影印

《学津讨原》，（清）张海鹏辑，商务印书馆影印本，1922 年

民国十一年（1922）上海商务印书馆据清张氏刊本影印，收录《诗》类书目如下：

《诗序辨说》，一卷，（宋）朱熹撰

《诗考》，一卷，（宋）王应麟撰

《诗地理考》，六卷，（宋）王应麟撰

《毛诗草木鸟兽虫鱼疏广要》，二卷，（明）毛晋撰

《韩诗外传》，十卷，（汉）韩婴撰

《毛诗古音考》，四卷，附录一卷，（明）陈第撰

《读诗拙言》，一卷，（明）陈第撰

《守山阁丛书》，（清）钱熙祚辑，上海博古斋影印本，1922 年

民国十一年（1922）上海博古斋据清钱氏刊本影印，收录《诗》类书目如下：

《三家诗拾遗》，十卷，（清）范家相撰

《诗纬》《诗含神雾》一卷、《诗推度灾》、《诗汜历枢》一卷）

《诗双声叠韵谱》（一卷），（清）邓廷桢撰，邓氏《双砚斋丛书》刊本，1922 年

《四部丛刊》，张元济等辑，商务印书馆影印本，1922—1936 年

民国十一年（1922）至二十五年（1936），《四部丛刊》初编、续编、三编，影印《诗》类书目如下：

《毛诗》，二十卷，（汉）毛亨传，（汉）郑玄笺，（唐）陆德明音义，据常熟瞿氏铁琴铜剑楼藏宋刊巾箱本影印

《韩诗外传》，十卷，（汉）韩婴著，据上海涵芬楼藏明沈氏野竹斋刊本影印

《吕氏家塾读诗记》，三十二卷，（宋）吕祖谦撰，据常熟瞿氏铁琴铜剑楼藏宋刊本影印

《诗本义》，十五卷，《郑氏诗谱补亡》，一卷，（宋）欧阳修撰，据吴兴县潘氏滂喜斋宋本影印

《诗集传》，二十卷，（宋）朱熹撰，据日本东京岩崎氏静嘉文库藏宋本影印

1923 年

《诗经研究》，谢无量，商务印书馆本，1923 年

谢无量（1884—1964），原名蒙，字无量，四川乐至人。曾任职于四川国学院、四川大学、中国人民大学、中央文史馆等。

《诗经研究》，民国十二年（1923）五月商务印书馆发行，国学小丛书本。民国十二年（1923）十月再版，民国二十年（1931）十月第六版，民国二十二年（1933）版。全书共五章，第一章"《诗经》总论"，

涉及"《诗经》的来历""《诗经》的义例及诗序与篇次""《诗经》学的流传及注家的研究";第二章"《诗经》与当时社会之情势",涉及"古代固有之思想""国家制度与《诗经》""家族礼制与《诗经》";第三章"《诗经》的历史上考证",涉及"周室史证""邶鄘卫史证""郑风史证""齐风史证""晋风史证""秦风史证""陈风史证""桧曹史证";第四章"《诗经》的道德观",涉及"关于家庭的道德""关于个人的道德""关于国家的道德";第五章"《诗经》的文艺观",涉及"诗形及诗韵""《诗经》的修辞法"。

《毛诗翼叙》,柳承元,镇江大成书局本,1923年

柳承元,字绍宗,江苏真州人。

《毛诗翼叙》,民国十二年(1923)镇江大成书局代印。另有《民国时期经学丛书》(第六辑,二六册)影印本。书前有作者序(民国十二年癸亥五月),解诗本《毛序》,意在发明《诗序》之旨,自述此书之旨"以为《诗叙》由来甚古,首《叙》或谓孔门卜贤所作,或谓采风时即有之,由毛公分置,篇首决为秦以前文字。即后《叙》由后儒增益,亦去古未远,见闻较确,又可视为无稽乎?蓄疑者久,某年授《毛诗》于某校,毅然本《叙》意以释经,并为短说,以发明《叙》旨"。正文分上、下两卷,未录诗原文,依《毛诗》次序,于诗题之下先录《诗序》原文,末附"按",遵《诗序》之意,解说诗旨。卷末附勘误表。

《卷耳集》,郭沫若,泰东图书局本,1923年

郭沫若(1892—1978),原名开贞,四川乐山人。

《卷耳集》,民国十二年(1923)八月,泰东图书局发行,创造社辛夷小丛书第二种。书前有作者序(民国十一年八月十四日),言此书选译诗篇"限于男女间相爱恋的情歌",在对待传统解释上,"除略供参考之外,我是纯依我一人的直观,直接在各诗中去追求他的生命",在译诗方法上受泰戈尔影响,翻译较为自由。正文分"译诗"和"原诗"两部分,"译诗"部分译《国风》四十篇,"原诗"部分按译诗顺序录诗歌原文,并附注解,疏解疑难词及诗旨。末附自跋(十二年七月二十三日)。

译诗篇目有:《卷耳》《野有死麕》《静女》《新台》《柏舟》《蝃蝀》《伯兮》《君子于役》《采葛》《大车》《将仲子》《遵大路》《女曰鸡鸣》

《山有扶苏》《萚兮》《狡童》《褰裳》《丰》《东门之墠》《风雨》《子衿》《扬之水（郑风）》《溱洧》《鸡鸣》《东方之日》《十亩之间》《扬之水（唐风）》《绸缪》《葛生》《蒹葭》《宛丘》《东门之枌》《衡门》《东门之池》《东门之枌》《墓门》《防有鹊巢》《月出》《泽陂》。

《毛诗草名今释》，李遵义，丹徒李氏小臧室刊本，1923年

李遵义，生平不详。

《毛诗草名今释》，丹徒李氏小臧室刊本，共一卷，收入《樵隐集》。今有国家图书馆藏本、上海图书馆藏本。周作人《书房一角》（新民印书馆，1944年）著录此书，曰："《樵隐集》五册，丹徒李遵义著，刻于民国癸亥（1923），诗文杂著凡九种，殆因印书不多之故，市价奇昂，但一借阅，以个人偏好论之，则其中亦只《毛诗草名今释》《鱼名今考》二种一册，差可取耳。"

《毛诗鱼名今考》（附嘉鱼考），李遵义，丹徒李氏小臧室刊本，1923年

丹徒李氏小臧室刊本，共一卷，收入《樵隐集》。今有国家图书馆藏本、上海图书馆藏本。

《诗经集解辨正》，徐天璋，铅印本，1923年

徐天璋（1852—1936），字睿川，号曦伯，江苏泰州人。《民国泰县志稿》（江苏古籍出版社，1991年）载徐天璋"著述甚夥，以历史解经"。

《诗经集解辨正》，民国十二年（1923）铅印本，共四册二十卷。封面有韩国钧题签，前有缪潜序（癸亥季秋）、周莲序（己未三月三日）、徐天璋自叙（壬寅春）。

缪潜论此书体例曰："先生曰：诗三百篇，皆国政也，不但无淫奔之诗，兼无民俗之诗。……首引《小序》，次引《集传》，终引诸家，引而不议，然后自为辨正，悉本《左传》《史记·世家》诸书为按，衔接一气，佐证天然，匪惟训诂、义理、考据精详，且于人物、典礼、时事吻合，发古人所未发，洵说诗者之奇观也。"

徐天璋自述著述之由曰："今春寝食俱忘，昼思夜索，遂悟淑女荇菜即美人香草之思，琴瑟鼓钟恰燕乐嘉宾之雅。二南为乡乐，皆学校籥舞之歌，国风代史编，实列国治乱之政，豳吹田野，雅奏王庭，周颂皆清庙明堂之乐，商鲁悉庙宫祭祀之章。……佻达之风日炽，势必有今日簧鼓之徒请删六经而崇艺术者，予未得为孔子徒也，乃所愿则学孔子也。予愿为古人诤友也，不愿为应声虫也。"

次附例言八条，述四家诗流传，辨朱熹淫诗说，云"辨正者非敢攻毛公、朱子之短，为伸周公、孔子之旨，不得不尊周孔而崇信也"，并列读诗之法，"读诗宜置身于礼乐之中""读诗宜识温柔敦厚之旨""读诗必先格物"，末陈本书体例，曰："予辨正者以经传为先（风诗《左传》引证居多），史籍次之，子集又次之，既证经传，余或从略省文也。于诸家有引无驳，戒聚讼也。"

正文二十卷，于诗题下录诗歌原文，次录《小序》，次录朱熹《诗集传》论诗旨语，次有"汇解"，间引三家诗说、郑《笺》及《列女传》《困学纪闻》《诗经世本古义》《诗本义》《毛诗后笺》等疏解诗旨文献，次有"辨正"，引《尚书》《左传》《史记》《竹书纪年》诸说辨正诗旨，伸周公、孔子之旨，诗末间有"附考"。

另，据《民国泰县志稿》第二十八卷著录，徐天璋有《毛诗传笺考证》若干卷，原书未见。

《别下斋丛书》，（清）蒋光煦辑，商务印书馆影印本，1923年

民国十二年（1923）上海商务印书馆据清蒋氏刊本影印，收录《诗》类书目如下：

《诗氏族考》，八卷，（清）李超孙撰

《湖北先正遗书》，卢靖辑，影印本，1923年

民国十二年（1923）沔阳卢氏慎始基斋影印本，收录《诗》类书目如下：

《诗总闻》，二十卷，（宋）王质撰，据武英殿聚珍版书本影印

《读诗诗记》，五卷，（明）李先芳撰，据四库全书文津阁本影印

《木斋说诗存稿》，（清）褚汝文撰，刻本，1923年

原书未见。据《续修四库全书总目提要（稿本）》著录，该书有癸亥年（1923）刻本，六卷，"是书不偏主一家，往往独抒己见"。

《诗经集解》，缪尔纾编著，方树梅校阅，1923年

缪尔纾（1883—1960），字季安，云南宣威人，曾任职于云南省立教育学院、云南大学、云南省文史研究馆。

《诗经集解》，据《民国时期总书目》著录，此书为编者自行刊印，民国十二年（1923）十月初版，共一百二十四页。

1924 年

《诗经之女性的研究》，谢晋青，商务印书馆本，1924 年

谢晋青（1893—1923），江苏睢宁人，曾任职于江苏省立第七师范。

《诗经之女性的研究》，民国十三年（1924）一月商务印书馆发行，国学小丛书之一，民国十四年（1925）七月再版。另有民国十九年（1930）十月商务印书馆万有文库本、民国二十三年（1934）订正本。全书共十章，第一章为绪论，中间八章探讨十五国风与女性相关的诗篇八十五篇，涉及恋爱问题、女性美、女性生活、婚姻问题、失恋问题等，第十章为结论。

《毛诗植物名考》，童士恺，公平书局本，1924 年

童士恺，生平不详。

《毛诗植物名考》，民国十三年（1924）三月公平书局发行，汪克壎题签（民国十二年），崇明童士恺编，胡先骕校阅。书前有作者自序（中华民国十一年十一月二十日）、例言，述此书之旨"先将《诗经》所言植物，考其今名，用分类之法，分条说明，盖欲以兴大雅君子之注意，并资后学之参考也"。该书植物分类检查表参照德国人埃伊薛（Eich Ler）之方法，植物学名依照日本人松村任三《植物名汇》（该书所未载者参《植物图鉴》《内外植物志》），并分"本图书籍""日本书籍"两类列出参考书目。目次如下：序、例言、毛诗植物分类检查表、毛诗植物同物异名表、毛诗植物异物同名表、正文。正文部分依《毛诗》次序，先列植物之名称（附所在诗句及诗篇），次注所在科属，末以"传"引诸说考释植物之今名。

《毛诗正韵》，丁以此，留余堂丁氏木刻本，1924 年

丁以此（1846—1921），字竹筠，山东日照人。

《毛诗正韵》，民国甲子（1924）五月，日照留余堂丁氏木刻本，四册四卷，韵例一卷。另有民国二十一年（1932）山东省立图书馆刊本，两册；民国二十二年（1933）渭南严氏刻本，四卷（《民国时期经学丛书》第三辑二五册即据此本影印）；民国二十三年（1934）双流黄氏济忠堂刊本，四册。书前有章炳麟序、刘师培序、黄侃《毛诗正韵赞》，次附《毛诗韵例》一卷（曾刊于《国粹学报》，1910 年第七十一期）。正文共四卷，先录诗歌原文，诗末述诗用韵情况。章炳麟以为此书"视（孔）㧑约尤密，有经韵、纬韵、间句韵、连句韵、连章韵、起韵、收韵、线韵、正射韵诸目，就其所次，一篇之中取韵者盖过半……丁君复参王怀祖、孔㧑约二家分部，以二十二，经界益正，条理益密，斯所谓集其大成，金声而玉振之者乎"。黄侃称此书"据古韵二十二部以求诗句中之韵，立例数十，稽撰其说，信而有征，盖王孔所不能"。

后其子丁惟汾著《毛诗韵聿》以补之，有齐鲁书社 1984 年影印诂雅堂丛著本。丁序（1953）曰："惟汾早岁恭聆讲论，后来朝夕诵惟，尚觉《毛诗》韵律犹有余蕴未尽，钻研之余，撰为《毛诗韵聿》一编，通稽全诗，厘为六例：曰介错韵，曰交错韵，曰递转韵，曰连续递转韵，曰交错转韵，曰双声通读韵，其中递转一例，实为《毛诗》韵律关键所在，每类之后，详举原诗为证。斯则绍承先志，继述拙作，以供当代研究古韵者之参考。"丁惟汾另有《毛诗双声通转韵征》一文，曾刊于《山东省立图书馆季刊》，1936 年 12 月第一卷第二期。

《涉闻梓旧》，（清）蒋光煦辑，商务印书馆影印本，1924 年

民国十三年（1924）上海商务印书馆据清蒋氏刊本影印，收录《诗》类书目如下：

《非诗辨妄》，一卷，（宋）周孚撰

《四部备要》，中华书局，聚珍仿宋铅印本，1924—1936 年

民国十三年（1924）起，中华书局聚珍仿宋铅印，线装本，分集辑印，民国二十四年（1935）点句本，民国二十五年（1936）缩印本，收录《诗》类书目如下：

《毛诗郑笺》二十卷，（汉）毛亨传，（汉）郑玄笺，（唐）陆德明音义，据宋相台岳氏家塾本排印

《毛诗正义》七十卷，（汉）毛亨传，（汉）郑玄笺，（唐）孔颖达疏，（唐）陆德明音义，据清阮元刻《十三经注疏本》排印

《毛诗传笺通释》三十二卷，（清）马瑞辰著，据清南菁书院经解续编本排印

1925 年

《诗经的厄运与幸运》，顾颉刚，商务印书馆本，1925 年

顾颉刚（1893—1980），原名诵坤，字铭坚，号颉刚，江苏苏州人。曾任职于北京大学、中山大学、燕京大学、中国社会科学院等。

《诗经的厄运与幸运》，民国十四年（1925）四月商务印书馆发行，《小说月报丛刊》第四十一种。该书曾分三期连载于《小说月报》，1923 年第十四卷，第三至五号，后收入《古史辨》第三册，改题《诗经在春秋战国间的地位》。正文共四部分："传说中的诗人与诗本事""周代人的用诗""孔子对于诗乐的态度""战国时的诗乐""孟子诗说"。

《毛诗豳风郑氏笺残卷》，罗振玉校录，东方学会本，1925 年

乙丑（1925）五月东方学会刊，《敦煌石室碎金》本，系敦煌写本《毛诗·豳风·七月》残卷，卷末附罗振玉校记，曰"英伦所藏，据美国博物馆影照本移录，与今本异同颇多"。

《诗经新解》，胡适，稿本，1925 年

胡适（1891—1962），字适之，安徽绩溪人。

《诗经新解》，稿本，今有《胡适遗稿及秘藏书信》（黄山书社，1994 年）第十一册影印本。《诗经新解》稿本今存两部分：

其一，封面题曰《胡适试做的诗经新解》，有胡适题记，曰："此书起我一时的高兴。两年前曾试作了《关雎》一篇的新注，但随手就搁下了，十一年（1922）八月十七日重新动手，以盼作为我百忙中的一个消遣品。"存稿共八页，正文题"周南召南说"。

其二，封面题曰"《诗经新解》稿本"，第一册（周南），有胡适题记："此书起作于十一年（1922）八月十七日，仅成此一卷。……今天检阅旧稿，增改几处，装订为一册。十四（1925），八，十五。"据此可知本稿当成于 1925 年。存稿共四十四页，正文部分注解《周南》十一篇。另，《胡适遗稿及秘藏书信》影印《诗经新解》三首，存稿共五页，《郑风·蘀兮》《陈风·衡门》《小雅·伐木》皆为草稿。

胡适在与友人书信中曾论及《诗经新解》一书。民国二十年（1931）二月十六日，刘大白致信胡适论及《诗经新解》，并附关于《葛覃》《螽斯》《桃夭》《芣苢》四诗之异见。民国二十年（1931）四月廿四日，储皖峰致信胡适，称《诗经新解》"新颖可爱"，并论及其对《葛覃》篇的"维"字、《汉广》篇的"南"字之见解。

民国二十年（1931），胡适将该书《周南》部分改题为《周南新解》，刊于《青年界》第一卷第四期。

另，《胡适遗稿及秘藏书信》第十一册还收录了其《诗》类文稿四篇，目次如下：

《诗经里的"虚字"的研究》，存稿共三十三页

《维》（编者拟题《诗经中的"维"字》），存稿共三十三页

《适庵说诗札记》，存稿共四页

《卷耳讨论集》，曹聚仁辑，上海梁溪图书馆排印本，1925 年

曹聚仁（1900—1972），字挺岫，浙江浦江人。

《卷耳讨论集》，民国十四年（1925）上海梁溪图书馆排印本，一角丛书之二。另有《民国时期经学丛书》（第六辑，二八册）影印本。书前有曹聚仁引言，辑录郭沫若《周南·卷耳》（译文）、俞平伯《葺芷缭室读诗杂记》、小民《〈卷耳集〉的赞词》、曹聚仁《读〈卷耳〉》、郭沫若《我对于〈卷耳〉一诗的解释》、曹聚仁《读〈卷耳〉》（二）、郭沫若《说玄黄》、施蛰存《蘋华室诗见》、胡浩川《我对于〈卷耳〉的臆说》、俞平伯《再论〈卷耳〉》、蒋钟泽《我也来谈〈卷耳〉》等与《卷耳》相关的文章。

《毛诗评注》，李九华，四存学校排印本，1925 年

李九华，河北博野人，曾任职于四存中学。

《毛诗评注》，四存中学校经学讲义，李九华述义，张斌、张国棣辑，有民国十四年（1925）四存学校排印本，共四册三十卷。扉页有李九华题"颂诗大旨思无邪"。次有李九华序（民国十四年乙丑仲春），自述其书之旨曰："吾之学诗，以淑吾性，以陶吾情，知我与否，所不敢闻。惟望世之为诗学者，于《毛传》析其义，以《诗志》窥其旨，则吾心滋慰，若徒斤斤于文字，抑已末矣，然即以文字读之，不犹愈于近世之诗词万万耶。今所为诗，分卷若干，曰国风，曰雅，曰颂，兴观群怨之旨也，附图一卷，资多识也，训诂本之汉儒，诗义、诗评则参以近代诸儒之说，而音韵则悉衷于李恕谷先生之《诗经传注》，述所学也。窃比于述而不作之旨，期以免不学面墙之讥云尔，此吾学诗之志也。"序

中所言"附图一卷",今本未见。

正文分章录诗歌原文,低一格引李塨《诗经传注》注音韵,次有"注",引《毛传》、郑《笺》诸说注解字词,次有"评",引牛运震《诗志》研味文辞,次有"总评"引《诗志》评诗,诗末附《毛序》,间附"案语",发明己意。

另,《毛诗评注》部分内容曾刊于《四存月刊》第六期(1921年9月)、第七期(1921年10月)、第九期(1921年12月)第十一期(1922年2月)、第十三期(1922年10月)、第十五十六期合刊(1922年12月)、第十七期(1923年1月)、第十九期(1923年3月)。

《诗经正义》,杨时中述稿,林长植修正,石印本,1925年

涪州杨时中(守青)述稿,锦县林长植(禹封)修正,两人生平不详。该书系民国间石印本,今有《民国时期经学丛书》(第五辑,二八册)影印本。书前有杨时中序言(民国十四年乙丑仲秋月),自述其有感于"今日乃情思乱极之秋,如不以诗之言志,反其根本而教之,使圣人圣王之遗言,放大光明,人心将何所归宿哉",故"以管见所及,先于周南召南,本其诗言志之意,略广其所蕴,而释以明了文字。谓之正义者,欲正夫斯人之义也"。正文一卷,自《关雎》至《驺虞》,先录诗歌原文,句后本诗言志之旨趣,旧解、己见并行,疏解句义,间及释词,诗末阐发诗旨。

《汉魏丛书》,(明)程荣辑,商务印书馆影印本,1925年

民国十四年(1925),商务印书馆据明万历程氏本影印,收录《诗》类书目如下:

《诗说》,一卷,(汉)申培撰

《韩诗外传》,十卷,(汉)韩婴撰

《黄氏逸书考》(汉学堂丛书),(清)黄奭辑,补印本,1925年

民国十四年(1925)王鉴修补印本,另有民国二十三年(1934)江都朱长圻据甘泉黄氏原版补刊印本。收录《诗》类书目如下:

《鲁诗传》,一卷,(汉)申培撰

《齐诗传》,一卷,(汉)辕固撰

《韩诗内传》,一卷,(汉)韩婴撰

《毛诗注》,一卷,(汉)马融撰

《毛诗注》，一卷，（汉）王肃撰

《毛诗申郑义》，一卷，（魏）王基撰

《毛诗异同评》，一卷，（晋）孙毓撰

《诗纬》，一卷

《诗含神雾》，一卷

《诗推度灾》，一卷

《诗汎历枢》，一卷

《毛诗谱》，一卷，（汉）郑玄撰

《诗古义》，姜忠奎，待考，1925 年

姜忠奎（1896—1945），字叔明，山东荣成人，曾任职于北平大学、中州大学、国立山东大学等。吴宓《空轩诗话》（商务印书馆，2005 年）载："叔明为柯凤孙入室弟子，深研经学，朋辈中咸推第一，著述极多，有《诗古义》一书，曾载《学衡》杂志。"

《诗古义》，原书未见，出版情况待考。《诗古义》总论、卷一曾刊于《学衡》1925 年第四十三期、第四十五期，借此可略窥原书之旨。总论共十九页，分原诗、采诗、六诗、删诗、诗教、说诗、诗亡七节；卷一仅见周南、召南部分，共二十六页，先总述国风、周南、召南，次逐篇解《关雎》至《驺虞》。从卷一来看，该书间录诗歌原文，于诗题、诗句下低一格间引《诗序》、《毛传》、郑《笺》、《仪礼》、《论语》、《荀子》、《大戴礼记》、《韩诗外传》、《孔子家语》、《列女传》诸书论诗旨、章义之语，低二格辨析诸说，间及释词。

1926 年

《诗经》，缪天绶，商务印书馆本，1926 年

缪天绶，字巨卿，曾任职于中华书局、商务印书馆、暨南大学等。

《诗经》，民国十五年（1926）一月由商务印书馆发行，学生国学丛书之一，民国十七年（1928）七月再版。民国二十六年（1937）五月改题为《诗经选读》，商务印书馆发行，中学国文补充读本第一集。书前有编者"例言"，言本书选诗标准"务取其时的代表文字和在文艺上有价值的"诗篇，于疑难词、诗旨略加说明，并参照顾炎武《诗本音》、戚学标《毛诗证读》，用注音符号标注诗歌古音。次有序言（一四，六，十五），论及《诗经》解题、采诗的传说、诗的作者、诗的篇数、诗在春秋时代的流行、六义、传统派与非传统派、在诗本身上解诗等，目次如下：抒情诗（上）（下）、描写诗、讽刺诗、陈说诗。

《国风乐选》，刘永济，泰东图书局本，1926年

刘永济（1887—1966），字弘度，湖南新宁人，曾任职于省立东北大学、国立武汉大学等。

《国风乐选》，民国十五年（1926）六月泰东图书局印行，全书共三卷。上卷为"国风选"，辑录《诗经·国风》二十四篇，于诗题下录《毛诗序》原文，正文注解间引《毛传》。

《四库全书总目》，（清）纪昀等，大东书局本，1926年

民国十五年（1926）七月大东书局影印本，共八册。另有民国二十年（1931）商务印书馆排印本《四库全书总目提要》，万有文库本，共四十册。其中经类卷十五、卷十六、卷十七、卷十八为入库和抄存卷目《诗》类书目提要。

《分类诗经》（言文对照白话注解），许啸天，上海群学社本，1926年

许啸天（1886—1946），名家恩，字泽斋，号啸天，浙江上虞人。

言文对照白话注解《分类诗经》，民国十五年（1926）八月上海群学社发行，许啸天编辑，胡翼云校阅。书前有编者长序（中华民国十五年九月十五日），自述本书方法为"（一）排去经解；（二）就诗的本旨去分类；（三）注解字意"。正文前附有唐圭璋《三百篇修词之研究》、徐家齐《三百篇用韵之研究》、顾颉刚《论诗经所录全为乐歌》、崔述《读风偶识》等文。正文打乱《毛诗》篇次，按照"家庭""宫廷""政治""军事""风俗""杂类"六类重新编排。正文部分先述诗题，诗题下用白话点名诗歌主旨，次录诗歌原文，每章之下注明用赋比兴情况，次逐章用白话散句翻译诗歌原文，再次有"注"，释疑难词，末附"音注"，注字之音。

《诗经音释》，林之棠，北大爱智学会国学月报社本，1926年

林之棠（1896—1964），字召伯，福建福安人，曾任职于北平大学、华中大学、华中师范学院等。

《诗经音释》上卷刻于民国十五年（1926）十一月，北大爱智学会

国学月报社印行，有北京大学图书馆藏本。《诗经音释》上、中、下三卷民国二十三年（1934）九月商务印书馆发行。另有朝华出版社清末民初文献丛书（2018年）本，系据商务印书馆本影印。

卷前有编者自序，言本书之宗旨："余既总览汉宋以来诸家诗说，觉先儒之韵读及训诂名物有不可尽废者，于是采其长，为之韵，以显其音，为之纂诂，以著其义，以与当世有志斯学者相较观。"次附例言（曾发表在《国学月报汇刊》），曰："堂末学，窃谓《诗经》者，盖古诗之总集，宜以文学视之，爰有《诗经音释》之作。"正文部分上册为十五国风，中册为小雅，下册为大雅、颂，依《毛诗》次序解诗。先述诗歌原文，诗后有"韵读"，先注明每章用韵情况，以江有诰"二十一部"为本，补充王会孙"至"部、章太炎"队"部，共二十三部，次用反切法、直音法标注部分字词读音；末附"纂诂"，释疑难词，杂采《毛传》、郑《笺》、陈奂《诗毛氏传疏》、马瑞辰《毛诗传笺通释》、胡承珙《毛诗后笺》、陆玑《鸟兽草木虫鱼疏》、姚际恒《诗经通论》、崔述《读风偶识》、方玉润《诗经原始》等书。

卷末有后记（民国二十二年五月十四日）述撰述情况："此书作于民国十三年在傅娥女士家教书时代"，"上卷《国风》刻于民国十五年十一月，中卷、下卷写于十七年，草稿时适遭婚姻之变，出洋留学事又格不得行，余益奋发，于是年冬完成全稿，版权让与上海商务印书馆。二十年秋商馆始将《国风》《大小雅》排好，正在复校之际，申江中日战争爆发，商馆被炸，排版亦焚，多年苦功，遂付一炬。二十一年夏再与商馆约定，从新撰述，不意东省失陷，热河不受，长城先后告急。迨写至《商颂》时，日本飞机正在吾屋顶上飞腾，欲施行炸毁平市，我国开高射炮迎击，一时枪声四起。余益自激厉，于危急存亡，凄风淡月之夜幸成二次全稿。前稿垂成而家生变，今稿已成而国垂亡。吾不知毛公、郑玄、朱熹诸先贤注此书时亦曾经历如此之厄否也"。

《新注诗经白话解》，洪子良，中原书局本，1926年

洪子良，生平不详。

《新注诗经白话解》，中华民国十五年（1926）中原书局发行，洪子良编纂，钟际华校正。正文部分共八卷，以章为单位，依次用白话注解诗篇，先附用赋比兴情况，次注疑难词之读音，次有"注"，释疑难词义,再次有"义",释本章诗旨。另,正文部分于风、雅、颂及十五国风之名均有白话解说。

《抱经楼丛刊》,沈德寿辑,慈溪沈氏排印本,1926—1927年

民国十五年(1926)至民国十六年(1927),慈溪沈氏排印本,收录《诗》类书目如下:

《诗传注疏》,三卷,(宋)谢枋得撰

1927年

《诗三百古音发明》,周熙,益新书局本,1927年

周熙(1893—1953),又名煜昌,字嘉禾,四川罗江人。

《诗三百古音发明》,周熙注,民国十六年(1927)十月益新书局发行,有国家图书馆藏本,仅见一卷,自《关雎》至《丘中有麻》。

书前有周熙序(中华民国十六年蒲节后三日),自述本书旨趣曰:"自孙愐以唐韵音切说文而字之古音渐不可考矣。予尝读杨升庵、顾亭林、江慎修、戴东原、孔众仲、章太炎、钱玄同、胡适之、汪衮父诸家学说,取其所长,参之己意,以几何学之定理证三代时之元音,不揣谫陋,音注四诗以质诸世之谈古音学者。"

次有例言,述其体例曰:"此篇单注字之古音,于诗之序传释义概未列入。诗有赋兴比三体,详于他本,此篇亦未列入。此篇依据顾亭林《日知录》分诗三百为南、豳、雅、颂四诗,其次序仍照今本。二字同声母者,古谓之双声,二字同韵母者,古谓之叠韵,此篇多据双声、叠韵考求字之古音。今之注音字母,其声母凡二十四,古字音之声母只有一十四(或不足)。今之注音字母,其韵母凡一十五,古字音之韵母只有九(或不足)。"

《诗经条贯》,李景星,山东官印刷局排印本,1927年

李景星(1876—1934),字紫坦,又字晓筼,山东费县人。

《诗经条贯》,四卷,民国十六年(1927)山东官印刷局排印《屺瞻草堂经说三种》本,有山东省图书馆藏本,另有《山东文献集成》(第三辑,第九册)影印本。"条贯"取《汉书·董仲舒传》"同条共贯"之意。该书卷前有自序(丁卯),次有凡例,卷一总论,卷二周南至王,卷三郑至豳,卷四二雅三颂。《续修四库全书总目提要(稿本)》评此书

曰："采引群说，偏重义理文法。其自为论则但及当时编诗之次第，惟所采录以与《集传》相发明者为限，既欠该博。至编诗次第，按之时代先后，原多不合。必欲委曲牵强以就之，亦徒增词费耳。"

《诗经文章学研究》，吴志清，稿本，1927年

吴志清，生平不详。

《诗经文章学研究》，民国十六年（1927）稿本，有《民国时期经学丛书》（第五辑，三二册）影印本。目次如下：（一）绪论，(1) 诗之原理、(2) 诗之原始、(3)《诗经》之价值；（二）《诗经》之艺术赋比兴略，(1) 赋（直写）、(2) 比兴（托事）、(3)《诗经》之遣词、(4)《诗经》之辞调；（三）《诗经》之用韵；（四）《诗经》之体例，《诗经》之平民文学、以今日眼光批评《诗经》之价值、诗人托事于草木鸟兽鱼虫是随意寄托抑与本事有关合、《诗经》之背景。

《诗义会通》，吴闿生，北京文学社本，1927年

吴闿生（1877—1950），字辟疆，又名北江，安徽桐城人。

《诗义会通》，民国十六年（1927）北京文学社发行。另有中华书局1959年整理本、中国书店1990年影印文学社本、中西书局2012年整理本（蒋天枢、章培恒点校）。书有曾克耑序（共和十有六祀月正元日）、贺培新《后序》（民国十六年丁卯）、林义光自序（丁卯冬十二月），正文依次注解诗篇疑难词，篇后附有"闿生案"疏解诗义、说明诗旨。

《马钟山遗书》，（清）马征庆撰，马林辑，铅印本，1927年

民国丁卯年（1927），怀宁马林铅印《马钟山遗书》，收马征庆《诗》类书目如下：

《毛诗郑谱疏证》，一卷，格致丛书之十

《毛诗七声四音谱》，四卷，格致丛书之十三

《说郛》，（元）陶宗仪辑，张宗祥重校，商务印书馆排印本，1927年

民国十六年（1927），商务印书馆排印本，收录《诗》类书目如下：

《诗含神雾》

1928 年

《诗经学》，胡朴安，商务印书馆本，1928 年

胡朴安（1878—1947），原名有忭，学名韫玉，字仲明，后改字朴安，安徽泾县人，曾任职于上海国民大学、持志大学等。

《诗经学》，民国十七年（1928）三月商务印书馆发行。民国十九年（1930）四月收入商务印书馆万有文库。全书二十一节，目次如下：绪论，命名，原始，作诗采诗删诗，大序小序，六义，原始，诗乐，诗谱，三家诗，读诗法，春秋时之赋诗及群籍之引诗，两汉诗经学，三国南北朝隋唐诗经学，宋元明诗经学，清代诗经学，诗经之文字学，诗经之文章学，诗经之礼教学，诗经之史地学，诗经之博物学，研究诗经学之书目。

《毛诗集释》，马宗芗，稿本，1928—1932 年

马宗芗（1883—1959），字竟荃，辽宁开原人，师从刘师培、章太炎，曾任职于北京大学、东北大学、齐鲁大学、中央文史研究馆等。

《毛诗集释》，稿本，目前藏于国家图书馆。王永丰《毛诗礼征序》（东北大学文学院毕业论文，1930 年）曾言及此书，曰："吾师马竟荃（宗芗）先生学承二君（刘师培、章太炎），深聆微言，揭志经术，已二十年。尝以《毛传》简质，诗义不尽可明，惟上稽《周官》《左传》《荀子》之说，《说文》《尔雅》之训，近摭仲容、申叔、太炎诸先生闳圆之业，庶几毛义可明，诗训可通。用成《毛诗诂训传集疏》三十卷，择善而从，不离其宗，陈义尔雅，古训是则，若夫探颐索隐，眇达毛恉，综裁形名，如合析符，其犹硕甫、墨庄、元伯诸人所未逮乎。"由此可知《毛诗集释》（《毛诗诂训传集疏》）三十卷至迟 1930 年已成初稿。

今有中华书局 2014 年据国家图书馆藏稿本影印本。中华书局本前有出版说明，详述本书手稿留存情况，曰："《毛诗集释》手稿都三十六册，今存三十四册，缺第二册《周南·兔置》至《麟之趾》五篇，以及第三十六册。内容不详。是稿非一时写定，据文中注明，盖写于一九二八年至一九三二年前后。卷端题有《毛诗故训传集释》《简疏》《集疏》《疏义》诸名，兹以马先生自题《毛诗集释》为书名。"

手稿正文三十卷，卷前有凡例，述本书之体例，曰："兹编专申毛

谊，典制以《周礼》《仪礼》为主，以《春秋》内外传为辅，训诂以《毛传》为主，征之许书，准以《尔雅》……解说专取古文经传或古文诗说，以明家法，其三家诗今文传记，概所不取，间取鲁说，则以冣为近之之故，非自乱其例也。古均二十三部，盖是诗人同律被之管弦，今取太炎师二十三部注记诗均，以明古音，其顾氏《本音》、孔氏《声类》，可以供参考。……诗为均语，宅言位字须受均限，以故句法与常句不泮，《毛传》间亦解之，以明文谊，惜廑少许，孔疏句疏章解号为稠适上达，惟或不盯，未尽惬心，兹仍随文解谊，以明均文有例，以为籀读之助。"

《文渊楼丛书》，（宋）星五，周蔼如辑，上海文瑞楼书局影印本，1928 年

民国十七年（1928）上海文瑞楼书局景印本，收录《诗》类书目如下：

《韩诗外传疏证》，十卷，（清）陈士珂撰

1929 年

《诗经讲义稿》，傅斯年，稿本，1929 年

傅斯年（1896—1950），字孟真，山东聊城人，曾任职于中山大学、中央研究院史语所、台湾大学等。

《诗经讲义稿》傅斯年生前未出版单行本，1952 年台湾大学版《傅孟真先生集》（第二册）首次收录此稿。今有中国人民大学出版社、上海古籍出版社整理本。书前有傅斯年叙语（十八年一月二十日），言这部分涉及《诗经》讲义大体上写于民国十七年（1928）十二月，正文部分收录讲义十二篇，目次如下：泛论《诗经》学（西汉《诗经》学、《毛诗》、宋代《诗》学、明季以来的《诗》学、我们怎样研究《诗经》）、《周颂》（《周颂说》附论鲁南两地与《诗》《书》之来源）、《大雅》（雅之训恐已不能得其确义、《大雅》的时代、《大雅》之终始、《大雅》之类别）、《小雅》（《小雅》《大雅》何以异、《小雅》之词类、雅者正也、《雅》之文体）、《鲁颂》《商颂》述（《商颂》是宋诗、《商颂》所称下及宋襄公、《商颂》非考父考）、《国风》（"国风"一词起来甚后、四方之音、"诸夏"和《国风》、起兴）、《国风》分叙、《诗》时代（周诗系统、非周诗)、《诗》地理图、《诗》之影响、论所谓讽、诗三百之文辞。

《诗经学 ABC》，金公亮，世界书局本，1929 年

金公亮，字少英，笔名沈恺，浙江绍兴人，曾任职于浙江大学等。

《诗经学 ABC》，民国十八年（1929）一月世界书局发行，ABC 丛书之一。另，《诗经学 ABC》改题为《诗经学新论》，收入《中国文学讲座》一书，世界书局 1934 年 12 月刊。全书共十三节，书前有作者序，正文目次如下：《诗经》的来历、《诗经》的年代、孔子与《诗经》、《诗》与乐、《诗经》内容的分析和作者、六义、《诗》的正变与大小雅、四始、诗序、篇目次第、《诗经》学的流派、《诗经》的价值和读法、参考书举要。"

《白屋说诗》，刘大白，大江书铺本，1929 年

刘大白（1880—1932），原名金庆棪，后改姓刘，名靖裔，字大白，别号白屋，浙江绍兴人，曾任职于浙江省立第一师范、复旦大学等。

《白屋说诗》，民国十八年（1929）七月大江书铺发行。书前有作者序（一九二九年六月二十三日），自述"这《白屋说诗》的名称，是一九二六年秋冬间在上海复旦大学的时候，给《复旦周刊》写本书第一部分'说《毛诗》'十节的时候所用"。正文由说《毛诗》、杂说、附录三部分组成。说《毛诗》部分共十篇：六义、《绿衣》、《葛生》、《鸡鸣》、《卷耳》和《陟岵》《关雎》《绸缪》《有狐》《遵大路》《柏舟》，解诗否定《诗序》而出己见。杂说部分与《诗经》相关者有"毛诗邶风静女底讨论"，收录顾颉刚《瞎子断扁的一例——静女》《邶风静女篇的讨论》、刘大白《关于〈瞎子断扁的一例——静女〉的异义》《再谈静女》《三谈静女》《四谈静女》、郭全和《读邶风静女的讨论》、魏建功《邶风静女的讨论》、董作宾《邶风静女篇"黄"的讨论》等讨论《静女》的九篇文章。

《论诗六稿》，张寿林，北平文化学社本，1929 年

张寿林（1907—?），字任甫、仁甫、任父，安徽寿县人，曾任职于燕京大学、河北省立女子师范学院、北京女子师范等。

《论诗六稿》，1929 年 9 月北平文化学社发行，徒然社丛书之一。书前有作者自序，收录文章六篇，目次如下：《诗经的传出》（《晨报副刊》)、《三百篇是不是孔子所删定的》(《北京大学研究所国学门月刊》)、《释四诗》、《释赋比兴》(《认识周报》)、《三百篇之文学观》(《晨报副刊》)、《三百篇所表现之时代背景及思想》(《晨报副刊》)。

《敦煌古写本毛诗校记》，罗振玉，上虞罗氏石印本，1929 年

己巳年（1929）上虞罗氏石印本，今有 1986 年大通书局《罗雪堂先生全集》影印本、2008 年《民国时期经学丛书》（第一辑，三七册）影印本、2013 年上海古籍出版社《敦煌唐写本周易王注残卷校字记（外十二种）》整理本。正文部分将敦煌古写本《毛诗》与今本对校，"甲本"自《周南·汝坟》至《陈风·宛丘》（《唐风》以上无传笺），"乙本"自《邶风·柏舟》至《魏风·鸨有苦叶》，"丙本"自《豳风·七月》至伐柯，"丁本"为《小雅·鹿鸣之什》，"戊本"自《小雅·鹿鸣之什·出车》至卷末，"己本"自《小雅·鹿鸣之什·六月》至卷末。

《诗名著笺》，朱自清，讲义，1929 年

朱自清（1898—1948），原名自华，号实秋，后改名自清，字佩弦，原籍浙江绍兴，曾任职于国立清华大学、西南联合大学等。

《诗名著笺》系朱自清在清华大学所授"古今诗选"课程讲义，1981 年由上海古籍出版社首次发行，收入《朱自清古典文学专集》之二。据《朱自清年谱》（安徽教育出版社，1996 年）载，自 1927 年始，朱自清在清华大学连续多年开设"古今诗选"课程，目前所见《诗名著笺》当为 1929 年所用讲义。

该讲义正文笺注《国风》诗歌十五首，另有大、小雅八篇，仅见存目，先录诗歌原文，随文附《毛传》、朱熹《诗集传》、马瑞辰《毛诗传笺通释》、陈奂《诗毛氏传疏》训诂之语，诗后间附毛诗序、朱熹《诗集传》、三家诗说、范家相《诗渖》、姚际恒《诗经通论》、崔述《读风偶识》、龚橙《诗本谊》、方玉润《诗经原始》、陆侃如《中国古代诗史》、戴君恩《读风臆评》、俞平伯《葺芷缭衡室读诗杂说》等古今疏解原文，诗末间有黄惟庸、郭沫若等译文。

讲义篇末附《毛诗序》《季札观乐》（《左传·襄公二十九年》）《文心雕龙·比兴》以及顾颉刚《写歌杂记·起兴》《论诗经经历及老子与道家书》、吴康《诗经学大纲·诗义总论》《廉泉国粹教科书·诗经读本目录》等文。

《仰视千七百二十九鹤斋丛书》，（清）赵之谦辑，墨润堂书苑景印本，1929年

民国十八年（1929）绍兴墨润堂书苑据清赵氏刊本景印，收录《诗》类书目如下：

《韩诗遗说》，二卷，附订讹一卷，（清）臧庸撰

1930年

《诗疑》，王柏著，顾颉刚校点，景山书社本，1930年

民国十九年（1930）三月朴社印行，辨伪丛刊之一，民国二十四年（1935）八月再版。前有顾颉刚序（民国十九年二月二十一日），该文曾以《重刻〈诗疑〉序》为题刊于《睿湖》1930年第二期，后收入《古史辨》第三册。正文两卷，书末附《宋史·王柏传》、纳兰成德《王鲁斋〈诗疑〉序》、朱彝尊《诗辨说》按语。

《诗经通解》，林义光，衣好轩本，1930年

林义光（？—1932），字药园，福建闽县人。

《诗经通解》，民国十九年（1930），衣好轩铅印本。今有中西书局2012年标点整理本。书前有作者序（民国十又九年十月），次有例略，书末附《诗音韵通说》一卷，正文依次注解诗篇，于疑难词有注音、释义，篇后附"篇义""别义""异文"。

《诗毛诗传疏》，（清）陈奂，商务印书馆，1930年

民国十九年（1930）十月商务印书馆印行，国学基本丛书本，共八册。民国二十二年（1933）十一月改为精装两册，商务印书馆发行，民国二十四年（1935）六月再版。书前有方德骥《重刊毛诗传疏序》（光绪九年十二月）、朱记荣《诗毛氏传疏后序》（光绪十年甲申孟夏之月），次有叙录、凡例（庚子四月六日开雕，丁未八月七日雕成）。正文共三十卷。第八册附《释毛诗音》《毛诗说》《毛诗传义类》《郑氏笺考征》。

《诗经声韵谱》，徐昂，翰墨林书局本，1930年

徐昂（1877—1953），字亦轩，号益修，别署休复斋，江苏南通人，曾任职于之江大学、无锡国学专修学校等。

《诗经声韵谱》有两个版本。其一，《音学四种》本，民国十九年

（1930）十月南通翰墨林书局印。封面有门人冯超题签，卷前有范罕序（中华民国十九年四月），正文七卷，末附《诗经声韵谱附载声韵补遗》。其二，徐氏全书本，民国三十六年（1947）南通翰墨林书局印。卷前有范罕序，目录后有徐昂自注（中华民国三十三年岁次甲申仲夏之月），言"予年四十八，《诗经声韵谱》著成"，原书七卷，今增订为八卷。正文目次如下：

卷一　全句声韵错综（附经史骚赋诗歌声韵）

卷二　复字声韵联缀（附经书楚词复字声韵）

卷三　字句声韵联缀（附经传骚赋诗词声韵）

卷四　前后章协声

卷五　形音字协韵（附楚词形音字协韵）

卷六　间隔协韵、间隔协韵兼声韵联缀（附经传骚赋诗词间隔协韵例）、间隔协祴摄齿唇两韵（附经传楚词祴摄齿唇两音隔协例）

卷七　阴阳声协韵、阴阳声变化

卷八　协韵（附他书轻重鼻音混协例、诗歌平仄杂协例）、复韵（附诗歌复韵例）、叠韵（附古赋诗词叠韵例）、换韵（附骚赋换韵例）、回韵、衔韵、提韵（附经传骚诗提韵例）、翻韵、和韵、切音、经子诸句腰尾各自协韵例附录

《诗旨纂辞》，黄节，北京大学出版组本，1930年

黄节（1873—1935），字晦闻，广东顺德人，曾任职于北京大学、清华大学等。

《诗旨纂辞》，据《续修四库全书总目提要（稿本）》，黄节纂，三卷，言此书为其在北京大学授课讲义，有活字印本，未言出版时间。今有中华书局2008年据北京大学印本整理本，五卷，未言出版时间。李雄溪《读黄节〈诗旨纂辞〉小识》（《经学研究集刊》，2009年第六期）言此书共三卷，1930年北京大学出版部排印。综合来看，此书共五卷，出版时间当为1930年。正文自《关雎》至《采苓》，诗文之下标注用韵情况，次附《毛传》释词，次有"节案"，引诸说梳理诗旨，其次有"引诗"，说明自《左传》以来征引本诗内容，其次有"诗辞"，梳理楚辞、汉魏诗文化用本诗情况，末于部分词语注明双声、叠韵、重言等。此外，据《续修四库全书总目提要·经部》言，黄节另辑有《诗序非卫

宏所作说》一卷,有清华大学排印本,未见此本,《清华中国文学会月刊》1931年第1卷第2期载黄节《诗序非卫宏所作说》一文,当即此书。

《说诗文丛》,陈柱,国立暨南大学讲义,1930年

民国十九年(1930)国立暨南大学讲义,封面有康有为题签"十万卷楼说诗文丛"。书前附陈柱尊所著书目(七十五种),次有著者"说诗文丛序"(民国十五年春)、"后序"(民国十九年夏),据序所言此书编于1926年,至1930年"为暨南大学诸生授诗,乃复为之增减,先刊此十余篇,仍命之曰《说诗文丛》"。正文收录陈柱《诗》学论文,目次如下:

删诗说(附采诗说)(十九年二月于暨南大学)、删诗说下(十九年四月十日于暨南)、六诗说(十七年十一月)、二南说、淫诗辨(民国十一年)、驳钱振锽《郑风说》一、驳钱振锽《郑风说》二、驳钱振锽《郑风说》三、驳钱振锽《郑风说》四、驳钱振锽《郑风说》五、驳钱振锽《郑风说》六(十一年六月)、周公居东辨(十一年十一月于无锡国学馆)、诗派说、《国风述学序》(民国十六年中秋日)。

《袖珍古书读本》,中华书局排印本,1930年

民国十九年(1930)上海中华书局排印本,收录《诗》类书目如下:

《毛诗》,二十卷,(汉)毛亨传,(汉)郑玄笺,(唐)陆德明音义

《毛诗礼征》,王永丰,东北大学文学院毕业论文,1930年

王永丰,生平不详。据《东北大学史稿》(东北师范大学出版社,1988年)载,其为东北大学中国文学系1930级(第一班)学生,曾在《东北大学周刊》发表《田家即事》《称谓篇》《读史通》《郑学通论》《广韵谱序》等诗文。

《毛诗礼征》系民国十九年(1930)度东北大学文学院中国文学系第一届毕业论文,内页有马宗芗评语:"考证精核",成绩:"一百分",另署"(吴)贯因同阅""(曾)运乾同阅",共七百七十四页。今有《辽宁省图书馆藏民国时期东北大学毕业论文全集》(第一、二册,中华书局,2015年)影印本。共四卷,卷前有著者自序,述本文之旨曰:"丰以顽质,获侍君子(马宗芗)。尝闻诗教之本,莫重于礼,典章一明,

六义斯通。用是不揣梼昧，谨依毛公之言礼者，以为之征，参比成说，用折矩矱，杂辑之消，诚未敢辞，而鼠璞之譬，其庶免欤。"正文分句录经原文，于经文后附《毛传》涉礼之文，低一格引历代诸说辅证之，征引文献极其丰富。

《诗序事实考》，邢凯方，东北大学文学院毕业论文，1930年

邢凯方，生平不详。据《东北大学史稿》载，其为东北大学中国文学系1930级（第一班）学生。

《诗序事实考》系民国十九年（1930）度东北大学文学院中国文学系第一届毕业论文，内页有马宗芗评语："多精核"，成绩："九十分"，另署"（吴）贯因同阅""（曾）运乾同阅"，共六十八页。今有《辽宁省图书馆藏民国时期东北大学毕业论文全集》（第三册）影印本。正文共考《诗序》四十七条，卷前、卷末均有著者附识，述本文之旨曰："刘申叔先生《毛传例略》曰：事实以《序》为主，悉与左氏传、《国语》相合，为《诗序事实考》。……右共四十七条，略证明申叔刘先生之言而已。……今妄为征引，不下一言。除《鄘·柏舟》及《抑》篇，略事故实，余均先以《左传》，次以《国语》，无则阙之，分年别类，录于《序》下，所得案语，郑《笺》为多，用以顺文意比事类者也。"

《毛诗尔雅诂训相通考》，李审用，东北大学文学院毕业论文，1930年

李审用，生平不详。据《东北大学史稿》载，其为东北大学中国文学系1930级（第一班）学生，曾在《东北大学周刊》发表《对于进化之我见》《春秋左氏传凡例探源》《借读金佛寺》《拟胡妻赠苏武诗二首》《反王康琚反隐诗一首》等诗文。

《毛诗尔雅诂训相通考》系民国十九年（1930）度东北大学文学院中国文学系第一届毕业论文，共三百五十三页。今有《辽宁省图书馆藏民国时期东北大学毕业论文全集》（第四册）影印本。正文共考《毛传》《尔雅》训诂相通者九百余条，卷前有著者自序，述本文之旨曰："用是不揣梼昧，沉研钻极，本《尔雅》之正义，通《毛传》之训诂。上准《说文》以求本字之原，下据《文始》以通转假之理，条分缕析，参比其事，事就约得九百余条。虽未能上觊古作，庶亦可有裨于独学。"正文先分句录经文，后附《毛传》训诂之语，低一格述《毛传》与《尔

雅》相通者及其篇目，间有按语引《说文》、郭璞《尔雅注》、郝懿行《尔雅义疏》诸书疏解之。

《毛诗韵》，赵德咸，东北大学文学院毕业论文，1930年

赵德咸，生平不详。据《东北大学史稿》载，其为东北大学中国文学系1930级（第一班）学生，曾在《东北大学周刊》发表《九鼎周亡论》《柳河征故》《研究古人心理之商榷》等文。

《毛诗韵》系民国十九年（1930）度东北大学文学院中国文学系第一届毕业论文，缺第一、第二册（卷一至十五），存第三、第四册（卷十六至三十），共四百〇九页。今有《辽宁省图书馆藏民国时期东北大学毕业论文全集》（第六、七册）影印本。正文于诗题下总述各章用韵情况，后逐句录经原文，句下依次注明用韵详情，引《说文》《释名》《唐韵》等诸说疏解之，间附按语。

《毛诗荀子大义相通考》，罗明文，东北大学文学院毕业论文，1930年

罗明文（1903—?），字星潭，辽宁海龙人。据《东北大学史稿》载，其为东北大学中国文学系1930级（第一班）学生，曾在《东北大学周刊》发表《古剑》《古镜》《秋感》等诗。

《毛诗荀子大义相通考》系民国十九年（1930）度东北大学文学院中国文学系第一届毕业论文，共一〇九页。今有《辽宁省图书馆藏民国时期东北大学毕业论文全集》（第七册）影印本。卷前有著者自序，述本文之旨曰："盖以夫子删诗，授诸卜商，商为之序，又数传而及荀卿也。卿传毛亨，亨作《训诂传》，义多本师说，今所传之《毛诗》即此也。……故《毛传》确切，破合师说，探讨荀书，可悟诗旨，追究训传，即知荀义，理宜然也。今比次毛荀，考其相通，都为一帙，或便研习，至云著述，未之敢也。"正文辑录《毛传》《荀子》大义相通之诗篇，于诗题下录诗句原文，次附《毛传》，后另起一行录《荀子》对应篇目及论说，末低一格附按语，引郑《笺》、孔《疏》等疏解《毛传》《荀子》相通之义。

1931 年

《诗经全部分类集对》（附刻《集诗经诗词联语杂俎》），周葆贻，武进振群印刷公司本，1931 年

周葆贻（1866—1938），字企言，江苏武进人，曾创办诗词社"兰社"，先后任职于私立常州中学、常州女子师范学校等，其子周有光为著名语言学家。

《诗经全部分类集对》，民国二十年（1931）一月武进振群印刷公司出版，有《民国时期经学丛书》（第五辑，三二册）影印本。封面有江阴陈文无篆书题耑，全书共十三卷，附《集诗经杂俎》，卷前有周葆贻六十三岁照片，并附邓春澍、庄思缄、唐企林等十二人题辞、题诗，次有江阴金武祥（溎生）序、武进钱振锽（名山）序、江阴陈名珂（季鸣）序、《诗经全部分类集对》自序、《集诗经诗词联语杂俎》自序、凡例，书末有武进顾明镜跋、武进左运奎跋、武进左运光跋、正误表。目次如下：卷一重文、卷二天地、卷三人类、卷四人事、卷五形体、卷六饮食、卷七器用、卷八动物、卷九植物、卷十数目、卷十一颜色、卷十二语助、卷十三长短句。

《三百篇演论》，蒋善国，商务印书馆本，1931 年

蒋善国（1898—1986），黑龙江庆安人，曾任职于河北省立女子师范学院、东北人民大学等。

《三百篇演论》，民国二十年（1931）二月商务印书馆发行，国学小丛书本。书前有作者叙言（民国十六年八月），全书共分八部分，未标目录，分别概括如下：（一）《诗经》编纂问题，（二）论四家诗，（三）论《诗序》，（四）论逸诗，（五）论《诗》体例、断代，（六）四始、六义，（七）论《诗》之艺术，（八）总论。

《读风偶识》，（清）崔述著，北平文化学社本，1931 年

民国二十年（1931）三月北平文化学社印行，崔述著，努力学社标点，封面有范源濂题签，有北京大学藏本。正文共四卷。另有民国十三年（1924）上海古书流通处据清道光陈氏影印《崔东壁遗书》本，民国二十五年（1936）顾颉刚编订、上海亚东图书馆排印《崔东壁遗书》本。

《由诗书考定周公之事迹》，葛启扬，燕京大学历史系毕业论文，1931年

葛启扬，江苏江都人，1931年毕业于燕京大学，1944年博士毕业于美国密歇根州立大学，曾就职于国立英士大学等。

《由诗书考定周公之事迹》系燕京大学历史系毕业论文，据论文封底载，脱稿于1931年4月29日，有北京大学图书馆藏抄本，共七十六页。

论文有引言，正文共八章：诗书之著作时代、周公名旦、周公为成王之叔父、周公请代武王死、周公居东、周公为王（附对于崔东壁否认周公摄政之批评）、周公迁殷民居洛邑、周公复政后仍居于臣位辅佐成王，末附引用书及参考书。

《关雎集》，纵白踪，上海经纬书局本，1931年

纵白踪，曾任职于徐州萧县国民党党部、徐州三中等，著有《白踪诗存》等。

《关雎集》，民国二十年（1931）九月初版，上海经纬书局发行，经纬百科丛书之一，民国二十五年（1936）六月再版。书前有译者跋（一九三六年四月四日）、序诗（一九三一年九月十二日），正文选译《诗经》篇目如下：《关雎》《卷耳》《桃夭》《苤苢》《鹊巢》《草虫》《摽有梅》《小星》《江有汜》《终风》《式微》《旄丘》《简兮》《二子乘舟》《北风》《静女》《木瓜》《有狐》《鹑之奔奔》《君子阳阳》《中谷有蓷》《大车》《出其东门》《野有蔓草》《鸡鸣》《东方之日》《绸缪》《葛生》《终南》《晨风》《伐柯》《羔裘》《汾沮洳》《采绿》《何草不黄》《菁菁者我》《谷风》。

《古史辨》（第三册），顾颉刚编，朴社本，1931年

《古史辨》，第三册，顾颉刚编，民国二十年（1931）十一月朴社发行，收录《诗经》研究文章如下：

一三四　《诗经在春秋战国间的地位》，顾颉刚，《小说月报》，1923年3月，第十四卷，第三—五号（原题《诗经的厄运与幸运》）

一三五　《硕人是闵庄姜美而无子吗？》，顾颉刚，《小说月报》，1923年4月10日，第十四卷，第四号

一三六　《询野有蔓草的赋诗义书》，朱鸿寿，《小说月报》，1923

年 11 月 10 日，第十四卷，第十一号

一三七　《答书》，顾颉刚，《小说月报》，1923 年 11 月 10 日，第十四卷，第十一号

一三八　《鸱鸮的作者问题》，刘泽民，《国立中山大学语言历史学研究所周刊》，1927 年 12 月 27 日，第一集，第九期

一三九　《读诗随笔》，顾颉刚，《小说月报》，1923 年 1—3 月，第十四卷，第一至三号

一四〇　《诗经是不是孔子所删定的——呈正顾颉刚先生》，张寿林，《国立北京大学研究所国学月刊》，1926 年 11 月 20 日，第一卷，第二号

一四一　《读毛诗序》，郑振铎，《小说月报》，1923 年 1 月 10 日，第十四卷，第一号

一四二　《毛诗序之背景与旨趣》，顾颉刚，《国立中山大学语言历史学研究所周刊》，1930 年 2 月 16 日，第十集，第一百二十期

一四三　《论诗序附会史实的方法书》，顾颉刚，1922 年 3 月 13 日

一四四　《重刻诗疑序》，顾颉刚，《睿湖》，1930 年 10 月 1 日，第二期

一四五　《关于诗经通论》，何定生，《国立中山大学语言历史学研究所周刊》，1929 年 9 月 4 日，第九集，第九十七期

一四六　《周召二南与文王之化》，陈槃，《国立中山大学语言历史学研究所周刊》，1928 年 7 月 11 日，第四集，第三十七期

一四七　《野有死麕》（吴歌甲集写歌杂记之三），顾颉刚，《歌谣周刊》，1925 年 5 月 17 日，第九十一号

一四八　《论野有死麕书》，胡适，《歌谣周刊》，1925 年 6 月 7 日，第九十四号

一四九　《跋适之先生书》，顾颉刚，《歌谣周刊》，1925 年 6 月 7 日，第九十四号

一五〇　《关于野有死麕之卒章》（附岂明先生与平伯书），俞平伯，《语丝》，1925 年 6 月 15 日，第三十一期

一五一　《跋平伯先生书》（吴歌甲集写歌杂记之十一），顾颉刚

一五二　《关于野有死麕之卒章》，钱玄同，《语丝》，1925年6月29日，第三十三期

一五三　《跋玄同先生书》（吴歌甲集写歌杂记之十一），顾颉刚

一五四　《褰裳》（吴歌甲集写歌杂记之四），顾颉刚，《歌谣周刊》，1925年5月17日，第九十一号

一五五　《鸡鸣》，王伯祥，《小说月报》，1923年6月10日，第十四卷，第六号

一五六　《葺芷缭衡室读室札记》（《周南·卷耳》《召南·行露》《召南·小星》《召南·野有死麕》《邶风·柏周》《邶风·谷风》），俞平伯

一五七　《论商颂的年代》，俞平伯，《杂拌儿》，1931年9月4日

一五八　《瞎子断扁的一例——静女》，顾颉刚，《现代评论》，1926年2月20日，第三卷，第六十三期

一五九　《谁俟于城隅？》，张履珍，《学艺》，1926年4月1日，第一期

一六〇　《静女的讨论》，谢祖琼，《学艺》，1926年7月，第三期

一六一　《关于瞎子断扁的一例——静女的异议》，刘大白，《语丝》，1926年4月12日，第七十四期

一六二　《答书》，顾颉刚，《语丝》，1926年4月12日，第七十四期

一六三　《再谈静女》，刘大白，《黎明》，1926年5月2日，第二十五号

一六四　《读邶风静女的讨论》，郭全和，《语丝》，1926年6月7日，第八十二期

一六五　《邶风静女的讨论》，魏建功，《语丝》，1926年6月14日，第八十三期

一六六　《瞎嚼喷蛆的说诗》，刘复，《世界日报副刊》，1926年8月2日，第二卷，第二号

一六七　《邶风静女篇"荑"的讨论》，董作宾，《现代评论》，1926年7月24日，第八十五期

一六八　《三谈静女》，刘大白，《黎明》，1926年7月18日，第

三十六期

一六九　《四谈静女》，刘大白，《白屋说诗》，1929年4月29日

一七〇　《诗经静女讨论的起沤与剥洗》，杜子劲，《天河杂志》，1931年6月20日，第十一期

一七一　《诗三百篇言字解》，胡适，《留美学生年报》，1913年1月（又《胡适文存》卷二）

一七二　《谈谈诗经》，胡适，《艺林旬刊》，1925年，第二十期

一七三　《谈〈谈谈诗经〉》，周作人，《京报副刊》，1925年12月

一七四　《从诗经中整理出歌谣的意见》，顾颉刚，《歌谣周刊》，1923年12月30日，第三十九号

一七五　《歌谣表现法之最要紧者——重奏复沓》，魏建功，《歌谣周刊》，1924年1月13日，第四十一号

一七六　《论诗经所录全为乐歌》，顾颉刚，《北京大学研究所国学门周刊》，1925年12月16日—30日，第十至十二期

一七七　《古代的歌谣与舞蹈》，张天庐，《世界日报副刊》，1926年7月9日—14日，第一卷，第九至十四号

一七八　《关于诗经中章段复叠之诗篇的一点意见》，钟敬文，《文学周报》，1927年10月9日，第五卷，第十号

一七九　《起兴》（吴歌甲集写歌杂记之八），顾颉刚，《歌谣周刊》，1925年6月7日，第九十四号

一八〇　《谈谈兴诗》，钟敬文，《文学周报》，1927年9月25日，第五卷，第八号

一八一　《关于兴诗的意见》，朱自清，1931年8月30日

一八二　《六义》，刘大白，《黎明周刊》，1926年秋冬

一八三　《诗经之在今日》，何定生，《民国日报副刊》（广州），1928年7月

一八四　《关于诗的起兴》，何定生，《国立中山大学语言历史研究所周刊》，1929年9月4日，第九集，第九十七期

另，《古史辨》，第一册，顾颉刚编，民国十五年三月（1926）朴社发行，亦收录部分《诗经》研究文章，篇目如下：

三〇　《论诗经歌词转变书》，顾颉刚，1922年2月19日

三一　《论诗经真相书》，钱玄同，1922年2月22日

三二　《告编著〈诗辨妄〉等三书书》，顾颉刚，1922年3月18日

三三　《论郑樵与北宋诸儒关系书》，顾颉刚，1922年4月9日

三四　《论诗说及群经辨伪书》，钱玄同，1923年2月9日

三五　《论诗经经历及老子与道家书》，顾颉刚，1923年2月25日

《毛诗说习传》，简朝亮，刻本，1931年

简朝亮（1852—1933），字能己，又字季纪，号竹居，广东顺德人，师从朱次琦。

《毛诗说习传》，民国二十年（1931）刻本，共一卷，有广东省立中山图书馆藏本，卷末有"捐刊版存读书堂"字样，简朝亮口述，宗女简蒉盈、简蒉持录。另有《民国时期经学丛书》（第六辑，二八册）影印本。书前有简朝亮序（年八十一夏历冬至日），言"《诗》虽无达诂，惟当有正义之归，且以经考之，《毛传》犹有失者，则宜为说明之"，正文涉及国风、小雅、大雅、周颂、鲁颂、商颂六部分，不录诗歌原文，选取部分诗篇，重在疏解诗旨。

《诗序的作者——孟子》，王大韬，影印本，1931年

王大韬，生平不详，著有《诗序的作者——孟子》，一卷，有国家图书馆藏本。国家图书馆馆藏目录载此书为民国二十年（1931）影印本。从藏书实际情况来看，国家图书馆藏本封面、封底均无明确出版时间。该书封面题《诗序的作者——孟子》，于题下有"王大韬印""六泉子"两印，正文首页题"万泉王大韬著"，共三十页，每页十行，每行二八、三十、三十一字不等，书末页作者自署"王大韬二〇，九，十五，北平首善公寓"，国家图书馆馆藏目录盖据此题为1931年，然具体出版时间不详。

该书最早见于魏佩兰《毛诗序传违异考》（1936）一文，"至最近王大韬氏，所主孟子一说，实在算是崭新的见解了"。后姜亮夫、夏传才等编《先秦诗鉴赏辞典》（1998）载《诗序的作者孟子》，王大韬撰，民国二十一年（1932年）石印本"。寇淑慧编《二十世纪诗经研究文献目录》（2001）亦载"《诗序的作者——孟子》，王大韬，石印本，1932

年"。檀作文《20世纪以来关于毛诗序的作者和时代问题之论争》（2005）一文载"王大韬则是另立新说，王大韬著《诗序的作者——孟子》一书"，其注所引版本为"王大韬. 诗序的作者——孟子［M］. 石印本. 1932"。檀文后收录于《中国古代诗歌研究论辨》（2006），行文略有增补，言"王大韬的'诗序作者孟子说'，为前人所未曾道，所以他本人极为自负，手书文稿自行石印"，不知檀文所据为何。检国家图书馆、上海图书馆、南京图书馆等各处，未见以上所著录1932年石印本。

结合国家图书馆藏本及历来著录情况，可以推定王大韬《诗序的作者——孟子》一书作于民国二十年（1931），影印本具体刊行时间不详。疑姜亮夫、寇淑慧等所著录1932年石印本即国家图书馆藏本。

王大韬《诗序的作者——孟子》一书共三节，凡八千余字。第一节总述前人对《诗序》作者的歧异；第二节探讨《诗序》的作期；第三节考证诗序的作者，为全书核心内容，分别从《孟子》中之学者、孟子作诗之用意、《孟子》中之文法、《孟子》中之名词四个方面考证《诗序》与孟子之关系，明确提出《诗序》为孟子所作，《小序》曾经卫宏增改，梳理了大量孟子与《诗序》相关的文献，奠定了后世论证《诗序》为孟子所作说的基本论述框架。全书论证虽稍欠精审，然亦不失为一家之言。

《华英诗经》，（英）理雅各，商务印书馆本，1931年

理雅各（James Legge，1814—1897），英国汉学家。

The Book of Poetry（Text and English Translation），理雅各（James Legge）译，商务印书馆1931年刊行。该书最早出版于1871年，《中国经典》第四卷，译文为无韵本；1876年另有译文韵体本；1879年有《东方圣书》选译无韵本。从内容来看，1931年商务印书本即据1876年韵体本重排，同时删除了原书前的导论以及诗旨辨说之内容，并添加了诗歌原文。正文逐篇英译《诗经》（含笙诗六篇），先录中文诗歌，于诗文下有英文题解，多依《毛诗序》说诗，末分章以英文韵体译诗。

《辽海丛书》，金毓黻辑，辽海书社排印本，1931—1934年

民国二十年（1931）至二十三年（1934）辽海书社排印本，收录

《诗》类书目如下：

《毛诗多识》，十二卷，（清）多隆阿撰

《毛诗古乐》，四卷，（清）张玉纶撰

《续修四库全书总目提要》（稿本），1931—1945 年

稿本有手稿和誊清稿，中国科学院图书馆藏，共二百一十九函。齐鲁书社 1996 年据中国科学院图书馆藏稿本影印，共三十七册，另编索引一册。该稿本共有《诗》类书目提要五百余条。

1932 年

《学寿堂诗说》，徐绍桢，中原书局本，1932 年

徐绍桢（1861—1936），字固卿，广东番禺人。

《学寿堂诗说》，番禺徐绍桢著，平江李绥之校对，民国二十一年（1932）四月中原书局出版，有《民国时期经学丛书》（第六辑，十九册）影印本。全书共十一卷，先分章录诗原文，于每章之下"以毛郑朱三家为底本，缀其精而遗其粗，三家或有未协，则旁采宋元明清以来诸家之说补苴之"。卷次如下：卷一周南、召南、邶风、鄘风，卷二卫风、王风、郑风、齐风、魏风；卷三唐风、秦风、陈风、桧风、曹风、豳风；卷四、卷五、卷六小雅；卷七、卷八、卷九大雅；卷十周颂、鲁颂、商颂；后两卷为附录，卷十附作者《诗大小序说》《古人学诗即学乐说》《郑声淫说》《诗赋比兴说》《诗十五国风次弟说》《诗何人所作说》《诗毛传作者为毛亨而非毛苌说》等文；卷十一为作者跋语。

《诗序解》，陈延杰，开明书店本，1932 年

陈延杰（1888—1970），字仲英、仲子，笔名晞阳，江苏南京人，曾任职于湖南高等师范、武昌大学、中央大学、金陵大学等。

《诗序解》，民国二十一年（1932）五月初版，上海开明书店印刷发行。全书共三卷，前有作者叙（庚午三月），自述本书之旨曰："太史公曰：诗三百篇，大抵圣贤发愤之所为作也。故诗可以兴，可以怨。窃独怪夫诗缘情若此，而世人往往不能涵泳其言外之趣者，何哉？盖厄于《诗序》耳。余以诗言诗，不假序说，每治一篇，则朝夕隐几反诵，如读唐宋人诗者，必直寻其归趣而后已……又集诸家之说，为《诗序解》三卷，冀可得风雅余味，而悠然见诗人之志焉。"书无诗原文，于诗题之下录《诗序》，低一格附案语，间引《诗集传》《诗总闻》《韩诗故》《鲁诗故》《读风偶识》《诗经原始》《毛诗稽古编》等书。

《从诗经中考见周代社会的状况》，吴大铮，燕京大学文学院毕业论文，1932 年

吴大铮，浙江杭州人。该文燕京大学文学院国文学系学士毕业论文，作于民国二十一年（1932）五月，评阅者为郭绍虞、陈学章，有北京大学图书馆藏抄本，共一百四十三页。

论文共七章。第一章"绪论"，阐述了选题之动机，并概述了《诗经》的内容、年代、产生区域等；第二章"家族的伦理观"，分父子、兄弟、夫妇三类论述《诗经》所展现的周代家族伦理观念；第三章论及"社会及国家的伦理观"；第四章"个人的道德观"，分析了《诗经》中所表现的个人威仪、容止、语言等社会品德以及敬、孝、守道、勤学等内在品德；第五章"宗教思想的表现"，分天（帝）、神、祖先三类考察了周代的宗教思想；第六章"人民分业的状况"，分士、农、工、商考察了当时人民的职业分类状况；第七章"余论"，补充说明了《诗经》中的家族、婚姻、宗教、农民生活等问题。

《诗经童话》（甲编），喻守真，中华书局本，1932 年

喻守真（1897—1949），名璞，浙江萧山人，曾任职于中华书局。

《诗经童话》（甲编），民国廿一年（1932）六月中华书局发行。书前有作者"序说"，谓本书依据《诗集传》《左传》《史记》编写有关《诗经》故事，主要面向儿童，选诗皆在篇名之下附小标题注明故事，编选篇目如下：《甘棠——纪念物》《柏舟——忧国》《燕燕——送行》《二子乘舟——兄弟同死的悲剧》《载驰——救祖国》《定之方中——恢复祖国》《伯兮——从军送别》《黍离——国都的今昔》《葛藟——孤儿的呼声》《女曰鸡鸣——早起》《陟岵——思亲》《十亩之间——到田间去》《伐檀——劳动然后得食》《硕鼠——乐土在那里》《蟋蟀——享乐》《山有枢——及时行乐》。

《诗经童话》（乙编），喻守真，中华书局本，1932 年

民国二十一年（1932）六月中华书局发行。编写体例承继甲编，编选篇目如下：《黄鸟——殉葬的恶风俗》《无衣——同仇敌忾》《渭阳——送舅》《鸱鸮——周公东征》《东山——慰劳将士》《棠棣——兄弟的爱》《斯干——古代重男轻女的恶俗》《无羊——畜牧事业》《蓼莪——孝》《生民——后稷降生》。

《诗经情诗今译》，陈漱琴，女子书店本，1932年

民国廿一年（1932）七月初版，上海女子书店发行，民国廿一年（1932）十二月再版，琴画室丛书之一。民国廿四年（1935）二月一日，女子书店发行，女子文库，文艺指导丛书之一。陈漱琴，储皖峰之妻。

书前有顾颉刚序（二一，五，十四）、汪静之序（一九三二，六，二二）、储皖峰序（二一，四，二十）、陆侃如序、译者自序（二一，五，十五），选录储皖峰、顾颉刚、魏建功、刘大白、谢寒、陈漱琴、汪静之、钟敬文、储寄青、吴景澄译诗三十二首，皆为《诗经·国风》写男女爱情之诗，篇末附"漱琴案"说明诗旨，间有疑难词注解，附录一篇。

《诗经形释》，徐昂，江苏南通竞新公司印刷本，1932年

江苏南通竞新公司印刷，后收入《徐氏全书》（南通翰墨林书局民国三十六年印），今有《民国时期经学丛书》（第二辑，三六册）影印本。书有费师洪题签（壬申夏），书前有顾偿基序（中华民国二十一年十月），次有作者自序（中华民国二十一年十月），言本书"从事于形体之分析，由篇而章而句而字"。正文六卷，目次如下：卷一"篇章"、卷二"章句"、卷三"句字"、卷四"复叠"（复字、复词、复句）、卷五"助词"、卷六"杂释"。

《变雅》，黄节，北京大学出版组本，1932年

民国二十一年（1932），北京大学出版组印，今有中华书局（2008）据北大本整理本。书前有黄节引言（二十一年秋），正文部分原书自《六月》至《何草不黄》（五十八篇），变大雅部分自《民劳》至《召旻》（十三篇），于诗文后附用韵情况及传、笺内容，次有"节案"，引诸说梳理诗旨，其次有"引诗"，说明自《左传》以来征引本诗内容，其次有"诗辞"，梳理楚辞、汉魏诗化用本诗情况，末于部分词语注明双声、叠韵、重言等。中华书局本自《六月》至《小旻》，其余内容缺失。

《诗补笺绎》，程崇信，民国排印本，1932年

程崇信（1846—1933），字戟传，号二溟，湖南衡阳人，师从王闿运。

《诗补笺绎》，出版社不详，有《民国时期经学丛书》（第五辑，二六、二七册）影印本。书前有作者叙（壬申秋之月），据此可将此书成书时间定为1932年。叙言此书系绎补其师王闿运《诗补笺》而成，"其义盖先师已发其端始，从而绎之，知《诗》之义多与《春秋》相表里，据《春秋》以释《诗》，则《诗》之所言皆大政，关系于兴亡治乱"，并言"余所绎多据《春秋》，尤以《公羊》《穀梁》，匡左氏之谬，补先师之所未备"。正文部分共二十卷，于诗歌文本之下附王闿运"补曰"及程崇信"绎曰"。

《毛诗古声条理论》，邱楚良，国立武汉大学中国文学系毕业论文，1932年

邱楚良，湖南南县人。

《毛诗古声条理论》系民国二十一年（1932）度国立武汉大学中国文学系毕业论文，有武汉大学图书馆藏抄本，共一百三十六页。

文前有评语，署名被涂抹，其论曰："自顾、江、段、孔以降，皆就《诗经》以求古韵，不知就《诗》以求古声。钱坫《诗音表》粗具启辟之功，而条理未密，此作则条分缕析，纯净无疵，非但为钱氏功臣，寔足补顾、江以来未逮，始毕业而成就若此，良非易之。"

次有邱楚良叙（民国廿一年五月），自言文中古声皆以黄侃古音十九纽为定，"目中所取诸事，以简正对字为断，皆辨其古声纽部，别其发送清浊，穷其内转外转焉"。正文四章：第一章"联字双声条理"、第二章"句中双声条理"、第三章"连句双声条理"、第四章"间句双声条理"。

《扬州焦氏读〈诗地理考〉札记》，（清）焦循撰，孙常叙辑录，吉东印刷社，1932年

孙常叙（1908—1994），字晓野，曾任职于吉林省图书馆、吉林省女子师范学院、东北师范大学等。1932年，孙常叙任吉林省图书馆书报主任期间，发现馆藏汲古阁本《诗地理考》（宋王应麟撰）有清焦循手批札记，于是辑录而成《扬州焦氏读〈诗地理考〉札记》。

《扬州焦氏读〈诗地理考〉札记》，共一册，吉东印刷社刊行。卷前孙"叙"述其体例曰："体参诸家读书札记例：其概论全篇者，仅写标题；其专释某字某句者，除写标题外，择被释者书之；其释原注者，则

并原注书之；兼有之者，则兼书之。题字低三格；王氏本文不低格，焦君札记则低一格以别之。每条皆注明其在原书之叶数及位置于末，俾不失其初或易与原书相印证，不至如拆宝塔七重之不成断片也。"另，焦循于王应麟《诗地理考序》后有批语曰："阅二过也，终宋儒之学也。庚戌循又记。……余近有《诗释地》一书，视此较精善，今亦尚未脱稿也。嘉庆戊午夏月记。"据此知孙常叙所辑《札记》与《毛诗地理释》当为两书。

《经传简本》，周学熙辑，周氏师古堂本，1932年

民国二十一年（1932）周氏师古堂刊本，收录《诗》类书目如下：

《诗义折中》，四卷，附《诗经音注》一卷

《四明丛书》，张寿镛辑，四明张氏刊本，1932—1936年

民国四明张氏刊约园刊本，收录《诗》类书目如下：

《诗诵》，五卷，（清）陈仅撰，有张寿镛序（民国二十五年八月），《四明丛书》第一集，民国二十一年（1932）刊

《慈湖诗传》，二十卷，附录一卷，（宋）杨简撰，有张寿镛序（民国二十三年九月），《四明丛书》第三集，民国二十四年（1935）刊

《絜斋毛诗经筵讲义》，四卷，（宋）袁燮撰，有张寿镛序（民国二十五年一月），《四明丛书》第四集，民国二十五年（1936）刊

《安徽丛书》，安徽丛书编审会辑，影印本，1932—1936年

民国二十一年（1932）至民国二十五年（1936），安徽丛书第一期至第六期，影印本，收录《诗》类著作如下：

《毛诗异义》，四卷，（清）汪龙撰，民国二十一年（1932），安徽丛书第一期，据絜斋鲍氏本影印

《诗谱》，一卷，（汉）郑玄撰，民国二十一年（1932），安徽丛书第一期，据絜斋鲍氏本影印

《韩诗外传校注》，十卷，（清）周廷寀撰，附《拾遗》一卷，（清）周宗杬辑，民国二十一年（1932），安徽丛书第一期，据营道堂本影印

《九谷考》，四卷，（清）程瑶田撰，民国二十二年（1933），安徽丛书第一期，据清嘉庆八年（1803）本影印

《毛郑诗考正》，四卷，卷首一卷，（清）戴震撰，民国二十五年（1936），安徽丛书第六期，据微波榭丛书本影印

《杲溪诗经补注》，二卷，（清）戴震撰，民国二十五年（1936），安徽丛书第六期，据微波榭丛书本影印

1933 年

《三十六鸳鸯——国风的恋诗》，吕曼云，黎明书局，1933 年

吕曼云，生平不详。

《三十六鸳鸯——国风的恋诗》，民国二十二年（1933）三月由黎明书局印行，黎明小丛书本。书前有应功九序（民国二十一年夏）、吕曼云自序（民国二十一年夏）。应功九称赞译者在"用物""造语"方面多有"新发现"，且指出此书译笔"轻盈流利，与原文吻合，犹其不是时下英文式或日本式的中国语体所能及的境界"。

正文选译《国风》三十六篇，于诗歌原文后附"注""译""解"。"注"主要注解字音、词义，"译"则以白话散句逐句翻译诗文，"解"则疏解诗旨及章义。译注篇目如下：周南三篇（《关雎》《葛覃》《汉广》）、召南四篇（《行露》《摽有梅》《江有汜》《野有死麕》）、邶风四篇（《击鼓》《谷风》《简兮》《静女》）、鄘风二篇（《柏舟》《桑中》）、王风四篇（《君子于役》《中谷有蓷》《大车》《丘中》）、郑风十三篇（《将仲子》《遵大路》《有女同车》《山有扶苏》《狡童》《褰裳》《丰》《东门之墠》《子衿》《扬之水》《出其东门》《野有蔓草》《溱洧》）、齐风一篇（《鸡鸣》）、唐风二篇（《山有枢》《绸缪》）、秦风一篇（《蒹葭》）、陈风二篇（《东门之池》《东门之杨》）。

《诗辨妄》，（宋）郑樵著，顾颉刚辑点，朴社本，1933 年

民国二十二年（1933）七月朴社发行，辨伪丛刊之一。书前有卷头语，次有张西堂序（二十二年五月），次有自序（引《文献通考》），目次如下：《诗序》辨、《传》《笺》辨、杂说。附录四篇：周孚《非〈诗辨妄〉》《〈通志〉中的诗说》《〈六经奥论〉选录》《历代对于郑樵诗说之评论》。

《诗选》，石民编注，北新书局本，1933 年

石民，生平不详。

《诗选》，1933 年 8 月北新书局发行，中学国语补充读本之一。书前有编者导言，言"好的诗选大抵应当具有两种眼光，即鉴赏的和历

的——前者所以免于俗见而后者所以免于偏见也"。正文两卷，选录先秦至唐代诗歌，其中《诗经》部分选录《卷耳》《静女》《氓》《黍离》《将仲子》《鹿鸣》《灵台》《采薇》《有瞽》等诗，诗末有简单字词注解。

《红皮文选·诗经》，许啸天注译，新华书局，1933年

民国二十二年（1933）八月，中学适用红皮文选，第一册《诗经》，活页本，新华书局发行。选译《诗经》九首，正文先录诗歌原文，次有白话译文，末附"注"以解字词，篇目如下：《氓》《蓼莪》《伐檀》《七月》《大东》《绵》《何草不黄》《溱洧》《既醉》。

《诗经经释》，廖平，刻本，1933年

一卷，癸酉（1933）仲冬开雕，井研廖氏藏版，今有上海古籍出版社《廖平全集》整理本。卷前有廖平识语："《诗》为天学，与《易》《乐》合为三经，与人学之《春秋》《尚书》《礼》不同。"以《毛诗》混天人人，全悖经义，因重新编排诗歌之次序：风诗三十六篇（应三十六宫）、五运五十篇、六气七十二篇、小雅三十七篇（应三十六宫）、大雅三十五篇（应三十六宫）、小颂三十三篇（应三十六宫）、三大颂十五篇（应《易》上经三十六卦）。该书主《诗》《易》相通，以五运六气说《诗》。柏毓东《六变记》论廖平解《诗》大旨曰："其论《诗》，本《乐记》歌风、歌商、歌齐、歌小雅、歌大雅、歌颂之六歌，而悟六诗之师说存于《内经》，订四风、五运、六气、小天地、大天地、二十八宿为六门，以应《乐记》。"

《毛诗古韵读》，朱雍，国立武汉大学中国文学系毕业论文，1933年

朱雍，江西余干人。

《毛诗古韵读》系民国二十二年度（1933）国立武汉大学中国文学系毕业论文，有武汉大学图书馆藏抄本，共八十八页。文前有著者引言（民国廿二年五月十二日），自述曰："余有志于斯，故取诗之押韵之字，略加排比，是以有此《毛诗古韵读》之作。其中条例：声以十九类为准，韵以廿八部为的，遇韵目有两字如寒桓等者，举首一字，以取划一之效。至于韵字，大诸本之《音学十书》，而间采他说，首例韵字，在诗与某字某字为韵，再推及其得声之字，及他字从之得声而在诗押韵者，敷布详陈，观其会通，更证以前人之言，以资确切。"

《诗三百篇研究》，易雨苍，国立武汉大学中国文学系毕业论文，1933年

易雨苍，湖北通城人。

《诗三百篇研究》系民国二十二年度（1933）国立武汉大学中国文学系毕业论文，有武汉大学图书馆藏抄本，共一百〇九页，封面有张西堂评阅成绩"丙"。正文共八章：第一章"时代"、第二章"源流"、第三章"删诗"、第四章"诗序"、第五章"四诗——南、风、雅、颂"、第六章"赋比兴"、第七章"诗与文学的关系"、第八章"诗与文字学的关系"。

《诗三百篇职官考》，谷若虚，国立武汉大学中国文学系毕业论文，1933年

谷若虚（1897—1961），湖南慈利人。

《诗三百篇职官考》系民国二十二年度（1933）国立武汉大学中国文学系毕业论文，有武汉大学图书馆藏抄本，共九十六页，封面有张西堂评阅成绩"乙"。文前有著者《诗三百篇职官考叙》（民国二十二年夏四月）、《诗三百篇职官例言》（附参考书），述选题之缘由及论文体例。正文考证《诗经》职官具体如下：师氏、公侯伯、佰人、寺人、田畯、仆夫、钲人、祈父、牧人、占梦、司徒、司空、膳夫、内史、趣马、师氏、三事大夫、瞽。

《毛诗序之商榷》，罗士宏，国立武汉大学中国文学系毕业论文，1933年

罗士宏，江西丰城人。

《毛诗序之商榷》系民国二十二年度（1933）国立武汉大学中国文学系毕业论文，指导教授刘麘龙，有武汉大学图书馆藏抄本，共五十三页，封面成绩"甲下"。正文共六部分：（一）"绪言"、（二）"序与经之不相应"、（三）"序与传之不相应"、（四）"序与序之不相应"、（五）"序与他经传之不相应"、（六）"结论"。其于《毛诗序》之纰缪多有批判，并言《序》之内容，既多悠谬，而其时代，乃杂出于东汉诸陋儒之手，废《序》言《诗》，固无不宜"。

《毛诗古音考》，（明）陈第，渭南严氏刊本，1933年

癸酉（1933）嘉平渭南严氏用学津本精校，刊于成都贲园，共四

卷，封面垫江李植署检，卷末附张海鹏跋（癸亥秋）。另有 1934 年双流黄氏济忠堂重刊武昌张氏本。

《船山遗书》，（清）王夫之，上海太平洋书店，1933 年

民国二十二年（1933）上海太平洋书店重校刊本，该版据新化邓氏显鹤刻本及湘乡曾氏国藩刻本、浏阳刘氏人熙补刻本及长沙、湘潭、衡阳坊间散刻本、船山先生手稿参订综合，集其大成，收录《诗》类书目如下：

《诗经稗疏》，四卷

《诗经考异》，一卷

《诗经叶韵辨》，一卷

《诗广传》，五卷

《无梦轩遗书》，（清）朱景昭撰，排印本，1933 年

癸酉年（1933）朱家珂排印本，收录《诗》类书目如下：

《读诗札记》，一卷

《韩诗故》（二卷），（清）沈清瑞撰，沈恩孚排印《沈氏群峰集》本，1933 年

《四家诗异义》，罗孔昭，1933 年

罗孔昭，字运贤，与徐仁甫、陶世杰、林思进等多有学术往来，曾任职于成都县中、树德中学，参与编纂民国《华阳县志》，文章散见于《志学月刊》《民德周报》《宏毅学刊》《国立四川大学师范学院院刊》等。陶世杰有《梦亡友罗孔昭同学》（庚申阴历五月二十四夜）诗，"梦亡友罗孔昭同学问祸纾乎，旧稿尚有存者否，蓦然而觉，枕上成诗"，诗曰："梦中犹自问坑焚，云外弦惊雁失群。一老憨遗惭到我，几人并世得如君。著书不作扬雄悔，砥节真如子路闻。六十六龄坡去也，苦将惨戚说欢欣。"据陶世杰自注，罗孔昭弥留时言："东坡也才六十六岁，我今幸矣。"（《复丁烬余录》，黄山书社，2010 年）

《四家诗异义》，原书未见。《四家诗异义序》（民国廿二年癸酉冬）曾刊于《重光月刊》（1938 年 2 月 15 日，第三期）、《志学月刊》（1942 年 12 月 15 日，第十二期），据此可知此书当定稿于 1933 年，是否出版待考。林思进有《罗孔昭近撰〈四家诗异义〉见示题赠》，曰："经术荒芜久，谁知风雅裁。四家达诗诂，三十箸书才。托契吾将老，程师此后

来。层冰视积水，寒意故先胎。"（《清寂堂集》，巴蜀书社，1989 年）

《四家诗异义序》论当时学风曰："今更扬宋儒余烬，疑古惑经，其风遍于天下，而乖隔缪戾有非宋儒所及料之。"其论三家诗逊于毛诗者曰："间尝推校四家大义异同，大氐国风最甚，小雅次之，大雅三颂又次之。盖直陈其事，则不容曲说，托兴写意，而异义滋多。以予观之，三家逊毛者，略举凡十余端：一曰时序乱越，二曰不辨地望，三曰昧于风雅，四曰弗达兴体，五曰自为参差，六曰牴牾群经，七曰混二诗为一，八曰勿能穷原，九曰牵合纬书，十曰未得作者主名，十一曰违倍历法，十二曰说虽同毛而不如毛义之精。"

自述著述之由及体例曰："尝欲括囊群言，参伍古文诸经，别为正义，以成专门之业，上溯删定之旨，求兴观群怨之效，发凡排比，亦既有伦脊矣，而辨四家之异义，箴今文之膏肓，尤为新疏所亟。爰就平时诵说，悛次成书，仿许氏《五经异义》之体，厘为三十卷。首毛序，次三家遗说，次平议，凡旧注足以申成毛义者，无间汉宋，采撷綦严，至于古毛今郑，典制名物之龃差，则仅就大端，衡程得失，其诸琐琐与文字之异同，盖不复胪举。若乃四家师承原委、诗经通义，则别为叙录二卷详之。草创以来，阅月十四而大体粗定矣。"

另，罗孔昭《诗经篇卷考》曾刊于《志学月刊》，1942 年 7 月 15 日，第七期，该文节录自《四家诗异义》卷三，以此亦可略窥《四家诗异义》之体例。

1934 年

《诗经》（国语注解），江荫香，广益书局本，1934 年

江荫香，生平不详。

《诗经》（国语注解），民国二十三年（1934）一月初版，广益书局发行，民国二十五年（1936）二月再版．全书分上、下册，书前有凡例、自序（中华民国二十三年一月），用白话注解《诗经》，于每诗之下有"题义"（解说诗旨）、"注音"（用同音字、反切注字之音）、"白话注"（注解疑难字词之义）、"白话解"（用白话文散句翻译诗文）。此外，本书于十五国风、大小雅、三颂卷首皆有注解，基本为朱熹《诗集传》白话译文，诗歌文本有赋比兴标注，亦系录自《诗集传》。

《诗经语译》（卷上），陈子展，太平洋书店本，1934年

陈子展（1898—1990），湖南长沙人，曾任职于中国公学、复旦大学等。

《诗经语译》（卷上），民国二十三年（1934）二月，太平洋书店发行。书前有作者序，言此书之作受到郭沫若《卷耳集》、陈漱琴《诗经情诗今译》之影响，正文部分依《毛诗》次序依次翻译十五国风诗篇，译文与诗歌文本逐句对应，诗之下以白话说明诗旨。书后附《瞎子断匾》（《社会月报》第二期）、《谈〈卷耳集〉》（《华美》第一期）、《小星与东方未明》（《申报·自由谈》，1934年6月）、《氓之蚩蚩》（《华美》第四期）、《起兴诗的一例——桃夭》（《中华日报》，1934年7月）等文。

《读诗札记》，俞平伯，人文书店本，1934年

俞平伯（1900—1990），原名铭衡，字平伯，浙江德清人，曾任职于北京大学、清华大学等。

《读诗札记》，民国二十三年（1934）八月人文书店发行，文艺小丛书之二。书前有作者自序（民国二十二，十二，二十二），全书共十七节，为俞平伯读《诗》之札记，于诗旨、艺术、字词、章义等均有涉及。目次如下：一《周南·卷耳》（附再说《卷耳》）、二《卷耳》故训浅释、三《召南·行露》、四《行露》故训浅释、五《召南·小星》、六《小星》故训浅释、七《召南·野有死麕》、八《邶·柏舟》、九《柏舟》故训浅释、十《谷风》、十一《谷风》故训浅释、十二《北门》故训浅释、十三《静女》（上）、十四《静女》（下）、十五《静女》故训浅释、十六《鄘·载驰》、十七《载驰》故训浅释。

《毛诗说》（附《诗蕴》），（清）庄有可撰，商务印书馆，1934年

民国二十三年（1934）九月商务印书馆影印本，《续修四库全书》（第64册）即据此本影印。《毛诗说》共六卷，附《诗蕴》二卷。书前有庄有可自序（嘉庆戊辰嘉平下弦后二日丙辰），书末有庄俞《跋》（中华民国二十四年十一月），曰："《毛诗说》六卷，附《诗蕴》二卷，予高祖大久公遗著之一也。《诗说》不专主一家之言，按其一篇一章一句，分别演译，简洁明决，而全诗脉络贯通。《诗蕴》凡百二十二条，语语精湛，理之杂者无弗著，非诗说之余绪，乃读诗之结晶。"

《毛诗引得》（附标校经文），哈佛燕京学社引得编纂处编，引得校对印所印，1934年

引得特刊，第九号，哈佛燕京学社引得编纂处编，1934年10月初版，引得校对印所印。书前有聂崇岐序（民国二十三年九月一日），次有叙例，言"本编《毛诗》经文以民国丙寅年上海锦章图书馆影印清嘉庆二十年南昌府学重刊《十三经注疏》（附校勘记）本为准"，余则详述体例。前列笔画检字表、拼音检字表，正文《毛诗》文句索引依中国字庋撷法排列。

《刘申叔先生遗书》，刘师培撰，排印本，1936年

刘师培（1884—1919），字申叔，号左盦，又名光汉，江苏仪征人。

《刘申叔先生遗书》，民国廿三年（1934）宁武南氏校印，民国廿五年（1936）印成，收刘师培《诗》类书目如下：

《毛诗札记》，手稿，共五十七条，不录经文，以训诂为主，疏解传笺，间论诗旨，多以他诗传文辅证之。

《群经大义相通论》，曾刊于《国粹学报》，第十一、十二、十三、十四、十六、十八、卅一期。刘师培认为汉初之经学，初无今古文之争，只有齐学、鲁学之别。凡数经之同属鲁学者，其师说必同；凡数经之同属齐学者，其大义亦必同，故有此书之撰，其涉《诗》者二篇。其一，《公羊齐诗相通考》，曰"《春秋》三传，公羊为齐学，穀梁为鲁学，故公羊家言多近于齐诗，穀梁家言多近于鲁诗，今采齐诗中有公羊义者若干条，以为《公羊齐诗相通考》"；其二，《毛诗荀子相通考》，曰"今采掇荀子之言诗者得二十有二条，其说事引诗者则不录，然《毛诗》之谊出于荀子者，兹固彰彰可考矣"。

《毛诗词例举要》（详本），手稿，卷末有彭作桢跋（民国二十四年四月），述《毛诗》释词义例，共三十一例，目次如下：连类并称例、举类为释例、增字为释例、传备两解例、举此见彼例、因此及彼例、似偶实奇例、似奇实偶例、据本义为释例、前传探下为释例、后传补上为释例、后词足成前训例、诂词省举经文例、训词不涉字义例、训词不限首见例、训同而义实别例、两句似异实同例、两篇同文异义例、两篇异文同义例、后章不与前章同义例、训词以上增益谓字例、训词以下增益之字例、以正字释经文假字例、释词先后不依经次例、综释全句兼寓训

词例、综释二字仅举一字例、连举二字仅释一字例、二字联词分释合释例、二字联词同义仅释一字例、二字同章同意仅释一字例、经文上下同字传诂见下例。

《毛诗词例举要》（略本），曾刊于《国故》1919年第一期、第二期，共述二十四例，目次如下：倒文例、错序例、省文例、互词见意例、互省例、反词若正例、上下文同义异例、上下文异义同例、虚词同字异义例、虚词异字同义例、句法似同实异例、两篇同文异义例、后章不与前章同义例、两句似异实同例、连类并称篇、举此见彼例、因此及彼例、文平义侧例、偶语错文例、实词活用例、动词静词实用例、单词状物等于重言例、间词例、虚数例。

另，《刘申叔先生遗书》收刘师培《诗》类文章如下：

《诗分四家说》，收入《左盦集》第一卷

《广释颂》，收入《左盦集》第一卷

《韩诗外传书后》，收入《左盦集》第一卷

《易卦应齐诗三基说》，附《三基应历说》《齐诗历用颛顼说》《迮鹤寿齐诗翼氏学书后》，曾刊于《四川国学杂志》1912年第四号，又刊于《中国学报》，1916年第三册，收入《左庵外集》卷一

《邶鄘卫考》（附殷韦同字考），曾刊于《国粹学报》1909年第六十期，收入《左庵外集》卷一

《齐诗国风分主八节说》，附《诗纬星象说》，手稿，又刊于《唯是》1920年第一册，收入《左庵外集》卷一

《齐诗大小雅分主八节说》，手稿，又刊于《唯是》1920年第一册，收入《左庵外集》卷一

《毛诗正韵序》，收入《左庵外集》卷十七

《诗毛传偶与国语异说》，收入《读书续笔》

《毛诗诂训传国风残卷》，收入《敦煌新出唐写本提要》

《毛诗诂训传鄘风残卷》，收入《敦煌新出唐写本提要》

《变雅断章衍义》，（清）郭柏荫撰，侯官郭氏家集汇刊本，1934年

郭柏荫撰，郭则沄编侯官郭氏家集汇刊本，甲戌年（1934）四月刊。书前有郭柏荫（古伤心人）自序（庚申九月），自述此书之撰述情形曰："儿时读大小雅诸篇，但觉其性情悱恻，辞致缠绵，初未悟古人

之言皆有物也。中年以往，阅历渐多，身世所经，千态万状，一腔烦闷，辄欲寄诸咏歌。而古人已有先我而言之者，其于事局之纷纭，人情之深阻，盖不啻书符契而决蓍龟也。酒后灯前，烊温及之，时赘谬论于其简端，间有与本经之旨不尽相符者，亦赋诗断章之义也。狂草纵横加以涂窜，纸痕之鳞次，字墨之模糊，几于不可辨识，乃手自钞辑，都为一编，名之曰《变雅断章衍义》。语多激切，良非温柔敦厚之遗，而大声疾呼，冀挽狂澜于既倒。当世之士，倘亦有谅其区区乎。"

正文一卷，先列诗句原文，低一格述其读诗之心得。涉及篇目如下：小雅节南山之篇、正月之篇、十月之交之篇、雨无正之篇、小旻之篇、小宛之篇、小弁之篇、巧言之篇、何人斯之篇、巷伯之篇、谷风之篇、蓼莪之篇、大东之篇、四月之篇、北山之篇、无将大车之篇、小明之篇、钟鼓之篇、大雅民劳之篇、板之篇、荡之篇、抑之篇、桑柔之篇、瞻卬之篇、召旻之篇。

《四库全书珍本初集·经部·诗类》，商务印书馆影印本，1934—1935年

民国二十三年（1934）至民国二十四年（1935）中央图书馆筹备处辑，商务印书馆影印本。商务印书馆受教育部中央图书馆筹备处委托影印故宫博物院所藏文渊阁本《四库全书》，凡二百三十种，一千九百六十册，其中影印《诗经》书目如下：

《毛诗讲义》，十二卷，（宋）林岊撰，六册

《诗缵绪》，十八卷，（元）刘玉汝撰，六册

《诗演义》，十五卷，（明）梁寅撰，六册

《读诗略记》，六卷，（明）朱朝瑛撰，六册

《毛诗类释》，二十一卷，《续编》三卷，（清）顾栋高撰，六册

《诗疑辨证》，六卷，（清）黄中松撰，六册

1935 年

《三百篇研究》，张寿林，天津百成书店本，1935 年

民国二十四年（1935）一月初版，张寿林著，鲁安题签，天津百成书店代售。全书共十讲，目次如下：

第一讲"导论"（什么是诗、诗与歌、研究三百篇的方法）

第二讲"诗的起源"（文学起源的两方面、心理学方面诗的起源的观察、艺术发生学方面诗的起源的观察）

第三讲"三百篇的来源"（三百篇是怎么样集聚成的、两汉以来一般学者的解释、采诗辩、我们的假设、今本诗经仅存三百五篇的解释、孔子删诗说、删诗辩、崔述的解释、我们的解释、对于逸诗的解释、三百篇之成经）

第四讲"释四诗"（什么是四诗、关于四诗的四种主张、四诗是南风雅颂、四诗以音别、释南、释风、释雅、释颂）

第五讲"释赋比兴"（诗的六义、释赋、释比、释兴、毛传言兴而不言赋比、对于赋比兴的两种解释）

第六讲"四家诗及其序"（什么是四家诗、鲁诗的传授渊源、齐诗的传授渊源、韩诗的传授渊源、毛诗的传授渊源、三家诗序、毛诗序及其作者）

第七讲"正变与美刺"（研究三百篇的两种错误的观念、什么是正变、正变的标准、风雅有正变辩、什么是美刺、汉代经师为什么要以美刺解诗、毛诗序美刺说之矛盾、论美刺说之不能成立）

第八讲"篇名与篇次"（古人作诗先有诗而后有题、三百篇名篇的义例、篇名是什么人定的、三百篇篇名重复的原因、三百篇的篇次、以时世为次的、以诗体国别为次的、三百篇的篇次是不是有意义的）

第九讲"三百篇之文学观"（三百篇的厄运、文学的欣赏、三百篇的修辞、三百篇所表现的情绪、三百篇的诗形、三百篇的韵、三百篇与后代文学之影响）

第十讲"三百篇所表现之时代背景及思想"（三百篇的真实性、诗歌与时代背景、三百篇的时代背景、三百篇所表现的思想、三百篇所表现之思想对于先秦诸子的影响）

《毛诗注疏》，（汉）毛亨传，（汉）郑玄笺，（唐）孔颖达疏，商务印书馆，1935年

民国二十四年（1935）三月商务印书馆排印本，万有文库第二集第七百种，国学基本丛书。书前有《四库全书总目》著录之《毛诗正义》四十卷介绍，次有《毛诗正义序》《诗谱序》《毛诗注疏校勘记序》（阮元），正文共二十册二十卷。

《尔雅说诗》，王树枏，新城王氏刊校本，1935 年

王树枏（1859—1936），字晋卿，号陶庐，河北新城人。

《尔雅说诗》，乙亥（1935）仲春新城王氏刊校，共九册二十二卷。正文录《尔雅》原文，低二格引《说文解字》《毛传》、郑《笺》《毛诗正义》《广雅》《方言》诸书疏解字词，重在训诂。夏传才《诗经学大辞典》称此书"以《尔雅》发明《传》《笺》……旁征远引，斟酌去取，虽尚有穿凿臆度之瑕疵，然援据宏富，多能折衷同异，而自成一家"。

另，《尔雅说诗》第一卷曾刊于《实学》1926 年 8 月—1927 年 6 月第五期、第六期、第七期。

《诗经集注》，（宋）朱熹撰，嵩山居士校阅，鸿文书局本，1935 年

民国二十四年（1935）四月鸿文书局发行，朱熹撰，嵩山居士校阅。该书系铜板重印朱熹《诗集传》，于每页天头处另录《诗序》。

《诗经语词释例》，吴世昌，燕京大学研究院硕士毕业论文，1935 年

吴世昌（1908—1986），浙江海宁人，曾任职于西北联合大学、国立中山大学、中央大学、牛津大学、中国社会科学院等。

《诗经语词释例》系燕京大学研究院国文学系硕士毕业论文，作于民国二十四年（1935）五月，评阅者郭绍虞、陆志韦，有北京大学图书馆藏抄本，共二百零五页。

论文小序自述："本文作者的原意是要把《诗经》——一部最可靠、最原始的古代语文宝库——中音义相通的语词，整理一下，在整理之中可以（一）解释许多历来认为不可解或已被人误会的词义。（二）从解释之中求出它们文法上的结构和性质以及意义的通隔。（三）知道这些语词的分布，多寡与比率。对于他方面的学问也许有丝毫的帮助……不幸因为作者时间、学力的限制，只能写成对于极少数几个语词的研究，便不能勉勉强强成立一组音义相同的语词。连作者以前发表的《诗三百言字新解》合起来看，也许可看作一组。"同时还说明了论文之方法："大都是从文法音义方面求解释……《毛传》、郑《笺》乃至朱《集传》诸说，可采则采，不可采也不阿从。"

论文正文共三篇：

第一篇"释'于'"，释《诗经》"于"字凡三百六十五条，共八节：

一、从"黄鸟于飞"说起，二、从"于飞"到"于归""于役"，三、"于以"辨，四、释"于"为焉义而非问词者二种，五、"于"字常义之用法分析，六、"于""以"通转释例，七、于字余义杂笺，八、结论。

第二篇"释'於'"，释《诗经》"於"字凡四十五条，共三节：一、关于统计数字的说明，二、常义与叹词，三、"於"为"乃"义说。

第三篇"释'以'"，释《诗经》"以"字凡三百零七条，共五节：一、说"以""何以""可以""维以""且以"，二、说"以为"，三、"以"因声转例，四、无限动词的介词，五、"以"字余义杂笺。论文末附"关于本文的参考书"。

《毛诗故训传纂例》，傅恒祺，国立武汉大学中国文学系毕业论文，1935年

傅恒祺（1910—?），湖北江陵人。

《毛诗故训传纂例》系民国二十四年度（1935）国立武汉大学中国文学系毕业论文，指导教授刘赜、刘异，有武汉大学图书馆藏抄本，共五十六页。

著者在叙中自述本文之旨趣曰："余尝以为凡百学术，皆应有一条理以该之，庶几有门可寻，而不为歧路所误。我国旧籍，浩如烟海，然皆散漫无纪，绝无统系，是以后学钻仰，罕逢指要，误以毫厘，差以千里，学术之不振，非此阶之厉欤？有清一代，学术超迈前古，而声音训诂之学，尤为特出，此实由清儒治学条理精密有以致之也。余读《毛诗诂训传》，见其文简而意赡，语正而道精，或引申，或假借，或互训，或通释，要明乎诂训之指归，而为小学之津梁也。窃不自揆，辄师清儒成法，为之疏通证明，尽其义例，或可为研讨故训之一助，然为学识所限，不能触类旁通，仅能举其最显著之例而已。同条共贯，非所敢任，类聚群分，俟诸异日。"

目次如下：

（一）叙

（二）直言假借例

（三）不直言假借但正其训诂而不破字例

（四）本字借字同训例

（五）同声同韵为训例

（六）训异义同例

（七）训同义异例

（八）同字为训例

（九）以重文释一言例

（十）转音例

（十一）相反为训例

（十二）传以一字训一字用"也"字例

（十三）传以一字训一字加"之"字例

（十四）传不限于首见例

（十五）一字数义例

（十六）一义通训例

（十七）传以今义通古义例

（十八）传申补经义例

（十九）传于训诂中见经义例

（二十）传统释全章例

《诗蠲》，焦琳，范华制版印刷厂本，1935 年

焦琳（1871—1937），字俦玉，号青兆，山西沁县人。

《诗蠲》，据国家图书馆馆藏目录有 1935 年版，出版社不详；据《长治人物志》载"《诗蠲》第一版由中华书局印 8000 册，行销全国"，未言出版时间；目前有民国二十四年（1935）八月范华制版印刷厂承印本（《民国时期经学丛书》第一辑三二、三三、三四册即影印此本），共十二卷（另附《孝经核》一卷），疑即此本。

题名《诗蠲》，蠲除学诗之歧途也。书前有作者诗（即自序）一篇，论诗之文法、诗文之大用，更详述学诗之法曰：

其一，"学诗者当在在审识作诗人之用心，而效法之，使我之用心亦如此，若舍其词而论其事，则是取诗而作史读矣"。

其二，"诗之作也，本感于事而动于心，一时随口歌咏而出，采诗之人笔之于书，不过以文字记其所歌之语耳。……故欲学诗，经解之说悉当弃也"。

其三，"诵其诗者虽贵论世，而诗之次序实不尽以时世为先后。……故时世之不可得而知者，必不可强为凿说以求合于时事也"。

其四，"国风采自辀轩，民俗歌谣之词耳，则吕巷家户之事，无不可因以作诗。……故学诗者当随诗词之自然以逆其志，不可预存成说于胸中，又不可舍却经文，而徒为注疏之古人折诗狱也"。

其五，"诗乃歌咏嗟叹之词，本不易以白话解，至于兴体，尤为要妙……总之可以动情乃为真际，而其最妙有非语言可得而诠者，至于不得其兴象之处，止可阙疑"。

其六，"诗既为歌咏之词，即绝不为艰深之语。……我今读之，必徐徐味之，觉其文从字顺，条邑悦乐而后可，其不能者，亦止可阙疑。……故凡读诗，虽能照注演说，而心中未觉快活者，其说皆可姑置勿信也"。

正文先解诗旨，次述诗本文，并随文注释字词，章后疏解章义，间有"蠋曰"以出己见，诗末总述诗旨或诗法，解诗重涵泳文本。目次如下：

第一卷国风（正）、第二卷国风（变）、第三卷国风（变）、第四卷国风（变）、第五卷小雅（正）、第六卷小雅（变）、第七卷小雅（变）、第八卷小雅（变）、第九卷大雅（正上六篇、正下六篇）、第十卷大雅（变上四篇、变中四篇、变下五篇）、第十一卷颂（周颂三十一篇）、第十二卷颂（鲁颂四篇、商颂五篇）。

《诗经集注》，（宋）朱熹撰，王文英校阅，大达图书供应社，1935年

民国二十四年（1935）十二月上海大达图书供应社再版，铜版《诗经集注》，精校本，（宋）朱熹撰，王文英校阅，共八卷。

《诗经读本》（新注白话解），赵云龙标点，钟际华校阅，大文书局，1935年

民国廿四年（1935）十二月上海大文书局刊行，共上、下两册，八卷。书前录朱熹《诗经传序》原文，正文分章录诗文，依朱熹《诗集传》标注赋比兴，次附"注"，白话解字词，次有"义"，白话疏解章旨。

《新编诗义集说》，（明）孙鼎，商务印书馆，1935年

民国二十四年（1935）故宫博物院委托商务印书馆影印清阮元辑《宛委别藏》世无刊本者四十种。该丛书收明孙鼎《新编诗义集说》，影明钞本，共四卷五册。

《湘绮楼毛诗评点》，王闿运，成都日新社铅字印本，1935年

王闿运（1833—1916），字壬秋、壬父，号湘绮，湖南湘潭人。

《湘绮楼毛诗评点》，今日所见单行本有两种，《湘绮楼全书》《王湘绮先生全集》均未收录。两个版本的批语个别字词略有出入。详情如下：

题名《湘绮楼毛诗评点》，民国二十四年（1935）成都日新社铅字红印本，牌记有"国立四川大学藏板"字样。卷前有王秀荣序，云"湘潭王先生评点三百篇，乃其晚年课孙随手笔记"；述此书刊刻情况曰"酉阳王竹闲昔年以医见知于先生，先生许其能学诗，遂委挚门下，自其长孙礼纯移写此本。癸酉，竹闲游成都，适余长四川大学，慨然出示，愿公诸同好，用付刊人"；述该书评点情况曰"就文辞说诗，其节度深浅，莫不各肖其中之所有。而引申鼓言，以逆其志，其所得盖有超于训诂考据之外者，山谷所谓'论诗未觉国风远'也"。正文先录序文，次录诗歌原文，批语为双行夹评。（参张洪海《诗经评点史》，上海社会科学院出版社，2018年）

题名《湘绮楼诗经评点》，湘潭王闿运评点，门人周逸辑，共二十卷，稿本，现藏于湖南省图书馆。该本前八卷曾刊于《船山学报》1936年12月至1938年6月第十一期至第十五期。文前有周逸附识，曰："是书于笺注之外，专及文艺，加以评点，发其妙蕴，开后人学诗不少法门。书未刊行，抄存于二三弟子之手。逸深恐散佚，分刊本社报内，以公后学观摩。凡经文三百五篇，分章评点，一仍原书。抑又闻之师云：世之治诗者，非照此圈点读不通。故一依其旧，不敢增减。至诗之大序，师之补笺，及汉郑氏之笺注，皆略不录。"

另，王闿运有《诗经补笺》（光绪三十二年衡阳东洲刊本）二十卷，收入《湘绮楼全书》。

《清代文集篇目分类索引》，国立北平图书馆索引组编辑，北国立平图书馆印，1935年

王重民、杨殿珣主持，国立北平图书馆索引组编，1931年至1934年间编成，1935年由国立北平图书馆印，有北京图书馆出版社2002年影印本。该书于"学术文之部"著录四百二十八种清人别集、十二种清

人总集中有关《诗经》的文章篇目,分四类:

1. 通论(通论、诗乐、四家诗、诗序、诗谱、文字音韵、家数)
2. 经文(依《诗》篇目逐篇著录)
3. 序跋
4. 附录(《韩诗外传》)

《指海》,(清)钱熙祚辑,上海大东书局景印本,1935年

民国二十四年(1935)上海大东书局据清钱熙祐重编《借月山房汇钞》本景印,收录《诗》类书目如下:

《诗说》,一卷,(清)陶正靖撰

《诗说》,三卷,(清)惠周惕撰,道光二十年(1840)刊

《毛郑诗考正》,四卷,(清)戴震撰

《郋园先生全书》,叶启倬辑,中国古书刊印社本,1935年

民国二十四年(1935)长沙中国古书刊印社汇印本,收录《诗》类书目如下:

《三家诗补遗》,三卷,(清)阮元撰

《芋园丛书》,黄肇沂辑,南海黄氏汇印本,1935年

民国二十四年(1935)南海黄氏据旧版汇印本,收录《诗》类书目如下:

《诗经通义》,十二卷,卷首一卷,(清)朱鹤龄撰

《诗经叶音辨讹》,八卷,首一卷,(清)刘维谦撰

《诗深》,二十六卷,首二卷,(清)许伯政撰

《诗氏族考》,六卷,(清)李超孙撰

《诗经义订或问》,帅镇华,乐山帅氏排印本,1935年

据《乐山历代文集》(市中区编史修志办公室,1990年)载,帅镇华(1870—1953),字平均,四川乐山人,师从廖平,学生有郭沫若等。

《诗经义订或问》,原书未见,据寇淑慧《二十世纪诗经研究文献目录》(学苑出版社,2001年)著录。

《诗经辑诂解钞》,罗亮节,稿本,1935年

罗亮杰(1863—1936),字次隆,晚年号隆叟,一说曰号次龙,湖南安化人,曾任职于崇文书院、湖南省谘议局等。

《诗经辑诂解钞》,稿本,乙亥年(1935)成稿,原书未见。

罗杰《罗次隆先生〈诗经辑诂解钞〉序》(《船山学报》，1935年第十期)详述此书体例，曰："其书汉宋兼采，于毛郑故训较夥，而于顾炎武、王夫之、王引之父子、戴东原、段玉裁、孔㢲轩、阮文达、吴长发、周元龙、顾震沧、李孝臣、冯柳东、李子黼诸先进之书，所引地形之沿革，人事之曲折，名物之繁琐，天高星远之推步，择精语详，而不妄下己意，其于各国治乱之原由，男女淫贞之幽隐，一准温柔敦厚之旨，何慎而笃也。"

另，罗熙圣《先父罗亮杰事略》(《安化文史资料》第四辑，1987年)一文载罗亮杰著有《诗经汇解》，未付印，或与罗杰所序《诗经辑诂解钞》为一书。

1936年

《修辞学比兴篇》，黎锦熙，商务印书馆本，1936年

黎锦熙（1890—1978），字劭西，湖南湘潭人，曾任职于湖南省立第一师范、北京高等师范学校、北京师范大学等。

《修辞学比兴篇》，民国二十五年（1936）一月商务印书馆发行。《修辞学比兴篇序》(民国廿四年十二月六日)言此书原是民国十四年（1925）写定之讲义，"自认此稿是落伍之作"。朱自清《书评：修辞学比兴篇》(《清华学报》，1937年7月第十二卷第三期)认为此书"毛病在杂"、体例自相矛盾、考证不精。总目如下：

修辞法总纲

显比法定义

比辞及其用法

句式【一】

句式【二】(《诗经》之比及例题)

句式【三】(《诗经》例题)

句式【四】(《诗经》之比、《诗经》例题)

平行句式(《诗经》之比)

比与兴(《诗经》例、论兴诸说汇评、《文心雕龙·比兴篇》校注)

比兴例(陆玑《演连珠》选释)

非比（状语）

否比

差比

总结显比法式

规则【一】——异类

规则【二】——扼要

规则【三】——真常

规则【四】——强韧

规则【五】——立戒

赞

《毛诗楚辞考》，（日）儿岛献吉郎著，隋树森译，商务印书馆本，1936年

民国二十五年（1936）二月商务印书馆发行，国学小丛书之一。书前有隋树森序，正文分《毛诗考》《楚辞考》两部分。其中《毛诗考》共八节，目次如下："毛诗与鲁诗韩诗""大序小序""诗之六义""诗之删定""诗之功用""三百篇之修辞法""三百篇之构成法""三百篇之押韵法"。

《双剑誃诗经新证》，于省吾，大业印刷局本，1936年

于省吾（1896—1984），字思泊，号双剑誃主人、泽螺居士，辽宁海城人，曾任职于辅仁大学、国立北京大学等。

《双剑誃诗经新证》，民国二十五年（1936）四月北平虎坊桥大业印刷局代印。今有上海书店影印本（1999）、中华书局影印本（2009）。另，该书删订后收入《泽螺居诗经新证》上卷（中华书局，1982年）。封面叶恭绰题签，书前有吴闿生序（乙亥冬十月），次有著者序（中华民国廿四年十月），次附征引彝器目录。

于省吾自述本书之旨曰："兹编之所得，特就文字之形音以求其义，略陈七例，以见端绪。一有不知古人重文之例而误读者……二有古字湮而本音失考者……三有音假而本义湮者……四有不知句之通假因而失其句读者……五有形讹而本义湮者……六有形讹又继之以音假而本义湮者……七有音假又继之以形讹而本义湮者。"吴闿生序评此书曰："《诗证》则于彝器古文外，参考群籍及有清训诂诸家王怀祖、俞荫父辈之说，皆能通贯辨核，其说益备，其义益严。信乎思泊之于学说能实事求是，而具独立不惑之概者矣。"

正文共四卷，卷一国风六十一条，卷二小雅七十条，卷三大雅一百一十二条，卷四颂四十一条，先述疑难词所在诗句，低一格附《毛传》释义，次附郑玄《笺》释义，后有"按"，间引甲骨文、金文、石鼓文等考证字词之义。

《诗经学纂要》，徐澄宇，中华书局本，1936 年

徐澄宇（1902—1980），名英，字澄宇，湖北汉川人，曾任职于上海交通大学、大夏大学、东吴大学、复旦大学等。

《诗经学纂要》，民国二十五年（1936）五月中华书局印行。徐澄宇本人题签，卷前有林公铎《诗经学纂要题辞》（民国二十四年春）及作者《诗经学纂要序旨》（民国二十四年乙亥春），目录如下：正名、原始、采删、诗序、六义、四始、正变、诗谱、诗乐、诗教、征引、三家、毛郑、训诂、声韵、词章、史地、博物、制作、汉学、宋学、清学。

《诗经本事》，马振理，世界书局本，1936 年

马振理（1874—?），字叔文，安徽桐城人，曾任职于奉天行政署、南安县、司法部、交通部等。

《诗经本事》，民国二十五年（1936）六月世界书局发行。另有《民国时期经学丛书》（第五辑，二二、二三、二四、二五册）影印本。全书共三册二十一卷，七十余万字。前有唐文治《诗经本事叙》（丙子春），述本书之体例曰"乃网罗天下方失旧闻，旁征经传子史百家之说，下及金文甲文之新出土者，取为佐证"，论《诗》之本事。第一卷"导言"，论及"诗歌之由来""采诗之由来""以诗入乐之由来""以诗立教之由来""拙著诗微之由来"等；第二卷为"诗""国风""周南"总论；剩余二十卷依次注解十五国风诗篇，于每诗下征引《毛传》、郑《笺》、孔《疏》等，文献极其丰富，末有案语，言及诗之本事。

《诗经集注》，（宋）朱熹集注，国学整理社本，1937 年

民国二十六年（1937）六月初版，民国三十二年十月新一版，国学整理社出版，世界书局发行，仿古字版，（宋）朱熹集注。

《卢抱经增校诗考》（附诸家校补诗考），（宋）王应麟辑，（清）卢文弨增校，国学图书馆石印本，1936 年

民国二十五年（1936），南京国学图书馆石印本，共两册四卷，今有国家图书馆藏本。据卢文弨《增校王伯厚诗考序》（庚子）自述本书之旨曰："曩余于此书增其所未备，并以元本补遗，各归本篇，录成清本，为之跋其后矣。自尔以来，时复翻阅，见王氏于《释文》所载之异同，多不引入……又得日本国人山井氏鼎所为《七经考文》……余向者亦未之采，今补采之，以广异闻。……本朝严思庵（虞惇）著《读诗质疑》，会稽范薲洲（家相）著《三家诗拾遗》，于此书亦各有增损，然于王氏采用之误，则皆未能尽正，而一经移易，转又滋讹。近又得归安丁小雅校本，凡王氏之沿讹互异者，一一厘革。余见而善之，亟为传录，亦采用严范二家之长，各著其姓以别之。至所引各书，本无当篇之名，则以余所知者增成之。又若日本国之本，其异同颇多……亦取以入焉。而是书乃可谓完然大备矣。……是书本不分卷，今以所增益者多，因分之为四卷云。"

《诗考补订》，（宋）王应麟辑，（清）卢文弨增校，杨晨补订，崇雅堂丛书本，1936 年

杨晨（1845—1922），字蓉初，号定夫，又号定叟，浙江黄岩人。

《诗考补订》，民国二十五年（1936）黄岩杨氏排印本，共两册五卷，该书系补订卢文弨《卢抱经增校诗考》，收入崇雅堂丛书。今有国家图书馆藏本。书前有杨晨自序（乙卯孟夏）。《经学研究论著目录（1912—1987）》（台北汉学研究中心，1994 年）著录此书。

《诗学赘言》，苏维岳，长沙新化苏氏铅印本，1936 年

苏维岳（1877—1947），字幼申，号周翰，湖南新化人。

《诗学赘言》，民国二十五年（1936）长沙新化苏氏铅印本，吴稚晖题签，有国家图书馆、湖南省图书馆藏本。书前有谢玉芝序、柳诒徵《诗经正训序》（丙子春二月）、自序（丙子春二月）。

柳诒徵称："苏君专攻《毛诗》，其居湘也，已博览诸家经说，折衷一是，能沟通三家之异毛者而通之。"苏氏自述本书之旨趣曰："本篇于毛氏序传之精审，三家诗与毛诗异同得失之故，朱子释诗错误之原，及删诗问题，诗教真谛，均逐一详论，虽然，皆赘言也。何以言之？诗自成周至春秋时，数百年间，陈之大史，肄之乐工，教之国子，当时无论士大夫明诗，即妇人女子亦明之。迄夫战国，余风未熄……秦火之烈，诗尚留传。两汉间三家诗始虽盛行，而毛诗继出，即渐衰微，终至于亡。盛衰存亡之故，不难悬揣而知。郑笺孔疏，阐明毛氏，虽不无拘泥疏失之处，而古义古训，多赖以存，厥功亦伟。乃自赵宋以后，竟入歧途，异说纷纭，迄今未已。毛氏笃守，代有专家，义多阐微，尤以清季为甚，而贯通未能，难除疑者之成见，彼此是非，互相攻击，谓非诗之厄运乎？使郑孔之后，循彼途径，纠缪绳愆，发扬奥义，归于一途，则诗教久已如日月经天，照澈寰宇，渐成人民之骨血矣。奚待今兹，犹恣辨论。此余文之所以名曰赘言也。"

正文篇目如下：《论诗序》（上、中、下）、《论诗传》（附毛传引书表、西汉儒者与传相合之说）、《论三家诗与毛诗异同得失之故》（附三家诗与毛诗异同表）、《三家诗作赋二字通用考》、《论朱子诗说之失》、《论删诗》《论诗教》（上、中、下）。

附一，讨论诗学书牍：《致李抱一先生书》《致黄晦闻先生书》《致罗膺中先生书》《罗膺中先生覆书》《致柳翼谋先生书》《致吴稚晖先生书》《吴稚晖先生覆书》《致章太炎先生书》《致胡适之先生书》。附二，《诗经正训》样本。

另，据车行健《湖湘学人苏维岳的〈诗经〉撰述与〈诗〉教理想》（《民国经学六家研究》，万卷楼，2020年）著录，苏维岳《诗经》学著作尚有：

《诗经正训》（繁本）（未见），后改编为《诗经正训简编》（台湾地区政治大学图书馆藏）、《诗旨阐真》（台湾地区政治大学图书馆藏）、《诗经教学参考书》（未见）；《诗学赘言》，修改后改题为《诗经研究上》（国家图书馆藏）；《诗经研究下》（台湾地区政治大学图书馆藏）；《毛诗释例》（未见）；《诗经释词》（未见）；《诗经读本》（未见）；《增订诗经名物图说》（未见）；《诗经评粹》（附简注）（未见）；《诗经集评》（未见）；《诗经类志》（未见）；《清代文集论诗各篇提要表》（未见）。

《毛诗重言下篇补录》，徐永孝，双流黄氏济忠堂刊本，1936年

徐永孝（1902—1988），字仁甫，晚号乾惕翁，四川大竹人，曾任职于四川大学、四川师范学院等。

《毛诗重言下篇补录》，丙子（1936）孟春双流黄氏济忠堂刊本，志学丛书之一，大竹徐永孝（仁甫）补录，双流黄启桢（致祥）校刊，该书系补录清王筠《毛诗重言》下篇。《续修四库全书总目（稿本）》论此书曰："其书搜索精详，虽其引佐，多资前修，然增补各例，其周密寔远胜于王氏原书。"

　　书前有著者序（中华民国二十四年岁在乙亥仲秋之月），自述其著书之缘由，曰："安邱王贯山氏，比辑《毛诗重言》三篇，立数例以遍释状语，涣然冰释，怡然理顺，洵学《诗》者之一助也。顾上中两篇，形齐而易集，疏漏尚寡；下篇自云出自创获，各以其句例之同者类聚焉，而遗佚孔多，且未立例者甚众。盖君子成人之美，为之犹贤乎已，爰以端居之暇，肆业所及，稍稍补录之，凡得二百余事，大抵备矣。其引佐多资前修，有伦有脊，墒然匪凿空臆度之流。"

　　次有黄启桢跋（乙亥仲冬）。书末有徐仁甫附录（丙子仲春），言："双流黄致祥君刻余《毛诗重言下篇补录》既竟，而余又续有所得，不克依次补入，兹附录之。"

　　另，徐仁甫尚有《国风集说》《毛诗例纂》两书，原书未见。

　　《国风集说》，出版时间不详，《乾惕居论学文集》（徐仁甫著，徐湘霖编订，中华书局，2014年）收录徐仁甫《〈国风集说〉自序》，言："余之治《诗》有年矣，而循环讲授，不出《国风》，每至于族，吾见其难为，辄师张玄之法，张数家说，令学者择其所安，其左右采获，无间今古，而大义名物，有特焉必录，积年成编，故名之曰《国风集说》。去年春，从学便之，积资以付印，今则衷然成帙矣。然兹编草创，尚有前后参差，为例不纯，与夫去取失宜，未能从容自采者，学者分别观之可也。"以此可略窥其书之旨。

　　《毛诗例纂》，成都排印本，出版时间不详。徐仁甫《毛诗例纂序》（民国二十年十二月）曾刊于《志学月刊》1942年12月15日第十二期，言："顾《毛诗》岿然独存，学者即其书求之，亦未始不可以起例也。有清诸经师，综形名，任裁断，号曰汉学，其发例者，不专于诗，而取于诗为多，其说诗者，不专于例，而释例者时见。如王引之、俞樾、马端辰、陈奂、王筠，诸人所为者，虽未必尽删述之义哉，亦粲然足以训义理矣。挽近于诗，则刘师培为《词例举要》，黄侃为《经序传笺略例》，陈钟凡为《毛传改字例》，余友姜亮夫学于海宁王国维，有《诗诞语释例》，或赅或偏，俱见纲维，引而申之，是在学者。比年来，余即本此义以说诗，而成都公学诸子亦好之，为其散见也，请自王氏以下辑而印之，而以余之《篇名序例》附焉。凡十一目，题曰《毛诗例纂》。其专释韵例，若江永、孔广森，丁以此之书，则始舍旃。"以此亦可略窥其书之旨。

《丛书集成初编》所收《诗》类书目，王云五主编，商务印书馆，1936—1939年

《诗经协韵考异》，（宋）辅广撰，民国二十五年（1936）六月，影印本，共一册，卷前有编者附识，曰："本馆据学海类编本影印，初编各丛书仅有此本。"

《诗书古训》，（清）阮元撰，民国二十五年（1936）六月，排印本，共四册，卷前有编者附识，曰："本馆据粤雅堂丛书本排印，初编各丛书仅有此本。"

《审定风雅遗音》，（清）史荣撰，（清）纪昀审定，民国二十五年（1936）六月，影印本，共一册，卷前有编者附识，曰："本馆据畿辅丛书本影印，初编各丛书仅有此本。"

《诗地理考》，（宋）王应麟，民国二十五年（1936）十二月，影印本，共一册，卷前有编者附识，曰："本馆《丛书集成初编》所选津逮秘书及学津讨原皆收有此书，津逮本在先，故据以影印。"

《毛诗草木鸟兽虫鱼疏》，（吴）陆玑撰，民国二十五年（1936）十二月，影印本，共一册，卷前有编者附识，曰："本馆《丛书集成初编》所选宝言堂秘笈、汉魏丛书、唐宋丛书、盐邑志林及古经解汇函皆收有此书。古经据丁本覆刻，校证颇详，凡他书引有陆疏者一一校注于各句之下，洵为善本，故据以影印。"

《毛诗草木虫鱼广要》，（吴）陆玑撰，（明）毛晋补，民国二十五年（1936）十二月，影印本，共二册，卷前有编者附识，曰："本馆《丛书集成初编》所选津逮秘书及学津讨原皆收有此书。津逮为毛氏自刊本，故据以影印。"

《诗疑及其他一种》，民国二十五年（1936）十二月，排印本，共一册：

《诗疑》，（宋）王柏纂。卷前有编者附识，曰："本馆《丛书集成初编》所选艺海珠尘及金华丛书皆收有此书，艺海本在前，故据以排印，并附金华本所载纳兰成德、胡凤丹两序于后。"

《昌武段氏诗义指南》，（宋）段子武撰。卷前有编者附识，曰："本馆据知不足斋丛书本排印，初编各丛书仅有此本。"

《泾野先生毛诗说序及其他一种》，民国二十五年（1936）十二月，排印本，共一册：

《泾野先生毛诗说序》，（明）吕柟著。卷前有编者附识，曰："本馆据惜阴轩丛书本排印，初编各丛书仅有此本。"

《毛诗或问》，（明）袁仁撰。卷前有编者附识，曰："本馆据学海类编本排印，初编各丛书仅有此本。"

《诗附记》，（清）翁方纲撰，民国二十五年（1936）十二月，排印本，共一册，卷前有编者附识，曰："本馆据畿辅丛书本排印，初编各丛书仅有此本。"

《春秋诗话》，（清）劳孝舆撰，民国二十五年（1936）十二月，排印本，共一册，卷前有编者附识，曰："本馆据岭南遗书本排印，初编各丛书仅有此本。"

《毛诗识小》，（清）林伯桐撰，民国二十五年（1936）十二月，排印本，共二册，卷前有编者附识，曰："本馆据岭南遗书本排印，初编各丛书仅有此本。"

《毛诗通考》，（清）林伯桐撰，民国二十五年（1936）十二月，排印本，共一册，卷前有编者附识，曰："本馆据岭南遗书本排印，初编各丛书仅有此本。"

《诗氏族考》，（清）李超孙撰，民国二十五年（1936）十二月，排印本，共二册，卷前有编者附识，曰："本馆据别下斋丛书本排印，初编各丛书仅有此本。"

《续吕氏家塾读诗记》，（宋）戴溪，民国二十五年（1936）十二月，排印本，共一册，卷前有编者附识，曰："本馆《丛书集成初编》所选聚珍版丛书、墨海金壶及经苑皆收有此书，墨海、经苑覆自聚珍，故据聚珍本排印。"

《诗传名物集览》，（清）陈大章撰，民国二十六年（1937）六月，排印本，共四册，卷前有编者附识，曰："本馆据湖北丛书本排印，初编各丛书仅有此本。"

《诗序》，（汉）毛苌传述，（宋）朱熹辨说，民国二十六年（1937）六月，排印本，共一册，卷前有编者附识，曰："本馆据津逮秘书本排印，初编各丛书仅有此本。"

《诗音辩略》，（明）杨贞一撰，民国二十六年（1937）六月，排印本，共一册，卷前有编者附识，曰："本馆据函海本排印，初编各丛书仅有此本。"

《诗经乐谱》，（清）清高宗勅撰，民国二十六年（1937）十二月，影印本，共五册，卷前有编者附识，曰："本馆据聚珍版丛书影印，初编各丛书仅有此本。"

《诗考及其他二种》，民国二十六年（1937）十二月，共一册：

《诗考》，（宋）王应麟撰。卷前有编者附识，曰："本馆丛书集成初编所选津逮秘书、学津讨原皆收有此书，津逮在先，故据以影印。"

《诗传注疏》，（宋）谢枋得撰。卷前有编者附识，曰："本馆据知不足斋丛书本排印，初编各丛书仅有此本。"

《诗辨说》，（元）赵德编。卷前有编者附识，曰："本馆据别下斋丛书本排印，初编各丛书仅有此本。"

《诗集传名物钞》，（元）许谦撰，民国二十六年（1937）十二月，排印本，共四册，卷前有编者附识，曰："本馆据金华丛书本排印，初编各丛书仅有此本。"

《诗伦》，（清）汪薇撰，民国二十六年（1937）十二月，排印本，共一册，卷前有编者附识，曰："本馆据聚珍版丛书本排印，初编各丛书仅有此本。"

《吕氏家塾读诗记》，（宋）吕祖谦撰，民国二十六年（1937）十二月，排印本，共八册，卷前有编者附识，曰："本馆《丛书集成初编》所选墨海金壶、经苑及金华丛书皆收有此书。金华本前附录卢抱经之《群书拾补》所校补各条，今以墨海、经苑两本按条校勘，皆不缺佚，盖卢所据补者为明万历本。墨海前有陆钰序，是嘉靖本，所谓从宋本出者，且有魏了翁后序，故据以排印。"

《诗传孔氏传及其他三种》，民国二十八年（1939）十二月，共一册：

《诗传孔氏传》，（明）丰坊伪作。卷前有编者附识，曰："本馆《丛书集成初编》所选百陵学山及汉魏丛书、津逮秘书皆收有此书，百陵总目一作《鲁诗传》，旧题周端木赐述，实明丰坊伪作，百陵本在前，故据以影印。"

《诗说》，（明）丰坊伪作。卷前有编者附识，曰："本馆《丛书集成初编》所选百陵学山及汉魏丛书、唐宋丛书、津逮秘书皆收有此书，旧题汉申培著，实丰坊伪作，百陵本在前，故据以影印。"

《诗说》，（宋）张耒纂。卷前有编者附识，曰："本馆据艺海珠尘本排印，初编各丛书仅有此本。"

《诗论》，（宋）程大昌撰。卷前有编者附识，曰："本馆《丛书集成初编》所选学海类编及艺海珠尘皆收有此书，学海在前，故据以排印。"

《诗总闻》，（宋）王质撰，民国二十八年（1939）十二月，排印本，共四册，卷前有编者附识，曰："本馆《丛书集成初编》所选聚珍版丛书及经苑皆收有此书，经苑虽覆刻聚珍，然经钱仪吉校雠，间有讹误，皆详注句下，故据经苑本排印。"

《非诗辨妄及其他一种》，民国二十八年（1939）十二月，排印本，共一册：

《非诗辨妄》，（宋）周孚著。卷前有编者附识，曰："本馆据涉闻梓旧本排印，初编各丛书仅有此本。"

《絜斋毛诗经筵讲义》，（宋）袁燮撰。卷前有编者附识，曰："本馆据聚珍版丛书本排印，初编各丛书仅有此本。"

《诗问略及其他一种》，民国二十八年（1939）十二月，排印本，共一册：

《诗问略》，（明）陈子龙说。卷前有编者附识，曰："本馆据学海类编本排印，初编各丛书仅有此本。"

《白鹭洲主客说诗》，（清）毛奇龄稿。卷前有编者附识，曰："本馆据龙威秘书本排印，初编各丛书仅有此本。"

《诗说及其他二种》，民国二十八年（1939）十二月，排印本，共一册：

《诗说》，（清）惠周惕撰。卷前有编者附识，曰："本馆《丛书集成初编》所选借月山房汇钞、泽古斋重钞及指海皆收有此书，借月在前，故据以排印，并附指海本所载提要于后。"

《诗说》，（清）陶正靖撰。卷前有编者附识，曰："本馆《丛书集成初编》所选借月山房汇钞、泽古斋重钞及指海皆收有此书，借月在前，故据以排印。"

《张氏诗说》，（清）张汝霖撰。卷前有编者附识，曰："本馆据豫章丛书本影印，初编各丛书仅有此本。"

《三家诗拾遗》，（清）范家相撰，（清）钱熙祚校，民国二十八年（1939）十二月，排印本，共二册，卷前有编者附识，曰："本馆丛书集成初编所选守山阁丛书、岭南遗书皆收有此书，岭南本号为重订，实则仅据范家相自序有附以古文考异及逸诗二卷之语，移卷一古文考异、卷二逸诗于后，不知依凡例于卷首列考异，而次之以逸诗，与自序附字无大抵触，又守山阁本补正讹脱处甚多，故据以排印。"

《韩诗遗说及其他一种》，民国二十八年（1939）十二月，排印本，共一册：

《韩诗遗说》（附订讹），（清）臧庸述。卷前有编者附识，曰："本馆《丛书集成初编》所选仰视千七百二十九鹤斋丛书、灵鹣阁丛书皆收有此书，两本同出一源，灵鹣本经陶方琦重校，故据以排印。"

《读诗经》，（清）赵良澍著。卷前有编者附识，曰："本馆据泾川丛书本排印，初编各丛书仅有此本。"

《读风偶识》，（清）崔述撰，民国二十八年（1939）十二月，排印本，共一册，卷前有编者附识，曰："本馆据畿辅丛书本排印，初编各丛书仅有此本。"

《韩诗外传》（附补逸、校注拾遗），（汉）韩婴，（清）周廷采校注，民国二十八年（1939）十二月，排印本，共二册，卷前有编者附识，曰："本馆《丛书集成初编》所选汉魏丛书、津逮秘书、学津讨原、古经解汇函、畿辅丛书皆收有此书。畿辅本周廷寀校注为最善，故据以排印。"

《风雅逸篇》，（明）杨慎辑，民国二十八年（1939）十二月，排印本，共一册，卷前有编者附识，曰："本馆据函海本影印，初编各丛书仅有此本。"

《诗经中古代社会风俗考》，卢元骏，上海民智书局，1936年

卢元骏（1911—1977），江西清江人，字声伯，毕业于暨南大学，师从卢冀野。抗战期间任江西省参议员，并负责《正义日报》《力行》月刊等。抗战胜利后，任正中书局南昌分局经理。1949年去台，任正中书局总编辑、政治大学中文系教授、中文系主任等职（《中国近代人名大辞典》，中国国际广播出版社，1989年）。

《诗经中古代社会风俗考》，原书未见。《经学研究论著目录1912—1987》（台北汉学研究中心，1994年）、《二十世纪诗经研究文献目录》（学苑出版社，2001年）、《诗经学大辞典》（河北教育出版社，2014年）著录此书。

1937年

《诗经篇章句字的统计》，江灼然编著，湖海书局本，1937年

江灼然，生平不详。

《诗经篇章句字的统计》，民国二十六年（1937）三月，湖海书局发行。书前有作者序，自述本书主旨和内容曰："第一，是《诗经》有几多篇、有几多章、有几多句、有几多字之问题的一个答案；第二，利用统计方法，把《诗经》之篇章句字分别统计出来，以备一般研究《诗经》者的参考；第三，纠正从来分章点句的谬误。"正文按风雅颂顺序统计《诗经》篇、章、句、字，内容分四部分：甲"篇数的统计"，乙"章数的统计"，丙"句数的统计"，丁"字数的统计"。

《毛诗注疏引书引得》，哈佛燕京学社引得编纂处编，引得校印所排印，1937年

引得第三十一号，哈佛燕京学社引得编纂处编，1937年11月初版，引得校印所印。书前有编者序，言"前既为《毛诗引得》，今更并其笺、疏而引得之"，次有叙例，言"本引得根据民国十五年上海锦章书局影印阮刻之《十三经注疏》本"，余则详述体例。前列笔画检字表、拼音检字表，正文《毛诗》文句索引依中国字庋撷法排列。

《诗经集传》，（宋）朱熹集撰，扫叶山房本，1937年

民国廿六年（1937），扫叶山房石印本，大字精校，共四册八卷。

《野有死麕》，张小青译，上海杂志公司，1937 年

张小青，生平不详。

《野有死麕》，民国二十六年（1937）六月，上海杂志公司印行，有国家图书馆藏本、上海图书馆藏本，该书以白话选译《诗经·国风》四十余篇，并录诗歌原文。

《诗经之研究》，蔡同举，国立东北大学文学院毕业论文，1937 年

蔡同举，生平不详。据《东北大学史稿》载，1936 年 9 月东北大学在校同学录，蔡同举为中国文学系三年级学生。

《诗经之研究》系民国二十六年度（1937）国立东北大学文学院中国文学系毕业论文，论文评阅教授高亨，评语："本文对于《诗经》各项问题均有简要之叙述，组织有序，辞采甚精，唯搜集不广，考稽不详耳。"分数"七十七分"，共八十三页。今有《辽宁省图书馆藏民国时期东北大学毕业论文全集》（第九册）影印本。正文部分共十二章，目次如下：

第一章　绪言

第二章　《诗经》之史略（诗之由来及诗入于乐说、孔子与《诗经》之关系、《诗经》之辑成）

第三章　《诗经》之时代背景（周民族之略历、政治黑暗与戍役繁兴时期所影响于文学者、因民族之没落而致社会发生贫富悬殊与风俗浇薄之现象）

第四章　《诗经》之传授（四家诗之起源、流传、存亡）

第五章　《毛诗序》之探讨（《毛诗序》在《诗经》中之地位及其功用、作者、对于后世之影响）

第六章　四始与六义（六义之名义、四始之意义、四始与六义之关系）

第七章　论周南召南（二南之名称、时代、内容）

第八章　十三国风（名称及国名、时代及地理、国风中之爱慕怀思及赞美诗、国风中之怨恨忧伤及指斥类之诗）

第九章　小雅大雅（雅之名称及大小雅之区别、二雅之时代、二雅中所含对于天帝及祖宗观念之诗、二雅中所含道德观念之诗）

第十章　三颂之检讨（颂之意义及三颂之区分、周颂、鲁颂、商

颂）

第十一章　《诗经》之文艺（字句之构造、诗之修辞、诗句用韵之概述）

第十二章　结论

1938 年

《毛诗课》，欧阳渐，江津支那内学院本，1938 年

欧阳渐（1871—1943），字镜湖，后改字竟无，江西宜黄人。

《毛诗课》，为支那内学院蜀院自编诗文课本。1942 年支那内学院蜀院刊本《欧阳竟无先生内外学》收录此书，1961 年有金陵刻经处补刻本。卷前有《毛诗课叙》，作者自言此书成于民国二十七年（1938）五月，此文曾刊于《民族诗坛》（1939 年第三卷第四辑）。此书编纂似与时事密切相关，作者自述曰："绸缪在作新，作新在作气，作气在观感而愤悱……沪战烈，渡江栖六合，两阅月成《毛诗课》三册，节彼三百篇之三十，以为课也。绕梁裂石，奋然起矣！注用毛郑，节约之，而系于经文两旁，郑笺用红圈记别，断句用古韵，序中笺释传文亦节录之，而用括弧记别。"

《毛诗课》节选《六月》《采芑》《小戎》《七月》《东山》《鸱鸮》《蟋蟀》《蒹葭》《白驹》《卷阿》《柏舟》《黄鸟》《缁衣》《巷伯》《荡》《抑》《十月之交》《雨无正》《节南山》《正月》《棠棣》《伐木》《角弓》《小弁》《谷风》《氓》《泉水》《匪风》《载驰》《黍离》三十首，于字词、诗旨有简略说明，颇有借诗言时事之意。

《韩诗外传补正》，赵善诒，商务印书馆本，1938 年

赵善诒（1911—1988），江苏苏州人，曾任职于成都光华大学、成都大学、华东师范大学等。

《韩诗外传补正》，民国二十七年（1938）七月商务印书馆发行，国学小丛书本。书前有蒋维乔序（民国二十六年三月）、注者序、例略（附征引书目），述此书撰写之缘由，曰："洎乎有清乾隆，武进赵氏怀玉有《校本》，新安周氏廷采有《注本》，二书并出，先后一年。或征引古注类书，或旁参诸子百家，可谓精详矣，然筚路初开，榛芜未翦，征援虽广，遗缺尚多，余不揣鄙陋，更为之《补正》十卷，《佚文考》上下二卷。"正文部分《补正》十卷，先述《韩诗外传》原文，次附赵、周二家注，次附注者"谨按"，征引旧注，或辨正赵、周之说，或出己见。后附《韩诗外传佚文考》二卷。

《诗毛传汇诂》（国风之部），王自田，国立东北大学文学院毕业论文，1938年

王自田，生平不详。据《东北大学史稿》载，1936年9月东北大学在校同学录，王自田为中国文学系二年级学生。

《诗毛传汇诂》（国风之部）系国立东北大学文学院中国文学系毕业论文。卷末有姜亮夫评语："汇集排比均较陈氏《义类》为安，若能进一步用郝疏《尔雅》、王疏《广雅》之法，证明声义相关之理，对于训诂字上定有相当之获明也。"分数"82"，共三十五页。今有《辽宁省图书馆藏民国时期东北大学毕业论文全集》（第十八册）影印本。卷前有著者自序，自述其感于陈奂《毛诗传义类》之失，故有此作，并述体例曰："今纯《毛传》，为之汇诂，无一字之增损，凡同画之字列为一函，同义之字排于一处，注之以篇章，掇之以文义，合拢归并，探其绩要，则《毛传》解字之古义可见，而庶不失其真矣。"并言："因肄业之届满，时日倥偬，仅作成十五国风，雅颂之部，则归友人吴（大程）君就草焉。"

《诗毛传汇诂》（雅颂之部），吴大程，国立东北大学文学院毕业论文，1938年

吴大程，生平不详。据《东北大学史稿》载，1936年9月东北大学在校同学录，吴大程为中国文学系二年级学生。

《诗毛传汇诂》（雅颂之部）系国立东北大学文学院中国文学系毕业论文。卷末有姜亮夫评语："辑录极全，小序亦雅洁。"分数"79"，共四十六页。今有《辽宁省图书馆藏民国时期东北大学毕业论文全集》（第十八册）影印本。卷前有著者弁首。此书体例承王自田《诗毛传汇诂》（国风之部），汇诂《毛传》雅颂之部。

《荀子引诗考》，潘祖荣，国立东北大学文学院毕业论文，1938年

潘祖荣，生平不详。据《东北大学史稿》载，1936年9月东北大学在校同学录，潘祖荣为中国文学系二年级学生。

《荀子引诗考》系国立东北大学文学院中国文学系毕业论文。卷末

有姜亮夫评语："搜集完备，诠释简赅。《毛诗》传自荀卿，源流远久，由此得一精确之证明。"分数"80"，共二十七页。今有《辽宁省图书馆藏民国时期东北大学毕业论文全集》（第十八册）影印本。卷前有著者自序，述本文之旨曰："今按《荀子》三十二篇，所引诗都六十六条，逸者五焉，杨倞不注诗目者五焉。总观诗义，与《荀子》合者伙繁，悖者星稀，而《毛传》又皆述本师说，鲜有牴牾，只郑《笺》、杨注，微有出入，然亦无关宏旨，兹本杨而不从郑，间有异者，略参经史，采各家之公论，鲜有臆订。"次有简例，详述体例曰："一，本篇排列之次序悉依《毛诗》，不遵《荀子》，逸诗则另立一章；二，《荀子》所引诗，有诗曰或诗云之别，兹照录不改；三，《荀子》所引诗有一章而数引其义皆同者，即不另起一行，只注明某篇几引此诗而已；四，诗曰以下杨倞皆注诗目或云逸诗具不注者五条，列于最后，以明区分，其次序不依《毛诗》；五，毛公为荀子弟子，故取义多本杨倞，兼采郑《笺》。"

《**百陵学山**》，（明）**王完**辑，商务印书馆影印本，1938 年

民国二十七年（1938）商务印书馆据明隆庆本影印，收录《诗》类书目如下：

《诗传孔氏传》，一卷，（周）端木赐撰

《诗说》，一卷，（汉）申培撰

1939 年

《**诗经中蔬菜植物考**》，曹诗成，燕京大学研究院硕士毕业论文，1939 年

曹诗成，生卒年不祥，山西汾城人，1939 年毕业于燕京大学研究院历史部，导师邓之诚，1940 年任哈佛燕京学社研究员，后赴印度尼西亚。齐思和《中国史探讨》载："友人曹诗成先生曾撰《诗经中蔬菜植物考》……曹君此书惜尚未刊布。"

《诗经中蔬菜植物考》系燕京大学研究院文科研究所历史部硕士毕业论文，作于民国廿八年（1939）四月，评阅者研究院院长陆志韦、文科研究所主任洪业，共三百三十三页，有北京大学图书馆藏抄本。

论文前有摘要，概述选题由来及研究方法。正文部分考释《诗经》中蔬菜植物五十种，逐一附图（用《增订草木图说》插图），以草木植

物之古以入蔬者为限，述其渊源，考其异说，证以《本草》，并订以今名及学名。所考释蔬菜植物如下：荇菜、卷耳、苤苢、蒌、蘩、薇、蕨、蘋、藻、葭、蓬、蓼、菲、荼、荠、蕨、唐、绿、竹、茨、芄兰、谖草、荷、龙、勺药、莫、蕢、蒌、苕、鷊、蓫、葵、壶、韭、果臝、苦瓜、杞、莱、莪、苴、藿、蓫、葍、瓜、芹、堇、筍、蓼、茆。"结论"部分再次说明此文之目的："此斯篇之作，所以为治古史者之助也，复次，释《诗》必先名物，此区区之文，或亦有补于说《诗》诸君子乎？"篇末附"引用书目"。

《共和诗史发微》，易顺豫述，程淯编，南京印书馆本，1939 年

易顺豫（1865—？），字由甫，一字叔由，湖南龙阳人，光绪二十九年（1903）进士。

《共和诗史发微》，苊庐丛书之一，共和廿八年（1939）八月南京印书馆印。另有《民国时期经学丛书》（第五辑，三二册）影印本。书前有阳湖程淯序（民国共和二十八年岁次己卯秋七月）、盐山贾恩绂序（共和二十五年丙子夏六月）。

程淯述此书之旨曰："老友易君由甫，于民国成立以后，著《共和诗史发微》，据《国语·周语》厉王时国人作乱，放王围太子事，遍求诸大小雅中，得厉宣之际十余篇，反复熟玩。首以《抑》之篇，断为召穆公教宣王之诗，而非卫武公自警之作，此篇之义既明，其余诸篇，迎刃而解。如《云汉》《四月》二诗，同纪数月之大旱，为乱亡之所由来。《瞻卬》一诗，哀厉王宠用妇寺，信谗信盗，为天怒人怨所由致。《十月之交》纪失国之日，而哀国变也。《雨无正》纪大旱造乱，至德雨而已无王也。《小宛》为周公勉召公与宣王之诗也。《小弁》为宣王哀厉王且以自警也。《节南山》则家父之勉共和大臣也。《民劳》则召穆之勉共和大臣也。《板》之诗，则凡伯之谏共和诸臣也。至共和行之数年，灾害并至，则召公刺时者，有《荡》之诗，芮伯忧乱者，有《桑柔》之诗。逃名避世之贤人君子，痛心疾首于时局者，有《小旻》之诗。至《崧高》一诗，则宣王复国后，归美于申伯、召公而作也。《巧言》一诗，复国后罪人斯得，以告庙而述哀之诗也。共和始末，大概如此。自秦焚书后，共和事实，舍《国语》外，别无古书可证。诗义隐约，由汉迄今，向不得其解。经易君以诗证事，以事证诗，然后周室共和十四年之乱况，始昭然若揭。"

正文共两部分。第一部分"周厉宣之际共和诗史发微"，由共和始末、《抑》诗说、《小宛》诗说、《小弁》诗说、《云汉》诗说、《瞻卬》诗说、《四月》诗说、《十月之交》诗说、《桑柔》诗说组成。第二部分为"厉宣之际诗史"，先录诗歌原文，低一格逐章发明厉宣之际史实，以诗证事，以事证诗。涉及篇目：《抑》《小宛》《小弁》《崧高》《巧言》《云汉》《十月之交》《节南山》《雨无正》《小旻》《民劳》《板》《荡》《桑柔》。书末附贾恩绂《共和钩沉》。

《诗经大义》，唐文治，葆庐丛书本，1939年

唐文治（1865—1954），字颖侯，号蔚芝，晚号茹经，江苏太仓人，曾创办无锡国学专修学校。

《诗经大义》，据邓国光《中和之道：唐文治先生〈诗经大义〉诗教旨要》考证，唐先生戊辰年（1928）拟定《诗经大义》目次，迟至1939年出版。目前所见最早为高吹万葆庐丛书本，今有台湾综合出版社1969年影印葆庐丛书本。另有《民国时期经学丛书》（第三辑，二三册）影印本。书前有作者自叙，正文目次如下：卷首"诗经纲要"，谈及孔子删诗、汉时传诗者四家、诗序、诗谱、四始、六义、诗有入乐不入乐之分、笙诗、诗概论等；卷一"诗经伦理学"，后选录诗篇若干，附字词解释及诗旨归纳（下同）；卷二"诗经性情学"；卷三"诗经政治学"；卷四"诗经社会学"；卷五"诗经农事学"；卷六"诗经军事学"；卷七"诗经义理学"；卷八"诗经修辞学"；后附勘误表。

《毛诗兴纂》，萧润娟，国立武汉大学中国文学系毕业论文，1939年

萧润娟，生平不详。

《毛诗兴纂》系民国廿八年度（1939）国立武汉大学中国文学系毕业论文，指导教授黄燿先（焯），共一百一十七页，有武汉大学图书馆藏抄本。

论文前有绪论，述"兴"义及"比""兴"之别，并详述"兴"之特质，曰："兴体有二：一曰所性，一曰能性"，"兴又有正言兴意者，有反言兴意者，有名言其正意者，有寓意于喻言者"，"兴又有变文言兴者，有不变文以言兴者"，"兴又有辗转为兴者，有全篇皆兴者"。

正文依毛诗次序纂录诗歌，可分为两类：其一，《毛传》标"兴"者；其二，《毛传》虽未明言，然结合诗句及郑《笺》可认定为"兴"者。于诗题下录标"兴"诗句，并引《毛传》、郑《笺》原文，末有"按语"，辩说毛、郑之解，并出己见。

1940 年

《读诗四论》，朱东润，商务印书馆本，1940 年

朱东润（1896—1988），原名世溁，江苏泰兴人，曾任职于南通师范、武汉大学、齐鲁大学、复旦大学等。

《读诗四论》，民国二十九年（1940）十月长沙商务印书馆发行，国学小丛书之一。后收入《诗三百篇探故》（上海古籍出版社，1981 年）。书前有绪论，正文收录文章四篇，皆已刊在《武汉大学文哲季刊》，目次如下：《国风出于民间论质疑》（第五卷第一期，民国二十四年三月）、《诗大小雅说臆想》（第五卷第三号，民国二十四年九月）、《古诗说摭疑》（第六卷第一号，民国二十五年三月）、《诗心论发凡》（第六卷第二号，民国二十五年三月）。

《诗序述义》，黄钟元，国立武汉大学中国文学系毕业论文，1940 年

黄钟元，生平不详。

《诗序述义》系民国二十九年（1940）国立武汉大学中国文学系毕业论文，指导教授黄焯，共八十七页，有武汉大学图书馆藏抄本。正文辑录《毛诗序》原文（十五国风），后有"按语"，主尊《毛诗序》，间引《列女传》、孔颖达《毛诗正义》、欧阳修《诗本义》、胡承珙《毛诗后笺》、陈启源《毛诗稽古编》诸书申述诗旨。

1941 年

《增图校正诗经读本》，上海昌文书局本，1941 年

民国三十年（1941）春月上海昌文书局印行。正文部分系重印朱熹《诗集传》，于每页天头处另录《毛诗品物图考》图及文。

《六义略说》，王功品，国立武汉大学中国文学系毕业论文，1941年

王功品（1910—1966），湖北洪湖人。

《六义略说》系民国三十年（1941）国立武汉大学中国文学系毕业论文，指导教授黄焯，共八十七页，有武汉大学图书馆藏抄本，封面成绩"七十分"。正文共三节：第一节，"概论"，总述诗之由来及六义渊源；第二节，"分说"，引诸说次第述风、赋、比、兴、雅、颂之名；第三节，"结论"，补述前文。

《诗经广诂》，（清）徐璈，北京古学院藏板，1941年

民国三十年（1941）八月刊，八册，敬跻堂经解本，北京古学院藏板。卷前有洪颐煊序（道光十年太岁庚寅五月），次有序例、纲领、源流，正文不录经文，依次辑录历代诸说而不加论断。

1942年

《诗经白话解说》（言文对照），唐笑我，上海沈鹤记书局本，1942年

民国三十一年（1942）三月唐笑我编辑，沈永基校正，上海沈鹤记书局印行。

书前辑录朱熹《诗经传序》，次有唐笑我序（1941），尤推崇朱熹《诗集传》，言："我们后来的学者，要读《诗经》，必须读朱注的，要研讨《诗经》，尤须根据朱注的。任何分类的编参，白话的注解，总不能抹煞朱注。……我所以有《诗经》白话注解的缘起，里面是用原来的编次，朱子的章注，不敢翻弄新的花样来掩蔽经的真面。"正文共八卷，于诗题下有"题义"，疏解诗旨，原文后有"注解"，注释字词，末有"白话文"，以文译诗，多掺己意，天头处有"注音"。

《诗史初稿》，张寿镛，铅印本，1942年

张寿镛（1876—1945），字咏霓，号伯颂，别署约园，浙江鄞县人，参与创建上海光华大学并任校长。

《诗史初稿》，民国三十一年（1942）铅印本。另有《民国时期经学丛书》（第四辑，二五册）影印本。全书十七卷，书前有张寿镛自序（民国三十一年三月）及凡例，言此书"爰本孟子诵诗读书知人论世之

意，采取记传，征诸序言，竭力五载之力"而成，并述本书凡例曰"遵序""宗毛""依谱""考史""分纪""汇参""就正"。目次如下：卷首，文王年表、武王年表、周公年表、成王年表、诗总表；卷一，文王纪；卷二，武王纪，卷三，成王纪；卷四，懿王纪；卷五，夷王纪；卷六，厉王纪；卷七，宣王纪；卷八，幽王纪；卷九，平王纪；卷十，桓王纪；卷十一，庄王纪；卷十二，僖王纪；卷十三，惠王纪；卷十四，襄王纪；卷十五，顷王纪；卷十六，定王纪。书末有梅县李续川跋（壬午夏五月）。

1945 年

《毛诗说》，曾运乾，抄录本，1945 年

曾运乾（1884—1945），字星笠，号枣园，又号半僧，湖南益阳人，曾任职于东北大学、中山大学、湖南大学等。

《毛诗说》，有岳麓书社 1990 年 5 月周秉钧整理本，前言部分言及 1945 年 1 月曾运乾先生去世后，当时受业学生"整理先生的讲稿、《诗经》的眉批和学生的笔记"抄录而成。书前有"概论"谈及诗之名称、诗之起源、孔子删诗、子夏诗序、汉儒传诗、《毛传》、郑《笺》、《诗序》。正文部分依次注解《诗经》二百十四余篇，先述诗原文，每句之下引《毛传》、郑《笺》、孔《疏》、朱熹、陈奂、胡承珙、马瑞辰、魏源、王先谦诸说解字词、句义、诗旨等，间有按语。

《诗经》，陈植性选注句释，叶深校订，慈幼印书馆，1945 年

陈植性选注句释《诗经》（上册），民国卅四年（1945）五月一日澳门慈幼出版社印行，新青年文化丛书第一集第二种；下册，中华民国卅五年（1946）一月一日澳门慈幼出版社印行，新青年文化丛书第一集第三种。书前有陈植性序（民国卅二年十二月三日）言此书"欲借以一助学子研习之便，而来国人大雅之政矣"，并陈其选诗之标准："（一）思想前进而伟大者；（二）富有警惕性者；（三）富有艺术性之描写者；（四）富有精美之修辞者；（五）声韵铿锵，音节和谐者。"

正文选注十五国风五十九首，小雅十三首，大雅三首，周颂六首，鲁颂一首，商颂一首，共八十三首。于诗题下有"题意"，疏解诗旨，余则随文注解，"则颇采取于《集解》之言，而参以拙见，其为解：则

拙见常充矣"(《序》)。

《风诗新论》，朱仲熹，国立东北大学文学院毕业论文，1945 年

朱仲熹，生平不详。

《风诗新论》系民国三十四年（1945）五月国立东北大学文学院中国文学系毕业论文。封面题分数"78"，指导教授冯沅君，系主任陆侃如，院长金毓黻，共一百九十页。有《辽宁省图书馆藏民国时期东北大学毕业论文全集》（第六十三册）影印本。正文共六章，第一章绪论（风诗与情诗、诗歌的起源与情诗的关系）、第二章风诗的时代（二南的时代、国风的时代）、第三章风诗的形式（句法、韵式、修辞）、第四章风诗的内容（恋爱、婚姻、妇女生活）、第五章风诗的社会观（社会缩影、伦理观念、婚姻制度）、第六章结论，书末附参考书目。

《复性书院丛刊》，马一浮辑，1945 年

民国三十四年（1945）刊，收录《诗》类书目如下：

《契斋毛诗经筵讲义》，四卷，（宋）袁燮撰

1946 年

《毛诗郑笺平议》，黄焯，武汉大学铅印本，1946 年

黄焯（1902—1984），字耀先，一字迪之，湖北蕲春人，曾任职于中央大学、武汉大学等。

《毛诗郑笺平议》，民国三十五年（1946）国立武汉大学铅印本。书前有序（一九四六年四月），共十卷。黄焯认为"诗之本义，皆见之于《序》"，说诗主《毛序》《毛传》，正文部分说诗皆先引《毛传》、郑《笺》，低一字附"焯案"，于郑《笺》不当处引诸家之说疏解之。

《从毛诗中考求周音》，高云，国立东北大学文学院毕业论文，1946 年

高云，生平不详。

《从毛诗中考求周音》系民国三十五年度（1946）国立东北大学文学院中国文学系毕业论文，封面署指导教授：金景芳、霍玉厚；系主任：霍玉厚；院长：陆侃如；分数"七十分"，共六十九页。有《辽宁省图书馆藏民国时期东北大学毕业论文全集》（第九十一册）影印本。目次如下：

第一章　序论

第二章　《毛诗》韵举例（归纳韵例十九种）

第三章　《毛诗》未入韵字考（考未入韵字五十余条）

第四章　《毛诗》古音读（据陈第《毛诗古音考》）

第五章　结论

1947 年

《诗经韵论与韵谱》，屈强，上海世界书局，1947 年

屈强，生平不详。

《诗经韵论与韵谱》，1947 年 2 月，上海世界书局印行，《世界集刊》丛书之一，正文收录《诗经诗经韵论与韵谱》《韵谱》二文。

《毛诗释地》，（清）桂文灿，私立广东国民大学出版组本，1947 年 5 月

民国卅六年（1947）五月初版，私立广东国民大学出版组铅印本，民大丛书，第六种。另有《续修四库全书》影印清光绪二十二年（1896）刻本。全书共六卷，正文先列地名，次附诗题及诗句，次间引《毛传》、郑《笺》、郑《谱》、《尔雅》、《汉书》等，末附案语，或辨析诸说，或出己见。

《诗经白话解》，何澄平，桂林新生书局，1947 年

何澄平，生平不详。

《诗经白话解》，桂林新生书局印行，民国三十六年（1947）七月初版，同年十一月二版，正文共八卷，每诗后附"白话讲解"，疏解字词、诗旨。

《诗言志辨》，朱自清，开明书店本，1947 年

民国三十六年（1947）八月开明书店发行。书前有作者序，正文部分收录论文四篇：《诗言志》（刊于《语言与文学》，原题《诗言志说》，1937 年）、《比兴》（刊于《清华学报》，原题《赋比兴说》，1937 年第十二卷第三期）、《诗教》（刊于《人文科学学报》，原题《诗教说》，1943 年第二卷第一期）、《诗正变说》（刊于《文史杂志》，原题《诗正变说》，1943 年第五卷第七、八期合刊）。

《诗经今古文篇旨异同》，徐昂，翰墨林书局本，1947 年

民国三十六年（1947）南通翰墨林书局印，徐氏全书第九种。书前有徐昂引言，述此书之旨趣曰："予治《诗经》，于训诂形体音调而外，尤重篇旨。而今古文颇有异同，闻前贤有博采鲁齐韩毛诸家而为之说者，予藏本至尠，愧未能得其书。居恒浏览载籍，关于今古文之诗说，多录之于编。韩诗杂见于他书而为今本所无者，亦往往而有。予所采取，恐不逮前人之什一。而私臆所及，其有合于前人与否，又不可知。姑存其说，以俟夫好诗者参考而是正焉。"

正文共一卷，依国风、小雅、大雅、周颂、鲁颂、商颂次序解诗，于诗题下辑录《礼记》《左传》《毛诗序》《尚书大传》《史记》《汉书》《后汉书》《列女传》《文选》《潜夫论》《新序》《说苑》《韩诗外传》诸书论诗旨之说，末有按语，辨今古文说诗篇旨之异同。

《敦煌秘籍留真新编》，神田喜一郎辑，陆志鸿编，1947 年

民国三十六年（1947）台湾大学据敦煌写本影印，收录《诗》类书目如下：

《毛诗音》残三卷，存卷十六至十八，（晋）徐邈撰

1948 年

《诗经白话注解》（言文对照），李裕光，缤缤书局本，1948 年

李裕光，生平不详。

《诗经白话注解》（言文对照），民国三十七年（1948）一月长沙缤缤书局印行，李裕光注释。书前录朱熹《诗经传序》。正文录诗歌原文，解诗从朱熹《诗集传》，随文注音、注赋比兴；次有"注解"，白话注解字词；诗末有"语体"，以白话译诗。

《诗乐论》，罗倬汉，正中书局本，1948 年

罗倬汉（1898—1985），字孟韦，广东兴宁人，曾任职于中山大学、华南师范大学等。

《诗乐论》，民国三十七年（1948）八月正中书局印行。书前有作者序例（民国三十一冬），自述本书旨趣及体例曰："本编旨在约礼，别启新途，谨谢芳华，归诸本质……本编以圣王礼乐为纲……以诗编变化为证……约而论之，首篇为纲，二篇、三篇为目。首篇共三章，其第三章

考试编所自，为造论之本。第一章、第二章提挈诗之宗旨，而第二章言经学之义，则探政教之源，发国故之偏，为本书之所学，故下第二篇诗教，第三篇诗之入乐率承之。然而势从于一往，道屈于偏向，而首篇一章，中庸为德，义有未全，故结以末章之言述学，以遥应开宗明义之诗学。"书末有自跋。正文共三篇九章，目次如下：

第一篇"诗与孔学"，共三章："兴诗与成乐"（诗可以兴、诗可以观、观政、正乐、中庸、仁心、一贯、成人、成乐、述古），"经学"（经学之起、家法之起、家法与宗旨、今古文、古文之案据、今古学、私学与大义），"诗之定本"（今本诗之所讫、左传之述言、腊祭与代德之证、书名与预言之非证、左氏之窜乱、后人总凡之研究、左传研究之误会、左传记诗之古本、风诗之移易、颂诗之附入）。

第二篇"诗教"，共两章："诗编大义之所起"（诗教之偏向、正乐非删定、综诗编之义、编诗之人、编诗之时、编诗者之权衡），"尊王大义"（孔学为周、北方戎狄之非害、霸之为义、所谓南国、所谓荆楚、诗之南国、周南召南为一名、周南召南为一国、周南召南非切诗篇题署、周南召南与河洛、周南召南编题之故、周南召南编题后之周召）。

第三篇"诗与乐"，共四章："雅与乐"（歌乐之次、南与乐曲之名、雅为乐曲），"颂与乐"（舞曲未必有辞、舞曲之辞、雅与颂异），"风与乐"（工歌合乐与吹乐、射节奏乐、配雅颂之风乐），"述学"（诗乐与经学、儒学、仁学、格物、通学）。

《闻一多全集》，朱自清等主编，开明书店，1948年

闻一多（1899—1946），原名家骅，字友三，湖北浠水人，曾任职于青岛大学、武汉大学、清华大学等。

《闻一多全集》，朱自清、郭沫若、吴晗、叶圣陶主编，民国三十七年（1948）八月开明书店发行。另有孙党伯、袁謇正主编，湖北人民出版社1993年整理本。两种全集收录闻一多先生《诗经》研究论著情况如下：

《经的性欲观》，刊于《时事新报·学灯副刊》，1927年7月9日、11日、12日、14日、16日、19日、21日，湖北人民出版社本《闻一多全集》编入"诗经编上"。

《匡斋尺牍》，第一至六节（论《芣苢》篇）刊于《学文》，1934年

5 月，第一卷第一期，第七至十节（论《狼跋》篇），刊于《学文》，1934 年 7 月，第一卷第三期，开明书店本编入甲集"神话与诗"。湖北人民出版社本据梁实秋藏稿本补入第十一至十四节（论《兔罝》篇），编入"诗经编上"。

《诗新台鸿字说》，原刊于《清华学报》，1935 年 7 月，第十卷第三期，开明书店本编入乙集"古典新义"，湖北人民出版社本编入"诗经编上"。

《高唐神女传说之分析》，原刊于《清华学报》，1935 年 10 月，第十卷第四期，《〈高唐神女传说之分析〉补记》，原刊于《清华学报》，1936 年 1 月，第十一卷第一期，开明书店本编入甲集"神话与诗"，湖北人民出版社本编入"诗经编上"。

《诗经新义》（二南），原刊于《清华学报》，1937 年 1 月，第十二卷第一期，开明书店本编入乙集"古典新义"，湖北人民出版社本编入"诗经编上"。

《姜嫄履大人迹考》，原刊于《中央日报·史学副刊》，1940 年 4 月 3 日，第二十号，开明书店本编入甲集"神话与诗"，湖北人民出版社本编入"诗经编上"。

《说鱼》，原刊于《边疆人文》（南开大学文科研究所边疆人文研究室编印），1945 年 3 月，第二卷第三、四期合刊，开明书店本编入甲集"神话与诗"，湖北人民出版社本编入"诗经编上"。

《诗经通义》，周南篇原刊于《图书季刊》，1945 年 12 月，新第六卷第三、四期合刊，召南篇原刊于《中山文化季刊》，1943 年 10 月，第一卷第三期，邶风篇原刊于《清华学报》，1947 年 10 月，第十四卷第一期，开明书店本编入乙集"古典新义"，湖北人民出版社本将其改题为《诗经通义》（甲），编入"诗经编上"。

《风诗类钞》甲、乙两编，开明书店本编入辛集"诗选与校笺"，湖北人民出版社本编入"诗经编下"。书前有《序例提纲》，为未定稿，仅存纲要。从《提纲》来看，该书采用社会学之方法，计划"依社会组织的纲目将《国风》重行编次"为婚姻、家庭、社会三大类，"各诗题下注明国名及全书总号码"，据三家诗、旧本、叶韵订正毛诗错误，并附校勘记，惜未完稿。

湖北人民出版社本《闻一多全集》据稿本补充篇目：

《朝云考》，稿本，编入"诗经编上"。据湖北人民出版社本编者注，该文系据《高唐神女传说之分析》增补改写。

《诗经新义》，稿本，湖北人民出版社本《闻一多全集》将其改题为《诗经通义》（乙），编入"诗经编下"。据程天舒《国家图书馆藏闻一多古典文学手稿文献》（《文津流觞》，广西师范大学出版社，2021年）著录，国家图书馆所藏闻一多手稿尚有一百余种未收入湖北人民出版社本《闻一多全集》，其中就有《诗经新义》，该手稿共四册，二百七十三页。据湖北人民出版社本"整理说明"，该书系著者未定、未刊稿，正文涉及十五国风及小雅部分篇目，"前三卷按《毛诗》编次分篇释词，后一卷为前三卷补遗"，在整理时"按《毛诗》编次合并之，不再分卷"。

《诗风辨体》，稿本，编入"诗经编下"。据湖北人民出版社本编者注，该书系清华大学讲义，将十五国风分四言、杂言两类编排，收入时略去了白文经文。从内容来看，该书尚未完稿。

《诗经词类》，稿本，编入"诗经编下"。据湖北人民出版社本"整理说明"，该书是"作者计划为全部《诗经》划分词类的一部未完稿"。

另，据开明书店本《闻一多全集》编后记，闻一多尚有《关雎篇》一文，"载云南某周报"，今未见。

《诗韵谱》，陆志韦，哈佛燕京学社本，1948年

陆志韦（1894—1970），浙江吴兴人，曾任职于东南大学、燕京大学等。

《诗韵谱》，民国三十七年（1948）九月哈佛燕京学社出版，燕京学报专号之二十一。书前有注者序，自述著述之缘由曰："一则清朝人还不免有注错的或者是脱漏的地方，应当校正过来，二则从来还没有过真正注音的谱。"并指出古人韵谱的三种成见："（一）是拘执汉魏以后近体诗的格律，（二）是拘执平上声跟去入的分界线，（三）是拘执古音的分部。"

该书所录韵脚文本悉依《十三经注疏》本《毛诗》，并于每篇诗歌之下注明异文情况，书中所注的音依据的是陆德明《经典释文》的反切和直音，然后按照《古音说略》（陆志韦著，该书将周代之音分为二十一部，至部与脂部合在一起）的系统翻成音符。正文部分无诗原文，依

《毛诗》次第标注诗篇用韵情况。

阎简弼《书评：〈诗韵谱〉》(《燕京学报》，1948 年 12 月第三十五期)指出陆志韦《诗韵谱》是"第一个将自个儿的一套见解说出而依之注音订谱的……因为作者还精通西洋诗，所以参彼订此，关于定韵脚也有新的见解"，且有几处小注为"前人所未发的创见"。另外还指出此书"美中不足的是刊印时疏于校勘，讹脱至四五十处之多"。

《诗经的音乐及其他》，赵沨，新南洋出版社，1948 年

赵沨，生平不详。

《诗经的音乐及其他》由新南洋出版社印行，中华艺术专科学校丛书之五。正文收录论文四篇：《从〈诗经〉的音乐看雅乐的音阶制度》(附《四牡》《关雎》《鹿鸣》《采蘩》《驺虞》《七月》谱)、《云南的民歌》、《旧灯调和新灯调》、《路南的山歌和婚丧鼓吹》。

《二南解症》，姚荄，著者刊本，1948 年

姚荄(1884—1969)，字农卿，安徽桐城人，曾任职于北京国民大学、安徽大学等。

《二南解症》，民国三十七年(1948)九月著者刊本，原书未见。据《民国时期总书目》(书目文献出版社，1992 年)著录，此书"对《诗经》中周南、召南两部分加以注释，并有评介语"。

1949 年

《苏州话诗经》，倪海曙，方言出版社本，1949 年

倪海曙(1918—1988)，上海人，曾任职于上海新文字研究会等。

《苏州话诗经》1949 年 4 月由方言出版社发行。书前有郭绍虞序，书后有作者后记，用苏州话选译《诗经·国风》六十首。

待考书目

《校正诗经备旨》，(清)邹圣脉，锦章图书局本

邹圣脉纂，邹廷猷编次，民国间上海锦章图书局石印本，出版时间待考，共四册八卷。

《诵诗审记》，刘咸炘，稿本

刘咸炘(1896—1932)，字鉴泉，别号宥斋，四川双流人，有《推十书》。

《诵诗审记》，未刊稿本，成书时间待考，今有上海科学技术文献出版社《推十书：增补全本》整理本、《民国时期经学丛书》（第六辑，二六册）影印本。书前有作者序，正文无诗原文，于诗题之下辨析《毛传》、郑《笺》、孔《疏》、朱熹《诗集传》、陈奂《诗毛氏传疏》诸书所言字词、音韵、章义、诗旨之优劣。末附"引用书"。

《诗谱约注》，姚明辉，武昌高等师范学校课本

姚明辉（1881—1961），江苏嘉定人，号孟堭，民国四年（1915）至民国八年（1919）任国立武昌高等师范国文史地部副主任、代理校长。

《诗谱约注》，武昌高等师范学校课本，根据姚明辉任职情况，则此书当作于1915—1919年。据周艳《诗谱文献考论》（《中国典籍与文化》，2008年第4期）著录，此书前有序言，自述其作为课本的缘由："夫论世之作，郑氏《诗谱》尚矣，此予课《诗谱》之意也。虑人疑之也，故言之如此。"次有例言，述历代《诗谱》文献流传情况以及该书体例。正文"据孔颖达《毛诗正义》所载而为之约注，删其烦琐取达文意而止；对地名的解释实行以今名释古名的原则；《诗谱》异文据阮元《校勘记》直接改之；国风次序仍毛诗之旧；《诗谱》之谱图从马骕《郑氏诗谱》之图，但于小序录其全文，其他诸家之说有与马氏异者，以马氏为主，各家之异说于注中标明。总体来说，讲疏之作基本是在前人的基础上汇总数据，讲论史事，少有新的发明。"（《诗谱文献考论》）

《毛诗论韵》，张云锦，民国间刻本

成书时间待考，民国间刻本。今有《民国时期经学丛书》（第六辑，二七册）影印本，共一卷。书前有张云锦序，言此书"兹本西河毛氏之说，证诸《诗经》，述《论韵》一卷"。

《诗经毛传义今释》，宋育仁，《问琴阁丛书》本

宋育仁（1858—1931），字芸子，又字芸岩，号道复、复庵，别号问琴、问琴阁主，四川省自贡市富顺县人。

《诗经毛传义今释》，出版时间、出版社待考，《问琴阁丛书》甲部之一，有《民国时期经学丛书》（第六辑，二八册）影印本，正文自《召南·鹊巢》至《唐风·采苓》，部分卷次缺页，全书体例不一，重在

疏解诗旨。目次如下：国风召南第四（卷三）、邶鄘卫变风第五、邶风第六（卷四）、齐风第十一、魏风第十二、唐风第十三。该书后收入《宋育仁文集》（董凌锋选编，国家图书馆出版社，2016年）。

另，据《中国丛书综录》（上海古籍出版社，1982年）著录，宋育仁另有《诗经说例》一卷，《问琴阁丛书》本，民国十三年（1924）刊，有北京大学图书馆藏本、上海图书馆藏本，目次如下：二南正风别篇大义绪言、周南之三大义通、诗经国风周南注、召南之三大义通、诗经国风召南注、小雅之三大义通、诗经小雅鹿鸣注、诗经豳风七月注。

《诗经讲义》，宋育仁，稿本

成书时间待考，有民国间稿本。今有《民国时期经学丛书》（第四辑，二二册）影印本。书前有长序，此本当为授课之讲义，据其所言治经当有五课，第一课为训诂，第二课为章句，第三课为考订，第四课为明制度伦理文章，第五课为识微言大义，正文部分选释诗歌，以解说诗旨为主，间引旧注。该书后收入《宋育仁文集》（董凌锋选编，国家图书馆出版社，2016年）。

《诗经名物记》，俞寿沧辑注，民国周氏师古堂铅印本

俞寿沧，生平不详。

《诗经名物记》，民国周氏师古堂铅印本，刊行时间待考，共两册四卷，收入《历代诗经版本丛刊》（齐鲁书社，2008年），有国家图书馆藏本。书前有凡例，自述本书旨趣及体例曰："读诗贵通大义，名物次之。然诗之大义，可一言蔽之曰思无邪，而名物綦繁，苦难辨别，离之义复难明。圣人教诗，兼及多识，意傥在兹。诗传昉于汉毛氏苌，得紫阳表章，成《集传》一书，经旨大凿，有清仁庙命儒臣汇纂传说，所为宗朱，此记专收名物，依《汇纂》体例，每物名下，诠以《集传》，一字未更，附注各说，亦采之原书。先儒言诗，或疏毛诗草木鸟兽虫鱼，或续诗传鸟名，或图说名物，皆极博洽，此记一根《集传》，约之又约，取便初学，备遗忘而已，欲窥其详，陈编具在。此记除天文地理外，凡物之关于故实者，鲜不载。各物间有《集传》未释者，仍之。"

《诗经讲义》（前编），文寿昌，重庆大学排印本

文寿昌编，四川巴县人。

《诗经讲义》（前编），重庆大学印行，出版时间待考，有西南政法

大学藏本。西南政法大学藏本《诗经讲义》扉页馆藏登记信息：1938年5月16日，封底：中华民国廿四年（1935）□月初六日收讫，据此则知此书应出版于1935年之前。该书前有《通论》，辑录《论语》《孟子》《周礼》《礼记》《左传》《史记·孔子世家》《汉书·艺文志》等论《诗》之语。次录陆德明《经典释文·诗序录》、陈乔枞《鲁诗遗说考序》《齐诗遗说考序》《韩诗遗说考序》原文，附《逸诗考》。正文自《关雎》至《燕燕》，于每诗下先列所注之字词，次注异文、释义。

《诗经研究》，罗汝荣，广东国民大学讲义

编著时间待考，系广东国民大学讲义，今有国家图书馆藏本。据《东莞中学前五十年史料编年》载："罗汝荣（？—1939），莞城西门人。1928年10月东莞县成立县事委员会，罗汝荣为东莞明伦堂推荐，选为县事委员会委员，次年八月东莞县保安队管理委员会成立，罗汝荣被选为常务委员，管理全县保卫队。任东莞中学校长之后（1929），为广州国民大学教授。1939年，东莞沦陷后，莞城镇镇长汉奸张树棠挟罗汝荣回莞，迫任伪职，罗汝荣严辞拒绝，被打重伤而卒。"

该书"绪言"部分论及"诗"之定义、"诗何以称经""历代研究《诗经》之略史"，并自述"吾人今日研究《诗经》，当先通其训诂，明其礼制，就诗之本文，细绎诗旨，再参以历代各家诗说，择善而从，或加鄙见。至诗之年代，与乎四始六义，则随诗讲述，不另整焉"。

正文部分疏解十五国风，于每风前有总论，释其风名之所由来。于每诗后有"注释"，"汇集汉代至现代各家之说，择善采录，或数说俱可通者，间亦并录，以备比观"。尤其对于虚字，极为留意诠释。次有"诗说"，录历代诗旨诸说。间录《毛诗序》、王质《诗总闻》、朱熹《诗集传》、严粲《诗辑》、姚际恒《诗经通论》、方玉润《诗经原始》、崔述《读风偶识》、魏源《诗古微》、龚橙《诗本谊》、胡适、顾颉刚等说。次有"今说"，重在疏解诗旨。次有"附录"，辑录历代文献引诗情况，于《礼记》《左传》《论语》《孟子》《荀子》《孝经》《说苑》《列女传》《韩诗外传》《汉书》等书皆详录之。

书末言："视孔广森好《诗声类》尤密，章太炎、刘师培、黄季刚破称许之。兹将其韵例另附书末，以为读者进修之一助云尔。"国家图书馆藏本未见附录之孔广森《诗声类》。

《诗经别论》，陈鼎忠，整理本

陈鼎忠（1879—1969），原名星垣，字天倪，湖南益阳人，曾执教于东北大学、无锡国专、中山大学、民国大学、湖南大学等。《诗经别论》成书时间待考，今有中华书局 1997 年《尊闻室剩稿》整理本，另有《民国时期经学丛书》（第五辑，二九册）重排本。马积高《尊闻室剩稿序》言《诗经别论》一书"既力辟专信小序之非，胪列毛序、郑笺之误，又历举小序叙事之优于马班二史及可信者……一扫以往经学家之陈见，谓'诗当以词采为主'，并类举纪事、颂扬、武功、农事、燕享、讥刺、男女之事等方面，及不同时代之篇章分别加以论述，与前辈论《诗》之作相比，亦罕其伦"。该书正文目次如下：一、论孔子无删诗之事；二、诗当以词采为主；三、序、传、笺注之误；四、乐舞与戏剧；五、诗亡而骚赋作；六、余论。

《诗经讲义甲种》，张西堂，国立武汉大学讲义，民国间刊本

国立武汉大学讲义，民国间刊本，具体时间待考，今有《民国时期武汉大学讲义汇编》（国家图书馆出版社，2018 年）影印本。张西堂（1901—1960），本名张正，字西堂，20 世纪 30 年代任职于国立武汉大学。该讲义共十三节，附录二节，分节辑录《诗》学文献，并附"堂案"简述其旨，目次如下：

之一，诗之名义，录诸家论诗者二十余条，附"堂案"

之二，孔子删诗，王崧，《说纬》，附"堂案"

之三，《诗论一》（论孔子删诗），朱彝尊，附"堂案"

之四，夫子正乐论中，魏源，《诗古微》，附"堂案"

之五，《经义考》中所述关于诗之记载与评论，朱彝尊，《经义考》，附"堂案"

之六，皮锡瑞论孔子删诗，皮锡瑞，《诗经通论》，附"堂案"

之七，孔子删诗辨，赵坦，《宝甓斋文集》，附"堂案"

之七，《诗本谊序》，龚橙，附"堂案"[①]

之八，三家诗异文说录（一至二），王先谦，附"堂案"[②]

---

① 按：原讲义编号即如此，兹录原文。

② 张西堂案曰："其详备自当属晚近王先谦《诗三家义集疏》，其书条理虽甚明晰，然而不便读者，今为检阅之便，录出其三家异文（略及三家之说），以俾参稽。"

之九，三家诗异文说录（三）

之十，三家诗异文说录（四至二十八）

之十一，胡适，《谈谈诗经》

之十二，顾颉刚，《论诗经所录全为乐歌》

附录之一：《诗经》集目（历代《诗》之述作），附"堂案"

附录之二：国学论文索引（《诗》之论文）

《顾随讲〈诗经〉》，顾随讲授，叶嘉莹、刘在昭笔记

顾随（1897—1960），字羡季，笔名苦水，别号驼庵，河北清河县人，曾任职于燕京大学、辅仁大学、河北大学等。

《顾随讲〈诗经〉》，顾随讲义系列丛书之一，系顾随于20世纪40年代在辅仁大学执教时所讲《诗经》内容，据叶嘉莹、刘在昭笔记整理而成，有河北教育出版社2012年8月整理本。据顾之京后记载："两位学姐听讲《诗经》《文选》两门课并非于一室、一时，所记时间跨度可能有四五年之久。此两册书整理稿未依当年听课时间先后为序，而是以《诗经》《文选》原书篇目为序重新加以排列。"正文编为两部分，目次如下：

《诗经》选讲一：谈《国风》（《周南·汝坟》《麟之趾》《豳风·七月》）、谈《小雅》"变雅"（《节南山》《正月》《十月之交》《小弁》《巷伯》《苕之华》）、《小雅》碎语；

《诗经》选讲二：概说"诗三百"、说《周南》（《关雎》《葛覃》《卷耳》《樛木》《螽斯》《桃夭》《兔罝》《汉广》《麟趾》）、《周南》余论、说《召南》（《鹊巢》《采蘩》《草虫》《采蘋》《甘棠》《行露》《羔羊》《殷其雷》《摽有梅》《小星》《江有汜》《野有死麕》《何彼襛矣》《驺虞》）。

另有《〈诗经〉谈片》，系顾随《诗经》讲义片段，据叶嘉莹先生1942年至1947年听课笔记整理，收入《顾随·诗文丛论》（天津人民出版社，1995年）、《顾随全集》（河北教育出版社，2001年）、《顾随讲〈诗经〉》（河北教育出版社，2012年）。

《私立北泉图书馆丛书》，民国怡兰堂刊本

收录《诗》类书目如下：

《诗经论旨》，一卷，（清）姚际恒

《山右丛书初编》，山西省文献委员会辑，民国排印本

收录《诗》类书目如下：

《诗纬》（《诗含神雾》《诗推度灾》《诗汜历枢》《汜引诗纬》），一卷

《豫章丛书》，胡思敬辑，豫章丛书编刻局本，民国刊本

民国南昌豫章丛书编刻局刊本，收录《诗》类书目如下：

《诗故》，十卷，附校勘记一卷，校勘续记一卷，明朱谋㙔撰，校勘记魏元旷撰，续记胡思敬撰，民国四年（1915）据新安吴敬符远甫校阅本刊

《读诗臆断》，沈祖绵，待考

沈祖绵（1878—1969），字瓞民，浙江杭州人，沈绍勋长子，师从陈澧，著有《读易臆断》《读诗臆断》《读庄臆断》《读管臆断》等。

《读诗臆断》，四卷，原书未见。据张寿镛《读诗臆断序》（《约园杂著》第三编）著录："瓞民本其家学，益伸其说，许书而外兼大小徐之解，凡陈氏传疏待商者一一为之爬梳，间及作诗之时期，考证名物之异同，以《趋庭学诗说》为之殿。"

《诗疏楬问》，徐行可，待考

徐行可（1890—1959），名恕，字行可，号强誃，湖北武昌人，曾任职于武昌图书馆专科学校、辅仁大学、中国大学等。

《诗疏楬问》，出版时间待考，原书未见。徐行可《诗疏楬问序》曾刊于《制言》半月刊1936年8月1日第二十二期，自述此书旨趣曰："今循前代成规，依孔疏文句，楬题发问，表其词，别其事，析其旨，明其例，记阮氏文选楼刊本行格于下，用资究览，其诠释语，具载当文之内，不待删要迻书，别为解答也。解答之语，疏文不具者，倚席之际，因言以宣，于疏义有未安者就问语中，设然疑之词以见意，别为《诗义申难录》一书。"

另，徐行可尚有《诗义申难录》一书，未见原书。其《诗义申难录序》曾刊于《制言》半月刊1936年8月1日第二十二期。

《左传引诗考》，褚保炎，待考

褚保炎，生平不详。原书未见，待考。

褚保炎《左传引诗考叙言》曾刊于《女师学院期刊》1935年1月20日第三卷第一期，该文前有"编者附识"，述此书之梗概曰："褚君

近著《左传引诗考》，全文约三万余言。其示治斯学者以取益之途径凡五：（一）可以考见战国时代一般人对诗之解释及其态度；（二）可以考见后儒说诗之根据；（三）可以供校勘；（四）可以供训诂之参考；（五）可以供体玩诗旨之助。复将泛举各条，一一归纳整理，而为十六例，若网在网，有条不紊，凡皆于弁首叙言，揭示梗概，兹先披露如次，想亦治斯学者所愿一为浏览也。"

褚保炎叙言自述《左传引诗考》"考左氏全书，就其引诗之性质言，为例凡十有六"：（一）引诗通论全经例、（二）左氏引诗通论诗次例、（三）左氏引诗断章取义例、（四）左氏引诗同于《毛序》例、（五）左氏引诗异于《毛序》例、（六）赋诗而取义异于《毛序》例、（七）赋诗而取义同于《毛序》例、（八）引诗篇名异于《毛诗》例、（九）引诗篇名同于《毛诗》例、（十）引诗国风而所属之国与毛相异例、（十一）异文例、（十二）引诗训诂同于毛传例、（十三）引诗而所属篇章异于《毛诗》例、（十四）逸诗例、（十五）引诗而误将两章诗句连引例。

《诗经述要》，姚永朴，安徽高等学堂铅印本，待考

姚永朴（1861—1939），字仲实，晚号蜕私老人，安徽桐城人，曾任职于安徽高等学堂伦理教习、北京大学、宏毅学舍、东南大学、安徽大学等。

《诗经述要》，原书未见，待考，据寇淑慧《二十世纪诗经研究文献目录》（学苑出版社，2001年）著录。国家图书馆藏有姚永朴《十三经述要》六卷，民国十四年（1925）锦记书局石印本，其中有《诗》，寇书著录《诗经述要》疑即此本。

另，姚永朴有《蜕私轩诗说》，八卷，民国十二年（1923）秋浦宏毅学舍油印本，有国家图书馆（四卷）、安徽省图书馆（八卷）藏本。

《诗说》，姚永概，写印本，待考

姚永概（1866—1923），字叔杰，号幸孙，安徽桐城人，曾任职于北京大学、正至中学等。

《诗说》，原书未见，待考。据《续修四库全书总目提要（稿本）》著录，《诗说》，四卷，写印本，"首有陈朝爵序。说止《国风》，不及雅、颂。于毛、郑、朱三家之说各节所长，亦间采他说以辅之。《郑风》不采《集传》，而代以朱子初说。所采诸家，如钱澄之、姚鼐、马其昶、方铸，皆桐乡人。其昶及铸，且并时人也。作序之陈朝爵，亦录其说。虽云折衷，殊乏精识，备初学诵习可也"。

《毛诗经世录》，何蛰存，待考

何蛰存，生平不详。原书未见，待考。姚永朴《毛诗经世录序》（《桐城派名家文集》第11卷，安徽教育出版社，2014年）述此书旨趣曰："吾邑何君蛰存，夙精小学，于许氏书既融会而贯通之矣，由是治经，因训诂以通词章，更因词章以求义理，著有《毛诗经世录》若干卷。丙寅岁（1926）从游者谋付印，予观是编大旨，以《序》为宗，于宋元后儒者之说亦多所甄录，间附己意，言近旨远，学者读之庶可收通经致用之效。"

《诗经新疏》，王恩洋，手稿，待考

王恩洋（1897—1964），字化中，四川南充人，师从欧阳竟无，曾任职于法相大学，创办龟山书房、东方文教院。

《诗经新疏》，稿本，成稿时间待考。今有2001年四川人民出版社据手稿整理本，收入《王恩洋先生论著集》（第八卷）。正文逐篇疏解十五国风，先分章录诗原文，后注解字词，疏解章义，诗末总述诗旨，说诗多依《毛传》。其中《氓》《女曰鸡鸣》《衡门》《鸤鸠》四篇曾刊于《文教丛刊》1946—1947年第一卷，第五、六期合刊、第七期。

《诗四家篇义商兑》，欧阳枢北，待考

据《雅安市志》载，欧阳枢北（1911—1985），四川忠县人，民国二十五年（1936）毕业于华西协合大学中文系，曾任瞻化县代理县长、雅安田粮处副处长等。

《诗四家篇义商兑》，原书未见。欧阳枢北《诗四家篇义商兑序例》（《华西大学文学院院刊》，1938年7月，创刊号）自述此书之旨曰："余少习毛诗，师或芼三家义而为之说，喜而异之，乃知诗三家与毛篇义，间有异同，即三家亦自有异同。然于毛义之未安者，尚可采三家义以参正之，探殊途同归之旨，究百虑一致之微。于是取前修所辑，及故书雅记说有当于诗义者，使与毛序平列参正，兼取历代大家说诗，斟酌其当，理惟求是，义主明通，推本溯源，不宥一曲。至毛序之作，说者纷如，胥不置辩，以重家说，免使混淆。……命之曰《诗篇义商兑》云。或有专己守残者，谓宜各守藩宇，毋庸沟合。余谓门户之见，于诗殊可不必，即篇义有异同，亦不可固持一是。"

《诗经选注》，汪静之，暨南大学讲义，待考

汪静之（1902—1996），安徽绩溪人，曾任职于安徽大学、暨南大学、复旦大学等。

《诗经选注》，暨南大学讲义，编著时间不详，未见原书，待考。汪静之《伯兮问题我见并质陈钟凡先生》（《暨南周刊》，1928年第三卷第三期）一文曾言其编有《五经选注》，《诗经选注》为其中一部。另，汪静之《诗经女子选择情人的基本条件》（《大陆》，1932年第一卷第四期）一文自述《诗经选注》为其在暨南大学教授《诗经选注》一课时所编。

《诗经讲义》，遗史氏辑，奇雅中西印务排印本，待考

该书系大学中文经学课本，遗史氏辑，民国间香港奇雅中西印务排印本，今有《民国时期经学丛书》（第三辑，十九册）影印本。原书共四卷，《民国时期经学丛书》影印本仅存卷一周南至郑风部分。正文部分先录诗歌原文，诗后辑录《毛传》、郑《笺》、孔《疏》、朱熹《诗集传》等文献，间有案语。

民国时期报刊载《诗经》研究文献编年

凡 例

其一，本编以时间为线索，分年著录 1912 年到 1949 年间单篇《诗经》研究文献。所收文献原则上以民国为限，同时考虑到学术研究的延续性，著录部分晚清文献。

其二，本编所收文献，以民国时期报纸、期刊载诗经学文献为主，同时收录部分专著章节、文集涉《诗》文献。

其三，本编依次注明题名、著者（原文署名）、报刊名称、发行时间（年月日）、卷期号等信息，并逐一核对原报刊发行日期。发行月份不详者，则附当年文献末尾；发行日期不详者，则附当月文献末尾。

其四，本编所著录连载文章皆辑录于首篇之下，另载他刊者亦附首篇之下。部分报刊连载文章，或缺前文，或缺后文，确实无法核对原刊者，则保留原序号。缺前文且原文无序号者注"（续）"，缺后文且原文无序号者注"（未完）"。部分连载文章原文序号重复、颠倒，为存其真，皆存原文序号。

其五，本编共收文献 2000 余条。

1911 年及以前

《毛诗论》，佚名，《益闻录》，1881 年 11 月 19 日，第一百二十七期

《甘霖慰望》（集《诗经》语），佚名，《益闻录》，1883 年，第二百八十三期

《读诗经至双声叠韵偶成》，云溪青藜阁主人，《字林沪报》，1884 年 7 月 6 日

《请删诗经》,佚名,《字林沪报》,1890年10月7日

《重雕宋本诗经凡例十四则》,佚名,《字林沪报》,1889年12月26日

《蔼园谜剩:雨旸时若》(《诗经》一句),佚名,《点石斋画报》,1891年,第二百五十二期

《行苇射礼解》,佚名,《益闻录》,1893年4月5日,第一二五六号

《春赛三志·集诗经》,佚名,《新闻报》,1895年5月2日

《请猜诗经》,佚名,《游戏报》,1897年12月5日

《万寿颂集诗经》,佚名,《采风报》,1898年8月13日

《诗周南葛覃章》,止止,《竞化》,1900年,第五期

——《诗周南卷耳章》,《竞化》,1900年,第六期

——《诗周南桃夭章》,《竞化》,1900年,第八期

——《诗周南樛木章》,《竞化》,1900年,第七期

——《诗邶风柏舟章》,《竞化》,1900年,第十三期

——《诗召南野有死麕章》,《竞化》,1900年,第十一期

《毛诗:经说三》,吕氏,《九经补学报》,1905年,第二期

《群经大义相通论序:公羊孟子相通考一、公羊齐诗相通考二》,刘光汉,《国粹学报》,1905年,光绪三十一年十一月二十日,第一年,第十一号,第十一期

——《群经大义相通论:毛诗荀子相通考三》(续第十一期),《国粹学报》,1905年,光绪三十一年十二月二十日,第一年,第十二号,第十二期

——另载,《群经大义相通总论、公羊孟子相通考、公羊齐诗相通考、毛诗荀子相通考》,刘光汉,《北洋学报》,1906年,第四十期

——另载,《毛诗荀子相通考》,《北洋学报》,1906年,第四十期

《孔子删诗说》,佚名,《江西官报》,1906年,第十九期

《毛诗说略》(黍离),变雅,《复报》,1907年1月30日,第八期

《谜语选新:诗经》,佚名,《北清烟报》,1907年,第九期

《驺虞考》,沈维钟,《国粹学报》,1908年,光绪三十四年二月二十日,第四年,戊申第二号,第三十九期

《毛诗动植物今释》（序、雎鸠、荇菜、葛、黄鸟、卷耳、葛藟、螽斯），薛蛰龙，《国粹学报》，1908年，光绪三十四年正月二十日，第四年，戊申第一号，第三十八期

——《毛诗动植物今释》（桃、苤苢、楚、蒌、条、鲂鱼），《国粹学报》，1908年，光绪三十四年二月二十日，第四年，戊申第二号，第三十九期

——《毛诗动植物今释》（麟、鹊、鸠、蘩、草虫、阜螽、蕨、薇、蘋），《国粹学报》，1908年，光绪三十四年三月二十日，第四年，戊申第三号，第四十期

——《毛诗动植物今释》（藻、甘棠、雀、鼠、羔羊、委蛇、梅），薛蛰龙，《国粹学报》，1908年，光绪三十年四月二十日，第四年，戊申第四号，第四十一期

——《毛诗动植物今释》（麇、白茅、朴樕、鹿、尨、棠棣、桃、李、葭、豵、豝），《国粹学报》，1908年，光绪三十四年五月二十日，第四年，戊申第五号，第四十二期

——《毛诗动植物今释》（蓬、燕燕、棘、雉），《国粹学报》，1908年，光绪三十四年七月二十日，第四年，戊申第七号，第四十四期

——《毛诗动植物今释》（匏、雁、葑、菲、荼、荠），《国粹学报》，1908年，光绪三十四年八月二十日，第四年，戊申第八号，第四十五期

——《毛诗动植物今释》（流离、翟、榛、苓、狐、乌、黄），《国粹学报》，1908年，光绪三十四年十月二十日，第四年，戊申第十号，第四十七期

——《毛诗动植物今释》（鸿、戚施、茨、唐、麦、鹑、鹊、栗、椅、梓、桐、漆、桑），《国粹学报》，1908年，光绪三十四年十一月二十日，第四年，戊申第十一号，第四十八期

——《毛诗动植物今释》（蝱、绿竹、蜾蠃、瓠犀、蓁、蛾、鳣），《国粹学报》，1909年，宣统元年五月二十日，第五年，己酉第六号，第五十五期

——《毛诗动植物今释》（鲔、芃兰、谖草、木瓜、黍、稷、鸡），《国粹学报》，1909年，宣统元年六月二十日，第五年，己酉第七号，

244

第五十六期

——《毛诗动植物今释》（牛、羊、蒲、蓷、兔、萧、艾、麻），《国粹学报》，1909年，宣统元年七月二十日，第五年，己酉第八号，第五十七期

——另载，《毛诗动植物今释》（续），《江宁学务杂志》，1910年，庚戌第一册

《六诗说》，章绛（太炎），《国粹学报》，1909年，宣统元年二月二十日，第五年，第二号，第五十一期

《小疋大疋说》（上、下），章绛（太炎），《国粹学报》，1909年，宣统元年二月二十日，第五年，第二号，第五十一期

《毛公说字述》，章绛（太炎），《国粹学报》，1909年，宣统元年二月二十日，第五年，第二号，第五十一期

《孙仲容先生遗著》（释周成王元年正月朔日庙祭补正郑君书注诗笺义、诗不殄不瑕义、毛诗鲁颂駉传诸侯马种物义），孙诒让，《国粹学报》，1909年，宣统元年七月二十日，第五年，己酉第八号，第五十七期

《国学保存会藏书志：毛诗申成十卷（歙县汪龙学写定未刊本）》，邓实，《国粹学报》，1909年，宣统元年七月二十日，第五年，第八号，第五十七期

《读豳风》，痴僧，《越报》，1909年9月，第一期

《邶鄘卫考》（附殷韦同字考），刘师培，《国粹学报》，1909年，宣统元年十月二十日，第五年，第十一号，第六十期

《毛诗正韵序》，章绛（太炎），《国粹学报》，1909年，宣统元年十二月二十日，第五年，第十三号，第六十二期

《射诗经二句》，佚名，《图画日报》，1909年，第五十四期

《射诗经一句》，佚名，《图画日报》，1909年，第六十四期

《说国风》（上中下），沧江，《国风报》，1910年，第一年，第一期

《用我法斋经说：费易毛诗非古文说》，江慎中，《国粹学报》，1910年，宣统二年六月二十日，第六年，第六号，第六十八期

——《用我法斋经说：周颂雕篇解》，《国粹学报》，1910年，宣统二年八月二十日，第六年，第八号，第七十期

——《用我法斋经说：释毛诗传龙和之训》，《国粹学报》，1910年，宣统二年十一月二十日，第六年，第十一号，第七十三期

《毛诗韵例》，丁以此，《国粹学报》，1910年，宣统二年九月二十日，第六年，庚戌第九号，第七十一期

——另载，《毛诗韵例》，丁以此，《国学厄林》，1920年6月，第一卷

《新诗经》，化民，《新闻报》，1911年1月14日

《辫子诗经》，牛山，《时报》，1911年3月13日，第十四号

《读诗经札记》，稚云，《暾社学谭》，1911年5月1日，第四号

——《读诗经札记》（续前），《暾社学谭》，1911年6月1日，第五号

《皕诲堂随笔：修辞六义》，皕诲，《进步》，1911年9月，第一卷，第一号

《敦煌新出唐写本提要：毛诗诂训传国风残卷》，刘师培，《国粹学报》，1911年，第七年，辛亥第一号，第七十五期

《东之文钞——跋毛诗》，陈潮，《国粹学报》，1911年，第七年，第七号，第八十一期

《诗毛氏学序》，伯弢，《文艺丛录》（大公报印），1911年，第二辑

《诗经声韵谱序》，范罕，《南州国学专修院校刊》，1911年，卷期不详

《读诗卫风氓篇》，刘慕唐，《南州国学专修院校刊》，1911年，卷期不详

《三家诗讲义编辑微旨》，李凝，《南州国学专修院校刊》，1911年，卷期不详

《三家诗讲义师传纪要》，李凝，《南州国学专修院校刊》，1911年，卷期不详

1912年

《诗邶风"忧心悄悄"新解》，佚名，《国粹学报》，1912年2月，第七卷，第二期

《诗经集句》，王钧伯，《时事新报》，1912年10月5日，第一千七

百廿九号

《经学三：易卦应齐诗三基说》（附三基应历说、齐诗历用颛顼说、迮鹤寿齐诗翼氏学书后），刘师培，《四川国学杂志》，1912年，第四号

——另载，《易卦应齐诗三基说》，刘师培，《中国学报》（北京），1916年3月，第三册

《读诗劄记》，高燮，《国学丛选》，1912年，第一至六期

1913年

《诗经言字解》，胡适，《留美学生年报》，1913年1月，第二年本

——另载，《诗经言字解》，胡适，《神州》，1913年8月，第一卷，第一册

——后收入《胡适文存》（卷二），改题为《诗三百篇言字解》，上海亚东图书馆，1921年12月

《东塾读诗录》，陈澧，《中国学报》，1913年6月，第八期

《诗说》，陈柱，《中国学报》，1913年6月，第九期

——另载，《诗说》，陈柱，《学衡》，1922年12月，第十二期

《毛诗笺疏辨异序》，洪良品，《宗圣汇志》，1913年7月，第一卷，第三号

《诗经别解》（朱熹可恶、蜉蝣掘阅解），宛侠，《大共和日报》，1913年10月

《〈山海经〉为〈诗经〉旧传考》，廖平，《四川国学杂志》，1913年，第七号

——另载，《〈山海经〉为〈诗经〉旧传考》，廖平，《地学杂志》，1920年，第一百十八号

《论诗序》，廖平，《四川国学杂志》，1913年，第七号

——《续论诗序》，《四川国学杂志》，1913年，第九号

——另载，《论诗序》，《中国学报》，1916年4月，第四册

《诗经国风五帝分运考》，廖平，《四川国学杂志》，1913年，第七号

《重刻日本影北宋钞本毛诗残本跋》，廖平，《四川国学杂志》，1913年，第九号

《新诗经》，佚名，《民国汇报》，1913年，第一卷，第四号

1914 年

《论汉宋说诗之家及今日治诗之法》，臧晖（胡适），《留美学生年报》，1914年1月，第三年本

《三家诗比辑自序》，王容子，《雅言》（上海），1914年2月19日，第三期

《王湘绮讲经》（诗经），王闿运，《生活日报》，1914年4月27日

《新毛诗》，觉迷，《新闻报》，1914年9月19日

《新诗经》，佛影，《五铜圆》，1914年9月27日，第十三期

《新诗经》，莫等闲生，《时报》，1914年12月10日

《译诗经木瓜诗一章》（英译），胡适，1914年12月13日，《胡适留学日记》卷七，商务印书馆，1947年

《提倡诗教之有人》，佚名，《宗圣汇志》，1914年12月，第一卷，第十一、十二期合刊

《三百篇不录楚风说》，谔声，《繁华杂志》，1914年，第二期

《客中岁暮感怀集诗经句》，李壬祥，《繁华杂志》，1914年，第四期

《嘲打野鸡》（集毛诗句），颠公，《最新滑稽杂志》，1914年，第三期

《新毛诗》，剑秋，《游戏杂志》，1914年，第五期

《诗经天学质疑》，廖平，《国学荟编》，1914年，第八期

《医药杂俎》（贝母疗郁、车前治产难）（毛诗），周伯华，《神州医药学报》，1914年，第二卷，第九期

——《医药杂俎》（萱草忘忧）（毛诗），《神州医药学报》，1915年，第三卷，第一期

《读诗》，前人，《国学》（东京·日本），国学扶危社，1914年

《六经释义》，丘陵（隐南），《国学》（东京·日本），国学扶危社，1914年

《诗纬新解》，廖平撰，黄镕补证，《国学荟编》，1914年，第十期

——《诗纬新解》（续），《国学荟编》，1914年，第十二期

1915 年

《新诗经》，含茹，《时报》，1915 年 1 月 6 日

《毛诗笺疏辨异序》，章炳麟，《宗圣汇志》，1915 年 3 月，第二卷，第一号

《新诗经》，涵秋，《大共和日报》，1915 年 4 月 14 日

《抄袭说》（集诗经），太癫，《余兴》，1915 年 5 月，第八期

《读常棣诗书后》，燕景缇，《中华妇女界》，1915 年 7 月 25 日，第一卷，第七期

《谐经：新诗经》，莫等闲生，《余兴》，1915 年 7 月，第十期

《读常棣诗书后》，刘苗芳，《中华妇女界》，1915 年 8 月，第一卷，第八期

《礼拜诗经》，东埜，《新闻报》，1915 年 9 月 15 日

《为朱熹辨诬》，胡适，《藏晖室札记》，1915 年 10 月，《胡适古典文学研究论集》，上海古籍出版社，1988 年 8 月

《毛诗郑笺破字解》，章星垣（奎森），《国学杂志》，1915 年，第二期

《毛诗假借字考》，方秋士，《国学杂志》，1915 年，第四期

——《毛诗假借字考》（续），《国学杂志》，1915 年，第五期

《新诗经》，冷笑，《小说丛报》，1915 年，第十一期

《诗学质疑》（又名《释风》），廖平，《国学荟编》，1915 年，第三期

《孔子闲居》，廖平，《国学荟编》，1915 年，第三期

《大学引诗为天皇引书为人帝考》，廖平，《国学荟编》，1915 年，第三期

1916 年

《谐经：新诗经》，含茹，《余兴》，1916 年 1 月，第十四期

《今诗经》，抱一，《时报》，1916 年 5 月 9 日

《新五经·诗经》，屈蠖，《时报》，1916 年 7 月 6 日

《诗经》，张少甫，《时报》，1916 年 11 月 16 日

《敬告国民：集毛诗句》，褚仲如，《学生》，1916年，第三卷，第六期

《诗异文考》，方秋士，《国学杂志》，1916年，第八期

《论诗经中对于真宰之解释》，王振民，《尚贤堂纪事》，1916年，第十一册，第七期

1917年

《阅诗经札记》，孔令恒，《清华周刊》，1917年2月15日，第九十六期

《游戏文章：新诗经》，痴山，《小铎》，1917年5月3日，第九十四号

《诗经新注》，慎思，《新闻报》，1917年5月8日

《今诗经》，抱一，《余兴》，1917年5月，第二十八号

《说商颂长发》，殷同薇，《妇女杂志》（上海），1917年6月5日，第三卷，第六号

《说商颂长发》，金衡，《妇女杂志》（上海），1917年6月5日，第三卷，第六号

《诗经新解》，瀞香，《新闻报》，1917年11月8日

《商颂附诗秦誓终书考》，罗柄，《雅礼学生杂志》，1917年，第一卷，第一期

1918年

《新诗经》，井上人，《新世界》，1918年1月26日

《读邶风燕燕》，段能，《昆明教育月刊》，1918年1月31日，第二卷，第四期

《新诗经》，狂奴，《新世界》，1918年5月2日

《时事新诗经》，平民，《大世界》，1918年5月31日

《时事暗合毛诗》，摺忱，《益世报》（天津），1918年6月25日

《新诗经》，仙源雪庐，《大世界》，1918年6月27日

《新诗经》，天台山农，《新闻报》，1918年7月15日

《诗小雅棠棣篇书后》，陆颂襄，《学界潮初集》，1918年7月

《毛诗联语》，管窥，《益世报》（天津），1918年9月26日

《贺老徐娘十月十日入洞房联》（集毛诗句），忧生，《益世报》（天津），1918年10月10日

《毛诗时事联语》，梦余，《益世报》（天津），1918年11月1日

《新酒令》（集诗经句），红豆蔻轩主，《新世界》，1918年12月3日

《证经：子谓伯鱼曰女为周南召南矣乎人而不为周南召南其犹正墙面而立也与、鹊巢章》，佚名，《道德浅言》，1918年12月5日，第八期

——《证经：葛覃章》，《道德浅言》，1919年1月5日，第九期

——《证经：卷耳章、樛木章、螽斯章》，《道德浅言》，1919年2月5日，第十期

——《证经：桃夭章》，《道德浅言》，1919年3月5日，第十一期

——《证经：汉广、汝坟、麟之趾章》，《道德浅言》，1919年4月5日，第十二期

《毛诗中外时事联语》，管窥，《益世报》（天津），1918年12月18日

《毛诗酒筹》，守拙，《小说新报》，1918年，第四卷，第十二期

《经学概论·诗》，王国维，商务印书馆，1918年

《新体经学讲义》（多章述《诗》之史），江瑔，商务印书馆，1918年

1919年

《新诗经》，瞻庐，《先施乐园日报》，1919年1月1日

《读邶鄘卫风书后》，崔学攸，《清华周刊》，1919年1月16日，第一五八期

《新世界·新诗经》，金奎，《新世界》，1919年2月27日

《毛诗词例举要》，刘师培，《国故》，1919年3月20日，第一期

——《毛诗词例举要》（续），《国故》，1919年4月20日，第二期

《宋朱熹的诗经集传和诗序辩》，傅斯年，《新潮》，1919年4月1日，第一卷，第四号

《毛诗传序相应说》，陈庆麒，《国故》，1919年5月20日，第三期

《读郑风》，王永祥，《南开思潮》，1919年6月23日，第四期

《说文引诗考》，李坤，《尚志》，1919年10月，第二卷，第八号

《读小雅》，林纾，《文学杂志》（上海），1919年，第一期

——另载，《读小雅》，林纾，《民彝》，1927年6月，第一卷，第五期

《有美一人》（集诗经句），佚名，《广益杂志》，1919年，第十八期

《寿杨母叶太夫人七十晋一》（集诗经句），佚名，《广益杂志》，1919年，第十八期

《读豳风七月篇书后》，萧桐，《震旦大学院杂志》，1919年，第十八年刊

《毛诗正韵评》，黄侃，《国民月刊》，1919年，期卷不详

1920年

《新诗经》，平民，《大世界》，1920年3月25日

《讲演·五经大意之中》（上）（诗经论文），吉原古城，《台湾日日新报》，1920年4月4日

《齐诗大小雅分主八节说》，刘师培，《唯是》，1920年5月5日，第一册

《齐诗国风分主八节说》，刘师培，《唯是》，1920年5月5日，第一册

《诗教》，沈开益，《国学厄林》，1920年6月，第一卷

《江叔海先生日本竹添光鸿毛诗会笺序》，江叔海，《唯是》，1920年7月，第三期

《乐园新诗经》，瓶山樵子，《先施乐园日报》，1920年8月1日

《新世界新诗经》，筱峰，《新世界》，1920年8月31日

《打雉新诗经》（集诗经句），筱峰，《新世界》，1920年9月20日

《新诗经》，老白，《新世界》，1920年8月11日

《毛诗用韵的研究》，寄尘，《俭德储蓄会月刊》，1920年10月，第二卷，第三期

《诗经联语》，老白，《新世界》，1920年12月8日

《毛诗集对》，郑雪痕，《小说新报》，1920年，第六年，第一期（第4页、第12页）

《新诗经》，少芹，《小说新报》，1920年，第六卷，第二号

——《新诗经》，《小说新报》，1920年，第六卷，第四号

1921年

《我的诗说》，郑重民，《文学周报》，1921年1月11日，第廿五号

《新诗经》，潮，《新世界》，1921年1月15日

《新诗经》，天醒，《大世界》，1921年1月19日

《韩诗内传未亡说》，杨树达，《学艺杂志》，1921年4月1日，第二卷，第十号

《日记》（关于《诗经》之见解），胡适，1921年4月27日，1922年4月26日，1922年6月9日，1922年8月19日，《胡适古典文学研究论集》，上海古籍出版社，1988年8月

《新诗经》（咏猜铜元也），天醒，《大世界》，1921年6月20日

《毛诗评注自序》，李九华，《四存月刊》，1921年9月，第六期

——《毛诗评注》（四存中学校经学讲义之一），《四存月刊》，1921年10月，第七期

——《毛诗评注》（续第七期），《四存月刊》，1921年12月，第九期

——《毛诗评注》（续第九期），《四存月刊》，1922年2月，第十一期

——《毛诗评注》（续第十一期），《四存月刊》，1922年10月1日，第十三期

——《毛诗评注》（续第十三期），《四存月刊》，1922年12月1日，第十五、十六期合刊

——《毛诗评注》（续第十六期），《四存月刊》，1923年1月1日，第十七期

——《毛诗评注》（续第十七期）（未完），《四存月刊》，1923年3月1日，第十九期

《新诗经》，楚生，《大世界》，1921年8月12日

《新诗经》,周辅成,《新民报》,1921年8月,第八年,第八期

《新诗经》,洪生,《新世界》,1921年9月25日

《诗经谜语》,不才,《游戏世界》,1921年9月,第四期

《诗经酒令》,不才,《游戏世界》,1921年9月,第四期

《新诗经》,芹孙,《新世界》,1921年10月1日

《致钱玄同》(谈诗经研究的大旨),胡适,1921年12月10日,《胡适书信集》(上册),北京大学出版社,1996年9月

《赋比兴的由来》,三苗,《南开周刊》,1921年12月13日,第二十四期

《四家的诗序》,关东子,《南开周刊》,1921年12月20日,第二十五期

《赋比兴的定义》,蒋生,《南开周刊》,1921年12月20日,第二十五期

《新毛诗》,瞻庐,《新闻报》,1921年12月23日

《小序底难宗》,龙沙儿,《南开周刊》,1921年12月29日,第二十六期

1922 年

《凯风平议》,汤公亮,《时报》,1922年1月4日

《论诗经歌词转变书》,顾颉刚,1922年2月19日,收入《古史辨》第一册,1926年

《论诗经真相书》,钱玄同,1922年2月22日,收入《古史辨》第一册,1926年

《新诗经》,青聿,《大世界》,1922年3月13日

《论诗序附会史实的方法书》,顾颉刚,1922年3月13日,收入《古史辨》第三册,1931年

《告编著〈诗辨妄〉等三书书》,顾颉刚,1922年3月18日,收入《古史辨》第一册,1926年

《论郑樵与北宋诸儒关系书》,顾颉刚,1922年4月9日,收入《古史辨》第一册,1926年

《顾氏述学:附陈第毛诗古音考序》,柳诒徵,《学衡》,1922年5

月，第五期

《豳风七月为夏代文学证》，陈钟凡，《文哲学报》，1922年7月，第二期

《诗经在文学上的价值》，伍开榜，《大公报增刊》（文学周刊）（长沙版），1922年10月23日

——《诗经在文学上的价值》（续），《大公报增刊》，1922年10月30日

——《诗经在文学上的价值》（续），《大公报增刊》，1922年11月13日

——《诗经在文学上的价值》（续），《大公报增刊》，1922年11月20日

——《诗经在文学上的价值》（续），《大公报增刊》，1922年11月30日

——《诗经在文学上的价值》（续），《大公报增刊》，1922年12月6日

《毛诗拾遗》，权隐，《大公报》（天津），1922年10月31日

《新诗经》，AA女史，《新世界》，1922年11月3日

《讨论诗经"于以"的两封信》，杨遇夫，《晨报副刊》，1922年11月5日

《研究诗经的参考书：答人问》，佚名，《努力周报·读书杂志副刊》，1922年11月5日，第三期

《评伍开榜〈诗经在文学上的价值〉》，喻焕生，《大公报》（长沙版），1922年12月14日

——《评伍开榜〈诗经在文学上的价值〉》（续），《大公报》，1922年12月15日

——《评伍开榜〈诗经在文学上的价值〉》（续），《大公报》，1922年12月16日

《与喻君讨论〈诗经在文学上的价值〉》，伍开榜，《大公报增刊》（长沙版），1922年12月19日

——《与喻君讨论〈诗经在文学上的价值〉》（续），《大公报增刊》，1922年12月20日

——《与喻君讨论〈诗经在文学上的价值〉》(续),《大公报增刊》,1922年12月21日

《诗之修辞》,程俊英,《学衡》,1922年12月,第十二期

《灯谜:慈母自谓有儿》(毛诗句一),仲侣,《醒狮杂志》,1922年,第一期

《诗经谜语:不才》(诗经酒令),佚名,《游戏世界》,1922年,第四期

《诗经酒令:浊物》,佚名,《游戏世界》,1922年,第四期

《经学源流浅说》(多章述《诗》之史),陈燕方,文明书局,1922年

1923年

《从毛诗所见的"尔""汝"篇底两个例外》,大白,《责任》,1923年1月1日,第六期

《读毛诗序》(附表),郑振铎,《小说月报》,1923年1月10日,第十四卷,第一号

《诗考》(读书杂记),顾颉刚,《小说月报》,1923年1月10日,第十四卷,第一号

《读诗随笔》(读书杂记),顾颉刚,《小说月报》,1923年1月10日,第十四卷,第一号

《诗经在文学上的价值究竟怎样》,喻焕生,《大公报》(长沙版),1923年1月17日

——《诗经在文学上的价值究竟怎样》(续),《大公报》,1923年1月18日

——《诗经在文学上的价值究竟怎样》(续),《大公报》,1923年1月19日

《评〈毛诗复古录〉》,王统照,《文学旬刊》,1923年2月1日,第六十三期

——《读〈毛诗复古录〉》(续),《文学旬刊》,1923年2月11日,第六十四期

——《读〈毛诗复古录〉》(三续),《文学旬刊》,1923年2月21

日，第六十五期

——《读〈毛诗复古录〉》（四续），《文学旬刊》，1923 年 3 月 1 日，第六十六期

——《读〈毛诗复古录〉》（五续），《文学旬刊》，1923 年 3 月 11 日，第六十七期

《论诗说及群经辨伪书》，钱玄同，1923 年 2 月 9 日，收入《古史辨》第一册，1926 年

《诗渖》（读书杂记），顾颉刚，《小说月报》，1923 年 2 月 10 日，第十四卷，第二号

《论诗经经历及老子与道家书》，顾颉刚，1923 年 2 月 25 日，收入《古史辨》第一册，1926 年

《关于诗经研究的重要书籍介绍》，郑振铎，《小说月报》，1923 年 3 月 10 日，第十四卷，第三号

《刺诗》（读书杂记），顾颉刚，《小说月报》，1923 年 3 月 10 日，第十四卷，第三号

《诗经的厄运与幸运》，顾颉刚，《小说月报》，1923 年 3 月 10 日，第十四卷，第三号

——《诗经的厄运与幸运》（续），《小说月报》，1923 年 4 月 10 日，第十四卷，第四号

——《诗经的厄运与幸运》（续），《小说月报》，1923 年 5 月 10 日，第十四卷，第五号

《诗经新序》，天鸡，《晶报》，1923 年 3 月 15 日

《诗经毛传改字释例》，陈钟凡，《国学丛刊》（东南大学），1923 年 3 月，第一卷，第一期

——另载，《诗经毛传改字释例》，陈钟凡，《国立中山大学语言历史学研究所周刊》，1929 年 8 月 7 日，第八集，第九十二、九十三期合刊

《诵诗随笔序》，朱悟园，《时言报》，1923 年 4 月 2 日

——《诵诗随笔序》（续），《时言报》，1923 年 4 月 3 日

《硕人》（读书杂记），顾颉刚，《小说月报》，1923 年 4 月 10 日，第十四卷，第四号

《诗序》（读书杂记），调孚，《小说月报》，1923年4月10日，第十四卷，第四号

《鸡鸣》（读书杂记），王伯祥，《小说月报》，1923年6月10日，第十四卷，第六号

《整理诗经的一些见解》，臻，《学灯》，1923年7月15日，第五卷，第七期，第十五号

《毛诗序给我们的恶影响》，张拾遗，《孤吟》，1923年7月15日，第五期

《古诗与乐歌》（读书杂记），顾颉刚，《小说月报》，1923年8月10日，第十四卷，第八号

《诗经新解》，瀞香，《新闻报》，1923年8月11日

《新诗经》，程瞻庐，《红杂志》，1923年8月31日，第二卷，第四期

《大车之歌》（附沫若原译），卢冀野，《创造日汇刊》，作者自署：1923年9月6日，上海书店据光华书局1927年本重排，1983年6月

《鄘风柏舟》，郭沫若，《盛京时报》，1923年9月12日

《诗经新解》，绣君，《新闻报》，1923年9月22日

《经学问答·第一编·诗经》（待续），曾文英，《文学丛报》，1923年9月30日，第二期

《读卷耳集》，洪为法，《创造日汇刊》，作者自署：1923年9月30日，上海书店据光华书局1927年本重排，1983年6月

《读了诗序后》，胡侯楚，《文史地杂志》，1923年10月1日，第一卷，第一期

《葺芷缭衡室读诗杂记》（周南卷耳），俞平伯，《文学》（文学研究会定期刊物），1923年10月15日，第九十二期

——《葺芷缭衡室读诗杂记》（周南卷耳）（续），《文学》，1923年10月22日，第九十三期

《十页〈卷耳集〉的赞词》，小民，《文学》，1923年10月22日，第九十三期

《读卷耳二则：训诂杂考——读〈卷耳集〉》，曹聚仁，《民国日报·觉悟副刊》，1923年10月23日

258

——《读卷耳二则：论卷耳诗旨——与平伯先生书》，《民国日报·觉悟副刊》，1923年10月28日

——《读卷耳（三）——答沫若先生》，《民国日报·觉悟副刊》，1923年11月9日

《读诗经关雎篇》，叶璜，《文学季刊》（上海），1923年10月，第一卷，第一期

《通信》（论诗经），朱鸿寿，顾颉刚，郑振铎，严敦易，《小说月报》，1923年11月10日，第十四卷，第十一号

《诗经上妇人的地位观》，褚松雪，《民国日报·妇女周报》，1923年11月14日，第十三号

《评郭著〈卷耳集〉》，梁绳祎，《晨报副刊》，1923年12月6日，第三〇九号

——《评郭著〈卷耳集〉》（续），《晨报副刊》，1923年12月7日，第三一〇号

——《评卷耳集的尾声》，《晨报副刊》，1924年2月27日，第四〇号

——《评卷耳集的尾声》（续），《晨报副刊》，1924年2月28日，第四一号

《崔述硕人诗解》（读书杂记），颉刚，《小说月报》，1923年12月10日，第十四卷，第十二号

《我于"卷耳"的臆说：敬质俞平伯先生》，胡浩川，《文学旬刊》，1923年12月10日，第一〇〇期

《蓣华室诗见：周南卷耳》，施蛰存，《文学旬刊》，1923年12月10日，第一〇〇期

《再论卷耳——答曹聚仁先生》，俞平伯，《文学周报》，1923年12月10日，第一〇〇期

《我也来谈卷耳》，蒋钟泽，《文学旬刊》，1923年12月24日，第一〇二期

《从诗经中整理出歌谣的意见》，顾颉刚，《歌谣周刊》，1923年12月30日，第三十九号

《释鸤鸠》，黄侃，《华国月刊》，1923年12月，第一卷，第四期

《我谈国风》，洪为法，《创造日汇刊》，1923年，上海书店据光华书局1927年本重排，1983年6月

《毛诗植物注正误举例》，君乐，《江苏省立第一师范学校年刊》，1923年，第一卷，第一期

《孔子删诗与否的考证》，王建唐，《南中半月刊》，1923年，第一卷，第四期

《道学先生研究诗经的几个根本错误》，杨鸿烈，《云南旅京学会会刊》，1923年春季，第四期

《周秦传记诸子引诗考略序》，范文澜，《南开季刊》，1923年，第二、三期

《诗言志说》，丁畹如，《竞志》，1923年，第十三期

《淫诗辩》，唐兰，《无锡国学专修馆文集初编》，1923年，无锡国学专修馆编

《淫诗辨》，王蘧常，《无锡国学专修馆文集初编》，1923年，无锡国学专修馆编

《拟守玄阁诗学叙》，吴宝凌，《无锡国学专修馆文集初编》，1923年，无锡国学专修馆编

《拟韩诗外传五首》，蒋天枢，《无锡国学专修馆文集初编》，1923年，无锡国学专修馆编

《拟韩诗外传五首》，杨仁溥，《无锡国学专修馆文集初编》，1923年，无锡国学专修馆编

《邶风柏舟篇书后》，陈学裘，《无锡国学专修馆文集初编》，1923年，无锡国学专修馆编

《周南召南大义》，蒋天枢，《无锡国学专修馆文集初编》，1923年，无锡国学专修馆编

《周南召南大义》，陈渭犀，《无锡国学专修馆文集初编》，1923年，无锡国学专修馆编

《郑风演连珠六首》，毕寿颐，《无锡国学专修馆文集初编》，1923年，无锡国学专修馆编

《郑风演连珠六首》，王蘧常，《无锡国学专修馆文集初编》，1923

年，无锡国学专修馆编

《毛诗新释》，俊生，《约翰年刊》，1923 年

《与友人论诗书中成语书》（一），王国维，《观堂集林》，密韵楼本，1923 年

——《与友人论诗书中成语书》（二），《观堂集林》，密韵楼本，1923 年

《释乐次》（附天子诸侯大夫士用乐表），王国维，《观堂集林》，密韵楼本，1923 年

《周大武乐章考》，王国维，《观堂集林》，密韵楼本，1923 年

《说勺舞象舞》，王国维，《观堂集林》，密韵楼本，1923 年

《说周颂》，王国维，《观堂集林》，密韵楼本，1923 年

《说商颂》（上），王国维，《观堂集林》，密韵楼本，1923 年

——《说商颂》（下），《观堂集林》，密韵楼本，1923 年

《汉以后所传周乐考》，王国维，《观堂集林》，密韵楼本，1923 年

《汉时古文本诸经传考》（三、毛诗），王国维，《观堂集林》，密韵楼本，1923 年

《旧刊本毛诗注疏残叶跋》，王国维，《观堂集林》，密韵楼本，1923 年

1924 年

《仿诗经》，丁戊，《轰报》，1924 年 1 月 5 日

《歌谣表现法之最要紧者——重奏复沓》，魏建功，《歌谣周刊》，1924 年 1 月 13 日，第四十一号

《周南汝坟章》，向寅，《学汇》（北京），1924 年 1 月 30 日，第四一〇期

《诗有六义起源考》，卢自然，《国文学会丛刊》，1924 年 1 月，第一卷，第二号

《戴东原的诗学》，吴时英，1924 年 2 月 1 日，晨报社，《戴东原二百年生日纪念论文集》，晨报社丛书第十三种

《毛诗左传相应说》（续）（未完），孔传一，《东北》，1924 年 2 月 1 日，第二期

261

《诗经妇女观》，陆渊，《时事新报·学灯》，1924年2月23日，第六卷，第二册，第廿三号

——《诗经妇女观》（续），《时事新报·学灯》，1924年2月26日，第六卷，第二册，第廿六号

——《诗经妇女观》（陆渊），智，《清华周刊·书报介绍副刊》，1924年，第九期

《诗经逸诗篇名及逸句表考》，伍剑禅，《文学旬刊》，1924年3月11日，第二八号

——另载，行文有删改，《诗经逸诗篇名及逸句表考——读诗劄记之一》，伍剑禅，《中大季刊》，1926年12月15日，第一卷，第三号

《历代诗经学考略》，李家瑞，《北京大学日刊》，1924年3月21日，第一四二五期

——《历代诗经学考略》（续），《北京大学日刊》，1924年3月22日，第一四二六期

——《历代诗经学考略》（续），《北京大学日刊》，1924年3月24日，第一四二七期

《毛诗序考》（一），吴时英，《晨报副刊》，1924年4月2日，第七一号

——《毛诗序考》（二），《晨报副刊》，1924年4月3日，第七二号

——《毛诗序考》（二）（续昨），《晨报副刊》，1924年4月4日，第七三号

——《毛诗序考》（三），《晨报副刊》，1924年4月5日，第七四号

——《毛诗序考》（三）（续），《晨报副刊》，1924年4月7日，第七六号

——《毛诗序考》（四），《晨报副刊》，1924年4月8日，第七七号

——《毛诗序考》（五），《晨报副刊》，1924年4月9日，第七八号

——《毛诗序考》（五）（续），《晨报副刊》，1924年4月10日，

第七九号

——《毛诗序考》（五）（续），《晨报副刊》，1924年4月12日，第八〇号

——《毛诗序考》（六），《晨报副刊》，1924年4月13日，第八一号

——《毛诗序考》（六）（续），《晨报副刊》，1924年4月14日，第八二号

——《毛诗序考》（七），《晨报副刊》，1924年4月15日，第八三号

——《毛诗序考》（六）（续），《晨报副刊》，1924年4月16日，第八四号

——《毛诗序考》（八），《晨报副刊》，1924年4月17日，第八五号

——《毛诗序考》（七）（续），《晨报副刊》，1924年4月18日，第八六号[①]

《诗与史》（读书杂记），顾颉刚，《小说月报》，1924年4月10日，第十五卷，第四号

《朴学斋读书记：毛诗郑笺改字说》，胡朴安，《国学周刊》，1924年4月27日，第四十九期

《朴学斋读书记：毛诗异文笺》，胡朴安，《国学周刊》，1924年5月4日，第五十期

《诗经文字学》（一）（总论），胡朴安，《民国日报·国学周刊》，1924年5月25日，第五十三期

——《诗经文字学》（二）（文字之形），《民国日报·国学周刊》，1924年6月1日，第五十四期

——《诗经文字学》（三），《民国日报·国学周刊》，1924年6月8日，第五十五期

——《诗经文字学》（四），《民国日报·国学周刊》，1924年6月15日，第五十六期

---

① 按：原文序号即如此，为存其真，皆存原序号。

——《诗经文字学》（五）（文字之义）：文学之义，《民国日报·国学周刊》，1924年6月22日，第五十七期

——《诗经文字学》（六），《民国日报·国学周刊》，1924年6月29日，第五十八期

——《诗经文字学》（七），《民国日报·国学周刊》，1924年7月8日，第五十九期

——《诗经文字学》（八），《民国日报·国学周刊》，1924年7月13日，第六十期

——《诗经文字学》（九），《民国日报·国学周刊》，1924年7月22日，第六十一期

——《诗经文字学》（十），《民国日报·国学周刊》，1924年7月29日，第六十二期

——《诗经文字学》（十一）（文字之音），《民国日报·国学周刊》，1924年8月5日，第六十三期

——《诗经文字学》（十一续），《民国日报·国学周刊》，1924年8月12日，第六十四期

——《诗经文字学》（十二），《民国日报·国学周刊》，1924年8月19日，第六十五期

——《诗经文字学》（十二续），《民国日报·国学周刊》，1924年8月26日，第六十六期

——《诗经文字学》（十三），《民国日报·国学周刊》，1924年9月16日，第六十九期

——《诗经文字学》（十四），《民国日报·国学周刊》，1924年9月23日，第七十期

——《诗经文字学》（十五），《民国日报·国学周刊》，1924年10月1日，第七十一期

——另载，《诗经文字学》，胡韫玉，《国学》（上海），1927年1月10日，第一卷，第四期

《诗经字句篇章之多寡异同——读诗札记之二》，伍剑禅，《文学旬刊》，1924年5月21日，第三十六号

《小雅伐木章书后》，秦蕴芬，《江苏省立第二女子师范学校校友会

汇刊》，1924年5月，第十七期

《诗经中之"上帝"考》，蔡志卿，《青年友》，1924年6月1日，第四卷，第六期

《文学大纲（六）——第七章　诗经与楚辞》，郑振铎，《小说月报》，1924年6月10日，第十五卷，第六号

《毛诗正韵后序》，马叙伦，《北京大学日刊》，1924年6月17日，第一四九七期

《诗经学史目录说明书》，白之藩，《国学月报》，1924年6月，第一卷，第一期

——另载，《诗经学史目录说明书》，白之藩，《国学月报汇刊》，1928年1月1日，第一卷汇刊

《删诗疑》，林之棠，《国学月报》，1924年6月，第一卷，第一期

——另载，《删诗疑》，林之棠，《国学月报汇刊》，1928年1月1日，第一卷汇刊

《大雅韩奕义》，章炳麟，《华国》，1924年7月15日，第一卷，第十一期

《守玄阁诗学叙例》，陈柱，《华国》，1924年7月，第一卷，第十一期

——另载，《守玄阁诗学序》（十一年），陈柱，《学术世界》，1935年6月，第一卷，第一期

《释诗经之言字》，胡朴安，《国学周刊》，1924年9月2日，第六十七期

《新诗经》，梦婕，《小说星期刊》，1924年10月19日，第八期

《诗学述臆》，叶楚伧，《国学汇编》，1924年10月，第一集

《毛诗陆疏校正》（一），殷佛女女士藏本，《幻报》，1924年11月1日

——《毛诗陆疏校正》（二），《幻报》，1924年11月4日

——《毛诗陆疏校正》（三），《幻报》，1924年11月7日

——《毛诗陆疏校正》（四），《幻报》，1924年11月10日

——《毛诗陆疏校正》（五），《幻报》，1924年11月13日

——《毛诗陆疏校正》(六),《幻报》,1924年11月16日

《谐著二则·新诗经》,《台湾日日新报》,1924年12月29日

《读诗札记》,杨树荣,《革新》,1924年,第一卷,第四期

——《读诗札记》(续),《革新》(广东),1924年,第一卷,第五期

《要籍解题及其读法》(诗经之年代、孔子删诗说不足信、诗序之伪妄、风雅颂南释名、读诗法之一二三、说诗注诗之书),梁启超,《清华周刊·书报介绍副刊》,1924年,第八期

《诗国风子夏传说论救国》,佚名,《国学月刊》,1924年,第十八期

1925 年

《新诗经》,顾明道,《红玫瑰》,1925年1月3日,第一卷,第二十三期

《诗经之关雎说》,胡朴安,《国学周刊》,1925年1月17日,第七十六期

——另载,《诗经之关雎说》,胡朴安,《国学汇编》(国学研究社),1925年6月,第三集

《群经概要·第四章·诗》,王纯甫,朱勤补,《民国日报》,1925年4月20日

《师郳斋经义偶钞》(释洵直且侯义、释夕发义、释乐土乐土义、释艚豽义、释天保于公义、采薇出车杕杜遣戍归期考、释侯谁在矣张仲孝友义),尤程镛,《华国》,1925年4月,第二期,第六册

——《师郳斋经义偶钞》(释驾言徂东义、释文从节南山至何草不黄、释我不敢效我友自逸义、释彼交匪敖义、释契龟作龟义、释维此王季义、释小球大球小共大共义、释缀旒骏厖义),《华国》,1925年8月,第二期,第八册

《野有死麕》(写歌杂记吴歌甲集之三),顾颉刚,《歌谣周刊》,1925年5月17日,第九十一号

——《野有死麕之二》(写歌杂记吴歌甲集之七),顾颉刚,《歌谣周刊》,1925年6月7日,第九十四号

《褰裳》（写歌杂记吴歌甲集之四），顾颉刚，《歌谣周刊》，1925年5月17日，第九十一号

《毛诗底用纽》，刘大白，《文学周报》，1925年5月24日，第一百七十四号

《肃霜涤场说》，王国维，《学衡》，1925年5月，第四十一期

《杂俎：诗经》，佚名，《中社杂志》，1925年6月1日，第一期

《论野有死麇书》，胡适，《歌谣周刊》，1925年6月7日，第九十四号

《跋胡适之先生书》，顾颉刚，《歌谣周刊》，1925年6月7日，第九十四号

《起兴》（写歌杂记吴歌甲集之八），顾颉刚，《歌谣周刊》，1925年6月7日，第九十四号

《诗经新注例言》，林之棠，《北京大学日刊》，1925年6月8日，第一七一四期

——《诗经新注例言》（续），《北京大学日刊》，1925年6月10日，第一七一六期

《野有死麇章的讨论》，顾颉刚，胡适，俞平伯，《语丝》，1925年6月15日，第三十一期

《关于野有死麇底卒章》，玄同，《语丝》，1925年6月29日，第三十三期

《孔子删诗驳议》，韦绾青，《尚友书塾季报》，1925年6月30日，第一卷，第二期

《诗经间词考》，张扆初，《尚友书塾季报》，1925年6月30日，第一卷，第二期

《麟趾关雎之应义》，李俊超，《学生文艺丛刊汇编》，1925年6月，第二卷，第六集

《诗经言字解》，胡朴安，《国学汇编》（国学研究社），1925年6月，第三集

《关雎新释》，黄靖海，《国学汇编》（国学研究社），1925年6月，第三集

《中国古代思潮的一瞥》（时势与思想界的关系——从《诗经·国

风》窥到那时代的背景、前六七八三世纪思潮的派别、新旧思潮冲突的真谛），邱培豪，《湖州月刊》，1925年7月1日，第二卷，第四号

——《中国古代思潮的一瞥》（续），《湖州月刊》，1925年8月1日，第二卷，第五号

《毛诗以后的停身韵》，刘大白，《文学周报》，1925年7月12日，第一百八十一期

《诗古义》（总论），姜忠奎，《学衡》，1925年7月，第四十三期

——《诗古义》（卷一），《学衡》，1925年9月，第四十五期

《诗经序传笺略例》，黄侃，《晨报副刊·艺林旬刊》，1925年8月30日，第一四号

——《诗经序传笺略例》（续），《晨报副刊·艺林旬刊》，1925年9月10日，第一五号

——《诗经序传笺略例》（续），《晨报副刊·艺林旬刊》，1925年9月20日，第一六号

——《诗经序传笺略例》（续完），《晨报副刊·艺林旬刊》，1925年9月30日，第一七号

——另载，《诗经序传笺略例》，黄季刚先生遗著，《制言》，1937年4月16日，第三十九期

——《诗经序传笺略例补》，黄绰，《制言》，1937年4月16日，第三十九期

《公妻字义始于毛诗》，佚名，《台湾日日新报》，1925年9月26日

《笙诗》，刘咸炘，《尚友书塾季报》，1925年9月29日，第一卷，第三期

《齐鲁韩三家诗考证》，邱培豪，《天籁》，1925年10月1日，第十五卷，第一期

——《齐鲁韩三家诗考证》（续前号），《天籁》，1925年10月16日，第十五卷，第二期

《谈谈诗经》，胡适之先生讲，一骑、受籴合记，《时事新报·学灯副刊》（上海），1925年10月16日

——《谈谈诗经》（续），《时事新报·学灯副刊》（上海），1925年10月17日

——另载，《谈谈诗经》，胡适，《艺林旬刊》，1925年，第二十期

——另载，《谈谈诗经》，胡适，《市师》，1937年4月1日，第一卷，第二期

《诗经篇中所见周代政治风俗》，张世禄，《史地学报》，1925年10月，第三卷，第八期

——《诗经篇中所见周代政治风俗》（续），《史地学报》，1926年1月，第四卷，第一期

《大车诗鲁毛二说不同考》，劳宇楷，《海天潮》，1925年11月10日

《郑樵诗辨妄辑本》，顾颉刚，《北京大学研究所国学门周刊》，1925年11月11日，第一卷，第五期

《非诗辨妄跋》，顾颉刚，《北京大学研究所国学门周刊》，1925年11月18日，第一卷，第六期

《毛诗周南经序传笺文例略说》，段凌辰，《孤兴》，1925年11月，第一期

——《毛诗周南经序传笺文例略说》（续），《孤兴》，1925年12月，第二期

《楚辞用韵之格式与三百篇》，沅君，《金陵光》，1925年11月，第十四卷，第二期

《毛诗里的动植物》（卷二完后待续），陈复白，《江苏省立二师半月刊》，1925年12月15日，第四期

《论诗经所录全为乐歌》，顾颉刚，《北京大学研究所国学门周刊》，1925年12月16日，第一卷，第十期

——《论诗经所录全为乐歌》（续），《北京大学研究所国学门周刊》，1925年12月23日，第一卷，第十一期

——《论诗经所录全为乐歌》（再续），《北京大学研究所国学门周刊》，1925年12月30日，第一卷，第十二期

《谈〈谈谈诗经〉》，丙丁（周作人），《京报周刊》，1925年12月24日，第三六七号

《诗经淫诗问题辩》，周明昌，《南大周刊》，1925年12月25日，第二十六期

《中国经书之分析》，陆懋德，《清华学报》，1925年12月，第二卷，第二期

《诗说》，赵举河，《尚友书塾季报》，1925年，第一卷，第一期

——《诗说》（续），《尚友书塾季报》，1925年6月30日，第一卷，第二期

《我对于卷耳一诗的解释》，郭沫若，《文艺论集》（光华书局），1925年夏

《释玄黄——答曹聚仁》，郭沫若，《文艺论集》（光华书局），1925年夏

《二南篇次说》，韦绾青，《尚友书塾季报》，1925年，第一卷，第一期

《诗经事义分类》，罗体基，《尚友书塾季报》，1925年，第一卷，第一期

《毛诗是字例》，张勘初，《尚友书塾季报》，1925年，第一卷，第一期

《朱子废诗序说》，洪佐尧，《国大周刊》，1925年，第十二期

《毛诗传者考》，施逸霖，《孟晋》，1925年，第二卷，第十一号

1926年

《瞎子断扁的一例——静女》，顾颉刚，《现代评论》，1926年2月20日，第三卷，第六十三期

《诗经研究法》，金受申，《益世报》（北平），1926年2月24日

——《诗经研究法》（续），《益世报》（北平），1926年2月25日

——另载，《诗经研究法》，受申，《崇实季刊》，1937年4月6日，第二十二期

——另载，《诗经研究法》，金受申，《新民报半月刊》，1940年2月1日，第二卷，第三号

《诗经的艺术》，怀远，《青年月刊》，1926年3月15日，第一期

《诗经里的恋爱文字与非战思想》，张文昌，《天籁》，1926年3月16日，第十五卷，第九期

——《诗经里的恋爱文字与非战思想》（续），《天籁》，1926年4

月 16 日，第十五卷，第十一期

《国风入乐辨》，胡怀琛，《小说世界》，1926 年 3 月 19 日，第十三卷，第十二期

《国风非民歌本来面目辨》，胡怀琛，《小说世界》，1926 年 3 月 26 日，第十三卷，第十三期，第一百六十九号

《读书札记》（诗经），刘奉慈，《河南省立第一女师学校月刊》，1926 年 4 月 1 日，第四、五期合刊

《谁俟于城隅》（邶风静女），张履珍，《学艺》（国立广东大学），1926 年 4 月 1 日，第一期

《古诗臆译》（草虫原文、译文），黄惟庸，《黎明》，1926 年 4 月 4 日，第二十一期

《读诗经》，杨珍，《南中周刊》，1926 年 4 月 12 日，第二期

《邶风静女篇的讨论》，刘大白，顾颉刚，《语丝》，1926 年 4 月 12 日，第七十四期

《关于〈瞎子断扁的一例——静女〉的异议》（一封浮沉中的信），大白，《黎明》，1926 年 4 月 15 日，第二十四期

《孔子删诗考证》，邱培豪，《天籁》，1926 年 4 月 16 日，第十五卷，第十一期

——《孔子删诗考证》（续前号），《天籁》，1926 年 4 月，第十五卷，第十二期

——《孔子删诗考证》（续前号），《天籁》，1926 年 5 月 16 日，第十五卷，第十三期

《国风不能确切代表各国风俗辨》，胡怀琛，《小说世界》，1926 年 4 月 30 日，第十三卷，第十八期，第一七四号

《诗经有字考》（续），李玉佩，《弘毅月刊》，1926 年 5 月 1 日，第一卷，第五期

《再谈静女》，大白，《黎明》，1926 年 5 月 2 日，第二十五期

《新诗经》，程瞻庐，《红玫瑰》，1926 年 5 月 17 日，第二卷，第三十期

《诗经集说自序》，江瀚，《实学》，1926 年 5 月，第二期

《诗经与楚辞助字之比较》，谢佑禹，《国学专刊》，1926 年 5 月，

第一卷，第二期

《荀子诗说》（未完），余戴海，《实学》，1926 年 5 月，第二期

《毛诗郑笺汉制考证》，闻惕，《实学》，1926 年 5 月，第二期

——《毛诗郑笺汉制考证》（续第二期），《实学》，1926 年 7 月，第四期

《读邶风静女的讨论》，郭全和，《语丝》，1926 年 6 月 7 日，第八十二期

《邶风静女的讨论》，建功，《语丝》，1926 年 6 月 14 日，第八十三期

《古代的歌谣与舞蹈》，张天庐，《世界日报副刊》，1926 年 7 月 9 日—14 日

《三谈静女：对于〈语丝〉83 期魏建功先生〈邶风静女的讨论〉的讨论》，大白，《黎明》，1926 年 7 月 18 日，第三六期

《邶风静女篇"荑"的讨论》，董作宾，《现代评论》，1926 年 7 月 24 日，第四卷，第八十五期

《静女的讨论》，谢祖琼，《学艺》（国立广东大学），1926 年 7 月，第三期

《瞎嚼喷蛆的说诗》（静女），刘复，《世界日报副刊》，1926 年 8 月 2 日

《三百篇修词之研究》，唐圭璋，《国学丛刊》（南京），1926 年 8 月，第二卷，第四期

《三百篇用韵之研究》，徐家齐，《国学丛刊》（南京），1926 年 8 月，第二卷，第四期

《尔雅说诗》，王树枏，《实学》，1926 年 8 月，第五期

——《尔雅说诗》（续第五期），《实学》，1926 年 11 月，第六期

——《尔雅说诗》（续第六期），《实学》，1927 年 6 月，第七期

《诗经的传出——读诗偶识之一》，张寿林，《晨报副刊》，1926 年 9 月 18 日，第一四四五号

——《诗经的传出》（续），《晨报副刊》，1926 年 9 月 20 日，第一四四六号

——《诗经的传出》（续），《晨报副刊》，1926 年 9 月 25 日，第一

272

四四七号

《论诗经》，朴安，《民国日报·觉悟》，1926年9月22日

——另载，《论诗经》，胡朴安，《益世报》（北平），1926年9月30日

《守玄阁诗学叙》，唐文治，《国学专刊》，1926年9月，第一卷，第三期

《两汉诗经学》，胡韫玉，《国学》（上海），1926年10月10日，第一卷，第一期

《读诗法》，朴安，《民国日报·觉悟》，1926年10月15日

《关于诗经问题的讨论》，刘雁声，《益世报》（北平），1926年10月25日—11月4日、11月8日、11月10日—12月1日。

《诗经癖》（一），程瞻庐，《时报·小时报》，1926年11月1日

——《诗经癖》（二），《时报·小时报》，1926年11月2日

——《诗经癖》（三），《时报·小时报》，1926年11月3日

——《诗经癖》（四），《时报·小时报》，1926年11月4日

——《诗经癖》（五），《时报·小时报》，1926年11月5日

——《诗经癖》（六），《时报·小时报》，1926年11月6日

——《诗经癖》（七），《时报·小时报》，1926年11月7日

《读诗经之传出》，辛素，《晨报副刊》，1926年11月8日，第一四七一号

《诗六义说》，胡韫玉，《国学》（上海），1926年11月10日，第一卷，第二期

《论删诗代寿林兄答辛素君》，李宜琛，《晨报副刊》1926年11月10日，第一四七二号

《诗经是不是孔子所删定的——呈正顾颉刚先生》，张寿林，《北京大学研究所国学门月刊》，1926年11月20日，第一卷，第二号

《白屋说诗：（一）六义》，大白，《复旦周刊》，1926年11月24日，第十号

《诗经工对》，萱荫，《时报》，1926年11月26日

《诗经言字解驳胡适之》，沈颖若，《弘毅月刊》，1926年11月，第二卷，第三期

《辨国风中之巫诗》，胡怀琛，《小说世界》，1926年11月，第十四卷，第二十二期

《孟子与诗教：论述孟子对于诗之研究》，周秉圭，《中大季刊》，1926年12月15日，第一卷，第三号

《论三百篇后的风诗问题》，郑宾于，《北京大学研究所国学月刊》，1926年12月20日，第一卷，第三号

《读诗辨说——写在三百篇后的风诗问题之后》，郑宾于，《北京大学研究所国学月刊》，1926年12月20日，第一卷，第三号

《读〈卷耳集〉》（一），慧剑，《时报》，1926年12月25日

——《读〈卷耳集〉》（二），《时报》，1926年12月27日

——《读〈卷耳集〉》（三），《时报》，1926年12月28日

——《读〈卷耳集〉》（四），《时报》，1926年12月29日

《诗经字句间之欣赏》，黄菁培，《弘毅月刊》，1926年12月，第二卷，第四期

《还读我书斋笔记：万季野疑诗经》，皕诲，《青年进步》，1926年12月，第九十八期

《读国风》，储育贤，《弘毅月刊》，1926年12月，第二卷，第四期

《王风首黍离说》，袁树滋，《学生文艺汇编》，1926年，第三卷上集

《删诗的问题》，全国斌，《绵延半月刊》，1926年，第二期

《诗序的作者》，全国斌，《绵延半月刊》，1926年，第七期

《六义说》，徐哲东，《沪大附中季刊》，1926年

《周南召南序说证》，徐哲东，《沪大附中季刊》，1926年

《一点诗经新诂》，王书文，《绵延半月刊》，1926年，第十五期

《关于郑风东门之墠》，王书文，《绵延半月刊》，1926年，第十八期

《诗郑风东门之墠的讨论》，金照，《绵延半月刊》，1926年，第十八期

《论诗经的改革》，王书文，《绵延半月刊》，1926年，第二十一期

《经学尝试·诗经》，徐敬修，大东书局，1926年

《经之解题·诗》，吕思勉，商务印书馆，1926年

1927 年

《诗经文章学》，胡朴安，《新闻报》，1927 年 1 月 1 日

《诗经里面的描写》，杨振声，《现代评论》，1927 年 1 月，第二周年纪念增刊

《诗经通论》，章熊，《弘毅》（北京），1927 年 1 月，第二卷，第一、二期合刊

《新诗经》，小将，《荒唐世界》，1927 年 2 月 4 日

《读吴桂华说豳》，卫聚贤，《北京大学研究所国学门周刊》，1927 年 2 月 20 日，新第一卷，第五号

《时事新诗经》，谢豹，《小日报》，1927 年 2 月 27 日

《读秦风》，姚永朴，《民彝》，1927 年 2 月，第一卷，第一期

《答张李二君孔子不删诗说》，田津生，《晨报副刊》，1927 年 3 月 9 日，第一五三二号

《读毛诗》，曹孟其，《甲寅周刊》，1927 年 4 月 2 日，第一卷，第四十五号

《郑风研究》，罗慕华，《晨报副刊》，1927 年 4 月 7 日，第一五四九号

——《郑风研究》（续），《晨报副刊》，1927 年 4 月 11 日，第一五五〇号

——《郑风研究》（续），《晨报副刊》，1927 年 4 月 13 日，第一五五一号

《姚际恒诗经通论述评》，陈柱，《东方杂志》，1927 年 4 月 10 日，第二十四卷，第七号

《关于诗经》，王小隐，《北洋画报》，1927 年 4 月 16 日，第七十九期

《诗经上之军事观》，林凤游，《兵站半月刊》，1927 年 5 月 29 日，第三期

《诗经数字释例》（《诗旨一瞥》卷之三），林之棠，《国学月刊》，1927 年 5 月 31 日，第二卷，第五号

《三百篇究竟是什么》（一），蒋善国，《晨报副刊》，1927 年 6 月 18

日，第一九七五号

——《三百篇究竟是什么》（二），《晨报副刊》，1927年6月20日，第一九七七号

——《三百篇究竟是什么》（三），《晨报副刊》，1927年6月21日，第一九七八号

——《三百篇究竟是什么》（四），《晨报副刊》，1927年6月22日，第一九七九号

——《三百篇究竟是什么》（五），《晨报副刊》，1927年6月23日，第一九八〇号

——《三百篇究竟是什么》（六），《晨报副刊》，1927年6月24日，第一九八一号

——《三百篇究竟是什么》（七），《晨报副刊》，1927年6月25日，第一九八二号

——《三百篇究竟是什么》（八），《晨报副刊》，1927年6月27日，第一九八四号

《二南研究》，陆侃如，《国学论丛》，1927年6月，第一卷，第一号

《赋在中国文学史上的位置》，郭绍虞，《小说月报》，1927年6月，第十七卷号外（中国文学研究）

《三百篇中的私情诗》，朱湘，《小说月报》，1927年6月，第十七卷号外（中国文学研究）

《释四诗名义》，梁启超，《小说月报》，1927年6月，第十七卷号外（中国文学研究）

《读诗札记》（召南行露、小星、野有死麕），俞平伯，《小说月报》，1927年6月，第十七卷号外（中国文学研究）

《中国旧诗篇中的声调问题》，刘大白，《小说月报》，1927年6月，第十七卷号外（中国文学研究）

《葺芷缭衡室读诗札记》（邶风柏舟、邶风谷风），俞平伯，《燕京学报》，1927年6月，第一期

《诗经的性欲观》，一多，《时事新报·学灯》，1927年7月9日

——《诗经的性欲观》（续），《时事新报·学灯》，1927年7月

11 日

——《诗经的性欲观》（续），《时事新报·学灯》，1927 年 7 月 12 日

——《诗经的性欲观》（续），《时事新报·学灯》，1927 年 7 月 14 日

——《诗经的性欲观》（续），《时事新报·学灯》，1927 年 7 月 16 日

——《诗经的性欲观》（续），《时事新报·学灯》，1927 年 7 月 19 日

——《诗经的性欲观》（续），《时事新报·学灯》，1927 年 7 月 21 日

《诵诗随笔》（读周南、读召南），袁金铠，《盛京时报》，1927 年 8 月 5 日

——《诵诗随笔》（读邶风、读鄘风），《盛京时报》，1927 年 8 月 6 日

——《诵诗随笔》（读卫风、读王风），《盛京时报》，1927 年 8 月 7 日

——《诵诗随笔》（读郑风），《盛京时报》，1927 年 8 月 9 日

——《诵诗随笔》（读齐风），《盛京时报》，1927 年 8 月 10 日

——《诵诗随笔》（六）（读魏风、读唐风），《盛京时报》，1927 年 8 月 11 日

——《诵诗随笔》（七）（读秦风），《盛京时报》，1927 年 8 月 12 日

——《诵诗随笔》（八）（读陈风），《盛京时报》，1927 年 8 月 14 日

——《诵诗随笔》（九）（读桧风），《盛京时报》，1927 年 8 月 16 日

——《诵诗随笔》（十）（读曹风），《盛京时报》，1927 年 8 月 17 日

——《诵诗随笔》（十一）（读豳风），《盛京时报》，1927 年 8 月 18 日

——《诵诗随笔》（十二）（读小雅鹿鸣之什），《盛京时报》，1927年8月19日

——《诵诗随笔》（十三）（读白华之什、读彤弓之什），《盛京时报》，1927年8月21日

——《诵诗随笔》（十四）（读祈父之什），《盛京时报》，1927年8月23日

——《诵诗随笔》（十六）（读小旻之什），《盛京时报》，1927年8月25日

——《诵诗随笔》（十七）（读北山之什），《盛京时报》，1927年8月26日

——《诵诗随笔》（十八）（读桑扈之什），《盛京时报》，1927年8月27日

——《诵诗随笔》（十九）（读都人士之什），《盛京时报》，1927年8月28日

——《诵诗随笔》（二十）（读大雅文王之什），《盛京时报》，1927年8月29日

——《诵诗随笔》（廿一）（读生民之什），《盛京时报》，1927年8月30日

——《诵诗随笔》（廿二）（读周颂清庙之什），《盛京时报》，1927年8月31日

——《诵诗随笔》（廿三）（读鲁颂、读商颂），《盛京时报》，1927年9月1日

——《诵诗随笔序》，世荣，《盛京时报》，1927年9月6日

——《诵诗随笔书后》，金毓绂，《盛京时报》，1927年9月7日

——《诵诗随笔书后》（续），金毓绂，《盛京时报》，1927年9月8日

——《诵诗随笔书后》，高毓衡，《盛京时报》，1927年9月13日

《孔子删诗问题的我见》，戚维翰，《学生文艺丛刊》，1927年8月，第四卷，第五期

《新诗经》，小将，《京津画报》，1927年9月9日，第六号

《三百篇之文学观》（一），张寿林，《晨报副刊》，1927年9月22

日，第二〇六九号

——《三百篇之文学观》（二），《晨报副刊》，1927年9月23日，第二〇七〇号

——《三百篇之文学观》（三），《晨报副刊》，1927年9月24日，第二〇七一号

——《三百篇之文学观》（四），《晨报副刊》，1927年9月26日，第二〇七三号

——另载，《论诗六稿》，张寿林，北平文化学社，1929年9月

——另载，《三百篇研究》，张寿林，百成书店，1936年1月

《谈谈兴诗》，钟敬文，《文学周报》，1927年9月25日，第五卷，第八期

——另载，《谈谈兴诗》，钟敬文，《国立中山大学语言历史研究所周刊》，1928年4月3日，第二集，第二十三期

《诗大序小序辨》，许新堂，《民彝》，1927年9月，第一卷，第八期

《幽风幽雅幽颂辨》，许新堂，《民彝》，1927年9月，第一卷，第八期

《孔子与诗歌》，徐庆誉，《知难周刊》，1927年10月1日，第三十、三十期合刊

《关于诗经中章段复叠之诗篇的一点意见》，钟敬文，《文学周报》，1927年10月9日，第五卷，第十期

《毛诗大序疏证》，邵次公，《南金》（天津），1927年10月10日，第三期

《国风之情诗》（一）（引言），侣桐，《新闻报》，1927年11月17日

——《国风之情诗》（二）（初恋之什），《新闻报》，1927年11月18日

——《国风之情诗》（三）（热恋之什），《新闻报》，1927年11月19日

——《国风之情诗》（四）（相思之什），《新闻报》，1927年11月20日

——《国风之情诗》（五）（结语），《新闻报》，1927年11月21日

《诗序研究》，采逢，《厦大周刊》，1927年11月19日，第一百七十三期

——《诗序研究》（续），《厦大周刊》，1927年11月26日，第一百七十四期

——《诗序研究》（续），《厦大周刊》，1927年12月3日，第一百七十五期

《委蛇威仪说》，姜寅清（亮夫），《国学月报》，1927年11月30日，第二卷，第十一号

《燕誉说》，姜寅清（亮夫），《国学月报》，1927年11月30日，第二卷，第十一号

《诗经芣苢莱菌为中国女界最古药物学》，沈香波，《医界春秋》，1927年11月，第十七期

《鸱鸮的作者问题》（与顾颉刚书），刘泽民，《国立中山大学语言历史学研究所周刊》，1927年12月27日，第一集，第九期

《诗经对举字释例——诗旨一瞥卷之五》，林之棠，《国学月报》，1927年12月31日，第二卷，第十二号

《诗经重言字释例——诗旨一瞥卷之五》，林之棠，《国学月报》，1927年12月31日，第二卷，第十二号

《伯兮章》（诗经卫风伯兮章）（中德文对照），Strauß，《德文月刊》，1927年，第二卷

1928年

《三颂研究》（《古代诗史》第三篇第二章初稿），陆侃如，《国学月报汇刊》，1928年1月1日，第一卷汇刊

《诗序作者考证》，黄优仕，《国学月报汇刊》，1928年1月1日，第一卷汇刊

《诗经音释例言》，林之棠，《国学月报汇刊》，1928年1月1日，第一卷汇刊

《诗经参考书提要》，陆侃如，《国学月报汇刊》，1928年1月1日，第一卷汇刊

《寄胡适之书》，陆侃如，《国学月报汇刊》，1928年1月1日，第一卷汇刊

《葺芷缭衡室读诗杂说——邶风谷风》，俞平伯，《小说月报》，1928年1月10日，第十九卷，第一号

《书经诗经之天文历法》，（日）饭岛中夫撰，陈啸仙译，《科学》，1928年1月，第十三卷，第一期

《国风冤词》（小序），王礼锡，《中央日报》，1928年2月11日

——《国风冤词》（芣苢、汉广），《中央日报》，1928年2月14日

——《国风冤词》（野有死麕），《中央日报》，1928年2月16日

——《国风冤词》（桑中），《中央日报》，1928年2月20日

——《国风冤词》（木瓜），《中央日报》，1928年2月23日

——《国风冤词》（著），《中央日报》，1928年3月1日

——《国风冤词》（二子乘舟），《中央日报》，1928年3月29日

——《国风冤词》（静女），《中央日报》，1928年3月31日

《诗经周召二南象法之研究》，大，《黄华》，1928年2月，第一卷，第一期

《诗经言字解驳胡适之》，沈昌直，《苏中校刊》，1928年3月1日，第一期

——另载，《诗经言字解驳胡适之》，沈昌直，《求是学社社刊》，1928年5月，第一期

——另载，《诗经言字解驳胡》，沈昌直，《国学论衡》，1934年6月15日，第三期

《诗毛氏学序》，姚永概，《民彝》，1928年3月1日，第十一期

《诗毛氏学序》，马其昶，《民彝》，1928年3月1日，第十一期

《诗毛氏学》，马其昶，《民彝》，1928年3月1日，第十一期

——《诗毛氏学》（续），马其昶，《民彝》，1928年5月1日，第十二期

《黄鸟研究》，贾祖璋，《贡献》，1928年3月25日，第二卷，第三期

《驺虞异义》，邵次公，《南金》（天津），1928年3月30日，第八期

《关雎的翻译》，郭沫若，《恢复》，创造社，1928年3月

《毛诗正疑录》（说毛诗非后出、郑氏诗谱可疑者二），彭汉遗，《北京民国大学月刊》，1928年4月1日，第一号

《月宫新诗经四章》，世炎，《月宫》，1928年4月5日

《三百篇所表现的时代背景及思想》（一）（读诗偶识之九），张寿林，《晨报副刊》，1928年4月9日，第二二五七号

——《三百篇所表现的时代背景及思想》（二），《晨报副刊》，1928年4月10日，第二二五八号

——《三百篇所表现的时代背景及思想》（三），《晨报副刊》，1928年4月11日，第二二五九号

——《三百篇所表现的时代背景及思想》（四），《晨报副刊》，1928年4月12日，第二二六〇号

——《三百篇所表现的时代背景及思想》（五），《晨报副刊》，1928年4月13日，第二二六一号

——《三百篇所表现的时代背景及思想》（六），《晨报副刊》，1928年4月14日，第二二六二号

《新诗经》，佚名，《天趣画报》，1928年4月，第五期

《毛诗序说札朴》，素荪，《民力副刊》，1928年5月18日，第一五四期

——《毛诗序说札朴》（续），《民力副刊》，1928年5月25日，第一六一期

《荀子与韩诗外传的关系》，李廷弼，《光华期刊》，1928年5月，第三期

《毛诗本字考》，萧和宣，《东北大学周刊》，1928年6月1日，第四十七号

——《毛诗本字考》（续），《东北大学周刊》，1928年6月8日，第四十八号

——《毛诗本字考》（续），《东北大学周刊》，1928年9月16日，第五十一期

——《毛诗本字考》（续），《东北大学周刊》，1928年9月22日，第五十二期

——《毛诗本字考》（续），《东北大学周刊》，1928年9月29日，第五十三期

——《毛诗本字考》（续），《东北大学周刊》，1928年10月26日，第五十六期

——《毛诗本字考》（续），《东北大学周刊》，1928年11月3日，第五十七期

——《毛诗本字考》（续），《东北大学周刊》，1929年1月15日，第六十四期

——《毛诗本字考》（续），《东北大学周刊》，1929年1月22日，第六十五期

《伯兮问题我见并质陈钟凡先生》（附钟凡先生来信），汪静之，《暨南周刊》，1928年6月1日，第三卷，第三期

《凯风的我见》，卫聚贤，《国立中山大学语言历史学研究所周刊》，1928年6月13日，第三集，第三十三期

《读郭沫若的〈卷耳集〉以后》，梦韶，《泰东月刊》，1928年7月1日，第一卷，第十一期

《周召二南与文王之化》，陈槃，《国立中山大学语言历史学研究所周刊》，1928年7月11日，第四集，第三十七期

《诗经之在今日》，何定生，《民国日报副刊》（广州），1928年7月

《与颉刚谈野有死麕》（附岂明先生与平伯书），俞平伯，《杂拌儿》，开明书店，1928年8月

《论商颂的年代》，俞平伯，《杂拌儿》，开明书店，1928年8月

《谷风今译》，马逸，《暨南周刊》，1928年9月1日，第三卷，第八期

《大小雅研究》（中国诗史第三篇第三章初稿），陆侃如，《小说月报》，1928年9月10日，第十九卷，第九号

《诗卫风氓译意》，葛信，《毓文周刊》，1928年9月15日，第二百四十二期

《诗经选译》（大车、将仲子、有女同车、野有死麕），温玉书，《暨南周刊》，1928年9月17日，第三卷，第九期

《答汪静之先生"讨论诗经伯兮问题"的信》，陈仲凡，《暨南周

刊》，1928年9月24日，第三卷，第十期

《什么是赋比兴》，王晴漪，《新晨报》，1928年10月4日

——《什么是赋比兴》（续），《新晨报》，1928年10月5日

——《什么是赋比兴》（续），《新晨报》，1928年10月6日

——《什么是赋比兴》（续），《新晨报》，1928年10月8日

《新诗经》，小将，《民视日报七周年纪念汇刊》，1928年10月10日

《伯兮问题十讲》，章铁民，《大江月刊》，1928年10月15日，创刊号

《何草不黄》，柳簃，《新闻报》，1928年10月17日

《周颂说：附论鲁南两地与诗书之来源》，傅斯年，《国立中央研究院历史语言研究所集刊》，1928年10月，第一本，第一分

《书章炳麟六诗说后》，李笠，《国立第一中山大学语言历史学研究所周刊》，1928年12月26日，第六集，第六十一期

《鄘风柏舟书后》，叶书麟，《大成会丛录》，1928年，戊辰春季，第二十一期

《鄘风柏舟书后》，郭文涛，《大成会丛录》，1928年，戊辰春季，第二十一期

《唐风蟋蟀书后》，孙振，《大成会丛录》，1928年，第二十四期

《唐风蟋蟀书后》，胡万锟，《大成会丛录》，1928年，第二十四期

《调查诗经原始的著作者的事迹的经过》，杨鸿烈，《中国文学杂论》，亚东图书馆，1928年

《经学常识·诗经》，徐敏修，大东书局，1928年

《郑风淫》，刘大白，《旧诗新话》，开明书店，1928年

《毛诗中的无韵诗》，刘大白，《旧诗新话》，开明书店，1928年

1929年

《入声考》，胡适，《新月》，1929年1月10日，第一卷，第十一号

《论诗六稿自序》，张寿林，《华北日报·徒然副刊》，1929年1月15日

《译诗经大车》（附大车原诗），静之，《暨南周刊》，1929年1月22

日，第五卷，第三期

《读黍离诗书后》，蒋世昌，《萃英》（苏州），1929年1月，第一期

《诗经新论》，王华显，《采社》，1929年1月

《诗经来源的探讨》，王礼锡，《河北民国日报》（副刊），1929年2月11日，第五十五号

——《诗经来源的探讨》（续完），《河北民国日报》（副刊），1929年2月12日，第五十六号

《诗经补遗》，沧海，《青灯》，1929年2月12日

《国风里的女性描写》，授衣，《晨星》，1929年2月，第四期

《所谓诗经的性欲观》，姜公畏，《学生文艺丛刊》，1929年2月，第五卷，第三集

《豳风七月为夏代文学证》，钱贞元，《苏州女子中学月刊》，1929年3月1日，第一卷，第四号

《释四诗——论诗六稿之三》，张寿林，《华北日报·徒然周刊》，1929年3月12日

——《释四诗》（续），《华北日报·徒然周刊》，1929年3月19日

《释赋比兴》（上），张寿林，《认识周报》，1929年3月16日，第一卷，第九期

——《释赋比兴》（下），《认识周报》，1929年3月23日，第一卷，第十期

《国风中的习语》，邵友文，《金陵女子大学校刊》，1929年3月，第十一期

《诗书时代的社会变革与其思想上的反映》，郭沫若，《东方杂志》，1929年4月25日，第二十六卷，第八号

——《诗书时代的社会变革与其思想上的反映》（续），《东方杂志》，1929年5月10日，第二十六卷，第九号

——《诗书时代的社会变革与其思想上的反映》（续），《东方杂志》，1929年6月10日，第二十六卷，第十一号

——《诗书时代的社会变革与其思想上的反映》（完），《东方杂志》，1929年6月25日，第二十六卷，第十二号

《关雎——浮翠室诗说之一》，张寿林，《华北日报·徒然副刊》，

1929 年 4 月 30 日

《删诗上之几个疑案》，邓煜华，《广东国民大学周报》，1929 年 5 月 13 日，第一年，第一期

——《删诗上之几个疑案》（续一第期），《广东国民大学周报》，1929 年 5 月 27 日，第一年，第三期

——《删诗上之几个疑案》（续完），《广东国民大学周报》，1929 年 6 月 3 日，第一年，第四期

《诗经底情诗》，王健民，《大夏月刊》，1929 年 5 月 15 日，创刊号

《所谓"伯兮问题"讨论者如此》，刘光汉，《国立暨南大学中国语文学系期刊》，1929 年 5 月 25 日，第二期

《兴与象征》，张寿林，《华北日报·徒然周刊》，1929 年 5 月 28 日

《我来谈点诗经》，渠，《益世报》，1929 年 5 月 30 日

《惘：拟毛诗卫风氓篇》，落漠，《燕大月刊》，1929 年 5 月，第四卷，第三、四期合刊

《读梁启超的〈释四诗名义〉》，田骢，《燕大月刊》，1929 年 5 月，第四卷，第三、四期

《孔子删诗的质疑》，雪林，《沪潮》，1929 年 6 月 10 日，创刊号

《读胡怀琛之〈国风非民歌本来面目辨〉：读书札记之一》，邓煜华，《广东国民大学周报》，1929 年 6 月 10 日，第一卷，第五期

《一首古人的幽会歌：诗齐风鸡鸣》，田骢，《睿湖》，1929 年 6 月 15 日，第一期

《读骚楼偶识》（论甘棠、鸡鸣新解），陆侃如，《吴淞月刊》，1929 年 6 月 15 日，第二期

《诗经的文学之价值》，北鸥，《益世报·人间评论副刊》（天津），1929 年 6 月 21 日、6 月 22 日、6 月 23 日、6 月 24 日、6 月 25 日、6 月 26 日、6 月 27 日、6 月 28 日、6 月 29 日、6 月 30 日、7 月 1 日、7 月 2 日、7 月 3 日、7 月 4 日、7 月 5 日、7 月 6 日、7 月 7 日

《三百篇诗的地产及其时代》，芸渠，《益世报》，1929 年 6 月 23 日、24 日、25 日、26 日、27 日、28 日、29 日、30 日、7 月 1 日、2 日、3 日、4 日、5 日、6 日、7 日

《楚辞与毛诗异同论》，磐宾，《莽苍社刊》，1929 年 6 月，第二卷，

第一期

《十五国风之排列法》，周干庭，《国学丛刊》（齐鲁大学），1929年6月，第一集

《说豳》，吴秋辉（桂华），《国学丛刊》（齐鲁大学），1929年6月，第一集

《毛诗诳语释例》，姜亮夫，《国立中山大学语言历史学研究所周刊》，1929年7月3日，第八集，第八十八期

——另载，《毛诗诳语释例》，姜亮夫，《民铎》，1929年11月，第十卷，第五号

《诗经变作情书》，侬枝，《歇浦》，1929年7月6日

《赋比兴的研究》，杨次道，《学艺》（日本），1929年7月15日，第九卷，第八号

《诗骚诳语考——（一）从容》，姜亮夫，《民国日报·觉悟副刊》，1929年7月23日

——另载，《从容考》（诗骚诳语考之一），姜亮夫，《民国日报·中国学会周刊》，1931年6月15日，第廿二期

——另载，《从容考》（诗骚诳语考之一），姜亮夫，《盛京时报》，1932年1月1日

——《诗骚诳语考——（二）踟蹰》，《民国日报·觉悟副刊》，1929年7月30日

——《诗骚诳语考——（二）踟蹰》（续），《民国日报·觉悟副刊》，1929年8月13日

——《诗骚诳语考——（二）踟蹰》（再续），《民国日报·觉悟副刊》，1929年8月20日

——《诗骚诳语考——（三）戚施》，《民国日报·觉悟副刊》，1929年9月3日

《敦煌本毛诗豳风七月残卷跋》，保之，《艺观》，1929年8月15日，第六期

《汉石经残字跋尾》（鲁诗堂记、又鲁诗小雅残字），罗振玉，《国立北平图书馆馆刊》，1929年8月，第三卷，第二号

——《汉石经残字跋尾》（续）（汉熹平石经鲁诗校记残石跋、又鲁

287

诗邶风残石跋、又鲁诗大雅残石跋），《国立北平图书馆馆刊》，1929年9月，第三卷，第三号

《关于诗经通论及诗的起兴》，何定生，《国立中山大学语言历史研究所周刊》，1929年9月4日，第九集，第九十七期

《诗六义说略》，高明，《艺林》（南京），1929年9月，第一期

《诗经义例》（六义四始），佚名，《汇学杂志》，1929年10月1日，乙种，第四年，第二期

《诗之删修》，（日）诸桥辙次著，木笔译，《益世报》，1929年10月10日、10月11日、10月12日、10月13日、10月14日、10月15日、10月16日

《诗经与野合》，文瑛，《民国日报》，1929年10月28日

《关雎之研究》，梁造今，《文学丛刊》，1929年10月，第一集

《汉熹平石经鲁诗大雅残石》（图），罗振玉，《北平图书馆月刊》，1929年10月，第三卷，第四号

《诗序及其作者》，（日）诸桥辙次著，木笔译，《益世报》（北京），1929年11月2日、11月3日、11月4日、11月5日、11月6日

《十月之交》，柳簃，《新闻报》，1929年11月6日

《豳风十月》，柳簃，《新闻报》，1929年11月15日

《从毛诗到楚辞》，刘大白，《当代诗文》，1929年12月1日，创刊号

《论语诗经里面的君子》，徐式圭，《学艺》，1929年12月15日，第九卷，第十号

《三百篇之"之"》，黎锦熙，《燕京学报》，1929年12月，第六期

——《三百篇之"之"》（续），《燕京学报》，1930年12月，第八期

《订周颂说》，钱堃新，《史学杂志》（南京），1929年12月，第一卷，第六期

《四家之诗》（诗经研究的一章），（日）诸桥辙次著，林颂柽译，《福州高中校刊》，1929年，第一卷，第二期

《常武时代考》，刘宇，《中国文学季刊》（中国公学大学部），1929年，创刊号

《常武瞻印的时代》，丁强汉，《中国文学季刊》（中国公学大学部），1929年，创刊号

《采芑时代的质疑》，黎昔非，《中国文学季刊》（中国公学大学部），1929年，创刊号

《商颂时代的伪证》，胡润修，《中国文学季刊》（中国公学大学部），1929年，创刊号

《诗经中的妇女文学》，陈铎，《女青年月刊》，1929年，第八卷，第一期

《敦煌古写本毛诗校记》，罗振玉，《松翁居辽后所著书·辽居杂著》，上虞罗氏石印本，1929年

《朱熹之经学·诗经学》，周予同，《朱熹》，商务印书馆，1929年

《诗经中之双声叠韵》，马宗霍，《音韵学通论》，1929年

1930年

《诗经是不是"载道"的东西》，黄肇干，《岭中季刊》，1930年1月1日，第五卷，第二号

《毛诗序之背景与旨趣》，顾颉刚，《国立中山大学语言历史学研究所周刊》，1930年2月26日，第十集，第一二〇期

《读诗经正月繁霜篇书后》，柳簃，《新闻报》，1930年2月26日

《国风新评》，谢焜，《国立中央大学半月刊》，1930年3月1日，第一卷，第九期

《樛木——浮翠室诗说之四》，张寿林，《燕大月刊》，1930年3月21日，第六卷，第一期

《毛诗序传笺疏异义考》，任化远，《益世报》（北京），1930年3月26日

《诗经语词表》，李孟楚，《国立中山大学语言历史学研究所周刊》，1930年3月26日，第十一集，第一百二十三、一百二十四期合刊

《由诗经说到恋爱》，才君，《华语月刊》，1930年4月1日，第十一号

《诗经时代社会之变迁》，汪杨时，《大夏月刊》，1930年4月15日，第三卷，第一号

《书评：毛诗正韵》，雁晴，《国立武汉大学文哲季刊》，1930年4月，第一卷，第一号

《诗经中之农民诗歌与农民生活》，林科棠，《大夏月刊》，1930年5月15日，第三卷，第二号

《大东小东说：兼论鲁燕齐初封在成周东南后乃东迁》，傅斯年，《中央研究院历史语言研究所集刊》1930年5月，第二本，第一分

《姜原》，傅斯年，《中央研究院历史语言研究所集刊》1930年5月，第二本，第一分

《谈谈诗经及楚辞》，李宇柱，《五中周刊》，1930年6月2日，第六十五期

《说诗序》，黄永镇，《国立中央大学半月刊》，1930年6月7日，第一卷，第十五期

《毛诗疏证》（柏舟、嘒），吴景旭，《蜀一旬刊》，1930年7月9日，第一号

——《毛诗疏证》（鹭雉、奠雁），《蜀一旬刊》，1930年7月19日，第二号

——《毛诗疏证》（荼苦），《蜀一旬刊》，1930年7月29日，第三号

——《毛诗疏证》（不瑕、彤管），《蜀一旬刊》，1930年8月9日，第四号

《周南召南考》，刘节，《河南大学文学院季刊》，1930年9月，第二期

《国风诗与恋爱》，访樵，《希望月刊》，1930年9月，第七卷，第九期

《论长脚韵》，胡适，《胡适文存》（三），1930年9月，亚东图书馆本

《重刻诗疑序》，顾颉刚，《睿湖》，1930年10月1日，第二期

《商颂考》，张寿林，《睿湖》，1930年11月1日，第二期

《故宫善本书志——〈纂图互注毛诗〉二十卷》，佚名，《故宫周刊》，1930年11月1日，第五十六号

《读诗札记》（周南关雎），朱潘源，《苏中校刊》，1930年11月16

日，第一卷，第四十三、四十四期合刊

《诗经中描写劳动的作品与思想》，敉敏，《国立劳动大学月刊》，1930年11月，第一卷，第八期

《诗经杂谈》，立栩，《南风》（广州），1930年12月15日，第三卷，第四号

《郑风新论》，何光乾，《文化》（南京），1930年12月20日，第五期

《译诗郑风扬之水》，方域，《七中学生》，1930年12月21日，第八期

《读诗札记：生民篇》，学增，《知用校报》，1930年12月23日，第九十一号

——《读书札记：生民篇》（续），《知用校报》，1930年12月29日，第九十二号

——《读书札记：生民篇》（续），《知用校报》，1931年1月12日，第九十三号

《新诗经》（有女愀愀），佚名，《时事新报》，1930年12月25日

《郑风的私情诗》，陈恒颂，《天籁》，1930年12月27日，第二十卷，第一、二号

《宋版纂图互注毛诗之一叶》（图），《故宫周刊》，1930年12月27日，第六十四期

《论三百篇中的两篇合歌——式微、鸡鸣》，张寿林，《晨报·学园副刊》（北平），1930年12月29日，第九号

——《论三百篇中的两篇合歌——式微、鸡鸣》（续），《晨报·学园副刊》（北平），1930年12月30日，第十号

——《论三百篇中的两篇合歌——式微、鸡鸣》（续），《晨报·学园副刊》（北平），1930年12月31日，第十一号

《释书诗之"诞"》，吴世昌，《燕京学报》，1930年12月，第八期

《诗经制作时代考》，陈钟凡，《学艺》，1930年，第十卷，第一号

《诗经国风区域略图》，佚名，《国立中央研究院历史语言研究所集刊》，1930年，第一本，第三分

《读书札记——古歌与诗经》，张旭光，《东北大学周刊》，1930年，

第一〇八期

《经学概论》（多章述《诗》之史），陈延杰，商务印书馆，1930年

《经学提要·诗经》，朱剑芒，世界书局，1930年

《国学研究·经部·毛诗》，顾荩臣，世界书局，1930年

1931年

《对于诗经的小贡献》，奇峰，《崇实季刊》，1931年1月20日，第十一期

《孔子删诗之研究》，晨霜，《希望月刊》，1931年1月，第八卷，第一期

《论诗经答刘大白》（附刘大白先生来书），胡适，1931年2月23日

——另，收入《胡适论学近著》（第一集），商务印书馆，1935年12月

《诗经文王之什考》，（日）间崎文夫著，江侠庵编译，《先秦经籍考》，1931年2月，商务印书馆本

《旧钞本毛诗残卷跋》，（日）狩野直喜著，江侠庵编译，《先秦经籍考》，1931年2月，商务印书馆本

《毛诗中维字之研究》，郭步陶，《民国日报·中国学会周刊》，1931年3月2日，第六期

——《毛诗中维字之研究》（续），《民国日报·中国学会周刊》，1931年3月9日，第八期

——《毛诗中维字之研究》（续），《民国日报·中国学会周刊》，1931年3月16日，第九期

——《毛诗中维字之研究》（续），《民国日报·中国学会周刊》，1931年3月23日，第十期

《新诗经》，蓁蓁，《上海画报》，1931年3月9日，第六八一号

《新诗经》，蓁蓁，《实报》，1931年3月18日

《齐东语》（"莒字音读考""竹闭""毋逝我梁，毋发我笱""释倩""累腾""释皖"），丁惟汾，《山东省立图书馆季刊》，1931年3月，第一卷，第一期

《诗经中时代思想的几种表示》，袁湘生，《摇篮》，1931年3月，第一卷，第一期

《诗经新解》，大荒，《ABC日报》，1931年4月8日

《诗经的一斑：关雎篇》，许笃仁，《学生杂志》，1931年4月10日，第十八卷，第四号

《读毛诗》，非厂，《晨报·艺圃副刊》（北平），1931年4月21、4月29日

——《读诗续记》，《晨报·艺圃副刊》（北平），1931年4月30日、5月1日、5月2日、5月3日、5月4日、5月5日

《春秋左传引诗异同考》（未完），伍剑禅，《归纳学报》，1931年4月，第一卷，第一期

《读晨霜君孔子删诗后》，刘仲山，《希望月刊》，1931年4月，第八卷，第四期

《解诗举例》（一）（小星），王礼锡，《读书杂志》，1931年4月，第一卷，第一期

——《解诗举例》（二）（著），《读书杂志》，1931年5月，第一卷，第二期

——《解诗举例》（三）（野有死麕、式微），《读书杂志》，1931年11月，第一卷，第六期

《三百篇中时代的大概丰姿》，曾宪雄，《南开大学周刊》，1931年5月5日，第一〇八期

《诗序非卫宏所作说》，黄节，《清华中国文学会月刊》，1931年5月15日，第一卷，第二期

《诗经古韵拾零》（一至五），纤红，《知用校报》，1931年5月15日，第一〇七期

——《诗经古韵拾零》（十三至三三），《知用校报》，1931年7月6日，第一一四号

——《诗经古韵拾零》（六至十二），《知用校报》，1931年9月7日，第一一六号①

---

① 按：原刊内容顺序即如此。

《二南之修辞》，李文瀛，《清华中国文学会月刊》，1931年5月15日，第一卷，第二期

《三事大夫说》，林义光，《国学丛编》（中国大学），1931年5月，第一卷，第一期

《诗音上作平证》，黄侃，《金声》（金陵大学中国文学研究会），1931年5月，第一卷，第一期

——另载，《诗音上作平证》，黄侃，《国立中央大学文艺丛刊》，1937年6月，第三卷，第一期（黄季刚先生遗著专号）

《诗经章句与韵例之研究》，向映富，《金声》，1931年5月，第一卷，第一期

《寄胡适之书》（关于诗经的讨论），储皖峰，《文理》（浙江大学），1931年6月1日，第二期

《周南新解》，胡适，《青年界》，1931年6月10日，第一卷，第四期

《藏园群书题记元本韩鲁齐三家诗考跋》，傅增湘，《国闻周报》，1931年6月15日，第八卷，第二十三期

《诗经研究》，S.N.，《国华》，1931年6月20日，第二卷，第六期

《问题讨论：我想研究诗经》，一文，金易，《十日》，1931年6月20日，第二卷，第廿六期

《诗经静女讨论的起讴与剥洗》，杜子劲，《天河杂志》（河南省立第一师范学校文学研究会），1931年6月20日，第十一期

《孔子删诗书定礼乐赞周易修春秋考》，华震，《天籁》，1931年6月，第二十卷，第四号

《一篇表现妇女生活的古诗——郑风溱洧》，黄石，《妇女杂志》（上海），1931年7月1日，第十七卷，第七号

《诗外传十卷题记》，莫天一，《岭南学报》，1931年7月，第二卷，第二期

《讲几句诗经》，柳簃，《新闻报》，1931年8月16日

《先秦儒家诗教之演变》，而寸，《采社杂志》，1931年10月1日，第六期

《诗的赋比兴谈》，杨佩瑛，《采社杂志》，1931年10月1日，第

六期

《诗经像书经》，柳簃，《新闻报》，1931年10月16日

《论孔子删诗》，君才，《五中周刊》，1931年12月21日，第一百一十期

《关于诗经楚风问题的讨论》，张先福，《希望月刊》，1931年12月，第八卷，第十二期

《汉石经鲁诗小雅二石读校记——依罗振玉先生写定本》，方国瑜，《师大国学丛刊》，1931年，第一卷，第一期

《对于〈诗书时代的社会变革与其思想上之反映〉的质疑》，周绍凑，《读书杂志》，1931年，第一卷，第四、五期合刊，中国社会史的论战（第一辑）

《释豳风》，郭镂冰，《文艺月报》（开封），1931年，第一卷，第五、六期

《诗经之军事观》，宁墨公，《中国古代军事考证》，1931年

1932年

《申培鲁诗传》（黄氏逸书考提要），佚名，《国立青岛大学周刊》（图书馆增刊），1932年1月4日，第三十六号

——《辕固齐诗传、韩婴诗内传、毛诗马融注》（黄氏逸书考提要）（续），《国立青岛大学周刊》（图书馆增刊），1932年1月18日，第三十七号

——《书报介绍：毛诗王肃注、毛诗王基申郑义、孙毓毛诗异同评》（黄氏逸书考提要）（续），《国立青岛大学周刊》（图书馆增刊），1932年1月18日，第三十八号

《秦风与豳风》，郑宾于，《建国中学校刊》，1932年1月15日，第一期

《毛诗豳风七月篇用历考》，郭清寰，《清华周刊》，1932年1月23日，第三十六卷，第十二期

《螽斯之古释》，毅，《浙江省立植物病虫害防治所年刊》，1932年3月1日，第一号

《诗经新论》，沈岁霖，《协大学生》，1932 年 4 月 25 日，第四期

《寄胡适之书论〈诗经新解〉》，储皖峰，《循环》，1932 年 5 月 6 日，第一卷，第三十一号

《新诗经》，云微室主，《烽火》（闽侯），1932 年 5 月

《诗经今译二篇》（静女、将仲子），伯容，《文理》，1932 年 5 月，第三期

《诗经时代的女性生活研究》，李建芳，《新创造》，1932 年 5 月，第一卷，第二期

《毛诗试题》，黄节，《北京大学日刊》，1932 年 6 月 11 日，第二八五六号

《新诗经》，蝉退，《正气报》，1932 年 8 月 7 日

《新诗经》，誉船，《正气报》，1932 年 8 月 10 日

《新诗经》，蝉退，《正气报》，1932 年 8 月 14 日

《新诗经》，蝉退，《正气报》，1932 年 8 月 17 日

《郑卫风里的爱情描写》，冰心，《世界旬刊》，1932 年 7 月，第九期

《驺虞说》，萍侣，《潭冈乡杂志》，1932 年 8 月 18 日，第十三卷，第四期，第七十三号

《三篇毛诗新译注》（上），病鸳，《社会日报》，1932 年 8 月 19 日

——《三篇毛诗新译注》（中），《社会日报》，1932 年 8 月 20 日

——《三篇毛诗新译注》（下），《社会日报》，1932 年 8 月 21 日

《诗人时代的经济生活状况》（中国经济史之第三章），马元材，《河南政治》，1932 年 8 月，第二卷，第八期

——《诗人时代的经济生活状况》（续），《河南政治》，1932 年 9 月，第二卷，第九期

《毛诗研究篇》（未完），邱楚良，《新时代半月刊》，1932 年 9 月 1 日，第三卷，第二、三期合刊

《左传赋诗考》，徐仁甫，《志学月刊》，1932 年 9 月 15 日，第九期

《毛诗新译》，佚名，《论语》，1932 年 9 月 16 日，第一期

《诗经中的上帝》，凌景埏，《福音光》，1932 年 9 月，第三十三期

——《诗经中的上帝观》（续），《福音光》，1932 年 11 月，第三十

四期

《诗经里女子选择情人的基本条件》，汪静之，《大陆》，1932年10月1日，第一卷，第四期

《茸芷缭衡室读诗札记七》（邶风静女），俞平伯，《清华周刊》，1932年10月24日，第三十八卷，第四期，五四三号

《休宁戴氏诗经补注题记》（研诗读曲室藏诗题记之一），张寿林，《燕京大学图书馆报》，1932年11月15日，第三十九期

《常识辞典·六义》，吻云，《红叶》，1932年11月，第六册

《三百篇鉴赏》，张弓，《中国文学鉴赏》，1932年11月，文化学社本

《释豳风》，啸谷，《梅陇月刊》（《豳风》第三号），1932年12月15日，第三十二期

《新诗经》，叟王，《松报》，1932年12月17日

——《新诗经》（续），《松报》，1932年12月18日

——《新诗经》（续），《松报》，1932年12月19日

——《新诗经》（续），《松报》，1932年12月20日

——《新诗经》（续），《松报》，1932年12月21日

《毛传训诂释例》，筱竹，《庠声》，1932年12月21日，第八期

——《毛传训诂释例》（续），《庠声》，1932年12月28日，第九期

——《毛传训诂释例》（续），《庠声》，1933年1月11日，第十期

——《毛传训诂释例》（续），《庠声》，1933年1月18日，第十一期

《诗经上的一件自由婚姻案》，卓学之，《希望月刊》，1932年12月，第九卷，第十二期

《诗经方注纠谬》，王先献，《学生文艺丛刊》，1932年12月，第七卷，第三集

《诗经之社会进化观》，王蘧常，毕寿颐，《无锡国学专修馆讲演集初编》（无锡国学专修馆师范班第一届毕业生），1923年12月

《女佣》（诗经氓之蚩蚩事实改作），韦佩埙，《苍竹》，1932年，第四期

《毛诗新译》,佚名,《广东留平学会年刊》,1932年,第二、三期合刊

1933年

《三百篇"主""述"倒文句例》,黎锦熙,《师大月刊》,1933年1月1日,第二期

《诗的歌与诵》,俞平伯,《东汉杂志》,1933年1月1日,第三十卷,第一号

——《诗的歌与诵》(续),《清华学报》,1934年7月,第九卷,第三期

《从诗经上说到婚姻问题》,文震,《并州学院月刊》,1933年1月1日,第一卷,第一号

——《从诗经上说到婚姻问题》(续第一号),《并州学院月刊》,1933年4月1日,第一卷,第四号

——《从诗经上说到婚姻问题》(续第四号),《并州学院月刊》,1933年5月1日,第一卷,第五号

《读诗经有感》,鸡晨,《新闻报》,1933年1月10日

《新诗经》,铸鼎,《金钢钻》,1933年1月16日

《新诗经》,蝉退,《正气报》1933年1月20日

《陆氏毛诗疏补证》,许敬武,《庠声》,1933年1月25日,第十二期

——《陆氏毛诗疏补正》(续前),《庠声》,1933年2月15日,第十五期

——《陆氏毛诗疏补正》(续前),《庠声》,1933年2月22日,第十六期

《读书札记》(诗常棣四章),万葆麐,《河南图书馆馆刊》,1933年2月1日,第一册

《释齐诗刑德义》,次公,《庠声》,1933年2月15日,第十五期

《读了储皖峰译的击鼓》,浩成,《青年世界》,1933年2月,第一卷,第十一期

《诗经底所谓三星与婚时》,(日)佐藤广治作,汪馥泉译,《文学旬

刊》，1933 年 3 月 26 日，第一期

——《诗经底所谓三星与婚时》（续），《文学旬刊》，1933 年 5 月 27 日，第四期

——《诗经底所谓三星与婚时》（续完），《文学旬刊》，1933 年，第五期

《读诗经》，毓鳞，《国学杂志》（福建协和大学国文系），1933 年 3 月 27 日，第二期

《玄鸟传说与氏族图腾》，丁迪豪，《历史科学》，1933 年 3 月 30 日，第一卷，第二期

《读卓学之诗经自由婚姻案后》，刘仲山，《希望月刊》，1933 年 3 月，第十卷，第三期

《诗经的鸟瞰》，储皖峰，《文理》，1933 年 3 月，第四期

《读诗劄记》，金心斋，《虞社》，1933 年 3 月，第一百九十三号

——《读诗劄记》（续），《虞社》，1933 年 4 月，第一百九十四号

——另载，《读诗劄记》，金心斋，《文艺拮华》，1934 年 12 月 31 日，第一卷，第六册

《毛诗征文》，李源澄，《河南图书馆馆刊》，1933 年 4 月 1 日，第二册

《诗大序：高一乙，丙班国文科预习》，雷泽民，《广州大中中学周刊》，1933 年 4 月 10 日，第四十六期

《诗经学纂要序旨》，徐英，《安徽大学月刊》，1933 年 4 月 15 日，第一卷，第六期（文学院专号）

《毛诗新解》，楳，《论语》，1933 年 4 月 16 日，第十五期

《读江晋三诗经韵读札记》（王静安楷校江氏音学十书本），古层冰，《文学杂志》（广州），1933 年 4 月，第三期

《通过诗经看到的周代经济状态》，（日）小岛祐马作，汪馥泉译，《中华月报》，1933 年 5 月 1 日，第一卷，第三期

《清代诗经著述考略》，张寿林，《燕京大学图书馆报》，1933 年 5 月 15 日，第五十期

——《清代诗经著述考略》（续），《燕京大学图书馆报》，1933 年 5 月 30 日，第五十一期

——《清代诗经著述考略》（续），《燕京大学图书馆报》，1933年6月15日，第五十二期

——《清代诗经著述考略》（续），《燕京大学图书馆报》，1933年9月1日，第五十四期

——《清代诗经著述考略》（续），《燕京大学图书馆报》，1933年9月16日，第五十五期

——《清代诗经著述考略》（续），《燕京大学图书馆报》，1933年10月1日，第五十六期

——另载，《女师学院期刊》，1935年11月，第三卷，第一期

《读诗札记》（召南甘棠、郑风溱洧），曹松叶，《民俗》，1933年5月23日，第一百二十期

《荀子引诗考》，戴祥骥，《河南民国日报·国学周刊》，1933年5月23日，第一号

——《荀子引诗考》（续完），《河南民国日报·国学周刊》，1933年5月30日，第二号

《左传引诗研究》，李兢西，《无锡国专季刊》，1933年5月，第一期

《锡学无忘录·读国风关雎篇》，薛玄鹗，《无锡国专季刊》，1933年5月，第一期

《锡学无忘录·读小弁诗》，薛玄鹗，《无锡国专季刊》，1933年5月，第一期

《裳裳者华》，张树梓，《常熟教育》，1933年6月1日，创刊号

《论诗乐》，朱谦之，《国立中山大学文学院专刊》，1933年6月1日，第一期

《诗三百首的新分类》，杨荫深，《读书中学》，1933年6月1日，第一卷，第二号

《读诗经》，江立华，《五中周刊》，1933年6月12日，第一百四十六期

——《读诗经》（一续），《五中周刊》，1933年6月19日，第一百四十七期

——《读诗经》（二续），《五中周刊》，1933年10月16日，第一

百五十二期

——《读诗经》（三续），《五中周刊》，1933年10月30日，第一百五十四期

《蟋蟀在东》，柳筱，《新闻报》，1933年6月28日

《诗经今译》，廷璧，《金钢钻》，1933年6月30日

《诗三百篇"言"字新解》，吴世昌，《燕京学报》，1933年6月，第十三期

《三百篇联绵字研究》，张寿林，《燕京学报》，1933年6月，第十三期

《曲局篇》（诗联绵字考之一），姜亮夫，《国学商兑》，1933年6月，第一卷，第一期

——《曲局篇》（诗联绵字考之一）（续），《国学论衡》，1933年6月，第二期

——《曲局篇》（诗联绵字考之一）（再续），《国学论衡》，1933年6月15日，第三期

《删诗问题之我见》，张玉璞，《正师月刊》，1933年6月，第一卷，第一期

《诗经新译》，廷璧，《金钢钻》，1933年7月7日

《监本纂图重言重意互注点校毛诗跋》，傅增湘，《国闻周报》，1933年7月31日，第十卷，第三十期

《从诗经说到周公与周母》，靳又陵，《老实话》，1933年9月21日，第六期

《诗与骚》（续），黎汉芝，《容县旬刊》，1933年9月30日，第三期

——《诗与骚》（二续），《容县旬刊》，1933年10月21日，第五期

——《诗与骚》（续第五期），《容县旬刊》，1933年12月11日，第十期

——《诗与骚》（续）（未完），《容县旬刊》，1933年12月21日，第十一期

《诗经中的隐语》，胡怀琛，《时事新报》1933年10月5日

《韩婴的哲学》，姚璋，《光华大学半月刊》，1933年10月10日，第二卷，第一期

《诗经时代之服装与妇女生活》，黎正甫，《女子月刊》，1933年10月15日，第一卷，第八期

——《诗经时代之服装与妇女生活》（续），《女子月刊》，1933年11月15日，第一卷，第九期

《关于诗经楚风问题的讨论》，先福，《新嘉定》，1933年10月25日，第一卷，第三期

《读诗札记》，层冰，《文学杂志》（广州），1933年10月，第六期

《毛诗新译注》，病鸳，《华安》，1933年11月10日，第二卷，第一期

《仿毛诗国风赋比兴三首》，郑长璿，《大夏周报》，1933年11月6日，第十卷，第七期

《惘惘——拟毛诗卫风氓篇》，落寞，《潮安县中月刊》，1933年11月，第一卷，第二期

《读朱祖英疑孔子删诗之辨正》，阮善芳，《北平交大周刊》，1933年12月1日，第十期

《新诗经》（附与李鼐先生信）（读了李鼐君的《邹平歌谣》后），衷夫，《乡村问题周刊》，1933年12月16日，第一卷，第十一、十二期合刊

《诗经作者镌略》，高芒，《清华周刊》，1933年12月25日，第四十卷，第十期

《左传中赋诗通则的探索》，季冰，《清华周刊》，1933年12月25日，第四十卷，第十期

《由戏中发语辞说到诗经》，佚名，《燕大月刊》，1933年12月28日，第十卷，第一期

《诗经大义自序》，唐文治，《国学论衡》，1933年12月，第二期

《风雨之夜读诗至郑风鸡鸣篇有感》，异人，《高农期刊》，1933年12月，第四期

《熹平石经鲁诗残石》，郭沫若，《古代铭刻汇考四种》，1933年12

月，文求堂书店本

《大雅生民公刘绵三诗与商颂玄鸟长发之比较：中国最古史诗考》，马宁邦，《蒙藏委员会蒙藏政治训练班季刊》，1933年（民国廿二年度上学期）

《大小雅考》，卫聚贤，《持志年刊》，1933年，第八卷

《所谓玄鸟生商的究明》，丁迪豪，《历史科学》，1933年，第一卷，第三、四期合刊

《诗三百篇与长短句》，陈友琴，《青年界》，1933年，第四卷，第四号

《诗经的体类》（古代文学史论之一），姜亮夫，《青年界》，1933年，第四卷，第四号

《诗螮蝀篇远兄弟父母韵说》，刘盼遂，《国学丛编》（北平中国大学），1933年，第二卷，第一册

《诗音有上声说》，杨树达，《国学丛编》（北平中国大学），1933年，第二期，第二册

《读卫风氓以后》，冯任之，《二中期刊》，1933年，第三期

《朱熹注的诗经》，姜公畏，《学生文艺丛刊》，1933年，第五卷

《诗经》，周予同，《群经概论》，第三章，商务印书馆，1933年

《群经概论·诗经》，周予同，商务印书馆，1933年

《群经概论》（第四章《诗》），范文澜，朴社，1933年

《诗经时代的女性生活》，李麦麦，《中国古代政治哲学批判》，新生命书局，1933年

《国学概论讲话·诗经》，谭正璧，光明书局，1933年

《国学概论·诗经》，王敏时，上海新亚书店，1933年

《国学大纲·诗经概说》，徐澄宇，上海华通书局，1933年

1934年

《诗经的遗传》，俞长源，《灯》（上海），1934年1月1日，第一期

《诗经之年代与地理之考证》，胡光熙，《持志中国文学系二二级级刊》，1934年1月17日，第一月刊

《嫁娶之时郑王异说平议》，王公贤，《民大中国文学系丛刊》，1934

303

年1月18日,第一卷,第一期

《周南新探》(关雎、葛覃、卷耳),张寿林,《民大中国文学系丛刊》,1934年1月18日,第一卷,第一期

《诗国风周南召南考》,鲁肃,《民大中国文学系丛刊》,1934年1月18日,第一卷,第一期

《四国多方考》,于省吾,《考古社刊》,1934年1月,第一期

《诗经国风中所表现的民族精神》,林柏华,《大学》(上海),1934年2月1日,第二卷,第一期

——另载,《诗经国风中所表现的民族精神》(附表),林柏华,《河南政治》,1934年7月,第四卷,第七期

《诗经以前的中国诗歌》,陈廷宪,《矛盾月刊》,1934年3月1日,第三卷,第一期

《毛诗传授之诬》,吕思勉,《光华大学半月刊》,1934年3月15日,第二卷,第六期

《汉齐诗学家翼奉的思想之剖视》,姚璋,《光华大学半月刊》,1934年3月15日,第二卷,第六期

《诗经试译》(野有死麕),于时夏,《申报》,1934年3月19日

——《诗经试译》(葛藟),《时事新报》,1934年3月21日

——《诗经试译》(柏舟),《申报》,1934年3月24日

——另载,《诗经试译》(柏舟),于时夏,《盛京时报》,1934年5月22日

《诗经试译》(草虫、小星、狡童、摽有梅),予亦,《光华附中半月刊》,1934年3月20日,第二卷,第六期

——《诗经试译》(有女同车、山有扶苏、褰裳),《光华附中半月刊》,1934年4月20日,第二卷,第七期

——《诗经试译》(无衣、麟之趾、江有汜、河广、采葛、野有蔓草、十亩之间),《光华附中半月刊》,1934年5月10日,第二卷,第八期

《毛诗诂训传撰者考》,(日)安井小太郎,《东华》(东京),1934年3月,第六十八集

《读诗经的几个方法》,陈仲子讲,秀征记,《金陵女子文理学院校

刊》，1934年4月1日，第十期

《踟蹰驰驱转语考》，姜亮夫，《河南大学学报》，1934年4月1日，第一卷，第一期

《考槃》（诗经卫风），陈子展，《人间世》，1934年4月5日，第一期

——《大车》（诗经王风），《人间世》，1934年4月20日，第二期

——《权舆》（诗经秦风），《人间世》，1934年5月5日，第三期

——《谷风篇》（诗经邶风），《社会月报》，1934年6月15日，第一卷，创刊号

——《七月》（诗经豳风），《乒乓世界·连环两周刊（合刊）》，1934年6月22日，第一期

——《七月》（诗经豳风）（续），《乒乓世界·连环两周刊（合刊）》，1934年7月6日，第二期

《于时夏试译诗经》，马儿，《新垒》，1934年4月15日，第三卷，第四期

《方玉润诗经原始述评》，沈达材，《海滨》，1934年4月15日，第三期

《毛诗训诂之误》，吕思勉，《光华大学半月刊》，1934年4月15日，第二卷，第八期

《谈〈卷耳集〉》，陈子展，《华美》，1934年4月20日，第一卷，第一期

《诗经初译》（山有扶苏、竹竿、蒹葭），俞予，《光华附中半月刊》，1934年4月20日，第二卷，第七期

《论诗经的译为白话》，融光，《华北日报》，1934年4月22日

《诗经被毛苌朱熹曲解了》，芝生，《大学新闻》（北平），1934年4月23日，第十四期

《诗经试译》，朱世禔，《学生汇刊》，1934年4月27日，第三期

《鄘载驰札记》，平伯，《文史》（北平），1934年4月，第一卷，第一号

《匡斋尺牍》，闻一多，《学文》，1934年5月1日，第一卷，第一期

——《匡斋尺牍》（续），《学文》，1934年7月，第一卷，第三期

《诗经"载"字之分析》，李玮，《清华周刊》，1934年5月7日，第四十一卷，第七期

《诗三百篇之定考》，杨佩瑛，《采社杂志》，1934年5月10日，第十一、十二期合刊

《读鼓钟之诗书后》，杨佩瑛，《采社杂志》，1934年5月10日，第十一、十二期合刊

《周南卷耳诗》，牛岩，《河南大学校刊》，1934年5月17日，第三十八期

——《周南卷耳诗》（续），《河南大学校刊》，1934年5月21日，第三十九期

《三百篇中情诗试译》，新生，《云梦》，1934年5月21日，第一卷，第六期

——《三百篇中情诗试译》（续），《云梦》，1934年5月30日，第一卷，第七期

《读关雎》，汪行之，《学生文艺丛刊》，1934年5月，第七卷，第十集

《思齐随笔（五）毛序考证》，思齐，《国货月报》（上海），1934年6月15日，第一卷，第五、六期合刊

《诗风雅颂正变说》（一作鲁颂为变颂说），沈昌直，《国学论衡》，1934年6月15日，第三期

《诗序》，吕思勉，《光华大学半月刊》，1934年6月18日，第二卷，第十期

《诗经秦风蒹葭诗之商讨》，牛岩，《河南大学校刊》，1934年6月18日，第四十七期

——《诗经秦风蒹葭诗之商讨》（续），《河南大学校刊》，1934年6月21日，第四十八期

《诗经底史的研究》，万曼，《文史》（北京），1934年6月20日，第一卷，第二号

——《诗经的史的研究》（续前），《文史》（北京），1934年8月20日，第一卷，第三号

《读了谷风以后》，张宜萱，《江苏省立徐州女子师范学校校刊》，1934年6月30日，二十二年度第十期

《一篇诗邶风静女的总账》，叶德禄，《辅仁大学广东同学会半年刊》，1934年6月，第二期

《周南以关雎为首》，莫肖红，《执信学生》，1934年6月，第二期

《释南》，昺衡，《齐大季刊》，1934年6月，第四期

《伐檀章今译》，沈从文，《文艺风景》，1934年7月1日，第一卷，第二册

《小星与东方未明》，陈子展，《申报》，1934年7月7日

《三百篇助词释例——释思、释哉》，张寿林，《女师学院期刊》，1934年7月10日，第二卷，第二期

《孔子未曾删诗辩》，华钟彦，《女师学院期刊》，1934年7月10日，第二卷，第二期

《郑风诗中所歌咏的男性——读书杂记之三》，云奇，《河南教育月刊》，1934年7月15日，第四卷，第九期

《瞎子断匾》，陈子展，《社会月报》，1934年7月15日，第一卷，第二期

《氓之蚩蚩》，陈子展，《华美》，1934年7月20日，第一卷，第四期

《周南召南与邶鄘卫的关系》，卫聚贤，《教授与作家》，1934年7月20日，创刊号，第一卷，第一期

《起兴诗的一例——桃夭》，陈子展，《中华日报》，1934年7月

《诗经语译序》，陈子展，《文学》（上海），1934年8月1日，第三卷，第二号

《叠字与诗经》，袁湘槐，《出版周刊》，1934年8月11日，新八十九号

《书与诗中的哲理》，蒋维乔，《新中华》，1934年8月10日，第二卷，第十五期

《题豳风七月图》，（日）长尾甲（京都），《东华》（东京），1934年8月，第七十三集

《葛覃今译》，储皖峰，《现代学生》（上海），1934年8月，第三

卷，第五期

《葛生》（唐风），储皖峰，《女子月刊》，1934年9月1日，第二卷，第九期

《召南辟谬》（鹊巢、采蘩），公来，《北晨画刊》，1934年9月1日，第二卷，第三期

——《召南辟谬》（草虫、采蘋），《北晨画刊》，1934年9月8日，第二卷，第四期

——《召南辟谬》（甘棠、行露），《北晨画刊》，1934年9月15日，第二卷，第五期

——《召南辟谬》（羊羔）（三章章四句），《北晨画刊》，1934年9月22日，第二卷，第六期

——《召南辟谬》（殷其雷、摽有梅、小星），《北晨画刊》，1934年9月29日，第二卷，第七期

——《召南辟谬》（江有汜、何彼秾矣、驺虞），《北晨画刊》，1934年10月12日，第二卷，第十期

《诗经今译》（终风），廷璧，《金钢钻月刊》，1934年9月7日

《绸缪——诗经试译》，吴秋山，《绸缪月刊》，1934年9月15日，第一卷，第一期

《诗经新译》（云汉八章）（其一），陈怀圃，《时代日报》，1934年9月23日

——《诗经新译》（云汉八章）（其二），《时代日报》，1934年9月24日

——《诗经新译》（云汉八章）（其三），《时代日报》，1934年9月25日

——《诗经新译》（云汉八章）（其四），《时代日报》，1934年9月26日

——《诗经新译》（云汉八章）（其五），《时代日报》，1934年9月27日

——《诗经新译》（云汉八章）（其六），《时代日报》，1934年9月28日

——《诗经新译》（云汉八章）（其七），《时代日报》，1934年9月

29 日

——《诗经新译》（云汉八章）（其八），《时代日报》，1934 年 9 月 30 日

《卷耳诗之复讨》（一），牛岩，《河南大学校刊》，1934 年 9 月 27 日，第五十期

——《卷耳诗之复讨》（二），《河南大学校刊》，1934 年 10 月 1 日，第五十一期

——《卷耳诗之复讨》（三），《河南大学校刊》，1934 年 10 月 8 日，第五十二期

《读匡斋尺牍质闻一多先生》，张玄，《华北日报·中国文化副刊》（北平），1934 年 9 月 30 日，第四期

——《读匡斋尺牍质闻一多先生》（续），《华北日报·中国文化副刊》（北平），1934 年 10 月 7 日，第五期

《读硕鼠篇》，（日）山口正德（高知），《东华》（东京），1934 年 9 月，第七十四集

《课艺：王者之迹熄而诗亡诗亡然后春秋作说》，胡宣秦，《船山学报》，1934 年 9 月，第六期

《课艺：王者之迹熄而诗亡诗亡然后春秋作说》，郭虚中，《船山学报》，1934 年 9 月，第六期

《读诗随笔》（三百篇、工部），中心，《大学生言论》，1934 年 10 月 1 日，第四期

《诗经新译》（溱洧），廷璧，《金钢钻月刊》，1934 年 10 月 7 日

《左氏自相抵牾诗序袭之》，吕思勉，《光华大学半月刊》，1934 年 10 月 10 日，第三卷，第一期

《诗经之社会进化观》，童天鉴，《社会月刊》，1934 年 10 月 15 日，第一卷，第一期

《诗经今译》（旄丘），廷璧，《金钢钻月刊》，1934 年 10 月 17 日

《诗三百篇之诗的意义及其与乐之关系》，张西堂，《师大月刊》，1934 年 10 月 30 日，第十四期

《论毛传郑笺》，徐英，《安徽大学月刊》，1934 年 10 月，第二卷，第一期

《国风三章》，张慧，《人间世》，1934年11月5日，第十五期（诗专辑）

《读毛诗传》，张瑛，《国学论衡》，1934年11月10日，第四期下

《诗草木今释》（参差荇菜），辛（陆文郁），《广智星期报》（天津），1934年11月11日，第二九七号

——《诗草木今释》（葛之覃兮），《广智星期报》，1934年11月18日，第二九八号

——《诗草木今释》（采采卷耳），《广智星期报》，1934年11月25日，第二九九号

——《诗草木今释》（葛藟累之），《广智星期报》，1934年12月2日，第三〇〇号

——《诗草木今释》（桃之夭夭），《广智星期报》，1934年12月9日，第三〇一号

——《诗草木今释》（采采芣苢），《广智星期报》，1934年12月16日，第三〇二号

——《诗草木今释》（言刈其楚），《广智星期报》，1934年12月23日，第三〇三号

——《诗草木今释》（言刈其蒌），《广智星期报》，1934年12月30日，第三〇四号

——《诗草木今释》（于以采蘩），《广智星期报》，1935年1月6日，第三〇五号

——《诗草木今释》（言采其蕨），《广智星期报》，1935年1月13日，第三〇六号

——《诗草木今释》（言采其薇），《广智星期报》，1935年1月20日，第三〇七号

——《诗草木今释》（于以采蘋），《广智星期报》，1935年1月27日，第三〇八号

——《诗草木今释》（于以采藻），《广智星期报》，1935年2月3日，第三〇九号

——《诗草木今释》（蔽芾甘棠），《广智星期报》，1935年3月10日，第三一三号

——《诗草木今释》（摽有梅），《广智星期报》，1935年3月17日，第三一四号

——《诗草木今释》（白茅包之），《广智星期报》，1935年3月31日，第三一六号

——《诗草木今释》（林有朴樕），《广智星期报》，1935年4月7日，第三一七号

——《诗草木今释》（棠棣之华），《广智星期报》，1935年4月14日，第三一八号

——《诗草木今释》（华如桃李），《广智星期报》，1935年4月21日，第三一九号

——《诗草木今释》（彼茁者葭），《广智星期报》，1935年5月20日，第三二二号

——《诗草木今释》（彼茁者蓬），《广智星期报》，1935年5月26日，第三二四号

——《诗草木今释》（泛彼柏舟），《广智星期报》，1935年6月23日，第三二八号

——《诗草木今释》（吹彼棘心），《广智星期报》，1935年6月30日，第三二九号

——《诗草木今释》（匏有苦叶），《广智星期报》，1935年7月7日，第三三〇号

——《诗草木今释》（采葑采菲一），《广智星期报》，1935年7月14日，第三三一号

——《诗草木今释》（采葑采菲二），《广智星期报》，1935年7月28日，第三三三号

——《诗草木今释》（谁谓荼苦），《广智星期报》，1935年8月4日，第三三四号

——《诗草木今释》（其甘如荠），《广智星期报》，1935年8月11日，第三三五号

——《诗草木今释》（山有榛），《广智星期报》，1935年8月25日，第三三七号

——《诗草木今释》（隰有苓），《广智星期报》，1935年9月8日，

311

第三三九号

——《诗草木今释》（泛彼柏舟），《广智星期报》，1935年9月15日，第三四〇号

——《诗草木今释》（爰采唐矣），《广智星期报》，1935年9月23日，第三四一号

——《诗草木今释》（爰采麦矣），《广智星期报》，1935年9月29日，第三四二号

——《诗草木今释》（树之榛栗一），《广智星期报》，1935年10月6日，第三四三号

——《诗草木今释》（椅桐梓漆一），《广智星期报》，1935年10月13日，第三四四号

——《诗草木今释》（椅桐梓漆二），《广智星期报》，1935年10月20日，第三四五号

——《诗草木今释》（椅桐梓漆三），《广智星期报》，1935年11月3日，第三四七号

——《诗草木今释》（椅桐梓漆四），《广智星期报》，1935年11月24日，第三五〇号

——《诗草木今释》（降观于桑），《广智星期报》，1935年12月8日，第三五二号

——《诗草木今释》（言采其蝱），《广智星期报》，1935年12月15日，第三五三号

——《诗草木今释》（绿竹猗猗），《广智星期报》，1935年12月22日，第三五四号

《诗经与楚词》，吴秋山，《绸缪月刊》，1934年11月15日，第一卷，第三期

——另载，《诗经与楚词》，吴秋山，《正论》，1946年9月30日，第一卷，第九期

《诗经学纂要论诗教》，徐英，《安徽大学月刊》，1934年11月15日，第二卷，第二期

《诗经琐谈》，谐叟，《保定新青年》，1934年11月28日，第一卷，第十二期

《关于诗经》，周分水，《中央日报》，1934 年 11 月 29 日

《诗三百篇义旨参考书目备要》，培五，《中原文化》，1934 年 11 月，第十四期

《国货诗经》（仿关雎、鹊巢），佚名，《兄弟国货月报》，1934 年 12 月 1 日，第一卷，第二期

《陈第古音学出自杨升庵辨》，杨崇焕，《国风》，1934 年 12 月 1 日，第五卷，第十、十一期合刊

《诗经之伦理观》，陈柱，《大夏》，1934 年 12 月 15 日，第一卷，第七号

《朱子攻击毛诗序的检讨》（一），龚书辉，《厦大周刊》，1934 年 12 月 9 日，第十四卷，第十一期

——《朱子攻击毛诗序的检讨》（二），《厦大周刊》，1934 年 12 月 19 日，第十四卷，第十二期

《诗经在中国文学上的地位》，吴烈，《国民文学》，1934 年 12 月 15 日，第一卷，第三期

《诗经学纂要论诗乐》，徐英，《安徽大学月刊》，1934 年 12 月 15 日，第二卷，第三期

《致江绍原》（关于商颂玄鸟篇），俞平伯，《华北日报》，1934 年 12 月 30 日

——另载，《俞平伯全集》（第九卷），1934 年 12 月 24 日，花山文艺出版社，1997 年本

《诗经之研究》，子明，《民大高中学生》，1934 年 12 月 29 日，第一卷，第三期

《国风辞格举例》，徽凤，《珞珈月刊》，1934 年 12 月，第二卷，第四期（文艺专号）

《读诗札记》（邶风新台、鄘风墙有茨、郑风出其东门、秦风车邻），素心，《珞珈月刊》，1934 年 12 月，第二卷，第四期（文艺专号）

《诗教》，朱东润，《珞珈月刊》，1934 年 12 月，第二卷，第四期（文艺专号）

《馆藏善本书志略·毛诗传笺七卷》（明马应龙、孙凯校刻本），王永祥，《国立奉天图书馆季刊》，1934 年 12 月，第一期

《读诗大雅云汉篇书后》，郭彦谦，《大成会丛录》，1934年，第四十五期

《辨孔子删诗》，朱祖英，《北平半月刊》，1934年，第一卷，第七期

《诗经新译——氓》，驰去也，《沪大月刊》，1934年，第二卷，第三、四期合刊

《诗厄篇》，邵祖平，《中国文学会集刊》，1934年，第二期

——另载，《诗厄篇》，邵祖平，《制言》，1935年10月，第二期

《诗同文比义》，林成章，《国学季刊》（国立北京大学），1934年，第四卷，第四号

《国学常识述要·诗经》，李冷衷，北京书局，1934年

《国学入门》（诗之大义、诗之传授），蒋梅笙，正中书局，1934年

1935年

《关于诗经的话》（未完），胤奇，《江西学生》，1935年1月1日，第三、四期合刊

《孔子删诗异说之我见》，王修密，《江西学生》，1935年1月1日，第三、四期合刊

《棫朴解》，温廷敬，《国立中山大学文史学研究所月刊》，1935年1月1日，第三卷，第三期

《读绸缪后》，陈其然，《新闻报》，1935年1月8日

《诗经中卫风淫靡之背景的研讨：风俗史料撷余之一》，明悬，《史学》，1935年1月14日，第四卷，第九期

《左传引诗考叙言》，褚保炎，《女师学院期刊》，1935年1月20日，第三卷，第一期

《北池闲话：诗三百辨讹》，胡怀琛，《时事新报·青光副刊》，1935年1月27日

——《北池闲话：诗经中的鸡鸣声》，《时事新报·青光副刊》，1935年1月31日

《诗经中的农事观与军事观》（附表），成勋，《军需杂志》，1935年1月，第二十九期

314

——《诗经中的农事观与军事观》（续），《军需杂志》，1935 年 3 月，第三十期

《诗经今译》，廷璧，《金钢钻月刊》，1935 年 1 月，第二卷，第一集

《诗序与集传之研究》，卢超翔，《教育月刊》，1935 年 1 月，第四卷，第一期

《读毛诗谱书后》，夏敬观，《青鹤》，1935 年 2 月 1 日，第三卷，第六期

《读豳风七月》，张宗尧，《骚墨》，1935 年 2 月 1 日，秋季

《四国考》，张汝舟，《学风》，1935 年 2 月 1 日，第五卷，第一期

——《四国考》（摘要），中，《史地社会论文摘要月刊》，1935 年 3 月 20 日，第一卷，第六期

《诗经的汗血生活》，华文，《汗血周刊》，1935 年 2 月 4 日，第四卷，第五、六期合刊

《诗译七月流火》，辛父，《人间世》，1935 年 2 月 5 日，第二十一期

《周南兔罝诗讲语》，暗斋，《河南教育月刊》，1935 年 2 月 15 日，第五卷，第四期

《高邮王氏诗学方法论》，萧树朴，《中华图书馆协会会报》，1935 年 2 月 18 日，第十卷，第四期

《诗经试释》，文心，《前进月刊》，1935 年 2 月 28 日，第二卷，第二期

《高邮王氏诗学方法》，萧树朴，《中华图书馆协会会报》，1935 年 2 月 28 日，第十卷，第四期

《论诗经语译》，黄承燊，《勷勤大学师范学院月刊》，1935 年 2 月，第十五期

——《论诗经语译》（续），《勷勤大学师范学院月刊》，1935 年 3 月，第十六期

《我也谈谈诗经》，青紫，《济师校刊》，1935 年 3 月 1 日，第一期

《译诗二章》（序）（鄘风柏舟、郑风将仲子），杨柳青，《济师校刊》，1935 年 3 月 1 日，第一期

《真假诗经》，金心，《时事新报·青光副刊》，1935年3月7日

《诗经的本色》，平凡，《社会日报》，1935年3月7日

《颍滨精舍讲语：邶风旄丘篇讲语》，暗斋，《河南教育月刊》，1935年3月15日，第五卷，第五期

《读〈真假诗经〉后》，袁愈嫈，《时事新报·青光副刊》，1935年3月18日

《常棣与伐木》，陈子展，《芒种》，1935年3月20日，第一卷，第二期

《关于诗经今译》，丰干早，《民报》，1935年3月24日

《郑风淫之讨论》，牛岩，《河南大学校刊》，1935年3月25日，第七十期

——《郑风淫之讨论》（续），《河南大学校刊》，1935年4月1日，第七十一期

——《郑风淫之讨论》（续），《河南大学校刊》，1935年4月8日，第七十二期

——《郑风淫之讨论》（续），《河南大学校刊》，1935年4月22日，第七十四期

《关雎咏文王圣王变为色主》，柳仪，《东南日报》，1935年3月28日

《胡适将出毛诗胡说》，晓，《上海报》，1935年3月31日

《谈秦风无衣》，杨绍昌，《浙江青年》（杭州），1935年3月，第一卷，第五期

《郑风"淫"之研究》，牛磊若，《河南政治》，1935年3月，第五卷，第三期

《野有死麕》，张慧，《教育短波》，1935年3月，第二十期

《诗经在古代的价值》，茅乐楠，《厦大周报》，1935年3月，第十四卷，第九期

《棠棣》（诗经语译），陈子展，《文章》，1935年4月1日，创刊号

《诗经今译》（北风、将仲子），顾诗灵，《漫画漫话》，1935年4月1日，第一卷，第一期，创刊号

——《诗经今译》（七月），《漫画漫话》，1935年5月1日，第一

卷，第二期

《诗经时代之农业与农民》（续完），金粟，《学生生活》，1935年4月1日，第三卷，第七期

《读〈读真假诗经后〉答袁愈嫈君——拉李商隐出来还是不行》，金心，《时事新报》，1935年4月3日

《再谈谈诗经今译》，丰干早，《民报》，1935年4月6日

《最后一次谈诗经今译》，徐干，《民报》，1935年4月10日

《古诗今释》（无衣、柏舟），心旦，《一中校刊》（南昌），1935年4月15日，第二卷，第三期

《革命文学——三百篇》，祁述祖，《江苏教育》，1935年4月15日，第四卷，第四期

《孔子删诗之我见》，梁景昌，《勷勤大学师范学院月刊》，1935年4月，第十七期

《从诗经卫风上证明黄河流域古今气候之殊异》，鲍先德，《复兴月刊》，1935年5月1日，第三卷，第九期

《诗经》（菁菁者莪、蓼莪），啸天，《读书周刊》（长沙），1935年5月1日，第一卷，第一期

《读经救亡论》，徐英，《安徽大学月刊》，1935年5月15日，第二卷，第七期

《诗序名称及作者考略》，刘铭编，《砥柱周刊》，1935年5月，第四卷，第十六期

《谈诗经》（三），老憨，《新闻报》，1935年6月4日

《小星诗集释》，刘钟明，《政衡》，1935年6月15日，第二卷，第六期

《诗三百篇的分析》，纪廷藻，《正中》，1935年6月16日，第二卷，第一期

《从诗经观察古代妇女的生活》，梁缉熙，《南中》，1935年6月20日

《桑中是一男爱三女事实的诗篇》（上）（呈谢晋青、顾颉刚二氏评正），曹松叶，《妇女与儿童》，1935年6月21日，第十九卷，第十一号，总第六百四十一期

——《桑中是一男爱三女事实的诗篇》（下），《妇女与儿童》，1935年7月1日，第十九卷，第十二号，总第六百四十二期

——《桑中是一男爱三女事实的诗篇》（摘要），《史地社会论文摘要》，1935年7月20日，第一卷，第十期

《论三百篇之篇名》（三百篇研究之一），张寿林，《女师学院期刊》，1935年6月20日，第三卷，第二期

《诗序考原》，李繁閴，《励学》，1935年6月30日，第四期

《读诗札记》（未完），罗植乾，《国学论衡》，1935年6月30日，第五期上

《诗大雅思齐篇"不显亦临，无射亦保"释义》，沈昌直，《国学论衡》，1935年6月30日，第五期上

《守玄阁诗学序》（十一年），陈柱，《学术世界》，1935年6月，第一卷，第一期

《巴黎敦煌残卷叙录（一）：毛诗音残卷》（晋徐邈撰），王重民，《图书季刊》，1935年6月，第二卷，第二期

《诗经正葩自序》（六年），陈柱，《学术世界》，1935年6月，第一卷，第一期

《齐诗为孟子遗学证》，庞俊，《国立四川大学季刊》，1935年7月1日，第一期

《氓》（古今杂译之二），琳，《国闻周报》，1935年7月29日，第十二卷，第二十九期

《诗经的研究》，田剑光，《福建文化半月刊》，1935年7月30日，第一卷，第十二期

《恋爱讲义·诗经今译》（一）（自序、关雎），心青，《福尔摩斯》，1935年7月31日

——《恋爱讲义·诗经今译》（二）（关雎），《福尔摩斯》，1935年8月1日

——《恋爱讲义·诗经今译》（三）（摽有梅），《福尔摩斯》，1935年8月3日

——《恋爱讲义·诗经今译》（四）（野有死麕），《福尔摩斯》，1935年8月4日

——《恋爱讲义·诗经今译》（五）（静女），《福尔摩斯》，1935年8月5日

——《恋爱讲义·诗经今译》（六）（狡童、褰裳），《福尔摩斯》，1935年8月6日

《诗新台鸿字说》，闻一多，《清华学报》，1935年7月，第十卷，第三期

《关雎小解》，胡怀琛，《学术世界》，1935年7月，第一卷，第二期

《诗经拙言》（前言、孔子与诗乐、论孔子不删诗、诗经附会之探讨），牛磊若，《河南政治》，1935年8月，第五卷，第八期

——《诗经拙言》（续）（诗序之作者及其在诗中之价值、诗无正变论、诗经之编辑者、诗无淫漫谈、尾论），《河南政治》，1935年9月，第五卷，第九期

《三百篇与楚辞的比较论》，张静华，《云南旅平学会季刊》，1935年9月1日，第二卷，第二期

《诗经今译》（小雅庭燎）（苏白），苏侨，《苏州明报》，1935年9月1日

《诗序上的话》，丰干早，《民报》，1935年9月5日

《卷耳》，闻一多，《大公报·文艺副刊》（天津），1935年9月15日，第九期

《诗绵篇"来朝走马"解》，于省吾，《禹贡》，1935年9月16日，第四卷，第二期，总第三十八期

《经史孝说（续）》（毛诗孝说卷之二），佚名，《山东民政公报》，1935年9月20日，第二百三十九期

《毛诗声训类纂叙例》，何容心，《学风》，1935年10月1日，第五卷，第八期

《由诗经中观察周代人民的宗教信仰》，何盘石，《盘石杂志》，1935年10月1日，第三卷，第八期

《诗经中的周代男女关系》，丁霄汉，《文化建设》，1935年10月10日，第二卷，第一期

《诗经若民歌》，拾得，《立报》，1935年10月24日

《孔子删诗辨》，李常山（李嘉言），《晨报副刊·思辨副刊》，1935年10月25日，第十期

《诗经孟子周礼上的中国古代田制及税法》，（日）森谷克己著，司印昌译，《师大月刊》（北平师范大学），1935年10月30日，第二十二期

《读诗札记》，杨履中，《滇声》，1935年10月30日，第三期

《儿童文学史话初稿：诗经之部》，尼丘，《培德月刊》，1935年10月31日，第九期

——《儿童文学史话初稿：诗经之部》（续第九期），《培德月刊》，1935年11月30日，第十期

《诗"焦穫"考》（小雅六月），陈钟凡，《勷勤大学季刊》，1935年10月，第一卷，第一期

《高唐神女传说之分析》，闻一多，《清华学报》，1935年10月，第十卷，第四期

——《〈高唐神女传说之分析〉补记》，闻一多，《清华学报》，1936年1月，第十一卷，第一期

《论诗序》（上）（中），苏维岳，《国风》（南京），1935年11月1日，第七卷，第四号

——《论诗序》（下），报刊未见，苏维岳《诗学赘言》收录，长沙彰文印刷局铅印本，1936年

《春秋时代之诗学》，李相珏，《学风》（安徽省立图书馆编），1935年11月1日，第五卷，第九期

《诗序作者》，李嘉言，《晨报副刊·思辨》，1935年11月15日，第二十一期

《于思泊毛诗新证序》，吴北江，《国立北平图书馆馆刊》，1935年11、12月，第九卷，第六号

——另载，《于思泊毛诗新证序》，吴北江，《河北月刊》，1937年3月15日，第五卷，第三期

《生民有相之道解》，吴北江，《国立北平图书馆馆刊》，1935年11、12月，第九卷，第六号

——另载,《生民有相之道解》,吴闿生,《艺文》,1936年5月10日,第一卷,第二期

——另载,《生民有相之道解》,吴北江,《河北月刊》,1937年3月15日,第五卷,第三期

《译卫风氓之蚩蚩章》,佚名,《新黔》,1935年12月1日,第九期

《修辞学比兴篇序》,黎锦熙,《国语周刊》,1935年12月14日,第二二〇期

《门户所锢蔽了的诗经》,牛磊若,《河南大学校刊》,1935年12月30日,第九十七期

《罗次隆先生诗经辑诂解钞序》,罗杰,《船山学报》,1935年12月,第十期

《国风出于民间论质疑》,朱东润,《国立武汉大学文哲季刊》,1935年,第五卷,第一号

《周南葛覃篇讲语》,暗斋,《河南教育月刊》,1935年,第五卷,第三期

《一部诗经中所有之树名》,宾凤,《高农期刊》,1935年,第七期

《十三经提纲·诗经》,唐文治,无锡国学专修学校刊,1935年

《十三经概论·诗》,卫聚贤,开明书店,1935年

《经学概论·诗》,汪国镇,南昌一职印刷所,1935年

《经史子集要略·诗经》,罗止园,三友图书社,1935年

《国学讲话·诗经》,王缁尘,世界书局,1935年

《诗经与中国经济思想》,唐庆增,《中国经济思想史》,商务印书馆,1935年

1936 年

《诗音去作入讴》(去声字规志之),施则敬,《制言》,1936年1月16日,第九期

《我对于诗经的见解》,陈安国,《蜀曦》,1936年1月20日,第二期

《毛诗中之怨女词》,王缁尘,《学术世界》,1936年1月,第一卷,第八期

《声韵略说》（论据诗经以考音之正变上、下），黄侃，《国立中央大学文艺丛刊》，1936年1月，第二卷，第二期，黄季刚先生遗著专号（上）

《诗经随笔》（英文），吴经熊，《天下》（T'ien Hsia Monthly），1936年1月，第二卷，第一期

《毛氏说诗》，知堂，《盛京时报》，1936年2月1日

——《毛氏说诗》（续），《盛京时报》，1936年2月2日

——《毛氏说诗》（续），《盛京时报》，1936年2月5日

——《毛氏说诗》（完），《盛京时报》，1936年2月8日

——另载，《毛氏说诗》，知堂，《益世报·读书周刊》（天津），1936年1月16日，第三十二期

《读诗札记》（关雎、摽有梅、子衿），龚书辉，《厦大图书馆报》，1936年2月29日，第一卷，第五期

——《读诗札记》（葛生、蒹葭、素冠、东山），《厦大图书馆报》，1936年3月31日，第一卷，第六期

《周颂"彼徂矣岐，有夷之行"解》，于省吾，《禹贡》，1936年3月1日，第五卷，第一期

《诗经正训序》，柳诒徵，《国风》（南京），1936年3月，第八卷，第三期

《诗经韵例》，李丛云，《语言文学专刊》，1936年3月，第一卷，第一期

《读诗偶识》，王先献，《国专月刊》，1936年3月，第三卷，第二期

《郑康成诗谱平议》，夏敬观，《艺文》，1936年4月1日，创刊号

《诗五首：集诗经句题诗经》，曹民风，《诗经》，1936年4月1日，第一卷，第六期

《湘绮楼诗经评点》（卷一），湘潭王闿运评点，周逸编，《船山学报》，1936年4月1日，第十一期

——《湘绮楼诗经评点》（卷二、卷三），《船山学报》，1936年12月30日，第十二期

——《湘绮楼诗经评点》（卷四），《船山学报》，1937年3月，第

十三期

——《湘绮楼诗经评点》（卷五、卷六），《船山学报》，1937年11月，第十四期

——《湘绮楼诗经评点》（卷七、卷八），《船山学报》，1938年6月，第十五期

《读牟应震毛诗古韵考》，罗莘田，《益世报·读书周刊》（天津），1936年4月2日，第四十二期

《如何指导学生读诗经》，祁述祖，《江苏教育》，1936年4月15日，第五卷，第四期

《诗经大小雅辨》，束荣松，《江苏教育》，1936年4月15日，第五卷，第四期

《今诗经》，鲁承襦，《新闻报》，1936年4月23日

《桑柔本事拟》，瘦伧，《未央》，1936年4月27日，第十九期

——《桑柔本事拟》（续），《未央》，1936年5月4日，第二十期

《诗经琐话》，吴经熊著，崇汉译，《培德月刊》，1936年4月30日，第二卷，第三期

——《诗经琐话》（续），《培德月刊》，1936年9月30日，第二卷，第五期

《诗经语译质疑》，龚书辉，《厦大图书馆报》，1936年4月30日，第一卷，第七期

《删诗辩》，薛思明，《国专月刊》，1936年5月15日，第三卷，第四号

《诗经复词考》，唐圭璋，《制言》，1936年5月16日，第十七期

《诗经中的农村描写》，何德明，《东南日报》，1936年5月24日

《诗经试译》，思三，《世界晨报》，1936年5月27日

《诗经中的农村描写质疑》，朱怙生，《东南日报》，1936年5月28日

《谈七月在野》，智堂，《益世报·读书周刊》（天津），1936年5月28日，第五十期

《一封公开的信——兼答朱君的质疑》，何德明，《东南日报》，1936年5月29日

《公开的答复——愿意做何君的一个诤友》，朱怙生，《东南日报》，1936年5月31日

《今诗经》，张蕴确，《新闻报》，1936年6月1日

《读诗札记》，牛磊若，《河南大学校刊》，1936年6月11日，第一百三十二期

《读诗新译》（静女），龙骚，《金钢钻月刊》，1936年6月14日

《亲善》，泽民，《东方日报》，1936年6月16日

《从诗经谈到两性问题》，兢生，《实报半月刊》，1936年6月16日，第十七期

《答杨立三说毛诗言字义》（附杨立三原书），太炎，《制言》，1936年6月16日，第十九期

《诗经今辑》，懹霖，《新闻报》，1936年6月19日

《三百篇联绵字考释》（双声篇），张寿林，《女师学院期刊》，1936年6月20日，第四卷，第一、二期合刊

《诗关雎中的鸠和女人》，张延举，《时代青年》，1936年6月20日，第一卷，第二期

《风雨尾声》（诗经风雨章），林庚，《新苗》，1936年6月，第三期

《后乐堂集：读小雅十月之交》，陈惕庵，《大道》（南京），1936年7月20日，第六卷，第三期

《论诗经——答英国贾克生女士》，毛子水，《益世报·读书周刊》（天津），1936年7月30日，第五十九期

——另载，《论诗经——答英国贾克生女士》（上），毛子水，《盛京时报》，1936年8月6日

——《论诗经——答英国贾克生女士》（中），《盛京时报》，1936年8月7日

——《论诗经——答英国贾克生女士》（下），《盛京时报》，1936年8月8日

《诗经里所表现古代人民的生活》，吴博，《铃铛》，1936年7月，第五期下卷

——《诗经里所表现古代人民的生活》（续），《铃铛》，1937年3月，第六期上卷

《毛诗通度类目》，徐行可，《制言》，1936年8月1日，第二十二期

《诗义申难录序》，徐行可，《制言》，1936年8月1日，第二十二期

《诗疏楬问序》，徐行可，《制言》，1936年8月1日，第二十二期

《三家诗作赋二字通用考》，苏维岳，《制言》，1936年8月16日，第二十三期

《论诗序》，熊化莲，《中国文学会集刊》，1936年8月，第三期

《怎样研究毛诗》，陈君若，《黄钟》，1936年9月1日，第九卷，第四期

《诗经中的妇女社会观》，丁道谦，《食货》，1936年9月1日，第四卷，第七期

——《诗经中的妇女社会观》（摘要），复，《史地社会论文摘要月刊》，1936年10月12日，第三卷，第一期

《韩诗外传佚文考》，赵善诒，《制言》，1936年9月1日，第二十四期

——《韩诗外传补正及佚文考》（图书介绍），赵善诒注，毓，《图书季刊》，1939年9月，第一卷，第三期

《孔子删诗辨》（一），常山，《津浦铁路日刊》，1936年9月9日，第一六四五号

——《孔子删诗辨》（二），《津浦铁路日刊》，1936年9月10日，第一六四六号

——《孔子删诗辨》（续完），《津浦铁路日刊》，1936年9月11日，第一六四七号

《记万历刊本毛诗六帖》，陈乐素，《大公报·图书副刊》（天津），1936年9月10日，第一百四十七期

《琴弦配诗经》，红礁，《小日报》，1936年9月22日

《诗经的修辞》，王俊瑜，《益世报·读书周刊》（天津），1936年9月24日，第六十七期

《徐文定公毛诗六帖发现记》，宗泽，《圣教杂志》，1936年9月，第二十五卷，第九期

《漫谈诗经》，黄庆华，《读书青年》，1936年10月1日，第一卷，第七期

《毛诗序传违异考》，魏佩兰，《师大月刊》，1936年10月30日，第三十期

《月蚀诗及其同类作品》（英文），（英）韦力，《天下》（T'ien Hsia Monthly），1936年10月，第三卷，第三期

——《诗经中关于日蚀的诗》，（英）韦力著，黄裳译，《天下》，十月号

《从诗经之哲学观略考吾国古代之宗教信仰》，璿，《汇学杂志》，1936年10月，第十一年，第二期

《卢抱经增校附诸家校补诗考跋》，柳诒徵，《江苏省国学图书馆年刊》，1936年10月，第九年刊

《孔子说诗》，废名，《世界日报·明珠副刊》（北平），1936年10月，第十八期

《商颂总论》，周干庭，《进德月刊》，1936年11月1日，第二卷，第三期

《读姚际恒之诗经概论》，牛磊若，《晨光周刊》，1936年11月8日，第五卷，第四十二、四十三期合刊

《读诗札记》，牛磊若，《晨光周刊》，1936年11月8日，第五卷，第三十七、三十八期合刊

《周颂鲁颂商颂作者古今文异说辨》，朱希祖，《制言》，1936年11月16日，第二十九期

——另载，《周颂鲁颂商颂作者古今文异说辨》，朱遏先遗著，《文史杂志》，1945年12月，第五卷，第十一、十二期合刊

《诗经二十六篇评鉴》，贾席琛，《南开高中》，1936年12月15日，第十二、三期合刊

《诗经二十五篇评鉴》，王载纮，《南开高中》，1936年12月15日，第十二、三期合刊

《月令与豳风王业对较表》，何盛传，《孔道期刊》，1936年12月20日，第八、九期合刊

《孟子述天之方蹶无然泄泄诗义与传笺有无异同试发明之》，何盛

传，《孔道期刊》，1936年12月20日，第八、九期合刊

《诗经的一斑》，邬孟晖，《西北风》，1936年12月20日，第十四期

《毛诗双声通转韵征》，丁惟汾，《山东省立图书馆季刊》，1936年12月，第一卷，第二期

《豳风说——兼论诗经为鲁国师工歌诗之底本》，徐中舒，《国立中央研究院历史语言研究所集刊》，1936年12月，第六本，第四分

《诗经"式"字说》（附适之先生来书），丁声树，《国立中央研究院历史语言研究所集刊》，1936年12月，第六本，第四分

——《诗经"式"字说》（摘要），《文摘》，1937年2月，第一卷，第二期

《风雅韵例》，陆侃如，《燕京学报》，1936年12月，第二十期

《诗经联绵字异说考》，罗善杰，《辅仁学志》，1936年，第五卷，第一、二期合刊

《诗大小雅说臆》，朱东润，《国立武汉大学文哲季刊》，1936年，第五卷，第三号

《古诗说摭遗》，朱东润，《国立武汉大学文哲季刊》，1936年，第六卷，第一号

《诗经概说》，佚名，《文化杂志》，1936年，第一卷，第三、四期合刊

《诗诵序》（民国二十五年八月），张寿镛，《约园杂著》，1936年

《慈湖诗传序》（民国二十三年九月），张寿镛，《约园杂著》，1936年

《经学教科书》（第三、四、五、六、七、十一、十八、二十五、三十二课），刘师培，《刘申叔遗书》本，1936年

《经学通论·诗经大义》，伍宪子，东方文化出版社，1936年

《经学通志·诗志第三》，钱基博，中华书局，1936年

《诗经之真美善》，胡钧，《尊经社讲演汇刊》，第五、六次演讲，1936年

《诗经及田制》，（日）森谷克己著，陈昌蔚译，《中国社会经济史》，商务印书馆，1936年

1937 年

《亡诗说》，瞿润缗，《大公报·人文周刊》，1937 年 1 月 1 日，第一期

《诗序及其作者》（待续），毛克群，《上海江西校刊》，1937 年 1 月 10 日，第二册

《诗经今译》（三则）（大车、静女、狡童），佚名，《光华附中半月刊》，1937 年 1 月 20 日，第五卷，第一、二期合刊

《论楚辞不续诗经之体》，钟国楼，《中山日报·图书周刊》（原名广州民国日报），1937 年 1 月 22 日

《诗经新义》（二南），闻一多，《清华学报》，1937 年 1 月，第十二卷，第一期

《孔子诗歌》，石荣暲，《孔子哲学月刊》，1937 年 1 月，第一期

《诗经与性史》，非诗人，《南京晚报》，1937 年 2 月 1 日

《淇奥诗备五德说》，缪篆，《制言》，1937 年 2 月 16 期，第三十五期

《诗经与壮美文学》，徐德嶙，《蒙藏学校校刊》，1937 年 3 月 1 日，第十六期

《我国文学与民族性》（诗经民族性之表现），燦如，《中山日报》，1937 年 3 月 7 日

《冰心女士讲野有死麕》，兰生，《东方日报》，1937 年 3 月 18 日

《学术：诗经》，张树柏，《铃铛》，1937 年 3 月，第六期上卷

《译毛诗伯兮篇》，于在丁，《光启中学》，1937 年 3 月，第二号

《诗经的种种问题》，灵芬女士，《圣教杂志》，1937 年 3 月，第二十六卷，第三期

——《诗经的种种问题》（一续），《圣教杂志》，1937 年 4 月，第二十六卷，第四期

——《诗经的种种问题》（二续），《圣教杂志》，1937 年 5 月，第二十六卷，第五期

——《诗经的种种问题》（三续），《圣教杂志》，1937 年 7 月，第二十六卷，第六期

《江汉、常武》，吕思勉，《燕石札记》，商务印书馆，1937年3月

《诗"食我农人"之一新解》，非斯，《食货》半月刊，1937年4月1日，第五卷，第七期

——《诗"食我农人"之一新解》（摘要），让，《史地社会论文摘要月刊》，1937年，第三卷，第八期

《诗经中表现的土地关系》，非斯，《食货》半月刊，1937年4月1日，第五卷，第七期

《诗经中的恋爱观》（未完），卫聚贤，《绸缪月刊》，1937年4月1日，第三卷，第七期

《国文教材：诗经二章》（五月三、四日播讲）（蒹葭、燕燕），佚名，《广播周报》，1937年4月24日，第一三四期

《貊》（貊之居留地、风俗文化），林占鳌，《禹贡》，1937年5月1日，第七卷，第五期

《新诗经》（关关雎鸠），《时事新报》，1937年5月10日

《三家诗源流考》，李永儒，《励学》，1937年5月15日，第七期

《今日笔记（六〇）·万茂先论读诗》，胡怀琛，《时事新报·青光副刊》，1937年5月18日

《经义：孟子述天之方蹶无然泄泄诗义与传笺有无异同试发明之》，易家钰，《船山学报》，1937年5月22日，第十三期

《城南草堂曝书记：万历本诗经正义二十七卷》，王立中，《学风》（安庆），1937年5月28日，第七卷，第四期

《诗卫风氓》，佚名，《广播周报》，1937年5月29日，第一三九期

《诗经之修辞》，张芦泊，《晨报·艺圃副刊》（北平），1937年5月30日

——《诗经之修辞》（续），《晨报·艺圃副刊》（北平），1937年5月31日

——另载，《诗经之修辞》，芦泊，《盛京时报》，1937年6月8日

《论周颂的韵》，（瑞典）高本汉（B. Karlgren）著，朱炳荪译，《燕京大学文学年报》，1937年5月，第三期

《周南补诂》，许笃仁，《进德月刊》，1937年6月1日，第二卷，第十期

——《周南补诂》（续），《进德月刊》，1937年7月1日，第二卷，第十一期

《从诗经发掘的姬周妇女恋爱观》，吴蔚宾，《浙东月刊》，1937年6月15日，第二卷，第七期

《诗序作者考》，李淼，《国专月刊》，1937年6月15日，第五卷，第五期

《诗经刍见》，朱雯，《写作与阅读》，1937年6月15日，第二卷，第二期

《魏风三篇》（陟岵、伐檀、硕鼠），明园，《写作与阅读》，1937年6月15日，第二卷，第二期

《"风""谣"释名——附论国风为风谣》，陈梦家，《歌谣周刊》，1937年6月19日，第三卷，第十二期

《读三百篇随笔》，许翰章，《中山日报》，1937年6月29日

《与胡适之论诗经言字书》，杨树达，《考古》（考古学社社刊），1937年6月，第六期

《论诗经的体例》，李兆民，《协大艺文》，1937年6月，第六期

《郑风情诗之爱的分析》，顾宗沂，《天籁》，1937年6月，第二十二卷，第二号

《释诗经之于》，吴世昌，《燕京学报》，1937年6月，第二十一期

《论南陔、白华、华黍、由庚、崇丘、由仪不为诗篇》，张厚植，《文澜学报》，1937年6月，第三卷，第二期

《诗言志说》，朱自清，《语言与文学》，中华书局，1937年6月

《诗"执讯获丑"解》，毕铎，《语言与文学》，中华书局，1937年6月

《左氏毛诗相表里说》，林彦博，《讲坛月刊》，1937年7月1日，第七、八期合刊

《玄鸟篇》（一名《感生篇》），郑振铎，《中华公论》，1937年7月20日，创刊号

《书评：修辞学比兴篇》，黎锦熙著，朱自清评，《清华学报》，1937年7月，第十二卷，第三期

《赋比兴说》，朱自清，《清华学报》，1937年7月，第十二卷，第

三期

《读胡适之先生的读经平议》，苏维岳，《国学报》，1937年7月，第二卷，第三期

《诗心论发凡》，朱东润，《国立武汉大学文哲季刊》，1937年，第六卷，第二号

《诗经在过去历史中的价值》，吴南秋，《民鸣月刊》，1937年，第一卷，第七期

《经学教科书参考书》（多章述《诗》之解题、要领及历代研究），关英文，益智书店印刷部，1937年

《诗经和书经中对于"天"的思想》，（日）佐野袈裟美著，刘惠之、刘希宁译，《中国历史教程》，读书生活出版社，1937年

《国学大纲·诗》，汪震、王正己，北平人文书店，1937年

1938 年

《四家诗异义序》，罗运贤，《重光》，1938年2月15日，第三期

——另载，《四家诗异义序》，罗孔昭，《志学月刊》，1942年12月15日，第十二期

《韩诗外传识小》，赵幼文，《金陵学报》，1938年5月11日，第八卷，第一、二期合刊

《与高本汉先生商榷自由押韵说兼论上古楚方音特色》，董同龢，《国立中央研究院历史语言研究所集刊》，1938年5月，第七本，第四分

《诗四家篇义商兑序例》，欧阳枢北，《华西大学文学院院刊》，1938年7月，创刊号

《雎鸠》（诗经试译之二），今人，《远东》，1938年9月1日，第一卷，第九号

《诗经译山歌》，微妙，《晶报》，1938年9月4日

《孔子论诗》（英文），邵洵美，《天下》（T'ien Hsia Monthly），1938年9月，第七卷，第二期

《诗经新诠》，汝惠，《决胜》，1938年10月2日，第八期

《关雎故言驳议》，包树棠，《集美周刊》，1938年12月3日，第二

四卷，第十二期

《诗终始论驳议》，包树棠，《集美周刊》，1938年12月3日，第二四卷，第十二期

《匕器考释》，曹诗成，《史学年报》，1938年12月，第二卷，第五期（第十周年纪念特刊）

《张孟劬先生遁堪书题》（题《韩诗外传》），王钟翰录，《史学年报》，1938年12月，第二卷，第五期（第十周年纪念特刊）

《诗经的星》，（日）野尻抱影著，张我军译，《北平近代科学图书馆刊》，1938年，第五期

——另载，《诗经的星》（一）（二）（三）（四）（五）（六）（七），《盛京时报》，1939年1月24日，1月25日，1月26日，1月27日，1月28日，1月29日，1月30日

《经学源流考·诗学源流》，甘鹏云，崇雅堂刊本，1938年

1939年

《毛诗课叙》，欧阳竟无，《制言》，1939年3月25日，第五十期

——另载，《毛诗课叙》，欧阳竟无，《民族诗坛》，1939年，第三卷，第四辑

《诗经话译》（溱洧），如钟，《晶报》，1939年4月21日

——《诗经话译》（著），《晶报》，1939年4月22日

——《诗经话译》（摽有梅），《晶报》，1939年4月23日

——《诗经话译》（静女），《晶报》，1939年4月24日

——《诗经话译》（野有死麕），《晶报》，1939年4月25日

——《诗经话译》（将仲子），《晶报》，1939年4月26日

——《诗经话译》（遵大路），《晶报》，1939年4月28日

——《诗经话译》（野有蔓草），《晶报》，1939年5月8日

——《诗经话译》（褰裳），《晶报》，1939年5月9日

——《诗经话译》（狡童），《晶报》，1939年5月10日

《胡适之注译毛诗》，阆姗，《东方日报》，1939年4月9日

《齐诗说》，任传薪，《制言》，1939年4月25日，第五十一期

《诗经豳风的产地及其历史背景》，孙次舟，《经世》，1939年5月1

日，战时特刊，第三十八期

——《诗经豳风的产地及其历史背景》（续），孙次舟，《经世》，1939年9月1日，战时特刊，第四十一——四十六期合刊

《诗序考》（一），小谭，《晨报》，1939年6月14日

《诗经论及其现代诗歌译文》，孙伯庭，《文哲》（上海），1939年6月20日，第二卷，第二期

《新诗经》，《迅报》，1939年6月22日

《诗经随笔诗经之源流正变》，关权近，《南风》（广州），1939年7月，第十五卷，第一期

《诗歌起源考》，俞士镇，《古学丛刊》，1939年7月，第三期

《左传毛诗之互证》，林彦博，《古学丛刊》，1939年9月，第四期

《豳风是战国中年西周武公时的诗》，卫聚贤，《说文月刊》，1939年9月，第一卷，第九期

《毛诗新译》，飘鸳，《五云日升楼》，1939年11月4日，第一卷，第三十六期

《诗经概说》，畴人，《中国商报》，1939年12月17日

——《诗经概说》，《中国商报》，1939年12月18日

——《诗经概说》，《中国商报》，1939年12月19日

——《诗经概说》，《中国商报》，1939年12月20日

《诗经中最美之句》，佚名，《锡报》，1939年12月8日

《与友人论治毛诗书》，黄焯，《制言》，1939年12月25日，第五十九期

《诗经研究》，（瑞典）高本汉著，张世禄译，《说文月刊》，1939年，第一卷，第五、六期合刊①

《诗经中蔬菜植物考》，曹诗成，《燕京大学研究院同学会会刊》，1939年，期卷不详

《国文讲座·诗经》，陈冠宇，国文讲座社，1939年

---

① 按：《说文月刊》第一卷第五、六期合刊未见此文，据《张世禄语言学论文集》（学林出版社，1984年）著录。

1940 年

《诗序考》,《新天津画报》,1940 年 1 月 7 日

《诗绪辑雅》,朱维鱼著,曹惆怅藏,《国艺》,1940 年 1 月 15 日,创刊号

——《诗绪辑雅》(续),《国艺》,1940 年 2 月 15 日,第一卷,第二期

——《诗绪辑雅》(续),《国艺》,1940 年 3 月 25 日,第一卷,第三期

——《诗绪辑雅》(续),《国艺》,1940 年 5 月 25 日,第一卷,第四期

——《诗绪辑雅》(续),《国艺》,1940 年 6 月 25 日,第一卷,第五、六期合刊

——《诗绪辑雅》(续),《国艺》,1940 年 7 月 25 日,第二卷,第一期

——《诗绪辑雅》(续),《国艺》,1940 年 8 月 25 日,第二卷,第二期

——《诗绪辑雅》(续),《国艺》,1940 年 9 月 25 日,第二卷,第三期

——《诗绪辑雅》(续),《国艺》,1940 年 10 月 25 日,第二卷,第四期

——《诗绪辑雅》(续),《国艺》,1940 年 12 月 25 日,第二卷,第五、六期合刊

——《诗绪辑雅》(续),《国艺》,1941 年 1 月 25 日,第三卷,第一期

——《诗绪辑雅》(续),《国艺》,1941 年 4 月 25 日,第三卷,第二期

——《诗绪辑雅》(续),《国艺》,1941 年 6 月 25 日,第三卷,第三期

——《诗绪辑雅》(续),《国艺》,1941 年 9 月 25 日,第三卷,第四期

——《诗绪辑雅》（续），《国艺》，1942年1月25日，第三卷，第五、六期合刊

《新诗经》（药风·五洲之一），忆芝，《澄光医药季刊》，1940年1月，第一期

——《新诗经》（续）（药风·五洲之一），《澄光医药季刊》，1940年4月，第二期

——《新诗经》（二续）（固本·之二），《澄光医药季刊》，1940年7月，第三期

——《新诗经》（三续）（固本·之二），《澄光医药季刊》，1940年10月，第四期

《诗卷耳芣苢采采说》，丁声树，《国立北京大学国学季刊》，1940年1月，第六卷，第三期

《关于诗经的讨论》，生原，《中国文艺》，1940年2月1日，第一卷，第六期

《虺——哀今之人，胡为虺蝪》（诗经），徐仲年，《现代读物》，1940年3月，第五卷，第三期

《再谈"诗经"》（一），畴人，《中国商报》，1940年3月6日
——《再谈"诗经"》（二），《中国商报》，1940年3月7日
——《再谈"诗经"》（三），《中国商报》，1940年3月8日
——《再谈"诗经"》（四），《中国商报》，1940年3月9日
——《再谈"诗经"》（五），《中国商报》，1940年3月10日
——《再谈"诗经"》（七），《中国商报》，1940年3月11日
——《再谈"诗经"》（八），《中国商报》，1940年3月12日
——《再谈"诗经"》（九），《中国商报》，1940年3月13日[①]

《召南新诂》，斯继唐，《金声》（上海），1940年3月15日，第九期

《谈诗经》，子谦，《天津杂志》，1940年4月1日，第一卷，第三期

《姜嫄履大人迹考》，闻一多，《中央日报·史学副刊》，1940年4

---

① 按：原文序号即如此，为存其真，皆存原序号。

月 3 日，第二十号

《诗经拘意》（野有蔓草、野有死麕、摽有梅、褰裳），涵斋，《文学研究》，1940 年 4 月，第二卷，第一期

《诗三百篇中的女性恋爱观念》，槐岛，《新民报》半月刊，1940 年 5 月 1 日，第二卷，第九号

《大车》（诗经王风之九），陈子展，《沙漠画报》，1940 年 5 月 4 日，第三卷，第十四期

《中国古代的伟大作品——诗经》，武承彝，《新光杂志》，1940 年 5 月 10 日，第一卷，第二期

《读诗经新义》，张维思，《责善半月刊》，1940 年 5 月 16 日，第一卷，第五期

《共和诗征》，高夷吾，《古学丛刊》（北京古学院主办），1940 年 5 月，第八期

——《共和诗征》（续），《古学丛刊》，1940 年 7 月，第九期

《诗经里宗教信仰的检讨》，大洲，《公教白话报》，1940 年 6 月 1 日，第二三年，第一一号

《偶得怪书读诗管见记》，老铁，《中国文艺》（北京），1940 年 6 月 1 日，第二卷，第四期

——《偶得怪书读诗管见记》（续），《中国文艺》（北京），1940 年 7 月 1 日，第二卷，第五期

《蓼莪诗的意义》，柳簃，《觉有情》，1940 年 6 月 16 日，第十八期

《诗序六义四始及四诗之总检讨》，靳极苍，《新东方》，1940 年 6 月，第一卷，第五期

《诗经豳风七月篇》，坚壁，《青年》（上海），1940 年 7 月 10 日，第二卷，第三期

《诗经里的男女恋爱观》，以仁，《新申报》，1940 年 9 月 4 日

《诗经与楚辞》（1），翰征，《盛京时报》，1940 年 9 月 14 日

——《诗经与楚辞》（2），《盛京时报》，1940 年 9 月 15 日

——《诗经与楚辞》（3），《盛京时报》，1940 年 9 月 18 日

——《诗经与楚辞》（4），《盛京时报》，1940 年 9 月 19 日

《诗经里的男女恋爱观》，矞云，《小说日报》，1940 年 9 月 18 日

《漫谈"诗教"》，蔡挺生，《公余生活》，1940年11月2日，第三卷，第六期

《题蜀石经毛诗残石》，罗希成，《责善半月刊》，1940年11月16日，第一卷，第十七期

《诗经浅说》，马润琴，《开封教育月刊》，1940年11月，第一卷，第八期

《诗教复兴论》，龙沐勋，《同声月刊》，1940年12月20日，第一卷，创刊号

《诗细》，罍空居士，《同声月刊》，1940年12月20日，第一卷，创刊号

——《诗细》（续），《同声月刊》，1941年3月20日，第一卷，第四号

《新诗经》，匡说，《新闻报》，1940年12月22日

《诗人时代的陕西经济生活状况》，马非百，《力行》，1940年12月，第二卷，第六期

——《诗人时代的陕西经济生活状况》（续），《力行》，1941年2月，第三卷，第二期

《诗经中的女性》，阿茵，《妇女杂志》（北京），1940年12月，第一卷，第四期

《大车》（诗经王风之九），陈子展，《沙漠画报》，1940年，第三卷，第十四期

《诗齐风岂弟释义》，王国维，《观堂别集》，商务印书馆，1940年

《书毛诗故训传后》，王国维，《观堂别集》，商务印书馆，1940年

《兮甲盘跋》（诗小雅六月"吉甫"解），王国维，《观堂别集》，商务印书馆，1940年

1941年

《诗经是什么》，佚名，《中日文化》，1941年1月1日，第一卷，创刊号

《诗经战歌今唱》（大雅北山）（续），金启华、周仁济合译，《时事新报·学灯副刊》（渝版），1941年1月14日，第一一五期

——《诗经战歌今唱》(汪辟疆序、秦风无衣、豳风破斧、鄘风载驰、秦风小戎、豳风东山),《宇宙风》,1941年3月1日,第四十期

——《诗经战歌今唱》(小雅采芑)(未完),《时事新报·学灯副刊》(渝版),1941年3月17日,第一二三期

——《诗经战歌今译》(小雅四牡),金启华译,《宇宙风》(乙刊),1941年4月1日,第四十二期

《荏苢表解》(蒹葭),马林,《国艺》,1941年1月25日,第三卷,第一期

《清代诗经书目提要叙目》,金受申,《国艺》,1941年1月25日,第三卷,第一期

——《清代诗经书目提要叙目》(续),《国艺》,1941年4月25日,第三卷,第二期

《读王风》,陈延杰,《金陵学报》,1941年1月,第十一卷,第一期

《诗经中的正气》,蔡仲乔,《中美周刊》,1941年2月8日,第二卷,第二○期

《诗经中之古代政治》,沂洋,《两广会刊》,1941年2月,复刊第二期

《诗易中的妇女社会观》,莫非斯,《学艺》,1941年2月,第一辑

《孔子眼中的诗经》,王岑,《中国文艺》,1941年2月,第三卷,第六期

《诗的文字学观》,洨廑,《说文月刊》,1941年3月15日,第二卷,第十二期

《诗经浅说》,郑秉坤,《开封教育月刊》,1941年3月24日,第十二期

《诗经里的尚武精神》(一),薛凝嵩,《决胜》,1941年2月24日,第六卷,第六期

——《诗经里的尚武精神》(二),《决胜》,1941年3月4日,第六卷,第七期

——《诗经里的尚武精神》(三)(未完),《决胜》,1941年3月25日,第六卷,第十期

《荀子非十二子篇与韩诗外传卷四非十二子节之比较》,金德建,《古籍丛考》,1941年3月,中华书局本

《从诗经上考见中国之家庭》,胡朴安,《学林》,1941年4月,第六辑

《诗经的重文叠字》,胡张政,《汀中季刊》,1941年5月1日,第一卷,第二期

《中国抒情诗的起源》,实之,《新民报》半月刊,1941年7月1日,第三卷,第十三期

《诗经构意》(鸡鸣、静女)(附图),沅芷撰,涵美画,《作家》(南京),1941年7月,第一卷,第二期

《毛诗大意》(三十年七月九日南大校友会讲稿),吴向之,《民意》,1941年8月15日,第二卷,第四、五期合刊

《论六诗之"兴"义》,张维思,《责善半月刊》,1941年8月16日,第二卷,第十一期

《论诗序之作者》,慕寿祺,顾颉刚,《责善半月刊》,1941年8月16日,第二卷,第十一期

《毛诗所与我的温情》,大力,《佛学月刊》,1941年9月1日,第一卷,第四期

《读了蓼莪以后》,佛禅,《佛学月刊》,1941年9月1日,第一卷,第四期

《诗经新译》(其一采薇),徐步云,《正言文艺月刊》,1941年9月15日,第二卷,第一期

——《诗经新译》(其二出车),《正言文艺月刊》,1941年10月15日,第二卷,第二期

《易传与诗序在文学批评上之贡献》,李长之,《时代精神》,1941年9月20日,第四卷,第六期

《诗序存废之商榷》,涂世恩,《文史季刊》,1941年9月,第一卷,第三期

《诗经札记》,王纶,《文史季刊》,1941年9月,第一卷,第三期

——《诗经札记》(续),《文史季刊》,1941年12月,第一卷,第四期

——《诗经札记》（续），《文史季刊》，1942年3月，第二卷，第一期

《经籍解题：毛诗》，孙著声，《公议》，1941年10月15日，第二卷，第六期

《诗于飞句义》，刘朴，《责善半月刊》，1941年11月1日，第二卷，第十六期

——《答杜生学知问诗于飞句义》，《西北师范学院学术季刊》，1942年3月，第一期

《谷风之什》，周仁济，《现代读物》，1941年11月15日，第六卷，第十一期

《毛诗重译》，佚名，《小春秋》，1941年11月17日，第二十期

《诗经研究》，朱文正，《文艺青年》（重庆），1941年12月1日，第二卷，第四、五期合刊

《释风》，马彭骤，《时事新报·学灯副刊》（渝版），1941年12月1日，第一五四期

《关关雎鸠解》，陶在东，《宇宙风》（乙刊），1941年12月1日，第五十六期

《论小雅六月于征之王》，丁山，《责善半月刊》，1941年12月16日，第二卷，第十九期

《诗经时代的女性》，程维巧，《妇女新运》，1941年12月，第四卷，第四期，

《诗经叠字类聚》，徐嘉森，《桃坞》，1941年，年刊

《思无邪》，罗庸，《国文月刊》，1941年，第一卷，第六期

《经与经学》（《诗》《诗与乐》），蒋伯潜、蒋祖怡，世界书局，1941年

1942年

《诗经中之马字》，郑希樵，《盛京时报》，1942年1月17日

《周诗戈说》，蒋天枢，《志林》（国立东北大学），1942年1月，第三期

《诗经上的社会问题》，伯仁，《新东方》，1942年2月1日，第五

卷，第二期

《新书介绍：读诗四论》（朱东润撰），怀，《图书月刊》，1942年2月，第一卷，第二期

《英国的民歌与诗经的"风"之比较研究》，何德明，《前线日报》，1942年3月11日

《敦煌唐写本晋徐邈〈毛诗音〉考》，刘诗孙，《真知学报》，1942年3月，第一卷，第一期

——《敦煌唐写本晋徐邈〈毛诗音〉考》（续），《真知学报》，1942年7月，第一卷，第五期

——《敦煌唐写本晋徐邈〈毛诗音〉考》（再续），《真知学报》，1942年9月，第二卷，第一期

《诗经谈略》，孟志孙，《斯文》，1942年4月1日，第二卷，第十期

《三家诗无南陔六篇名义说》，龚向农遗著，《志学月刊》，1942年4月15日，第四期

《毛诗故训传用周礼考》，徐仁甫，《志学月刊》，1942年4月15日，第四期

《毛诗故训传用国语考》，徐仁甫，《志学月刊》，1942年4月15日，第四期

《将仲子》（译自诗经），王岑，《艺术与生活》，1942年4月15日，第三十四期

《十五国风今解》，苏秖，《三六九画报》，1942年4月19日，第十四卷，第十五期，第二六一号

——《十五国风今解》（续），《三六九画报》，1942年4月23日，第十四卷，第十六期，第二六二号

——《十五国风今解》（续），《三六九画报》，1942年4月26日，第十四卷，第十七期，第二六三号

——《十五国风今解》（续），《三六九画报》，1942年5月6日，第十五卷，第二期，第二六六号

——《十五国风今解》（续），《三六九画报》，1942年5月16日，第十五卷，第五期，第二六九号

——《十五国风今解》（续），《三六九画报》，1942年5月19日，第十五卷，第六期，第二七零号

——《十五国风今解》（续），《三六九画报》，1942年5月23日，第十五卷，第七期，第二七一号

——《十五国风今解》（续），《三六九画报》，1942年5月26日，第十五卷，第八期，第二七二号

——《十五国风今解》（续），《三六九画报》，1942年6月6日，第十五卷，第十一期，第二七五号

——《十五国风今解》（续），《三六九画报》，1942年6月9日，第十五卷，第十二期，第二七六号

——《十五国风今解》（续），《三六九画报》，1942年6月13日，第十五卷，第十三期，第二七七号

——《十五国风今解》（续），《三六九画报》，1942年6月19日，第十五卷，第十五期，第二七九号

——《十五国风今解》（续），《三六九画报》，1942年6月23日，第十五卷，第十六期，第二八零号

——《十五国风今解》（续），《三六九画报》，1942年6月26日，第十五卷，第十七期，第二八一号

——《十五国风今解》（续），《三六九画报》，1942年6月29日，第十五卷，第十八期，第二八二号

——《十五国风今解》（续），《三六九画报》，1942年7月3日，第十六卷，第一期，第二八三号

《景亳考兼论商颂年代》，梁园东，《国师季刊》，1942年4月30日，第十四期

《诗经新解》（扬之水、遵大路），佚名，《实报》，1942年4月30日

《唐以前毛诗著述佚亡考》，高启杰，《经世季刊》，1942年4月，第二卷，第三期

《狸首逸诗辨》，龚向农遗著，《志学月刊》，1942年5月15日，第五期

《诗大明首章解》，张维思，《志学月刊》，1942年5月15日，第

五期

《说雅——文章浅话之二》，余冠英，《国文月刊》，1942年5月15日，第十三期

《诗经概说》，姜慕先，《协大艺文》，1942年6月，第十四、十五期合刊

《诗经篇卷考》（节录《四家诗异义》卷三），罗孔昭，《志学月刊》，1942年7月15日，第七期

《诗与井田》，徐嘉瑞，《云南大学学报》，1942年7月，第一类，第二期

《谈经·上》（诗），云彬，《国文杂志》，1942年8月1日，第一卷，第一期

《经典常谈·诗经第四》，朱自清，国民图书馆出版社，1942年8月

《毛诗赋比兴之研究》，吴家煦，《中日文化》，1942年9月1日，第二卷，第六、七期合刊

《诗论》，张威，《国学丛刊》，第十册，1942年9月

《谈诗稿》（风雨如晦、青青子衿），林庚，《文艺先锋》，1942年10月25日，第一卷，第二期

《湘绮楼集外文·手批毛诗跋》，王闿运，《中和月刊》，1942年10月，第三卷，第十期

《诗王风二南新解》，徐文珊，《文化先锋》，1942年11月8日，第一卷，第十五期

《诗经上几个弃妇的呼声》，夏贯中，《今文月刊》，1942年11月15日，第一卷，第二期

《金文与诗书论证》，游寿，《图书月刊》，1942年11月，第二卷，第三期

《课艺选录·深明诗旨要言不烦》，范宬，《国学丛刊》（发行人潘寿岑），国学书院第一院编纂组，1942年11月，第十一册

《课艺选录·诗以正性礼以制行说》，范宬，《国学丛刊》（发行人潘寿岑），国学书院第一院编纂组，1942年11月，第十一册

《课艺选录·诗以正性礼以制行说》，钟重勉，《国学丛刊》（发行人

潘寿岑），国学书院第一院编纂组，1942 年 11 月，第十一册

《课艺选录·诗发乎情止乎礼义说》，张少丞，《国学丛刊》（发行人潘寿岑），国学书院第一院编纂组，1942 年 11 月，第十一册

《课艺选录·诗发乎情止乎礼义说》，李次仲，《国学丛刊》（发行人潘寿岑），国学书院第一院编纂组，1942 年 11 月，第十一册

《课艺选录·诗发乎情止乎礼义说》，范宬，《国学丛刊》（发行人潘寿岑），国学书院第一院编纂组，1942 年 11 月，第十一册

《君子于役》，林庚，《文艺先锋》，1942 年 12 月 10 日，第一卷，第五期

——另载，《君子于役》，《国文月刊》，1943 年 7 月，第二十二期

《诗经韵性发凡》，冯履，《广安私立载英中学三周年纪念刊》，1942 年 12 月 12 日，纪念刊

《毛诗例纂序》，徐仁甫，《志学月刊》，1942 年 12 月 15 日，第十二期

《诗经所代表的时代》，李之常，《中央日报》，1942 年 12 月 17 日

《毛诗传笺七卷》，王永祥，《奉天图书馆季刊》，1942 年 12 月，第一期

《契斋毛诗经筵讲义序》（民国二十五年一月），张寿镛，《约园杂著续编》，1942 年

《读诗经》，张寿镛，《约园杂著续编》，1942 年

1943 年

《诗传笺商兑》，黄淬伯，《文史哲季刊》（国立中央大学），1943 年 1 月，第一卷，第一期

《诗经中所表现的妇女生活》，冶秋，《现代妇女》，1943 年 3 月 1 日，第一卷，第三期

《怎样读诗经》，朱东润，《国文杂志》，1943 年 3 月 10 日，第一卷，第四、五期合刊

《诗经——是流露真情的文学作品》，崇德，《中国商报》，1943 年 3 月 13 日

《诗经民歌中反映的妇女生活·恋爱·结婚》，乐未央，《女声》（上

海），1943年3月15日，第一卷，第十一期

《从诗经中所窥见的妇女生产事业》，程维巧，《中央日报》，1943年3月23日

《诗三百篇叠字类辑》，杨即墨，《真知学报》，1943年3月，第三卷，第一期

《诗经式字新诠》，李全佳，《国立中山大学文学院专刊》，1943年3月，第四期

《古诗今译：氓》（诗经卫风），云彬，《自学》（桂林），1943年4月20日，创刊号

《诗经中的兵与农》，成惕轩，《文艺先锋》，1943年4月20日，第二卷，第四期

——《诗经中的兵与农》（续完），《文艺先锋》，1943年6月20日，第二卷，第五、六期合刊

《风雨如晦，鸡鸣不已》，林庚，《国文月刊》，1943年4月，第二十一期

《略论"周颂"内容》，朱月清，《大道月刊》（泰县），1943年5月1日，第一卷，第五期

《自土沮漆解》，孔德成，《说文月刊》，1943年5月15日，第三卷，第十期

《二南为楚民族文学说》，闵侠卿，《金女大集刊》，1943年5月，第一期（文科）

《国风今译：卷耳、樛木》（附图），晓岑作，舒申绘，《国民杂志》（北京），1943年6月1日，第三卷，第六期

——《国风今译》（桃夭、兔罝）（附图），晓岑作，白锦绘，《国民杂志》（北京），1943年8月1日，第三卷，第八期

《怎样去读诗经》，谭丕模，《自学》（桂林），1943年6月1日，第二期

《初期五言诗因袭诗骚成意举例》，李嘉言，《现代西北》，1943年6月15日，第四卷，第六期

《诗教说》，朱自清，《人文科学学报》，1943年6月，第二卷，第一期

《诗经作者的研究》，李梅溪，《长郡青年》，1943年7月1日，第二卷，第一期

《大叔于田》，淳于信，《东南日报》，1943年7月14日

《孔子的诗文观》，于庚虞，西北月刊，1943年7月，创刊号

《诗三百篇纂辑考》，缪钺，《国立浙江大学文学院集刊》，1943年8月，第三集

《诗经中的"何""曷""胡"》，丁树声，《学术杂志》（论文摘要），1943年9月1日，第一卷，第一期，创刊号

《新诗经》，蔡夷白，《海报》，1943年9月6日

《诗经时代之农业生产及其问题》，李长年，《新湖北季刊》，1943年9月30日，第三卷，第三期

《诗与孔学》，罗倬汉，《思想与时代》（贵州遵义），1943年10月1日，第二十七期

——《诗与孔学》（续），《思想与时代》（贵州遵义），1943年11月1日，第二十八期

《公刘墓》，章儒，《旅行杂志》，1943年10月，第十七卷，第十期

《诗经通义》（召南），闻一多，《中山文化季刊》，1943年10月，第一卷，第三期

《狼跋篇》，闻一多，《时与潮文艺》，1943年11月15日，第二卷，第三期

《诗经中之东亚民族精神》（附图），张江裁，《华文每日》，1943年11月15日，第九卷，第十期，第九十八号

《毛诗四首》，半老书生，《海报》，1943年12月18日

《新诗经》，了凡，《新东亚》（上海），1943年12月20日，第一卷，第十期

《诗经中的恋爱阶段之商榷》，杨达，《东方文化》，1943年，第一卷，第五、六期合刊

《七月》（古诗今译一试），静生，《文友（上海）》，1943年，第一卷，第六号

《果臝转语记疏证》，（清）程瑶田著，殷孟伦疏证，《文学集刊》（国立四川大学），1943年秋，第一集

——《果臝转语记疏证》（续完），《文学集刊》，时间不详，第二集

——另载，《果臝转语记疏证叙说》，殷孟伦，《学原》，1949年1月，第二卷，第九期

《经学概论·毛诗》，李松伍，艺文书房，1943年

1944 年

《三百篇有淫诗而无淫声考》（附表、谱），戴魏光，《真知学报》，1944年1月30日，第三卷，第三、四期合刊

《风雨衡门新意》，祖通，《佛学月刊》，1944年1月31日，第三卷，第七、八期合刊

《比兴大意述》，秀堂，《佛学月刊》，1944年1月31日，第三卷，第七、八期合刊

《采薇、出车、六月三诗的年代》，陆侃如，《志林》（国立东北大学编印），1944年1月，第五期

《关于删诗及采诗》，朱维鼎，《现代西北》，1944年1月，第五卷，第五、六期合刊

《中美携手歌（混声四部合唱）》（陈立夫集毛诗），李抱忱，《乐风》，1944年2月，第十六号

《怎样研究诗经——答某生问》，陆侃如，《读书通讯》，1944年3月1日，第八十五期

《读毛诗凯风》，朱大绩，《开江县旅省学会会刊》，1944年3月，第二期

《诗经中字说》，邢庆兰，《边疆人文》（南开大学文科研究所边疆人文研究室编印），1944年3月，第一卷，第三、四期合刊

《读诗偶见》（诗经用字体例举隅、周召分陕说、二南诗中地名说、郑卫为畿内诸侯说、十五国风次第说、风雅颂说），李寿义，《学术界》，1944年4月15日，第二卷，第三期

《先秦民族诗论》，吴秋山，《协大艺文》，1944年4月，第十六、十七期合刊

——另载，《先秦民族诗论》，《新福建》，1943年9月19日，第四卷，第二期

《呦呦鹿鸣》（毛诗小雅），江定仙，《乐风》，1944年4月，第十七期

《三百篇的年代》，陆侃如，《说文月刊》，1944年5月，第四卷合刊本

《关雎篇义今解》，潘重规，《中国学报》（重庆），1944年5月，第一卷，第三期

《诗经新注》，周作人，《书房一角·旧书回想记》，新民印书馆，1944年5月

《毛诗多识》，周作人，《书房一角·看书偶记》，新民印书馆，1944年5月

《蟋蟀之类》，周作人，《书房一角·看书偶记》，新民印书馆，1944年5月

《读毛诗草木疏》，周作人，《书房一角·看书余记》，新民印书馆，1944年5月

《樵隐集》（毛诗草名今释、鱼名今考），周作人，《书房一角·看书余记》，新民印书馆，1944年5月

《蓼莪》（未完），周承山，《青声》（江苏松江），1944年6月10日，第二期

《肄风管见》（周南、召南），寿义，《学术界》，1944年6月15日，第二卷，第五期

《毛诗国风述义》，朱子范，《中山学报》，1944年6月15日，第二卷，第五期

《新诗经》，太白，《海报》，1944年7月3日

《积微居诗经说》，杨树达，《孔学》，1944年7月7日，第二期

《毛诗序驳议》，夏敬观，《学海》，1944年7月15日，创刊号

——《毛诗序驳议》（续），《学海》，1944年8月15日，第一卷，第二册

——《毛诗序驳议》（续），《学海》，1944年11月15日，第一卷，第五册

——《毛诗序驳议》（续），《学海》，1944年12月15日，第一卷，第六册

——《夏敬观稿本〈毛诗序驳议〉》（上），夏敬观著，虞思徵整理，《经学文献研究集刊》，2020年6月，第二十三辑

　　——《夏敬观稿本〈毛诗序驳议〉》（下），夏敬观著，虞思徵整理，《经学文献研究集刊》，2020年12月，第二十四辑

　　《艳葩一束：诗经新译》，寒梅，《聚兴诚银行总渝同人进修会会刊》，1944年7月31日，创刊号

　　《论诗经的韵律》，李岳南，《诗前哨丛刊》，1944年7月，第一辑

　　《诗为夏声说》，施之勉，《东方杂志》，1944年8月15日，第四十卷，第十五号

　　《诗经时代之农业经营》，李长年，《农场经营指导通讯》，1944年8月，第二卷，第七、八期合刊

　　《由周代农事诗论到周代社会》，郭沫若，《中原》，1944年9月，第一卷，第四期

　　《评"凯风"》，金长风，《文友》（上海），1944年11月15日，第四卷，第一期，第三十七号

　　《跋蜀刻毛诗古音考屈宋古音义》，徐仁甫，《志学月刊》，1944年11月15日，第十四期

　　《谈风雅》，丁易，《大学》（成都），1944年12月，第三卷，第十一、十二期合刊

　　——《再谈风雅》，《大学》（成都），1945年3月，第四卷，第一、二期合刊

　　《诗经中所见秦之初期状况》，吴良俶，《国立中正大学校刊》，1944年，第四卷，第十三、十三期合刊

　　《十三经概论·毛诗概论》，蒋伯潜，世界书局，1944年

　　《经学通论·论读诗》，李源澄，路明书店，1944年

1945年

　　《诗序考略》，苏莹辉，《西北文化》，1945年1月2日，第七期

　　《读诗偶记》（苤苢），王岑，《读书青年》，1945年1月10日，第二卷，第一期

　　——《读诗偶记》（汉广），《读书青年》，1945年1月25日，第二

卷，第二期

《列女传本于韩诗考》，段亦凡，《国学月刊》（北平），1945年1月，第一卷，第一期

《尚武精神与从军乐——诗经乐府中的尚武精神与从军乐》，杨昌溪，《国是》，1945年2月15日，第九、十期合刊

《敦煌新出写本毛诗孝经合考》，苏莹辉，《东方杂志》，1945年2月15日，第四十一卷，第三期

《诗鄘风载驰补证》，陈延杰，《新中华》，1945年2月，复刊第三卷，第二期

《诗序异说著述考》，查猛济，《胜流》，1945年3月1日，第一卷，第五期

《赋比兴间诂》，傅庚生，《东方杂志》，1945年3月31日，第四十一卷，第六号

《说鱼》，闻一多，《边疆人文》，1945年3月，第二卷，第三、四期合刊

《释六义之比》，邢庆兰，《边疆人文》，1945年3月，第二卷，第三、四期合刊

《读一多先生说鱼书后》，邢庆兰，《边疆人文》，1945年3月，第二卷，第三、四期合刊

《从诗序去观察诗经完美的系统》，苏灿瑶，《黑石月刊》，1945年4月1日，创刊号

——《从诗序去观察诗经完美的系统》（续），《黑石月刊》，1945年5月1日，第一卷，第二期

《释国风》，赖伟英，《国风》（吉安），1945年4月1日，创刊号

《东方蟫蛛说》，周郎，《社会日报》，1945年4月23日

《新诗经》，爱娇，《海报》，1945年4月5日

《诗经通论序》，顾颉刚，《文史杂志》，1945年4月，第五卷，第三、四期合刊

《说比兴》，王季思，《国文月刊》，1945年4月，第三十四期

《诗经在民俗学上的研究》，张家望，《民族正气》，1945年5月1日，第三卷，第五期

《诗经的评价》，徐时熙，《前线日报》，1945年5月12日

《诗经介绍及节译》（上），载祯，《学友》（莆田），1945年5月21日，第十三、十四期合刊

——《诗经介绍及节译》（中），《学友》（莆田），1945年6月11日，第十五期

——《诗经介绍及节译》（下），《学友》（莆田），1945年10月10日，第十六期

《国风选译》（关雎、静女、将仲子），骈枥，《正气》，1945年5月31日，第二十六、二十七期合刊

《柏舟三章解》，张维思，《志学月刊》，1945年6月15日，第二十一期

《关于本所新发见北魏写本毛诗残集》，苏莹辉，《西北文化》，1945年6月26日，第三十二期

《诗言志辨自序》，朱自清，《国文月刊》，1945年6月，第三十六期

《诗说》，邵祖平，《志学月刊》，1945年7月15日，第二十二期

《诗经编纂所根据之原则——为诗经三百篇的世次问题进一解》，孙道昇，《东方杂志》，1945年8月15日，第四十一卷，第十五号

《诗经长短句辑》，周由崖，《东方杂志》，1945年8月31日，第四十一卷，第十六号

《诗正变说》，朱自清，《文史杂志》，1945年8月，第五卷，第七、八期合刊

《七月的时代及其社会》，高启杰，《东方杂志》，1945年9月15日，第四十一卷，第十七号

《诗经今解》（关雎、大车、褰裳），入云，《台山工商杂志》，1945年10月1日，第九卷，第一期

《淇奥》（卫风）（让我们来歌颂我们的君主），佚名，《黑石月刊》，1945年10月15日，第一卷，第七期

《释晨风》，佚名，《前线日报》，1945年11月17日

《蒹葭今译》，勿勿，《文叶月刊》，1945年11月25日，第一卷，第二期

《毛诗叚借字之研究》，廖元善，《新知》，1945年12月1日，第一卷，第二期

《非颂篇》，龚炯，《时事新报·青光副刊》，1945年12月31日

《诗经地理研究》，林志纯，《教育与文化》（福州），1945年12月31日，创刊号

《论诗经之艺术》，王恩洋，《文教丛刊》，1945年12月，第一卷，第三、四期合刊

《诗经通义》（周南），闻一多，《图书季刊》，1945年12月，新第六卷，第三、四期合刊

《书释六义之比后》，罗庸，《边疆人文》，1945年12月，第三卷，第一、二期合刊

《〈诗经中的恋爱阶段〉之商榷》，杨达，《东方文化》，1945年，第一卷，第五、六期合刊

《藏书题跋》（《鲁诗世学》《毛诗郑笺纂疏补协》《诗经广诂》），张寿镛，《约园杂著》（三编），1945年

《诗史初稿序》，张寿镛，《约园杂著》（三编），1945年

《读诗臆断序》（沈飚民著），张寿镛，《约园杂著》（三编），1945年

1946年

《诗豳风七月篇与古代社会——评郭沫若〈由周代农事诗论到周代社会〉》，林一岁，《世界文化》（上海），1946年1月1日，复刊号，第四卷，第一期

《读诗经的怀疑和求解》，李继业，《聚学》，1946年1月，第一期

《诗经偶忆》，戈心，《立报》，1946年2月16日

——《诗经偶忆》（续），《立报》，1946年2月17日

《毛诗初讲》，潘石禅讲，苟安庆记，《国学会刊》（国立四川大学），1946年2月，第一期

《诗经今译三首》（葛生、褰裳、遵大路），黄佐，《艺术家月刊》，1946年3月15日，第一期

《诗经新说·江有汜》，白忆菲，《中央日报》，1946年3月19日

——《诗经新说·野有蔓草》，《中央日报》，1946年4月2日

——《诗经新说·君子于役》,《中央日报》,1946年6月19日

——《诗经新说·小星》,《中央日报》,1946年6月21日

《国风试译》（女曰鸡鸣）,金启华,《中央日报》,1946年3月19日

——《国风试译》（子衿）,《中央日报》,1946年4月30日

——《国风试译》（伯兮）,《中央日报》,1946年5月13日

——《国风试译》（氓）,《中央日报》,1946年5月21日

——《国风试译》（载驰）,《中央日报》,1946年6月5日

——《国风试译》（柏舟）,中央日报,1946年6月6日

——《国风试译》（谷风）,《中央日报》,1946年6月8日

——《国风试译》（燕燕）,《中央日报》,1946年6月9日

——《国风试译》（君子偕老）,《中央日报》,1946年6月17日

——《国风试译》（日月）,《中央日报》,1946年6月18日

——《国风试译》（桑中）,《中央日报》,1946年6月25日

——《诗经试译》（击鼓）,《中央日报》,1946年6月26日

——《国风试译》（北风）,《中央日报》,1946年6月28日

——《国风试译》（绿衣、新台）,《中央日报》,1946年7月10日

——《国风试译》（出其东门、匏有苦叶）,《中央日报》,1946年7月11日

——《国风试译》（定之方中、干旄）,《中央日报》,1946年7月12日

——《国风试译》（黄鸟）,《中央日报》,1946年7月13日

——《国风试译》（蜉蝣、鹑之奔奔、相鼠）,《中央日报》,1946年7月3日

——《国风试译》（静女、野有蔓草）,《中央日报》,1946年7月4日

——《国风试译》（墙有茨、终风）,《中央日报》,1946年7月6日

——《国风试译》（车邻、驷驖）,《中央日报》,1946年7月9日

——《国风试译自序》,金启华,《中央日报》,1946年12月2日

——《国风试译自序》（续）,《中央日报》,1946年12月3日

《诗经时代之农业地理》（上），林志纯，《教育与文化》（福州），1946年3月31日，第一卷，第四期

——《诗经时代之农业地理》（中），《教育与文化》（福州），1946年4月30日，第一卷，第五期

——《诗经时代之农业地理》（下），《教育与文化》（福州），1946年5月31日，第一卷，第六期

《黄鸟篇》，郑振铎，《文艺复兴》，1946年4月1日，第一卷，第三期

《诗题四辨》（遒人采诗辨、孔子删诗辨、大雅小雅辨、豳风为夏代诗辨），张长弓，《东方杂志》，1946年4月15日，第四十二卷，第八号

《恋爱指南：应该熟读诗经》，佚名，《京沪报》，1946年5月12日，第九期

《东山诗的研究》，李镜池，《民族文化》，1946年5月15日，第五卷，第四、五期合刊

《将仲子今译》（诗经选译之一），纪淙，《骆驼文丛之三》，1946年5月15日，第三期

《伐檀篇》（《诗经里所见的古代农民生活》之一），郑振铎，《理论与现实》（重庆），1946年5月15日，第三卷复刊号，第一期

《苏州话诗经三首》（将仲子、静女、野有死麕），魏凉，《时代日报》，1946年5月16日

《诗经中古史资料考释》，刘节，《中国史学》，1946年5月，第一期

《山歌的比兴》，在春，《茶话》，1946年6月5日，创刊号

《诗经泉水篇》，金启华，《中央日报》，1946年6月23日

《诗经杂句》，知白，《华北日报》，1946年6月30日

《论风雅颂之分》（未完），殷齐德，《新学风》，1946年6月，第一卷，第三、四期合刊

《诗三百篇成书中的时代精神》，朱东润，《国文月刊》，1946年7月，第四十五期

《国风今译》（关雎、葛覃、卷耳），流沙，《中央日报》，1946年7

月1日

《诗经击鼓篇》，崔之宽，《中央日报》，1946年7月5日

《齐诗钤》，邵次公遗著，赵冠军核录，《儒效月刊》，1946年8月1日，第二卷，第五期

——《齐诗钤》（续）（附图），《儒效月刊》，1946年10月1日，第二卷，第六、七期合刊

《诗经中之鹃与燕》，石碚，《台湾新生报》，1946年8月20日

《诗经里的抒情诗》，汤国材，《正论》（镇江），1946年8月30日，第一卷，第七、八期合刊

《先秦儒家之诗论》，李濂，《文艺与生活》，1946年9月1日，第二卷，第二期

《诗经与楚辞之构造法》，王桐龄，《经世日报·读书周刊》，1946年9月4日，第四期

《林语堂翻译诗经》，托我，《星光》，1946年9月15日，第十号

《汉书地理志的诗古义》，胡适，《经世日报·读书周刊》，1946年9月18日，第六期

《释思无邪》，田君亮，《贵大学报》，1946年9月，第一期（文史号）

《然疑待征录（续）·诗说十三则·读书杂诂四十八则》，张汝舟，《贵大学报》，1946年9月，第一期（文史号）

《将仲子今译》，纪淙，《诗生活》，1946年10月25日，第二期

《诗骚中"兮"字用法之异同》，郑文，《中央日报·文史周刊》，1946年10月29日，第二十四期

《"不""坏""苤苢""栲栳"诸词义类说》，沈兼士，《大公报·文史周刊》（上海），1946年11月6日，第四期

——另载，《"不""坏""苤苢""栲栳"诸词义类说》，沈兼士，《大公报·文史周刊》（天津），1946年11月10日，第四期

《说诗教》，王季思，《新学生》，1946年11月15日，第二卷，第一期

《诗经新疏：氓、女曰鸡鸣》，王恩洋，《文教丛刊》，1946年11月，第一卷，第五、六期合刊

——《诗经新疏：衡门、鸤鸠》，《文教丛刊》，1947年8月，第一卷，第七期

《论诗》，李九魁，《文艺与生活》，1946年11月，第一卷，第三期

《毛诗省借字之研究》，廖元善，《协大艺文》，1946年12月1日，第十八、十九期合刊

——《毛诗省借字之研究》，《协大艺文》，1947年5月，第二十期

《赋兼歌诵论》（左传引诗研究之一节），陈文松，《协大艺文》，1946年12月1日，第十八、十九期合刊

《新诗经》，大狂，《沪报》，1946年12月5日

《中国古代的情诗——读诗经的札记》，易湘文，《唯民周刊》，1946年12月14日，第四卷，第一期

《变心》（苏州话诗经新译式微），魏凉，《建新周刊》，1946年12月14日，第一卷，第二期

《几首国风情诗的今译》，洪茵，《十四年》，1946年12月15日，第一卷，第三期

《国风试译序》，冀野，《中央日报》，1946年12月18日

《古诗今译：氓》，鸣秋，《海晶》，1946年12月24日，第四十二期

《伯兮》（译自诗经毛诗），扬力，《南风》，1946年春

《经学纂要·毛诗述要》，蒋伯潜，正中书局，1946年

1947年

《诗经东山篇识小》，张清常，《新生报》（北平），1947年1月6日

《诗"对扬王休"解》，杨树达，《大公报·文史周刊》（天津），1947年1月8日，文史周刊，第十三期

《诗经今吟》（击鼓、褰裳、葛生），诗儿，《台山工商杂志》，1947年1月10日，第十一年，第一期

《诗经中的"露"》，张清常，《新生报》（北平），1947年1月13日

《中国文化史讲话之二——诗经》，心远，《时事新报》，1947年1月16日

《东山诗新解》，李镜池，《岭南学报》，1947年1月，第七卷，第

一期

《二千五百年前的诗歌总集——诗经》（中国文学名著讲话之一），徐调孚，《中学生》，1947年1月，总第一八三期

《孟子论诗》，杨荣春，《东方杂志》，1947年2月28日，第四十三卷，第四号

《豳风七月流火中的历法》，徐嘉瑞，《五华》，1947年2月，第二期

《论诗经"王事靡盬"之本义及其演变》，陈士林，《龙门杂志》，1947年3月15日，第一卷，第一期

《诗经今译》（墓门），穆叔，《宁波晨报》，1947年3月22日

——《诗经今译》（青蝇），《宁波晨报》，1947年3月27日

《古诗今读》（殷其雷），秦楚，《远风》，1947年4月15日，创刊号

——《古诗今读》（硕鼠），《远风》，1947年6月1日，第三期

《歌与诗》，闻一多，《文艺春秋》，1947年4月15日，第四卷，第四期

《诗草虫解》，陈士林，《龙门杂志》，1947年4月15日，第一卷，第二期

《豳风七月流火中的历法》，徐嘉瑞，《正声》（南京），1947年4月15日，第一卷，第六期

《古器铭"对扬王休"解》，许维遹，《新生报》（北平），1947年4月21日

《从诗经观察古代城市社会》，将以勤，《新重庆》，1947年4月，第一卷，第二期

《由诗经想起》，风人，《大公晚报》，1947年5月20日

《诗经中的大众诗歌》，阎仲容，《大威周刊》，1947年5月25日，第二卷，第十三期

——《诗经中的大众诗歌》（续完），《大威周刊》，1947年6月8日，第二卷，第十四期

《七月一诗的社会背景》，董家遵，《社会学讯》，1947年5月31日，第五期

《关于诗经的认识》，曹镛，《沧怒新潮》，1947年5月31日，第五期

《由诗经整理论诗经原始》，马子华，《五华》，1947年5月，第五期

《诗经里的恋爱篇》，吴日强，《读者》，1947年5月，第三卷，第五期

《诗经总论》（中国古代学术思想史第五章），魏明经，《华中穗声》，1947年5月，第一期

《诗经药物考》（未完）（附表），林凯民，《进修月刊》，1947年5月，创刊号

《诗经今译——氓》，诗儿，《台山工商杂志》，1947年6月1日，第十一卷，第六期

《从改诗删诗说开去》，天瓢，《和平日报》，1947年6月2日

《诗经今译》，比莎，《大公报》（上海），1947年6月12日

《氓》（国风试译），沙流，《文艺春秋》（上海），1947年6月15日，第四卷，第六期

《屈原与诗经》，罗根泽，《申报》，1947年6月23日

——另载，《屈原与诗经》，罗根泽，《时事新报·学灯副刊》（重庆），1947年7月7日

——另载，《屈原与诗经》，罗根泽，《大公报》（香港），1948年6月11日

《新诗经》（大斧），《陪都晚报》，1947年6月26日

《周代的文学——诗经》，熊硕颖，《希声》，1947年6月，复刊第一期

《诗经今吟——为袁宇文催陈婉儒结婚而吟》，诗儿，《台山工商杂志》，1947年7月1日，第十一卷，第一期

《强解毛诗》（莆田），入云，《台山工商杂志》，1947年7月1日，第十一卷，第十二期

《诗经中所见秦初期社会状况》，王迪纲，《读书通讯》，1947年7月10日，第一三六期

《毛诗新译》，别古，《浙赣路讯》，1947年7月20日，第十九期

《论"南""雅"之本义及其区别——诗经检论之一》，叶华，《龙门杂志》，1947年8月15日，第一卷，第六期

《匡斋讲诗》（闻一多教授殉国周年纪念），闻一多，《大学月刊》，1947年8月20日，第六卷，第三、四期合刊

《诗经"中"字倒置问题》，邢公畹，《大公报·文史周刊》（上海），1947年8月27日，第三六期

《学诗后记》（郑风、齐风、魏风），何明道，《文教丛刊》，1947年8月，第八期

《论诗"王事靡盬"本义》，赵敏英，《第一线》，1947年8月，第一卷，第十期

《林语堂在美翻译诗经》，张金，《上海人报》，1947年9月24日

《读诗大雅文王篇书后》，杨树达，《湖南教育》，1947年9月15日，新第一卷，第三期

《诗经十讲》，查猛济，《读书通讯》，1947年10月25日，第一四三期

《从诗经的音乐看雅乐的音阶制度》，赵沨，《乐学》，1947年10月，第四号

《诗经通义邶风篇》，闻一多，《清华学报》，1947年10月，第十四卷，第一期

《说"风"兼论诗经之分类》，叶华，《天明》，1947年11月1日，第一卷，第二期

《国风之时代与史家》（上），金启华，《中央日报》，1947年11月6日

——《国风之时代与史实》（中），《中央日报》，1947年11月7日

——《国风之时代与史家》（下），《中央日报》，1947年11月9日

《毛诗音韵之研究》，翼谋，《中央日报》，1947年11月6日

《新诗经》（人兽），杨春元，《西方日报》，1947年11月14日

《论礼乐之起源》，罗倬汉，《学原》，1947年11月，第一卷，第七期

《豳诗征历》，任铭善，《思想与时代》，1947年11月，第四十九期

《关于诗经上的"维"字》，周修睦，《新语文》，1947年12月10

日，第三十三期

《诗言志辨》（新书介绍），意，《图书季刊》，1947年12月，新第八卷，第三、四期合刊

《笔记一则：诗齐风子之还兮》，沈兼士，《段砚斋杂文》，协和印书局，1947年12月

《从社会学观点研究诗经》（提要），董家遵，《社会学讯》，1947年，第六期，中国社会科学社广东分社三十六年年会论文提要专号

《毛诗韵例绪言》，赵世忠，《文学集刊》，1947年，第三集

《论四家诗传授情况》（读诗杂记之三），殷齐德，《新学风》，1947年，第二卷，第一、二期合刊

《论大雅小雅之区别》，公时，《天明月刊》，1947年，第一卷，第三期

《译伯兮篇》，朱大庆，《庆中校刊》，1947年，第二期

《诗经用韵法及双声、叠韵、叠字略例》，胡德执，《南京市私立昌明中学年刊》，1947年，第一期

《国学纲要·诗经》，刘明水，商务印书馆，1947年

《诗经的文学》，刘明水，《国学纲要》，商务印书馆，1947年

1948年

《诗经新译》，秦冰，《长青周报》，1948年1月1日，创刊号

《比兴论词》，刘永潜，《东南日报·文史副刊》，1948年1月7日，第七十三期

《绵》（诗大雅）（原文附后），东人，《新叶》，1948年1月15日，第三卷，第六期

《汉代诗经学》（一），公方苓，《中央日报》，1948年1月23日

——《汉代诗经学》（二），《中央日报》，1948年1月26日

——《汉代诗经学》（三），《中央日报》，1948年1月29日

——《汉代诗经学》（四），《中央日报》，1948年1月30日

——《汉代诗经学》（五），《中央日报》，1948年2月5日

——《汉代诗经学》（六），《中央日报》，1948年2月13日

——《汉代诗经学》（七），《中央日报》，1948年2月19日

——《汉代诗经学》（八），《中央日报》，1948年2月20日

——《汉代诗经学》（完），《中央日报》，1948年2月26日

《诗经新译：溱洧二章》，秦冰，《长青周报》，1948年1月28日，第四期

《论"于以"的两封信》，胡适，《申报·文史副刊》，1948年1月31日，第八期

《圣咏与三百篇》，谢博思，《上智编译馆馆刊》，1948年1月，第三卷，第一期

《诗下武篇详释》，谭戒甫，《国立中山大学文史集刊》，1948年1月，第一册

《陈兰甫先生的诗学》，郑诗许，《学艺》（上海），1948年1月，第十八卷，第一号

《三千年前的一男一女：一场远古的恋爱悲剧至今还常重演》（上），羽林，《东南日报》，1948年2月6日

——《三千年前的一男一女：一场远古的恋爱悲剧至今还常重演》（下），《东南日报》，1948年2月7日

——另载，《三千年前的一男一女：一场远古的恋爱悲剧至今还常重演》（上），羽林，《时事新报》（重庆），1948年2月18日

——《三千年前的一男一女：一场远古的恋爱悲剧至今还常重演》（下），羽林，《时事新报》（重庆），1948年2月25日

《我国诗经译成俄文》，佚名，《中央日报》，1948年3月1日

《诗经时代之社会与政治》，何隼，《政治季刊》（南京），1948年3月1日，第五卷，第三、四期合刊

《诗经俄译本》，勤孟，《铁报》，1948年3月3日

《新书评介：诗言志辨》（朱自清著），叶兢耕，《国文月刊》，1948年3月10日，第六十五期

《诗经与古代社会》，冯友兰讲词，赵纲笔记，《河南大学校刊》，1948年3月12日，复刊第二十三期

《李珍之诗经谜》，啼红，《小日报》，1948年3月13日

《诗经中的上帝》，王治心，《金陵神学志》，1948年3月，第二十三卷，第三期

《诗经豳风地名考》，赵冈，《凯旋》，1948年3月，第二十九期

《读诗经后感》，逸，《永奋》，1948年4月1日，第十期

《韩诗内外传的流传及其渊源》（附表），金德建，《新中华》，1948年4月1日，复刊第六卷，第七期

《孔子保存国风的目的》，佚名，《和平日报》，1948年4月16日

《杂谈诗经》，马允伦，《益世报》（上海），1948年4月18日

《三国两晋南北朝随唐诗经学》（上），公方苓，《中央日报》，1948年4月26日

——《三国两晋南北朝随唐诗经学》（中），《中央日报》，1948年4月28日

——《三国两晋南北朝隋唐诗经学》（下），《中央日报》，1948年5月3日

《诗义探讨》，夏琦，《图书展望》，1948年4月30日，复刊第七期

《毛诗兽名今释序》，郭时敏，《文藻月刊》，1948年4月，新一卷，第四期

——《毛诗兽名今释》（麟之趾），《文藻月刊》，1948年5月，新一卷，第五期

——《毛诗兽名今释》（何草不黄），《文藻月刊》，1949年5月，第二卷，第五期

《论诗经中的"何""曷""胡"》，丁声树，《国立中央研究院历史语言研究所集刊》，1948年4月，第十本

《评徐中舒先生"委蛇"论》，黄永年，《文物周刊》，1948年4月，第七十八期

《诗经俄文译本出版》，葵，《友谊》，1948年5月1日，第二卷，第九期

《春秋赋诗考》，公方苓，《中央日报》，1948年5月3日

《说诗大明"文王初载，天作之合"》，谭戒甫，《文学》（国立中山大学文学院院刊），1948年5月15日，第二期

《从诗经上研究古代的图腾制与奴隶制》，董家遵，《珠海学报》，1948年5月15日，第一期

《国风与民歌》，江帆，《中央日报》，1948年5月29日

《诗经译选自序》，陈荫元，《新生》（重庆），1948年5月，创刊号

《宋元明诗经学》（一），公方苓，《中央日报》，1948年6月5日

——《宋元明诗经学》（二），《中央日报》，1948年6月7日

——《宋元明诗经学》（三），《中央日报》，1948年6月9日

——《宋元明诗经学》（四），《中央日报》，1948年6月14日

——《宋元明诗经学》（五），《中央日报》，1948年6月16日

——《宋元明诗经学》（六），《中央日报》，1948年6月19日

——《宋元明诗经学》（七），《中央日报》，1948年6月21日

《无衣》（意译诗经秦风无衣篇），谢扬，《诗生活丛刊》，1948年6月11日，第三期

《诗经今译》（四章），秀山，《树人》，1948年7月1日，第九期

《诗经中的革命文学》，廖薰，《台湾新生报》，1948年7月1日、8月20日

《诗经与性史》，非诗人，《南京晚报》，1948年7月12日

《论诗教》，张须，《国文月刊》，1948年7月，第六十九期

《诗经章法探源》，纪庸，《国文月刊》，1948年7月，第六十九期

《读伐檀——中国最古的一首咒骂贪污的诗》，杨坚白，《天琴》，1948年8月15日，第一卷，第五、六期合刊

《诗经里的一个恋爱故事：帷车里的新娘》，吴瑜，《时报》，1948年8月26日，第二十七号

——《诗经里的一个恋爱故事：帷车裹的新娘》（续），《时报》，1948年8月29日，第二十八号

《朱佩弦先生的诗言志辨》，朱光潜，《周论》，1948年8月27日，第二卷，第七期

《诗经译成俄文》，佚名，《时兆月报》，1948年8月，第四十三卷，第八期

《读诗十八首》，霍松林，《陇铎》，1948年9月1日，新二卷，第六期

《诗经今译》（摽有梅），裴斐，《益世报》（上海），1948年9月15日

——《诗经今译》（江有汜），《益世报》（上海），1948年9月24日

《谈君子于役的翻译》，曹湘柒，《东南日报》，1948年10月4日

《从一首毛诗里看古代女子的恋爱》，慧方，《海棠》，1948年10月13日，第五十三期

《鹿鸣》（诗小雅），流沙，《益世报》（上海），1948年10月14日

《大东——初期封建社会的农民诉苦诗》，晓野，《文艺月报》，1948年10月19日，创刊号

《诗三百篇中的"所"字研究》，黄广生，《新生报》（北平），1948年10月19日

——《诗三百篇中的"所"字研究》（续），《新生报》（北平），1948年10月26日

《四牡》（诗小雅），流沙，《益世报》（上海），1948年10月23日

《由诗经看周代的迷信风气》，方苓，《中央日报》，1948年11月8日

《无衣》（诗秦风），流沙，《益世报》（上海），1948年11月11日

《柏舟》（诗邶风），流沙，《益世报》（上海），1948年11月14日

《东门之枌》（诗陈风），流沙，《益世报》（上海），1948年11月16日

《清代诗经著述考略》（一），公方苓，《中央日报》，1948年11月17日

——《清代诗经著述考略》（二），《中央日报》，1948年11月18日

——《清代诗经著述考略》（三），《中央日报》，1948年11月20日

——《清代诗经著述考略》（四），《中央日报》，1948年11月22日

《宛丘》（诗陈风），流沙，《益世报》（上海），1948年11月19日

《诗经兼用周夏历例证》，熊生，《武汉日报·文学副刊》，1948年12月9日，第十期

《七月——初期封建社会的农民们都作了些什么》，晓野，《文艺月报》，1948年12月10日，第二期

《绸缪》（诗唐风），流沙，《益世报》（上海），1948年12月18日

《东门之杨》（诗陈风），流沙，《益世报》（上海），1948年12月21日

《羔裘》（诗唐风），流沙，《益世报》（上海），1948年12月23日

《杕杜》（诗唐风），流沙，《益世报》（上海），1948年12月31日

《读黍离》，和柳，《新学生》，1948年12月，第六卷，第二期

《书评：诗韵谱》（陆志韦著），阎简弼，《燕京学报》，1948年12月，第三十五期

《读书管见·毛诗》，金其源，商务印书馆，1948年

1949年

《山有枢》（诗唐风），流沙，《益世报》（上海），1949年1月11日

《古诗今译选》（伐檀、葛屦、静女），陈子展，顾颉刚，《诗思诗刊》，1949年1月20日，第一卷，第二期

《俄译诗经》，勤孟，《真报》，1949年1月24日

《硕鼠篇》，西汇，《新闻报》，1949年2月3日

《新诗经：摽有梅》，周郎，《每日晚报》，1949年2月24日

《诗经记载的乐与舞蹈》，公方苓，《中央日报》，1949年2月27日

《诗经中的政治讽刺诗》，李长之，《中国建设》，1949年3月1日，第七卷，第六期

《静女》（诗经是活的），楚楚，《南京晚报》，1949年3月3日

《伐檀和硕鼠——春秋时代晋南农民的觉悟》，晓野，《文艺月报》（吉林），1949年3月10日，第三期

《读蓼莪篇之感想》，秦桂芬，《执信学生》，1949年4月23日，第七期

《诗经里的民间呼声》，佚名，《新闻报》，1949年4月24日

《译诗经验谭》，洪毅然，《长歌》，1949年5月1日，第一卷，第五期

《毛诗谷名考》，齐思和，《燕京学报》，1949年6月，第三十六期

《诗经"于""於"字释》，李全佳，《文风学报》，1949年7月1日，第四、五期合刊

《向诗经时代的诗人看齐》，马东周，《诗思诗刊》，1949年10月18

365

日，第一卷，第五、六期合刊

　　《从伐檀到翻身谣》，王季星，《文艺报》，1949年，第一卷，第六期

附录　近现代文学史著作涉《诗经》内容统计表

时间	名称	著者	出版情况	与《诗经》相关章节
1880年	中国文学史纲要	（俄）王西里	中央编译出版社整理本	第四章　儒学发展的第一个阶段·孔子及其实际贡献·三部最古老的儒家文献：《诗经》（中国精神发展的基础）、《春秋》、《论语》
1882年	支那古文学略史	（日）末松谦澄	东京文学社	三部经书：《诗经》《春秋》《论语》
1897年	支那文学史	（日）古城贞吉	东京经济杂志社	第一篇　中国文学的起源 第五章　诸子时代以前的文学（上古诗歌、商颂、周诗周颂） 第二篇　诸子时代 第二章　儒家 第一节　孔子及其五经
1898年	支那历朝文学史	（日）笹川种郎	博文馆	第一期　春秋以前文学 二　诗
1901年	中国文学史	（英）翟理斯	不详	第一卷　封建时代 第二章　孔子——五经
1904年	中国文学史	林传甲	武林谋新室本	第二篇　古今音韵之变 第三篇　古今名义训诂之变迁 第七篇　群经文体
1904年	中国文学史	黄人	苏州大学出版社整理本	第四编　分论 第二章　上世文学史 第二节　文学全盛上期　六经（诗之文学）
1906年	历朝文学史	窦警凡	铅印本	叙经　第二
1910年8月	诗学源流	黄节	粤东编译公司	诗学之起源 周秦间诗学
1914年8月	中国文学史	王梦曾	商务印书馆	第一编　孕育时代 第一章　六经之递作
1915年12月	中国文学史	张之纯	商务印书馆	第一编　始伏羲讫秦代 第八章　姬周中兴时代文学之继起 第九章　姬周东迁时代文学之保存

367

续表

时间	名称	著者	出版情况	与《诗经》相关章节
1915年9月	中国文学史	曾毅	泰东图书局	第二编　上古文学 第三章　三代文学（一） 第四章　三代文学（二）
1916年10月	中国妇女文学史	谢无量	中华书局	第一编　上古妇女文学 第二章　周之妇女文学 第一节　总论 第二节　诗经与妇女文学 第三节　春秋时妇女杂文学
1917年	中国文学讲义概略	刘师培	讲义	诗经概要 诗例举要 毛传例略
1918年10月	中国大文学史	谢无量	中华书局	第二编　上古文学史 第四章　周之建国及春秋前之文学 第五章　孔子与五经（诗与文学）
1921年1月	中国文学史	葛遵礼	上海会文堂书局	第一篇　周代文学
1923年2月	新著国语文学史	凌独见	商务印书馆	第三篇　从唐到周 第二章　三代
1924年2月	中国文学沿革概论	李振镛	大东书局	第四章　周秦文学
1924年3月	中国文学史略	胡怀琛	梁溪图书馆	第三章　周秦 第七节　此时代文学之特点
1924年9月	中国文学源流	胡毓寰	商务印书馆	二　诗歌谣
1925年4月	本国文学史	汪剑余	历史研究社	第二章　古今音韵之变迁 第一节　群经音韵 第三章　古今名义训诂之变迁 第二节　列国风诗名义训诂之变迁 第五章　群经文体 第一节　经籍为经国经世之治体 第九节　诗序之体 第十节　三百篇说略 第十一节　淫诗辨正
1925年8月	音乐的文学小史	朱谦之	泰东图书局	中国文学与音乐之关系 平民文学与音乐文学 诗经在音乐上的位置
1925年9月	中国文学史大纲	谭正璧	光明书局	第三章　夏商周秦文学 第二节　周秦（周初文学：诗经与孔子）
1925年9月	中国民歌研究	胡怀琛	商务印书馆	第一章　总论 三　中国的诗与民歌 第三章　古代抒情的短歌及其他短歌 一　国风

续表

时间	名称	著者	出版情况	与《诗经》相关章节
1925 年	中国文学史略论	龚道耕	成都薛崇礼堂刻本	卷一　三代文学
1926 年 8 月	平民文学概论	曹聚仁	梁溪图书馆	上篇　诗歌
1926 年 11 月	中国文学史大纲	顾实	商务印书馆	第二章　三代文学 第四节　诗经
1926 年	中国文学史略	赵平复	浙江省博物馆藏稿本	第二章　诗经与楚辞
1927 年 1 月	诗学纲要	陈去病	国光书局	第一篇　诗之名义 第三篇　诗学之成立
1927 年 2 月	中国文学批评史	陈钟凡	中华书局	第四章　周秦批评史 （一）孔子诗说（删诗、论关雎、论诗） （二）卜商诗说 （三）孟轲诗说（论小弁凯风、读书论世、以意逆志） （四）荀卿诗学及诗评（荀卿传毛诗鲁诗韩诗、中声说、论风雅颂） （五）结语
1927 年 2 月	中国韵文通论	陈钟凡	中华书局	第一章　诗经略论 一　引言 二　诗之义界 三　诗之起源 四　三百篇之体制（赋比兴、风雅颂） 五　风诗背景（河西文学、河东文学、中部文学） 六　三百篇之作风（民众文学、朝廷文学、庙堂文学） 七　三百篇之艺术及其修词（描写、修词、抒情） 八　用韵（起韵、中韵、收韵、转韵、错韵、空韵、间韵） 九　余论
1927 年 2 月	中国古代宗教诗歌集	张仕章	广学会	导言（宗教诗歌旨定义、范围、体例、沿革、地位） 商代诗歌（商颂五篇） 周代诗歌（周颂二十三篇、鲁颂二篇、大雅九篇、小雅三篇）
1927 年 4 月	文学大纲	郑振铎	商务印书馆	第七章　诗经与楚辞
1928 年 1 月	中国文学沿革一瞥	赵祖抃	光华书局	第六章　周之文学
1928 年 3 月	白话文学史大纲	周群玉	上海群学社	第一编　上古文学 第三章　三代文学（诗经）

续表

时间	名称	著者	出版情况	与《诗经》相关章节
1928年5月	中国古代文艺论史（上）	（日）铃木虎雄著 孙俍工译	北新书局	第一编　周汉诸家对于诗的思想 第一章　尧舜及夏殷时代 第二章　周时代（孔子以前、孔子底删诗） 第三章　孔子对于诗的意见（在教育上的诗底利用） 第四章　孔子及孔门诸子底谈诗 第五章　子夏底诗说 第六章　诸子底诗说（管子、庄子、子思、孟子、荀子） 第七章　汉时代（贾谊、齐鲁韩毛诸诗家、扬雄、班固）
1928年6月	白话文学史	胡适	新月书店	第一编　唐以前 第二章　白话文学的背景 第六章　故事诗的起来
1928年10月	诗史	李维	北平石棱精舍	第三章　三百篇为中国诗学之渊薮 三百篇之年代、十五国风为纯粹的平民文学、雅颂、三百篇之永久价值
1929年5月	中国文学ABC	刘麟生	世界书局	第三章　诗 一　诗经
1929年9月	中国文学进化史	谭正璧	光明书局	二　中国文学的初幕（周之文学）
1929年12月	中国文学史概论	陈虞裳	岷江大学本	第二篇　中国文学的胚胎时期 第二章　周秦之文学 第一节　周初文学 第二节　孔门与诗经
1930年3月	中国文学史	穆济波	乐群书店	第三章　周秦文学（周秦文学总论、周初诗歌文学之始盛、史诗之发达、东迁前后之风诗、诗之衰亡及其传述、孔子六艺之教及诸子学术之兴）
1930年3月	中国文学史讲稿（上编）	胡小石	人文社股份有限公司	第三章　周代文学 第一期　周代之北派文学之代表作品诗经（诗经产生的地域、诗经发生的时代、诗经的修辞、关于诗经之古代批评）
1930年4月	中国文学史纲	蒋鉴璋	亚细亚书局	第三章　夏商周秦文学 第四节　诗经与孔子
1930年4月	中国文艺变迁论	张世禄	商务印书馆	第五章　中国古无史诗之原因 第六章　诗经作述之渊源 第七章　诗经文辞之由来 第八章　诗经之时代与地域 第九章　诗经声律与音乐之关系 第十章　诗经与周代社会之关系 第十一章　诗经对于后代文艺之影响 第十五章　诗骚赋三者之递嬗及其区别

续表

时间	名称	著者	出版情况	与《诗经》相关章节
1930年8月	中国文学史纲	欧阳溥存	商务印书馆	第一编　上古文学史 第四章　孔子文学 第三节　诗之文学
1930年10月	中国文学流变史（上册）	郑宾于	北新书局	第一章　荀屈以前的诗 第一节　谣辞与逸诗（论逸诗） 第二节　诗三百 引言　风雅颂的区别 一　论颂诗（三颂的时代问题、商颂非殷代之物乃周末宋人所为、总说） 二　论雅诗（小雅与大雅之别、小雅之文、大雅之文） 三　论国风（论周南召南是楚风、论周南召南的文学、其他的国风） 四　总论三百篇（诗三百的文学批评及其应用、诗经的选集、诗的意义和范围） 五　诗经中的赋比兴 六　三百篇的入乐问题（诗与乐、徒歌变为乐歌、诗的唱奏） 七　三百篇的用韵和其辞句底形式
1931年1月	中国诗史	冯沅君 陆侃如	大江书铺	卷一　古代诗史 篇二　诗经时代 章一　导论（历史的背景、采诗与删诗、诗序与六义、二南的独立、诗经与音乐、诗经时代的鸟瞰） 章二　三颂（周颂、鲁颂、商颂） 章三　二雅（二雅的时代、大雅、小雅） 章四　十一国风（国风的时代） 章五　二南（二南的时代与地点、二南的内容与音节）
1931年1月	中国文学论略	陈彬龢	商务印书馆	第二章　诗（诗之起源、诗之分类、诗之修辞、诗之宗派、四言古诗）
1931年5月	中国文史哲学讲座	许啸天	红叶书店	文学选文（关雎、氓、陟岵、蓼莪、车辇、生民、黍离、伐檀、硕鼠）
1931年8月	中国文学史概要	胡怀琛	商务印书馆	第三章　周秦的文学
1931年11月	中国文学史大纲	陈冠同	民智书局	第二编　诗歌时代——秦以前 三　诗歌第一期

续表

时间	名称	著者	出版情况	与《诗经》相关章节
1931年	中国文学史纲要	游国恩	国立武汉大学文学史讲稿	第二篇　周文学 第一章　诗经史略 第二章　诗经之时代背景 第三章　论周南召南 第四章　论十三国风上 第五章　论十三国风下 第六章　论大雅小雅上 第七章　论大雅小雅下 第八章　论三颂 第九章　诗经之文艺
1932年4月	新著中国文学史	胡云翼	北新书局	第一编　先秦文学 第一章　诗经
1932年6月	中国文学史	刘麟生	世界书局	第二编　上古文学 第一章　诗经 诗的权威（材料之可恃、体裁之丰富、描写之入神）、诗的时与地、诗的分类、诗的应用
1932年6月	中国文学史讲话	胡行之	光华书局	二　最初期的传统文学 2　诗经底雅颂
1932年7月	中国文学史解题	许啸天	群学出版社	中国人对于文学史的错误 中国文学史上的两条线索
1932年9月	中国妇女文学史纲	梁乙真	开明书店	第一章　古代妇女文学之渊源 第三节　诗经与妇女文学 一　二南中之妇女文学 二　邶风中之妇女文学 三　鄘风中之妇女文学 四　卫风中之妇女文学 五　王风与其他国风中之妇女文学
1932年10月	中国文学史简编	冯沅君 陆侃如	开明书店	第二讲　古民族的文学（上）
1932年12月	插图本中国文学史	郑振铎	朴社	第四章　《诗经》与《楚辞》（最古的诗歌总集：诗经、风雅颂之分的不当、诗经中的诗人的创作、诗序的附会、乱离时代的歌声、诗经里的情歌、农歌的重要、贵族的诗歌）
1932年	中国文学史纲	徐扬	神州国光社	第一编　上古期 第三章　诗经时代
1933年1月	中国文学史纲要	贺凯	斌兴印书局	第一章　诗经与楚辞（北方的民间歌谣、封建社会的生活、诸侯混战、阶级制度、婚姻制度、宗教制度）
1933年1月	中国文学史	刘大白	大江书铺	第二篇　第一期　上古至秦 第三篇　第二期　周至秦

372

续表

时间	名称	著者	出版情况	与《诗经》相关章节
1933年3月	中国文学史讲话	陈子展	北新书局	第一讲 从诗人时代到哲人时代 一 从三百篇说起 二 三百篇与孔子 三 三百篇析论
1933年4月	中国文学史纲	童行白	大东书局	第二章 春秋以前之文学 三 《诗》（中国诗之起源、三百篇之变迁、何谓六义、孔子删诗之说、三百篇中之功利与道德观、中国所以不能产生伟大叙事诗之故、三百篇中字句之研究、评语）
1933年5月	中国文学史大纲	康璧城	广益书局	第二章 古代文学 第三节 诗
1933年6月	中国文学史表解	刘宇光	光华书局	上篇 通论 一 上古文学——自皇帝至秦 下篇 分论 二 周秦文学（周秦文学变迁之大势、周秦文学之特点）
1933年8月	中国文学史纲	谭丕模	北新书局	第二 原始封建制度时代的文学（西周） 一、封建制度的确立 二、贵族生活的反映 三、农民生活的反映 第三 原始封建制度崩溃时代的文学（春秋战国） 一、原始封建制度崩溃时代的社会现象 二、没落贵族生活的反映 三、农民阶级觉醒的反映
1933年8月	先秦文学大纲	杨荫深	华通书局	第二篇 周代文学 第一章 周代文学总论（周代的背景、诗与楚辞） 第二章 诗（诗不是经、诗的编定者、诗的篇什、诗的由来、诗的四始与六义、诗的分类、诗的抒情诗、诗的叙事诗、诗的陈说诗、诗外的逸诗、诗外的歌谣）
1933年9月	现代中国文学史	钱基博	世界书局	卷首 总论
1933年9月	中国纯文学史（上）	金受申	文化学社	第一篇 先秦期 第一章 北派文学——诗经
1933年12月	先秦文学	游国恩	商务印书馆	八 周初文治之宏模及其文学 九 诗之来源及南风雅颂 十 诗之时代背景及其文艺
1933年12月	中国古代文艺思潮论	（日）青木正儿著 王俊瑜译	人文书店	第三章 儒家的文艺思潮 一 诗教

续表

时间	名称	著者	出版情况	与《诗经》相关章节
1933年	中国文学史	万曼	济南师范讲义	自然经济时代（封建制度下的神官诗歌、周民族的史诗、没落了的贵族底诗歌、封建制度分解期的诗歌、南国的民歌和周颂的模拟）
1933年	中国古代文学史论	丁迪豪	原刊《读书杂志》	三 封建社会的文学（成熟期） 3 诗经中表现阶级心理的诗歌 4 诗经中农民反封建的诗歌 5 诗经中诸侯宴会及民族的史诗
1933年	中国古达文艺思想史略	陈君宪	原书未见	第二阶段：周民族的社会诗歌（西元前十一世纪—前六世纪）诗经时代
1933年	中国文学史	高丕基	不详	第一篇 上古时期 第五章 周代文学
1934年3月	诗赋词曲概论	丘琼荪	中华书局	第一编 诗之部 第一章 诗的起源 第一节 古歌谣 第二节 诗经
1934年4月	中国文学史纲要	郑作民	合众书店	第二章 诗经及楚辞 二 诗经的内容 三 诗经的评价
1934年5月	中国文学概论	胡云翼	启智书局	第二章 中国文学的起源 歌底的历史 第三章 诗三百篇 诗三百篇不是经、为什么从三百篇讲起、孔子删诗论、三百篇的分类（性爱诗、别思诗、伤悼诗、讽刺诗、宴颂诗）、诗三百篇的社会背景、诗三百篇的艺术（句之长短不定、用韵没有规则、旋律的作排、比兴的作用）、诗三百篇的厄运、孔子解诗、汉儒尊经、毛公作序、朱熹作注
1934年5月	中国文学批评史	郭绍虞	商务印书馆	第二篇 周秦——文学观念演进期之一 第一章 儒家
1934年5月	中国文学批评	方孝岳	世界书局	卷上 一 尚书中最早的诗的欣赏谈 二 周礼分别诗的品类 三 吴季札的诗史观 四 左传的诗本事 六 孔门的诗教 卷中 七 三百篇后骚赋代兴的时候的批评
1934年7月	中国文学史话	梁乙真	上海元新书局	第一章 诗经

续表

时间	名称	著者	出版情况	与《诗经》相关章节
1934年8月	中国文学批评史	罗根泽	人文书店	第二篇　周秦的文学批评 第一章　周秦诸子的诗说 一　诗人的自述 二　古诗的编辑 三　春秋士大夫的赋诗 四　孔子的诗说 五　孟子所谓以意逆志与知人论世 六　荀子所谓诗言志 七　墨子的用诗 八　诗与乐
1934年8月	中国韵文史	龙沐勋	商务印书馆	上编　诗歌 第一章　四言诗之发展与三百篇之结集
1934年9月	新著中国文学史	林之棠	华盛书局	第六章　诗经（原诗、诗经时代、删诗疑、关于旧说四始六义及今古文之解释、诗经之特点、诗经之内容及诗经以外之诗歌）
1934年10月	文学史分论	张振镛	商务印书馆	第一编　叙诗
1934年12月	中国骈文概论	瞿兑之	世界书局	一　总论 从三百篇到楚词
1934年	中国文学史	苏雪林	武汉大学印	第一编　先秦文学 第四章　民族前期文学 （A）前期韵文 （一）周颂（舞歌七篇、祭歌十三篇、杂诗十一篇）、（二）大小雅 第五章　周民族后期文学 （A）前期韵文 （一）十国风、（二）二南、（三）鲁颂
1935年1月	中国纯文学史纲	刘经庵	北平著者书店	第一编　诗歌 第一章　先秦的诗歌——诗经与楚辞 （一）诗经—作者—分类—体制—影响—编辑—内容
1935年5月	中国历朝文学史纲要	朱子陵	炳林印书馆	第二篇　周朝的文学 第一章　诗经
1935年8月	新编中国文学史	谭正璧	光明书局	第一编　周秦文学 第一章　诗经 第一节　引论（采诗问题、删诗问题、何谓四诗、产生的时代） 第二节　三颂 第三节　二雅 第四节　十一国风 第五节　二南 第六节　结语

375

续表

时间	名称	著者	出版情况	与《诗经》相关章节
1935年8月	中国文学史发凡	柳村任	文怡书局	第一编 汉以前 第一章 诗经（诗经的时代、毛诗大序说、历来学者对诗经的解说、诗经的篇数和孔子的删诗、风雅颂的类别、国风的地理分布、诗经文学艺术的趣味、宋代学者对诗经的新解、诗经的文学技巧）
1935年8月	中国文学流变史论	张希之	文化学社	第五章 诗经 一 诗经的社会背景 二 诗经的历史来源 三 从毛诗六义说诗经 四 诗经的评价
1935年9月	中国文学史问题述要	孟聿疒	协生印书局	三代文学
1935年9月	中国文学史新编	张长弓	开明书店	第三章 诗三百篇（诗三百篇之集成、诗三百篇内容概说、诗三百篇对于后代文艺之影响）
1935年9月	中国文学史大纲	容肇祖	朴社	第五章 （商颂的问题、诗经的时代、诗经的体制、诗经的分类、诗经的文辞、诗经的形式、诗经的地位及其影响）
1935年10月	中国音乐文学史	朱谦之	商务印书馆	第二章 中国文学与音乐之关系 第三章 论诗乐 一、诗经全为乐歌论 二、诗乐考 三、诗经在音乐上的位置 四、孔子与音乐 五、诗经在艺术上之价值 六、论风雅颂 七、诗经乐谱考 八、论六笙诗
1935年12月	中国文学通论（下）	（日）儿岛献吉郎撰 孙俍工译	商务印书馆	第一编 毛诗 一 毛诗与鲁齐韩诗 二 大序小序 三 诗底六义 四 诗底删定 五 诗底功用 六 三百篇底修辞法 七 三百篇底构成法 八 三百篇底押韵法
1935年	中国文学批评讲义（仅存纲要）	陈子展	复旦大学中国文学批评讲义	一 有诗之始 二 诗经之来源（采诗说、删诗说、称为三百篇、称为诗经） 三 诗人自述作诗本意 四 孔孟诗说（孔子诗说、孟子诗说）
1936年1月	中国文学史新编	赵景深	北新书局	第一编 古代编 第一讲 诗经

续表

时间	名称	著者	出版情况	与《诗经》相关章节
1936年3月	中国之美文及其历史	梁启超	中华书局	第一章 秦以前之歌谣及其真伪
1936年5月	文学要览	朱庆堂 冼得霖	南中图书供应社	第三章 文学 第二节 三代文学 第三节 春秋战国文学
1936年7月	中国文学小史	赵景深	大光书局	二 诗经
1936年8月	中国文学史（新编高中）	霍衣仙 王颂三	文光印书馆	第一章 诗经本论（诗歌的发生、诗经的作者问题、诗经的时空问题、孔子的删诗问题、总论三百篇）
1936年9月	中国文学史读本	龚启昌	乐华图书公司	第三章 周秦文学 诗及楚辞及散文小说等（文学之南北二派、诗经为周代北方文学之代表、诗经之为近人重视）
1936年10月	中国文学发凡	（日）青木正儿著 郭虚中译	商务印书馆	第三章 诗学 一 诗经（诗之字义及分类、国风、小雅、大雅、颂、诗的年代、诗形、赋比兴）
1936年12月	中国文学思想史纲	（日）青木正儿著 汪馥泉译	商务印书馆	第二章 周汉底文学思想 第一节 表现在诗经中的诗歌观念 第二节 孔门底诗教 第三节 汉儒底道义的文学思想
1937年5月	中国文学史提要	羊达之	正中书局	周文学（六经与孔子、孔门弟子与群经）
1937年	中国韵文史	（日）泽田总清著 王鹤仪译	商务印书馆	第一期 先秦的韵文 第二章 诗经（概说、采诗的官、删诗说、诗的四派、六义、时代、作者、十五国风、形式、押韵法、内容、敬天、社会情态、抒情诗、恋爱诗、诸物名、结论）
1937年	中国文学史钞	刘厚滋	不详	第三讲 古代文学 四 诗三百篇
1937年	中国文学史	陈介白	北平聚魁堂	第一章 诗经 篇目编辑、删订、应用、体制、地域、艺术、影响
1938年6月	中国文学史大纲	杨荫深	商务印书馆	第一章 最早的韵文作品 一 诗经（诗经的内容、十五国风二雅三颂）
1938年6月	汉文学史纲要	鲁迅	鲁迅全集出版社	第二篇 书与诗
1938年7月	中国文学史表解	张雪蕾	商务印书馆	第二编 上古文学 第二章 三代文学（上）

377

续表

时间	名称	著者	出版情况	与《诗经》相关章节
1938年10月	中国文学	袁厚之	海云艺文社	第二章 群经 四 诗经
1938年	中国俗文学史	郑振铎	商务印书馆	第二章 古代的歌谣
1939年6月	中国文艺思潮史略	朱维之	长风书店	第二章 北方现实思潮底发达 二 诗经 三 儒家底诗教
1940年10月	中国韵文演变史	吴烈	世界书局	第一章 诗经的渊源 第二章 诗经与周代社会的关系 第三章 诗经对于后代文学的影响
1941年1月	中国文学发展史(上卷)	刘大杰	中华书局本	第二章 周诗发展的趋势 一 诗经时代的社会形态 二 诗经与乐舞的关系 三 宗教诗的产生 四 宗教诗的演进 五 社会诗的产生 六 抒情诗 七 余论
1941年8月	中国文学史讲话	施慎之	世界书局	第一章 先秦文学 (一) 诗经
1941年12月	诗	蒋伯潜 蒋祖怡	世界书局	第三章 诗经与楚辞 第四章 四始、六义与后来的影响
1941年	文学源流	谭正璧	世界书局	第一章 诗歌的源流 第一节 绪论(诗歌的起源) 第二章 乐府(诗经)
1941年	中国文学史	储皖峰	自校本	第四章 诗三百篇(关于诗三百篇的问题以束、二南独立与四诗释名、三百篇与音乐的关系、三百篇产生的时代、三百篇分布的地域、三百篇的分类、三百篇的技术)
1943年2月	中国民族文学讲话	陈遵统	建国出版社	第一章 上古民族文学
1943年10月	中国学术文艺学讲话	(日)长泽规矩也著 胡锡年译	世界书局	(三) 先秦时代的文艺(序说、诗经)
1944年1月	中国文学批评史大纲	朱东润	开明书店	第二 孔子孟子荀子及其他诸家 第三 诗三百五篇及诗序
1944年4月	中国诗词概论	刘麟生	世界书局新一版	二 论诗经(诗经的来源、诗经的史地、诗经的组织、说诗的派别、作家与作风、诗经的影响)

续表

时间	名称	著者	出版情况	与《诗经》相关章节
1944年5月	中国文学概要	林山腴	石室文化服务社增订本	第一篇 上古三代秦汉 文学原本六经、经学源流、西汉经师表略、东汉经师表略 第二篇 三国两晋（三国经学、北朝经学表略） 第三篇 隋唐五代（隋代经学、唐代经学、五代经学） 第四篇 两宋元明（两宋经学、元代经学、明代经学） 第五篇 清代（清代经学）
1945年5月	十四朝文学要略	刘永济	中国文化服务社	卷一 上古至秦 二 孔子删述职影响 三 诗经为后世感化文学之祖 四 春秋时诗学之盛 五 纵横家为诗歌之流变
1946年10月	中国文学史	崔荣秀	国民图书公司	第二章 说诗
1946年11月	诗歌文学纂要	蒋祖怡	正中书局	第一编 绪论 第一章 诗歌文学之起源 第二章 诗歌文学之特质 第三章 诗歌文学之流变 第二编 歌唱文学 第一章 诗经系统 第一节 诗经的内容 第二节 诗经之地域作者与时代 第三节 诗经的文章
1947年3月	中国文学史简编	宋云彬	文化供应社	一 诗经与楚辞（诗歌的起源、诗经的内容、诗经的年代、诗经的地域、诗经的影响）
1947年5月	中国文学史	林庚	国立厦门大学	第二章 史诗初期（大雅中史诗的缩影、写作技巧的进步、颂乃古代戏剧的雏形） 第三章 女性的歌唱（诗经为生活中最古的一声歌唱、采诗删诗之不可信、以国风为主的抒情诗歌、文艺童年的健康、女性的歌唱、所谓诗的起兴、诗国散文的由来）
1947	中国文学史	林庚	国立厦门大学印	第二章 史诗时期 第三章 女性的歌唱 第五章 知道悲哀以后
1948年5月	中国文学史略	鲍文杰	中流出版社	第二章先秦文学 第一节 先秦北方文学之一（诗经）
1948年8月	上古秦汉文学史	柳存仁	商务印书馆	第二章 中国文学之起源 第三章 诗三百篇
1948年12月	中国文学史略	葛存念	大同出版社	第三章周秦 第六节 周秦文学变迁之大势 第七节 周秦文学之特点

续表

时间	名称	著者	出版情况	与《诗经》相关章节
1948年	中国文学源流纂要	余锡森	培正中学国文科编印	第二章 周代的文学 一 周代的民族 二 诗经

参考文献

钱荣国：《诗经白话注》，江阴礼延学堂本（《晚清四部丛刊》），1908 年版。
胡朴安：《诗经学》，商务印书馆，1928 年版。
金公亮：《诗经学 ABC》，世界书局刊行，1929 年版。
冯沅君、陆侃如：《中国史诗》，大江书铺，1931 年版。
冯沅君、陆侃如：《中国文学史简编》，开明书店，1932 年版。
谢无量：《诗经研究》，商务印书馆，1932 年版。
郑振铎：《插图本中国文学史》，朴社，1932 年版。
许啸天：《中国文学史题解》，群学社，1932 年版。
林之堂：《新著中国文学史》，北平华威书局，1934 年版。
俞平伯：《读诗札记》，人文书店，1934 年版。
刘师培：《刘申叔先生遗书》，宁武南氏校印，1934—1936 年版。
陈漱琴：《诗经情诗今译》，女子书店，1935 年版。
胡适：《中国新文学大系》（建设理论集），良友出版社，1935 年版。
徐澄宇：《诗经学纂要》，中华书局，1936 年版。
刘大杰：《中国文学发展史》（上卷），中华书局，1941 年版。
许啸天：《分类诗经》，群学社，1944 年版。
倪海曙：《苏州话诗经》，方言出版社，1949 年版。
郑振铎：《插图本中国文学史》，人民文学出版社，1957 年版。
皮锡瑞：《诗经通论》，中华书局，1954 年版。
王国维：《观堂集林》，中华书局，1959 年版。
全国期刊联合目录编辑组：《全国解放前革命期刊联合目录》（1919—1949），1967 年版。
鲁迅：《中国小说史略》，人民文学出版社，1973 年版。
杨伯峻：《论语译注》，中华书局，1980 年版。

叶国良：《宋人疑经改经考》，台湾大学出版中心，1980年版。

全国图书联合目录编辑：《（1833—1949）全国中文期刊联合目录》，书目文献出版社，1981年版。

北京师范学院中文系：《中国古典文学研究论文索引（1905—1979）》，北京师范学院中文系，1981年版。

章太炎：《章太炎全集》，上海人民出版社，1982年版。

顾颉刚等：《古史辨》（全七册），上海古籍出版社，1982年版。

郭沫若：《郭沫若全集》（文学编），人民文学出版社，1982年版。

上海图书馆：《中国丛书综录》，上海古籍出版社，1982年版。

刘大白：《白屋说诗》，中国书店，1983年版。

崔述著，顾颉刚订正：《崔东壁遗书》，上海古籍出版社，1983年版。

《文学周报》（合订本），上海书店出版社，1984年版。

陈崧：《五四前后东西文化问题论战文选》，中国社会科学出版社，1985年版。

章学诚著，叶瑛校注：《文史通义校注》，中华书局，1985年版。

方玉润：《诗经原始》，中华书局，1986年版。

陈玉堂：《中国文学史书目提要》，黄山书社，1986年版。

唐沅等：《中国现代文学期刊目录汇编》，天津人民出版社，1988年版。

胡适：《胡适古典文学研究论集》，上海古籍出版社，1988年版。

马瑞辰：《毛诗传笺通释》，中华书局，1989年版。

周谷城：《民国丛书》（全五编），上海书店出版社，1989—1996年版。

赵沛霖：《诗经研究反思》，天津教育出版社，1989年版。

陈平原：《20世纪中国小说史·第一卷》，北京大学出版社，1989年版。

北京图书馆：《民国时期总书目》，书目文献出版社，1992年版。

闻一多著，孙党伯、袁謇正编：《闻一多全集》，湖北人民出版社，1993年版。

耿云志主编：《胡适遗稿及秘藏书信》，黄山书社，1994年版。

林庆彰主编：《经学研究论著目录 1912—1987》，台北汉学研究中心，1994年版。

中国科学院图书馆整理：《续修四库全书总目提要》（稿本），齐鲁书社，1996年版。

李学勤：《走出疑古时代》，辽宁大学出版社，1997年版。

胡适著，欧阳哲生编：《胡适文集》，北京大学出版社，1998年版。

夏传才：《思无邪斋诗经论稿》，学苑出版社，2000年版。

国家图书馆、上海图书馆编：《（1833—1949）全国中文期刊联合目录补充本》，中央民族大学出版社，2000年版。

刘毓庆：《从经学到文学——明代诗经学史论》，商务印书馆，2001年版。

黄遵宪：《日本国志》，上海古籍出版社，2001年版。

戴维：《诗经研究史》，湖南教育出版社，2001年版。

寇淑慧：《二十世纪诗经研究文献目录》，学苑出版社，2001年版。

洪湛侯：《诗经学史》，中华书局，2002年版。

董乃斌、陈伯海、刘扬忠：《中国文学史学史》，河北人民出版社，2003年版。

胡适著，曹伯言整理：《胡适日记全集》，联经出版事业公司，2004年版。

章原：《古史辨诗经学研究》，复旦大学博士学位论文，2004年。

夏传才：《二十世纪诗经学》，学苑出版社，2005年版。

吉尔·德拉诺瓦：《民族与民族主义》，生活·读书·新知三联书店，2005年版。

黄霖：《20世纪中国古代文学研究史》，东方出版中心，2006年版。

赵沛霖：《现代学术文化思潮与诗经研究——二十世纪诗经研究史》，学苑出版社，2006年版。

夏传才：《诗经研究史概要》，清华大学出版社，2007年版。

刘立志：《汉代诗经学史论》，中华书局，2007年版。

璩鑫圭、唐良言：《学制演变·中国近代教育史料汇编》，上海教育出版社，2007年版。

林庆彰：《民国时期经学丛书》（第一至六辑），台湾文听阁出版社，2008—2014年版。

卢毅：《整理国故运动与中国现代学术转型》，中共中央党校出版社，2008年版。

《历史语言研究所集刊》（影印本），江苏古籍出版社，2008年版。

《学衡》（影印本），江苏古籍出版社，2008年版。

林庆彰：《民国时期经学丛书》（全六辑），文听阁图书有限公司，2008—2013年版。

阮元：《十三经注疏》（清嘉庆刊本），中华书局，2009年版。

刘毓庆、郭万金著，李蹊批点：《从经学到文学——先秦两汉诗经学史论》，华东师范大学出版社，2009年版。

王国维著，谢维扬、房鑫亮主编：《王国维全集》，浙江教育出版社，2009年版。

张京华：《古史辨派与中国现代学术走向》，厦门大学出版社，2009年版。

张寿林著，林庆彰、蒋秋华主编：《张寿林著作集·古典文学论著》，"中央"研究院中国文哲研究所，2009年版。

国家图书馆典藏阅读部：《民国时期发行书目汇编》，国家图书馆出版社，2010年版。

邵炳军：《诗经文献研读》，广西师范大学出版社，2010年版。

王存奎：《再造与复古的辩难》，黄山书社，2010年版。

潘文正：《五四社会思潮与文学研究会》，新星出版社，2010年版。

贾植芳：《文学研究会资料》，知识产权出版社，2010年版。

李学勤：《清华大学藏战国竹简》（壹），中西书局，2010年版。

周保明、吴平：《民国期刊资料分类汇编》（东方杂志·学术编），国家图书馆出版社，2010年版。

谢无量：《谢无量文集》，中国人民大学出版社，2011年版。

刘修业等：《国学论文索引全编》，国家图书馆出版社，2011年版。

陈独秀等：《新青年》（影印本合编），上海书店出版社，2011年版。

刘修业等：《国学论文索引全编》，国家图书馆出版社，2011年版。

殷梦霞、李强选编：《近代学报汇刊》，国家图书馆出版社，2012年版。

《东方杂志》（影印本合编），上海书店出版社，2012年版。

朱熹：《诗集传》，中华书局，2011年版。

张岂之：《民国学案》，湖南教育出版社，2011年版。

胡全章：《清末民初白话报刊研究》，中国社会科学出版社，2011年版。

黎锦熙：《国语运动史纲》，商务印书馆，2011年版。

陈岸峰：《疑古思潮与白话文学史的建构》，齐鲁书社，2011年版。

胡适：《胡适论名著》（新编胡适文丛），文化艺术出版社，2012年版。
刘敬圻：《20世纪中国古典文学学科通志》，山东教育出版社，2012年版。
付祥喜：《20世纪前期中国文学史写作编年研究》，北京师范大学出版社，2013年版。
钱基博著，傅宏星主编：《钱基博集》，华中师范大学出版，2013年版。
陶希圣：《食货》，上海书店出版社，2013年版。
夏传才：《诗经学大辞典》，河北教育出版社，2014年版。
路新生：《中国近三百年疑古思潮史纲》，复旦大学出版社，2014年版。
邓咏秋：《民国时期索引工具书汇编》，国家图书馆出版社，2014年版。
林庆彰、蒋秋华：《变动时代的经学与经学家：民国时期经学研究》，万卷楼图书股份有限公司，2014年版。
姜荣刚：《留学生与晚清文学转型》，中国社会科学出版社，2015年版。
邹安：《艺术丛编》，上海书店出版社，2015年版。
黄人：《中国文学史》，苏州大学出版社，2015年版。
夏传才：《诗经要籍集成》（修订本），学苑出版社，2015年版。
陈引驰、周兴陆：《民国诗歌史著集成》，南开大学出版社，2015年版。
任慧：《民国时期中国文学史著作廿七种》，国家图书馆出版社，2015年版。
廖平著，舒大刚、杨世文编：《廖平全集》，上海古籍出版社，2015年版。
辽宁省图书馆：《辽宁省图书馆藏民国时期东北大学毕业论文全集》（1930—1946），中华书局，2015年版。
王国维：《学术丛编》，上海书店出版社，2015年版。
陈广宏：《中国文学史之成立》，上海古籍出版社，2016年版。
单承彬：《续修四库全书总目提要·经部》，上海古籍出版社，2016年版。
宋育仁著，董凌锋编：《宋育仁文集》，国家图书馆出版社，2016年版。
王西里：《中国文学史纲要》，阎国栋译，中央编译出版社，2016年版。
《国文月刊》（合订本），上海书店出版社，2016年版。
《文史杂志》（1941—1948），上海书店出版社，2016年版。
伦明：《伦明全集》，东莞图书馆整理，广东人民出版社，2017年版。
《燕京学报》（合订本），上海书店出版社，2017年版。
《华国月刊》（合订本），上海书店出版社，2017年版。
鲁洪生：《赋比兴研究史》，人民文学出版社，2017年版。

戴燕：《文学史的权力》（增订本），北京大学出版社，2018年版。

温潘亚：《百年中国文学史写作范式研究》，人民出版社，2019年版。

王纯菲：《西学东渐与文学变革》，社会科学文献出版社，2019年版。

刘跃进：《简明中国文学史读本》，中国社会科学出版社，2019年版。

黄德宽、徐在国：《安徽大学藏战国竹简》（一），中西书局，2019年版。

武秀成：《民国时期国学期刊汇编》，巴蜀书社，2019年版。

夏敬观著，虞思徵编：《夏敬观著作集》，复旦大学出版社，2019年版。

桑兵、关晓红：《近代国学文献汇编》，第三辑、第四辑，国家图书馆出版社，2020—2021年版。

全国报刊索引数据库（晚清、民国时期期刊全文数据库），上海图书馆。

大成故纸堆古旧文献全文数据库，北京尚品大成数据技术有限公司。

中国历史文献总库——民国图书数据库，国家图书馆出版有限公司。

后 记

  学贵有师。师者，天下之至善也。自二〇〇七年求学于潇湘，奉手于张师京华，恍惚已十余年矣。张师于暑期国学读书会带领诸生读书、讨论之情形历历在目。毕业之际，张师有"北方之强欤，南方之强欤，考证之强欤，义理之强欤"寄语，今日思之，于学术之理想常藏于心中而羞于示人，心中不觉愧疚。二〇一一年游学于齐鲁，从周师远斌。愚生性本自卑，于事多悲观以应。周师深知之，故常有勉励之语。周师奖掖后进之情，愚生深知之。二〇一四年负笈沪上，蒙邵师炳军不弃，忝列门墙。邵师每言为学当先为人。三年之中，于问学之方，求学之道，读书之法皆得邵师悉心教导。然愚于求职之事多有不顺，深孚众望，实愧对邵师奖掖之情。人生而蒙，无师则愚。得遇张师、周师、邵师，实为愚生之大幸也。

  父母在，不远游。愚少与兄长负笈离家，父母多有所念。学业之事，父母虽从不过问，然父母之意，愚岂不知之。愚虽游有方，然侍奉之事多未亲力。愚虽有不得已之借口，然于家中琐事实未顾及。家父常年奔波在外，终因劳累致疾。家父患病经年，愚所为者仅数次随之诊视，于其生活起居所知甚少，全赖家母一人为之。犬子小女出生后，又多赖父母照料。每每念及于此，实觉愧为人子。

  桃之夭夭，灼灼其华。与拙荆同梦十年，其间生活清苦，无寸土立锥，拙荆相伴左右，予所忧者其知之，予所乐者其亦知之，此亦予之幸也。

  此稿之作，前后十年矣。其间师友鼓励与帮助甚多，编辑徐凯老师对全书进行了极为细致的审读与修改，石钟扬教授更是专门为本书题写书名，在此对诸位师友深表谢忱。本编初衷为专题研究、文献辑录并进，探讨民国诗经学之转型，及见成稿，扪心自问，仅见其一叶，多言不及义。加之愚偏居小邑，于民国文献多有不及，必定遗漏不少，只能待《文学史观念的演进与近现代诗经研究范式转型（1840—1949）》《近现代报刊载诗经学文献集成》两稿补之。先草成此稿，以就正于方家。

石　强
时逢犬子小女周岁谨记之